DIE SPUREN DER FREMDEN

LORELEY AMITI wuchs in der Nähe der Grenze zur ehemaligen DDR auf. Die Erfahrungen aus dieser Zeit haben sie ebenso geprägt wie die englische Flutkatastrophe des Jahres 2012, welche die Britin und ihre Familie nachts überraschte.

Die fünfsprachige Journalistin schrieb für Verlag und Presse, als eines ihrer Manuskripte einer Lektorin in die Hände fiel. Ihre Romane sowie Kinder- und Jugendbücher wurden inzwischen in viele Sprachen übersetzt.

Ihre Zeitreise-Trilogie »*Die Unvergessenen*« stürmte die Kindle Bestseller-Charts und ihr italienisches Kinderbuch »*Tim und die Winterfee*« landete auf Nummer 1 der Amazon Bestseller-Liste.

Loreley lebt in der südenglischen Grafschaft Devon. Mehr über die Autorin und ihre Bücher ist auf ihrer Webseite www.loreleyamiti.com sowie beim Verlag www.littwitzpress.com zu finden.

LORELEY AMITI

DIE SPUREN DER FREMDEN

Der 1. Band der Trilogie

Die Unvergessenen

DIE SPUREN DER FREMDEN
Band 1 der Trilogie *Die Unvergessenen*

Littwitz Press
Dahl House
Exeter EX4 8NE
Vereinigtes Königreich
www.littwitzpress.com

Lektorat und Korrektorat: Julia Bee
Titelbild und Umschlaggestaltung: FrinaArt Cover Design

Rechtlicher Hinweis

FÜR ANTJE

Je älter ich werde, umso mehr bewundere ich deinen Mut.
Unvergessen.

~ KAPITEL 1 ~

Dumm

ZEIT UND ORT UNBEKANNT

»Wenn ich sie doch nur anrufen könnte!«, flüsterte die Mutter des kleinen Mädchens auf dem Beifahrersitz. Ihr Vater drückte ihre Hand und murmelte etwas Unverständliches.

Das Familienauto parkte inmitten einer riesigen, grölenden Menschenmenge. Unzählige Flaggen tanzten durch die Nacht und färbten den nächtlichen Himmel schwarz-rot-gold. Der kleine Opel Kadett vibrierte spürbar unter dem Körperdruck der vielen, sich an ihn drückenden Menschen und ihren aufgeregten Rufen, als stünde er unter Strom.

»Sieh mal!«, entwich es ihrer Mutter etwas lauter als geplant, sodass sie schnell die Hände auf ihren Mund presste. In einiger Entfernung wurde ein Riese von einem Kran in die Lüfte gehoben. Um seinen Hals flatterte ein lustiger Schal mit aufgedruckter Klaviertastatur. Neben ihm stand ein alter Mann, der ihm aufgeregt immer wieder ein plüschiges Ding vor den Mund hielt, in das der Riese etwas hineinrief.

Trotz seines angestrengten Lauschens konnte das kleine Mädchen nicht verstehen, was sie sagten. Die Menschenmenge rief immer wieder etwas zum Riesen und dem alten Mann über ihnen hinauf, während sie bewegt ihre Fahnen schwenkten. Müde von der

Anstrengung des Tages und Aufregung um sie herum kuschelte sich das kleine Mädchen tiefer in ihren Kindersitz.

Plötzlich fing die Jacke des Riesen an, wie ein Weihnachtsbaum zu blinken und er sang ein Lied, das sie schon oft gehört hatte. Der Liedtext machte keinen Sinn, aber sie mochte es, weil immer wieder ein Wort darin vorkam, das sie zu Hause nicht benutzen durfte. Fasziniert beobachtete sie die blinkende Jacke des Riesen und die vielen bunten, lauten Lichter um sich herum, die gleichzeitig gen Himmel aufstiegen.

Wie machte er das? War er ein Magier?

»Da!«, rief das kleine Mädchen und versuchte aufgeregt ihren Bruder auf dem Sitz neben sich zu erreichen. Ihre Arme wollten jedoch nicht weit genug reichen und er war fest eingeschlafen.

»Lass ihn schlafen!«, flüsterte ihre Mutter schnell in ihre Richtung. Sie hatte Tränen in den Augen und sah merkwürdig aus, stellte das kleine Mädchen verwundert fest.

Auch draußen weinten viele Menschen, während sie weiter ihre Fahnen schwenkten und laut mitsangen. *Warum fanden sie das Lied traurig?* Die Melodie war es sicherlich nicht und der Text schien eher lustig zu sein. Das kleine Mädchen fand es großartig, dass der Riese ständig das böse Wort benutzte, für das sie selbst normalerweise ausgeschimpft wurde.

»Schrie dumm!«, wiederholte das kleine Mädchen plötzlich die Worte des Riesen. Schnell presste sie ihre kleinen Fäuste vor den Mund, doch sie konnte ein Glucksen nicht mehr zurückhalten.

Erstaunt drehten sich ihre Eltern zu ihr herum.

»Was hast du gesagt?«, fragte ihre Mutter.

»Dumm!«, platzte das kleine Mädchen kichernd heraus. Die Versuchung war einfach zu groß.

»Na, wenigstens ist es diesmal nicht meine Schuld«, seufzte ihr Vater.

Das kleine Mädchen konnte sich nun nicht mehr beherrschen. Der Riese sang das Wort die ganze Zeit. Und nicht nur er – alle da draußen sangen es mit, da durfte jetzt niemand mit ihr schimpfen!

»Schrie dumm!«, brüllte sie lauthals und bog sich vor Lachen in ihrem keksverkrümelten Sitz. »Dumm! Dumm! Dumm!«

Das Gesicht ihrer Mutter hellte sich plötzlich auf und wich einem Lächeln. »Oh Mäuschen, das hast du falsch verstanden! Der Mann singt nicht *schrie dumm*, sondern *freedom*! Das ist Englisch und heißt ‚Freiheit‘. Kannst du *freedom* sagen?«

»Schrie dumm!«, kreischte das kleine Mädchen beharrlich.

Das war typisch für ihre Mutter! Wenn ihr Vater ein böses Wort sagte, was ziemlich oft geschah, dann versuchte ihre Mutter immer, es schnell zu überspielen – genau wie jetzt! Aber das Mädchen wusste, was es gehört hatte, sie war schließlich nicht dumm!

»Schrie dumm!«, wiederholte sie erneut empört.

»Freedom!«, lachte ihre Mutter sie aus und auch die zuckenden Schultern ihres Vaters im Fahrersitz vor ihr verrieten ein Lachen. Ihre Eltern brauchten sich gar nicht über sie lustig zu machen, nur damit sie das Wort nicht mehr sagte!

»Dumm! Dumm! Dumm!«, rief sie aus Leibeskräften, während ihr Bruder beharrlich weiterschlief.

»Julia, es reicht jetzt!« Mahnend und allmählich ungehalten sah ihr Vater sie nun über den Rückspiegel an. »Versuch einfach ein bisschen zu schlafen, es ist spät!«

»Dumm! Dumm! Dumm!«

»Schätzchen, was ist denn los?« Das Gesicht ihrer Mutter sah nicht mehr seltsam verweint, sondern eher irritiert aus.

»Dumm! Dumm! Dumm!« Mit aller Kraft trat das kleine Mädchen frustriert in den Fahrersitz vor sich.

»Julia, verdammt noch mal! Hör sofort auf damit! Was ist denn in dich gefahren!« Gereizt rieb sich ihr Vater mit schmerzverzerrter Miene den Rücken. Das kleine Mädchen brach in Tränen aus. Sie wusste selber nicht, warum sich alles auf einmal so bedrohlich anfühlte. Sie wusste nur eines: Sie musste unbedingt aus diesem Kindersitz raus!

»Dumm! Dumm! Dumm!«, kreischte sie heulend. Ihr Hals brannte bereits und ihr Bruder, der inzwischen verschlafen aufgeschreckt war, fing ebenfalls an zu weinen. Aufgebracht redeten ihre Eltern auf sie ein, doch sie schien auf einmal nichts mehr zu hören oder zu sehen. Es war, als wäre sie gar nicht mehr sie selbst und das kleine Mädchen wurde mit jeder Sekunde panischer.

Die ausgelassene Atmosphäre um den Kleinwagen herum wollte so gar nicht mehr zu der Stimmung im Wageninneren passen. Noch immer wurde der Opel Kadett von der Menschenmasse regelrecht im Takt hin und her geschaukelt.

Ein lauter Schrei ließ plötzlich alle Insassen des Wagens erstarren. Wie von Geisterhand war das Familienauto zu einem plötzlichen Stillstand gekommen und die Menschen um sie herum waren nur noch weiße, verzerrte Gesichter in der Ferne. Es waren Sekunden, die sich wie Stunden anfühlten. Das kleine Mädchen wurde erst heftig nach vorne und dann wieder zurück geschleudert. Irgendetwas hatte sich scharf in ihre Seite gebohrt, doch sie spürte keinerlei Schmerz. Stattdessen hatte sie das merkwürdige Gefühl zu fliegen, während das grausame Geräusch von splitternden Scheiben, knirschendem Metall und brechenden Knochen die unwirkliche Stille zum Beben brachte. Mühsam versuchte das kleine Mädchen die Augen zu öffnen, doch sie wollten ihr nicht gehorchen. Alles war schwarz, unwirklich und ohne jedes Gefühl.

Nach einer gefühlten Ewigkeit nahm schließlich die Stille wieder Oberhand. Doch es war eine seltsame Stille, die laut und durchdringend in ihren Ohren widerhallte. Sie klang wie ein Schrei.

...

FRANKFURT AM MAIN, HESSEN, BRD. 16. NOVEMBER 1984. PSYCHIATRISCHE PRAXIS DR. GENET.

Helena kämpfte zu sehr mit der Übelkeit, um sich zu schämen, als sie sich auf dem Boden von Dr. Genets Praxis wiederfand.

Dieser saß noch immer in seinem gepolsterten Stuhl, dem einzigen, der nicht aus scheußlich orangefarbenem Plastik war, und sah sie forschend an.

Das machte Helena beinahe noch wütender als die Tatsache, dass sie soeben schon wieder einen ihrer Anfälle gehabt hatte. Allein diese Aussetzer waren bereits schlimm genug. Wie sehr sie die überwältigenden Gefühle und die schier atemraubende Übelkeit verabscheute, die sie bei ihren ungewollten Erlebnissen stets begleiteten! Aber noch mehr hasste sie es, wenn sie sich lächerlich gemacht fühlte, so wie jetzt. Warum machte er so gar keine Anstalten, ihr wenigstens in irgendeiner Form wieder auf die Beine zu helfen? Was machte sie überhaupt hier? Glaubte er ihr etwa immer noch nicht?

Werner Genet hatte in der Tat seine Zweifel, wenngleich er sich sehr bemühte, seinen gewohnt neutralen Gesichtsausdruck zu bewahren. Soweit er wusste, hatte Helena keine Freunde und ein mehr als schlechtes Verhältnis zu ihrer Mutter. Konnte es vielleicht ein schlichtes Aufmerksamkeitsdefizit sein? Er hatte bislang nichts Außergewöhnliches feststellen können: Wenn Helena ihre sogenannten Anfälle hatte, beugte sie sich meist einfach vornüber und klagte über Übelkeit. Nach einigem Stöhnen und meist beleidigendem Schreien in seine Richtung, welches sie auf das Erlebte in ihren Zeitreisen schob, war Helena wieder sie selbst.

Unauffällig ließ er seinen Blick über die aufgeschlagene Akte vor sich wandern. *Helena Gutowski, geboren am 28. Februar 1958 in Wünsdorf.*

Helenas Hausarzt, Dr. Rothkopf, hatte sie vor gut einem Monat an ihn überwiesen.

26jährige Patientin in akzeptablem Allgemein- und schlankem Ernährungszustand, untergewichtig und älter wirkend. H. ist alters- und witterungsadäquat gekleidet, wirkt jedoch etwas ungepflegt und übermüdet. Im Kontakt wirkt H. unsicher und aggressiv. Auf Fragen gibt sie nur zögerlich Antwort, spontan erzählt sie nicht.

Verdacht auf Epilepsie hat sich nicht bestätigt. Die von H. beschriebenen Symptome scheinen psychischer Natur und verbleiben ohne pathologischen Befund. H. beschreibt Zeitreisen, dringender Verdacht auf psychotisches Erleben. Halluzinationen oder Ich-Störungen sowie Ängste und Zwänge können nicht ausgeschlossen werden.

H. zeigt jedoch keine Anzeichen für Eigen- oder Fremdgefährdung. Selbstverletzendes Verhalten wird verneint, auffällige Hämatome an Oberkörper und Beinen ordnet H. plötzlichem, unkontrolliertem Fallen während ihrer Erlebnisse zu. H. beschreibt sozialen Rückzug sowie Einschlaf- und Durchschlafschwierigkeiten.

»Geht's wieder?«, fragte Dr. Genet ein wenig geistesabwesend.

»Oh ja, echt dufte!« Langsam fand Helena zu ihrem gewohnten Sarkasmus zurück. »Hat Ihnen die Darbietung von Ihrem Thron aus gefallen?«

»Erzählen Sie mir doch einfach, warum Sie gerade wütend sind!«, konterte Dr. Genet ungerührt.

»Ich bin sauer, weil ich jeden Tag durch die Hölle gehe und anstatt mir zu helfen, muss ich mich vor Ihnen rechtfertigen!«

»Ist das Ihr Eindruck?«

»Natürlich! Ich kann doch sehen, dass Sie mir nicht glauben! Halten Sie mich für bescheuert? Oder zu gestört, um es zu bemerken?« Bockig warf sie sich in dem hölzernen Stuhl nach hinten. Ihre hervorstechenden Schulterblätter stießen schmerzvoll an die harte Rücklehne des unnachgiebigen Holzstuhls. Wer hatte dieses Klischee von der sogenannten Therapeuten-Couch aufgebracht? Hier war weder von einer Couch noch überhaupt von irgendwas Gepolstertem weit und breit eine Spur! Alles war aus schlichtem, hellbraunem Eichenholz oder orangefarbenem Plastik – einfach, abwaschbar, austauschbar. Er könnte seine Praxis vermutlich von einer Sekunde auf die andere an einen Anwalt vermieten und man würde abgesehen von den unzähligen Büchern im Regal keinen Unterschied bemerken.

Beschwichtigend hob Dr. Genet die Hände. »Helena, es tut mir aufrichtig leid, wenn ich Ihnen diesen Eindruck vermittelt habe. Ich halte Sie ganz sicher nicht für bescheuert oder gestört, diese Begriffe existieren für mich nicht. Verstehen Sie das?«

Helena öffnete den Mund, um ihm eine wütende Retourkutsche entgegenzuschleudern, doch Dr. Genet kam ihr rasch zuvor. Er wusste bereits aus Erfahrung, dass er sie bremsen musste, bevor sie sich aggressiv in Rage redete, sonst war der produktive Teil der Sitzung für diesen Tag gelaufen.

Was für eine seltsame Patientin sie doch war: Auf der einen Seite wirkte sie äußerlich so reif, so viel älter als sie tatsächlich war. Er war zunächst überrascht gewesen, wie jung sie noch war. Ihr stumpfes, aschblondes Haar, die scharf hervorstechenden Wangenknochen, ihr schmales, blasses Gesicht und die dunklen Schatten unter ihren Augen ließen sie um einige Jahre älter aussehen. Doch ihr Verhalten verabschiedete diese äußerliche Reife oft binnen Sekunden und ließ sie eher an ein trotziges Kleinkind erinnern.

»Warum sind Sie so wütend?«, wiederholte er schnell.

»Weil ich hier meine Zeit verschwende!«

»Wirklich? Was würden Sie denn tun, wenn Sie gerade nicht hier wären?«

»Hören Sie auf, mich zu veralbern!«

Energisch klappte Dr. Genet auf einmal die Akte vor sich zu und sah sie scharf an. »Helena, ich bin jetzt einfach einmal ganz direkt. Dies ist unsere sechste Sitzung und wir haben bisher keinerlei Fortschritte gemacht. Vermutlich liegt es an mir, weil ich Ihnen einfach nicht die richtigen Fragen stelle. Aber Sie müssen verstehen, dass ich nicht hier bin, um sie zu verurteilen, oder um mich gar über Sie lustig zu machen. Wissen Sie, was ich beruflich mache? Nein, nein, Helena, negative Gefühle jetzt mal bitte vollkommen beiseite! Ich meine das ganz ernst: Wissen Sie, was ein Psychiater macht?«

»Bescheuerte Fragen stellen und mir irgendwann Drogen gegen Gestörtheit geben?«

Da war es wieder, das aufsässige Kleinkind, das er aller Professionalität zum Trotz am liebsten an der Gurgel packen würde! Werner Genet atmete tief ein, bevor er betont ruhig weitersprach.

»Wenn das der Fall wäre, Helena, warum sind Sie dann überhaupt hier? Wenn Sie meine Hilfe nicht wollen, dann können Sie doch jederzeit gehen. Bitte, da vorne ist die Tür!«

Es war eine riskante Karte, die er da spielte, denn ganz so einfach war die Situation natürlich nicht. Nervös wartete er ihre Reaktion ab und hoffte inständig, dass er nicht zu weit gegangen war. Zu seiner Erleichterung machte sie keinerlei Anstalten, zu gehen.

»Ich will, dass Sie mir zuhören!«, stieß sie schließlich kaum hörbar hervor und zu ihrem Ärger füllten sich ihre Augen mit Tränen der Frustration. Wenn noch nicht einmal ein Psychiater bereit war, ihr zuzuhören, wer würde es dann tun?

»Sie hören mir einfach nicht zu! Sie machen genau das, was Dr. Rothkopf gemacht hat: Sie sehen, was Sie sehen wollen und drehen alles so herum, wie es Ihnen passt!«

Zu seinem Unbehagen klang Helena erschreckend wie seine Frau. Schnell schob er die unangenehmen Gedanken an den vergangenen Abend beiseite. »Helena, ich bin hier, um Ihnen zuzuhören! Es tut mir aufrichtig leid, wenn ich Ihnen den Eindruck vermittelt habe, dass dies nicht der Fall ist. Aber…«

»Oh, ein *aber*! Super!«

»… *Aber* es wäre in der Tat hilfreich für mich zu wissen, was es ist, das Sie so wütend auf mich macht! Wenn es Ihnen hilft, mich als ‚dumm‘ zu bezeichnen und anzubrüllen, um Ihrem Frust Luft zu machen, dann kann ich das akzeptieren, solange es uns irgendwie weiterbringt. Aber Sie müssen ab einem gewissen Punkt einfach anständig mit mir reden, damit ich verstehe, was los ist!«

»Ich habe Ihnen doch schon zig Mal gesagt, dass ich nicht *Sie* als dumm bezeichnet habe! Aber jedes Mal, wenn wir eine Sitzung haben, sehe ich mich plötzlich in einem Auto. Ich sitze hinten im Kindersitz, mein Bruder schläft neben mir an eine Scheibe gelehnt, meine Eltern sitzen vorne und ein riesiger Typ in einer blinkenden Jacke singt ein Lied mit dem Wort *dumm* bis wir auf einmal alle in einem Autounfall sterben.«

»Das sagten Sie bereits, Helena, und ich habe Ihnen genau zugehört! Ich erinnere mich auch an die anderen zwei Erlebnisse, von denen Sie mir berichtet haben: das hörgeschädigte Mädchen in der DDR, das versucht zu fliehen und die Frau, die während einer Flutkatastrophe ertrinkt. Ich habe sogar Nachforschungen angestellt, wer der Mann sein könnte, den Sie hin und wieder hier in Frankfurt sehen und vor dem Sie solche Angst haben. Allerdings konnte ich nur mit dem Vornamen Albert nicht viel erreichen. Aber sehen Sie, ich höre Ihnen sehr wohl zu!«

Erneut füllten sich ihre Augen mit Tränen, doch Helena kämpfte sie entschlossen herunter. »Alfred!«, korrigierte sie ihn.

»Wie bitte?«

»Der Mann heißt nicht Albert, sondern Alfred! Und ich hätte Ihnen gleich sagen können, dass Sie ihn nicht finden können, weil er in meinen Zeitreisen genauso alt aussieht wie in den Momenten, in denen ich ihm kurz hier in Frankfurt begegne. Das heißt, dass er vermutlich ebenfalls durch die Zeit reist.«

Dr. Genet holte tief Luft. »Gut, Alfred«, murmelte er unbeholfen und machte sich eine gedankenverlorene Notiz auf Helenas Akte. »Wichtig ist mir, dass Sie mir sagen, was Sie an mir wütend macht und wie wir ab hier weitermachen. Oder um es noch direkter zusagen: Was wollen Sie mit unseren Sitzungen erreichen, Helena?«

Unruhig wischte sie sich ihre kalten, verschwitzten Hände an ihrer Jeans ab. Sie sah schmuddelig aus, vermutlich vom Rollen über den Praxisboden während ihrer Zeitreise. Es fiel ihr unendlich schwer, die Fassung zu behalten und nicht in selbstmitleidiges Weinen auszubrechen. Mühsam konzentrierte sie sich auf den absplitternden roten Nagellack auf ihren Nägeln und ihr blutig gebissenes Nagelbett.

»Ich will, dass Sie mir glauben!«, stieß sie schließlich mit höchster Anstrengung hervor. »Niemand glaubt mir – niemand! Und niemand hört wirklich zu! Ich bin so müde. Ich kann einfach nicht mehr! Es ist alles zu viel: meine Mutter, die mich für eine Versagerin hält! Meine Kollegen, die sich auf eine neue Show-Einlage freuen, sobald ich blass werde! Meine Chefin, die mich rausschmeißt, wenn ich nicht bald wieder *gesund* werde, wie sie es nennt! Und dann Sie, der … ach, ist doch egal!«

»Nein, das ist es nicht – raus damit! Was ist mit mir?«

»Ich will einfach, dass Sie mir zuhören und mir glauben, dass ich die Wahrheit sage! Ich will, dass Sie mir sagen, dass ich nicht verrückt bin! Geht das? Bitte?« Ihre Hände zitterten merklich in ihrem Schoß und wieder einmal erinnerte sie ihn eher an ein Kleinkind, das ihn mit den großen bittenden Augen einer alten Frau anblickte.

»Ich glaube, dass Ihre Erlebnisse sich sehr real anfühlen«, antwortete er schließlich mit Nachdruck.

Verächtlich schnaubte Helena durch die Nase und wischte sich diese in einer schnellen Bewegung an ihrem ausgeleierten Rollkragenpullover ab. »Sie glauben, dass das alles nur für mich real ist. Also glauben Sie mir nicht?«

»Ob ich persönlich an Zeitreisen glaube oder nicht, ist doch irrelevant, oder?«, gab Dr. Genet vorsichtig zurück.

»Nein, genau das brauche ich! Verstehen Sie das denn nicht? Ich will, dass Sie mir sagen, dass ich nicht bekloppt bin! Ich will, dass Sie mir aus diesem Dreck raushelfen! Ich will nicht mehr so verdammt allein sein! Verstehen Sie nicht: Es ist sonst niemand da! Sie sind der Einzige, der dafür bezahlt wird, dass er bleibt!«

Nachdenklich beobachtete Dr. Genet ihr ausgelaugtes, blasses Gesicht. Er fand sie recht besorgniserregend dünn und trotz ihrer oft zitternden Hände und Knie, brachte die stete Aufregung offenbar nie auch nur den Hauch von Farbe in ihre ausgehöhlten Wangen. Er glaubte ihr sofort, dass sie sehr einsam war. Er hatte im Vertrauen ihre Mutter Vera angerufen und die wenigen Sekunden, welche diese ihm gegeben hatte, bevor sie das Gespräch abrupt beendete, hatten ihm einige gute Erklärungsansätze für Helenas ruppiges Verhalten gegeben.

Doch alles andere schien so bemerkenswert wenig Sinn zu ergeben. Helena behauptete, während ihrer Aussetzer durch die Zeit zu reisen. Im Gegensatz zu anderen Patienten behauptete sie jedoch nicht, dass sie die Reinkarnation einer berühmten Persönlichkeit war oder zog zumindest eine Parallele zu ihrem eigenen Leben. Sie erzählte von einigen dramatischen, jedoch offensichtlich wahllosen Begebenheiten, die anscheinend nichts mit ihrem eigenen Leben zu tun hatten. Auch im Hinblick auf die Existenz des mysteriösen Alfreds, von dem sie immer wieder berichtete, hatte Dr. Genet seine Zweifel.

»Ich weiß, dass Sie sehr einsam sind, Helena! Und natürlich bin ich unter anderem dafür da, um Sie ein wenig aufzufangen und alles Schritt für Schritt mit Ihnen abzuklopfen«, entgegnete Dr. Genet schließlich vorsichtig. »Aber ich bin mir nicht sicher, ob wir dieselbe Vorstellung davon haben, wie das Ganze letztendlich vonstattengehen soll. Ich sehe, dass ein Problem vorliegt, also glaube ich Ihnen natürlich, dass es existiert!«

»Aber Sie glauben nicht, dass ich durch die Zeit reise!«

Dr. Genet wägte seine Worte bedächtig ab. »Ich glaube, dass hinter allem eine Ursache steckt und möchte diese gerne mit Ihnen gemeinsam finden!«

»Ich schwöre Ihnen, wenn Sie mir jetzt sagen, dass alle meine Anfälle nur an meinem gestörten Verhältnis zu meiner bescheuerten Mutter liegen, dann schreie ich!«

»Nein, ich glaube, dass mehr als nur Ihre geschätzte Mutter dahintersteckt!«, konterte Dr. Genet schief lächelnd. »Doch mal im Ernst, Helena: Natürlich gehe ich logischerweise komplett anders an Ihr Problem heran als Sie! Aber wenn man bedenkt, dass Sie auf Ihre eigene Weise die letzten Jahre offensichtlich nicht allein weitergekommen sind, dann kann es doch eigentlich nur besser werden, oder?«

»Vielleicht«, gab Helena widerwillig zu.

»Sie müssen mit mir zusammenarbeiten, Helena! Ich muss einfach Fragen stellen dürfen – viele, *viele* Fragen! Verstehen Sie das?« Helena nickte. »Gut. Dann würde ich Sie bitten, für unsere nächste Sitzung einmal kurz die erste Zeitreise aufzuschreiben, an die Sie sich erinnern. Was hat sie ausgelöst? Wer war bei Ihnen? Versuchen Sie mal, Ihre Gefühle weitgehend außen vor zu lassen. Ich brauche ein ganz sachliches Was, Wann und Warum. Kriegen Sie das hin?«

Helena nickte erneut schweigend. »Helfen Sie mir, dass Alfred verschwindet?«, fragte sie plötzlich unvermittelt.

Dr. Genet zögerte und zwang sich schließlich zu einem Lächeln. Er hatte endlich einen kleinen Durchbruch zu ihr geschafft und wollte diesen nicht gleich wieder riskieren.

»Ich werde es versuchen. Nächsten Freitag, 17 Uhr?«

Sie nickte erneut und ergriff seine ausgestreckte Hand. So formell waren sie seit ihrer ersten Begegnung nicht mehr gewesen. Es war eine Abmachung! Sie würden es noch einmal miteinander versuchen, jeder auf seine eigene Art. Vielleicht hatte er recht: Vielleicht waren seine Distanz und Skepsis genau das, was sie weiterbringen würde.

Sie spürte den warmherzigen Handschlag noch im Aufzug. Als sie die Ausgangstür im Erdgeschoss öffnete, umfing sie ein eisiger Wind, der auf ihre nassen Wangen peitschte, bis ihr nahezu die Gesichtszüge einfroren. Dennoch stahl sich ein kleines Lächeln der Erleichterung auf ihr blasses Gesicht.

Freitag, 17 Uhr. Sie würde es versuchen!

~ KAPITEL 2 ~

Schlaflose Nacht

ZEIT UND ORT UNBEKANNT

Die Wände des großen Hauses schienen ebenso zu zittern wie die blassen Menschen auf den Treppenstufen. Ein lauter Knall ertönte aus dem Erdgeschoss und zwei Frauen in der kleinen Gruppe falteten ihre Hände. Immer wieder murmelten sie dieselben, unverständlichen Worte.

Ein plötzlicher Schrei übertönte ihr frenetisches Gebrabbel, als plötzlich zwei triefend nasse Menschen mit bleichen Gesichtern durch das obere Fenster zu ihnen auf die Treppe gezogen wurden. Schwarzes Wasser schwappte mit ihnen ins Innere des eiskalten, abstoßend riechenden Gebäudes. Der tanzende Schein der Kerzen, der den Säugling ein wenig beruhigt hatte, erlosch und wich beängstigender Dunkelheit. Das Tosen des Wassers war ohrenbetäubend, während es gnadenlos und unvorstellbar schnell weiter anstieg.

Die Menschen erklommen in Windeseile die Stufen zum nächsten Stockwerk. Weitere Treppen gab es nicht, hier war die Flucht zu Ende. Eine junge Mutter mit wirren blonden Haaren stand noch immer reglos und merkwürdig still im Stockwerk unter ihnen. Das eiskalte Wasser hatte die Füße des kleinen Jungen auf ihrem Arm erreicht, doch sie ignorierte sein Schreien mit dieser sonderbaren Ausdruckslosigkeit. Langsam stieg sie die Treppe hinab, bis das eisige

Wasser sie vollkommen umfing. Plötzlich riss jemand den Säugling aus ihren starren Armen und ihre Trance schien für einen Moment durchbrochen. Eine ältere Dame presste den kleinen Jungen weinend an sich, als die seltsame Frau mit den großen Augen plötzlich im Wasser verschwand.

...

FRANKFURT AM MAIN, HESSEN, BRD. 19. NOVEMBER 1984. HELENAS WOHNUNG.

Ein ohrenbetäubender Knall ließ die schlafende Helena in einen kerzengraden Sitz emporschießen. Sie war schweißgebadet und riss sich halb schlaftrunken, halb Adrenalin-geladen das klatschnasse T-Shirt vom Leib. Schwer atmend knipste sie das Nachtlicht neben dem Bett an und sah sich um. Vor ihrem Bett lag ein zersplittertes Wasserglas, das sie offenbar soeben vom Nachttisch gefegt hatte. Ihre Hausschuhe und Notizen schwammen inmitten unzähliger kleiner Scherben in einer großen Wasserlache.

»Mist!«, zischte sie und bahnte sich vorsichtig an den Scherben vorbei einen Weg aus dem Bett. Sich den pochenden Kopf reibend, trippelte sie auf Zehenspitzen durch das Schlafzimmer, das zugleich auch ihr Wohnzimmer war, durch den winzigen Flur in ihre ebenso kleine Küche und griff nach mehreren Papiertüchern. Der Boden war eiskalt. Sie rieb sich fröstelnd ihre nackten, immer noch verschwitzten Schultern. Ihr Blick fiel auf die Wanduhr in der Küche: Es war vier Uhr morgens. Jetzt wieder einzuschlafen würde schwierig werden, denn jeden Augenblick würde das ältere Ehepaar unter ihr, das den Isolierungsbau im Erdgeschoss betrieb, mit dem üblichen Gepolter aufstehen. Ihnen gehörten alle Wohnungen im Haus und das gesamte Erdgeschoss war zu Büroräumen umfunktioniert worden.

Die Schumachers waren ausgesprochen nett zu Helena und hatten ihr vor zwei Jahren beim Einzug geholfen, ohne lästige Fragen zu stellen, was Helena sehr zu schätzen gewusst hatte. Sonderbar war nur, dass sie keine der anderen Wohnungen vermietet hatten. Helena hatte mitunter das unangenehme Gefühl, dass die Schumachers insgeheim darauf hofften, dass Helena Gefallen an ihrem Sohn fand. Der bloße Gedanke an eine solche Idee jagte Helena eine Gänsehaut über den Rücken. Christian war sicherlich ein netter Mensch, doch er war weder attraktiv, noch konnte man sich nett mit ihm unterhalten.

Mit zwei Händen voll Papiertüchern und einem kleinen Mülleimer bewaffnet, ging sie zurück ins Schlafzimmer und fing an, vorsichtig die kleinen Glassplitter zusammen zu schieben. Das Papier war schnell durchtränkt und die ersten Splitter bohrten sich in ihre Finger. Seufzend hielt sie inne und lehnte sich im Schneidersitz mit dem Rücken an das harte, wenig ansehnliche hölzerne Bett. Ihr Blick fiel auf ihre nassen Notizen am Boden. Vorsichtig schüttelte Helena sie aus und betrachtete sie genauer. Die Bleistiftzeilen waren leicht verschwommen und das Papier sehr aufgeweicht, aber vielleicht ließ sich noch etwas retten!

Zum mindestens fünfzehnten Mal las sie sich alles durch: *Erster Sprung im späten Kindesalter. Übelriechendes Wasser überall um mich herum und eine Frau ertrinkt in einem Haus. Von Mutter für Fantastereien ausgeschimpft worden und ...*

Den letzten angefangenen Satz hatte sie durchgestrichen. Dr. Genet hatte gesagt, er wollte diesmal nur über das Was, Wann und Warum während des Sprungs sprechen. Doch an was erinnerte sie sich wirklich noch und was war im Laufe der Jahre beim wiederholten Nachdenken hinzugekommen? Sie versuchte sich daran zu erinnern, was Dr. Genet genauer wissen wollte. Den Auslöser konnte sie nicht benennen. Darüber hatte sie sich seit ihrem allerersten Aussetzer den Kopf zerbrochen. Sie fühlte sich oft traurig oder gestresst, wenn es passierte. Doch war das immer so und tatsächlich der Auslöser?

Stirnrunzelnd blickte sie auf ihre unschöne Krakelschrift, der man höchstens charmant unterstellen konnte, dass sie einer Ärztin alle Ehre gemacht hätte und las weiter: *Ich höre plötzlich schlechter, als wäre auf einmal Watte in meinen Ohren. Es summt irgendwie im Kopf und mir wird meistens schlecht. Dann sehe ich erst mal alles verschwommen und manchmal verstehe ich nicht, was gesprochen wird. Beim ersten Sprung, an den ich mich erinnere, habe ich zum Beispiel nicht ein Wort verstanden. Ich hatte schlimme Kopfschmerzen, auch hinterher noch. Alles war dunkel und beängstigend und es roch ekelhaft. Im Nachhinein würde ich sagen es roch nach Exkrementen. Und ich hatte einen furchtbaren Geschmack im Mund und einen trockenen Hals wie noch nie. Ich konnte mich nicht bewegen und es war sehr kalt. Da war eine alte Frau, die sehr sanft mit mir gesprochen und versucht hat, mich zu beruhigen. Sie hat mich in eine Decke gewickelt und ich erinnere mich an einen grünen Kettenanhänger vor meinem Gesicht.*

Der Auslöser – was war der Auslöser gewesen? Krampfhaft versuchte sie, sich zu erinnern. Sie wusste nur noch, dass es nach dem Abendbrot passiert und sie noch sehr klein gewesen war. Sie hatte allein unter die Dusche gehen sollen, vor der sie sich immer sehr gefürchtet hatte. Das Badezimmer hatte kein Fenster und war in einem derart dunklen Blauton gestrichen worden, dass es fast schwarz wirkte und Helena immer an einen Sarg erinnerte. Sie hatte sich wie immer heulend geweigert und auf einmal war sie woanders gewesen. Sie erinnerte sich nicht mehr, wie lange dieser Sprung gedauert und was sie während des Geschehnisses im Hier und Jetzt gemacht hatte. Offensichtlich war es jedoch nicht allzu lange gewesen und unbemerkt geblieben, denn ihre Mutter hatte noch immer mit dem Rücken zu ihr gewandt am Spülbecken gestanden und geschimpft.

Helenas Blick verdüsterte sich, als sie sich an die harten Worte ihrer Mutter erinnerte. *‚Du solltest mal dein Gesicht sehen, du verzogene Rotzgöre! Da erkläre ich dir, warum ich wütend bin und du ziehst eine Fresse! Manchmal bist du deinem gottverdammten Vater wirklich wie aus dem Gesicht geschnitten! Los, ab ins Bett! Ich will dich heute nicht mehr sehen!‘*

Generell hatte ihre Mutter sie in ihrer frühen Kindheit recht selten sehen wollen, stellte Helena in einem erneuten Anflug von Selbstmitleid fest.

Ein plötzliches Gepolter vor ihrem Fenster ließ sie zusammenzucken. Sie hatte ihre Vermieter noch nicht mal durchs Treppenhaus gehen hören. Vorsichtig zog sie sich am Bettgestell hoch und lugte durch die braunen Jalousien, die noch immer heruntergelassen waren. Im Hof rollte der Sohn der Schuhmachers, lustlos rauchend, die ersten Gasflaschen lärmend vom Lager auf den Lastwagen. Christian war erst Mitte dreißig, doch wegen seiner gelben Zähne und wettergegerbten Haut hatte Helena ihn zunächst auf mindestens fünfzig geschätzt.

Angeekelt schob Helena die Jalousie wieder zurück in die ursprüngliche Position und verdunkelte die Jalousien bis zum Anschlag, sodass Christian sie nicht sehen konnte. Ihr fiel auf, dass sie noch immer mit nacktem Oberkörper dastand, was die Situation sicherlich nicht besser gemacht hätte, wenn er sie entdeckt hätte. Sie beschloss, sich Watte in die Ohren zu stopfen und noch einmal hinzulegen. Der Salon öffnete erst um 10 Uhr – es war einfach noch zu früh, um schon zu duschen. Die Scherben konnte sie auch später noch wegwischen.

In Windeseile hopste sie über den eiskalten Boden Richtung Badezimmer. Immerhin hatte die Wohnung trotz der geringen Quadratmeterzahl ein separates Bad. Mit seinen giftgrünen Fliesen sowie der grell orangefarben tapezierten Decke und Badewanne war es sicherlich nicht der schönste Gruß aus den Siebzigerjahren, aber sie mochte diesen Raum trotz seiner Hässlichkeit. Vielleicht weil er fensterlos war. Hier konnte sie niemand sehen oder stören. Egal wie es ihr ging, hier war sie wirklich ganz privat und fühlte sich sicher.

Rasch öffnete sie den abgenutzten Wandschrank, drückte ein wenig Baumwollwatte zusammen und stopfte es sich in die Ohren. Ihr Blick fiel auf ihr Spiegelbild. Dunkle Augenringe hoben ihre dunklen Augen wie schwarze Kohlen auf dem blassen Gesicht hervor. Ihr kritischer Blick wanderte weiter über ihr langes, blondes Haar, das im grellen Oberlicht stumpf und beinahe grau wirkte. Sie hatte schon so oft andere Menschen, insbesondere Frauen, sagen hören, wie viel jünger sie sich fühlten, als sie letztendlich waren. Helena hingegen hatte sich schon immer alt gefühlt und zum ersten Mal sah sie nun fast so alt aus, wie sie sich fühlte.

Müde schaltete sie das grelle Licht aus und ging zurück ins Schlafzimmer. Unter ihrem linken kleinen Zeh knirschte es unangenehm, als sie sich rasch vom Boden abstieß, um sich fröstelnd ins noch halbwegs warme Bett zu kuscheln – egal, sie würde alles in ein paar Stunden aufräumen und in Ruhe duschen! Ihr Wecker würde um halb neun klingeln, genügend Zeit für einen entspannten Start in den Tag.

~ KAPITEL 3 ~

Unerwartete Bekanntschaft

FRANKFURT AM MAIN, HESSEN, BRD. 19. NOVEMBER 1984. HELENAS WOHNUNG.

Schon wieder dieser merkwürdige Traum ... Helena hörte noch immer das Rauschen im Ohr und schluckte angeekelt den widerlichen Geschmack im Mund herunter. Wie sehr sie sich wünschte, sie würde einfach nur mal tief genug schlafen, um entspannt aufzuwachen. Wie spät war es? Im Zimmer war es immer noch stockdunkel. Vermutlich hatte sie wieder nur ein paar Minuten gedöst und es kam ihr nur wie eine Ewigkeit vor.

Gähnend streckte sie ihren schmerzenden Rücken und schob langsam ihre Beine aus dem Bett. Irgendetwas knirschte unter ihren Füßen. *Das zerbrochene Glas!* Sie hatte die nächtliche Unterbrechung schon fast wieder vergessen. Der fortgesetzte Traum hatte den Vorfall in weite Ferne rücken lassen. Seufzend stand sie auf und bahnte sich im Dunkeln so gut es ging ihren Weg in die Küche. Warum war es hier so hell? Irritiert blickte sie auf die Wanduhr. Diese zeigte 13:45 Uhr. Das konnte doch aber gar nicht sein. Sie hatte den Wecker auf halb neun gestellt und es war noch immer stockdunkel im Schlafzimmer!

Wie von der Tarantel gestochen schoss sie zurück ins Schlafzimmer, die Scherben ignorierend, und griff hektisch nach dem Wecker.

13:46 Uhr! Schlagartig erinnerte sie sich: Sie hatte nachts die Jalousien vollständig verdunkelt! Ihr Blick fiel auf die offene Schlafzimmertür. Der Anrufbeantworter im Flur blinkte. Erneut rannte sie durch die Scherben und spulte die Kassette zurück.

»*Guten Morgen, Helena. Oder sollte ich vielleicht besser sagen: Guten Tag? Hier ist Nadine! Es ist jetzt zwölf Uhr und wir erwarten dich seit zwei Stunden im Salon! Was soll ich sagen, Helena, langsam reißt mir der Geduldsfaden! Ich hoffe für dich, du tauchst hier bald auf, aber wir müssen uns mal unterhalten! Ich war nun wirklich ... Moment kurz ... Danke, Frau Decker!*«, fuhr die Stimme ihrer Chefin deutlich freundlicher gen Hintergrund fort. »*Das macht vierzig Mark, bitte!*« Das Geklapper der Ladenkasse knirschte durch den Lautsprecher des Anrufbeantworters. »*Wir sprechen uns später, Helena!*«, zischte die Stimme ihrer Vorgesetzten nach ein paar Sekunden leise durch den Raum. Dann legte sie auf.

Wie zur Salzsäule erstarrt blickte Helena auf den Anrufbeantworter. Es tutete noch ein paar Sekunden, bis es schließlich still wurde.

Wie hatte das wieder passieren können? Warum hatte sie so lange geschlafen? Und warum hatte sie weder den Wecker noch das Telefon oder den Anrufbeantworter gehört? Das Klingeln der Straßenbahn vor dem Küchenfenster riss sie aus ihrer Erstarrung und ließ sie in Windeseile die knapp zwei Meter auf dem weniger schmerzenden Fuß ins Badezimmer hopsen. Stöhnend setzte sie sich auf den Badewannenrand und zog den linken Fuß hoch. Die Fußsohle war von kleinen Splittern durchbohrt und blutete recht heftig. Der rechte Fuß sah etwas besser aus, aber auch dieser brannte wie Feuer, als sie die Scherben so gut es ging herausdrückte und Desinfektionsmittel drüber rieb.

Während sie sich in Rekordtempo notdürftig wusch und anzog, schwirrten ihr unzählige Ausreden durch den Kopf. Die Wahrheit klang zu banal, doch was sollte sie sonst sagen? Nadine wusste, dass Helena keine nennenswerte Familie hatte, also kam ein familiärer Notfall als Ausrede nicht in Frage. Vielleicht Zahnschmerzen? Doch warum sollten Zahnschmerzen sie daran hindern, einen rechtzeitigen Telefonanruf zu machen?

Ihr Blick fiel auf ihr Spiegelbild. Sie sah noch müder aus als gestern kurz vorm Schlafengehen! Wie war das möglich? Für Make-up war keine Zeit. Die nächste Straßenbahn fuhr um 14:05 Uhr, die musste sie unbedingt schaffen! Schnell schlüpfte sie in die getragenen Klamotten vom Vortag: eine ausgewaschene grau-blaue Jeans und ein ausgeleierter, blauer Strickpulli mit viel zu großen Schulterpolstern für ihre knochige Statur. Hurtig schnappte sie sich ihren senfgelben Strickschal und den grauen Mantel, schlug die Tür hinter sich zu und rannte die schmalen Stufen hinunter. Der Schlüssel, wo war der Schlüssel? Warum mussten die Schuhmachers immer die untere Tür extra abschließen? Hektisch durchforstete sie die Manteltaschen, fummelte den Schlüssel heraus und schloss rasch die Haustür auf.

In dieser Sekunde fuhr bereits die Straßenbahn an der Tür vorbei. Helena hielt Schal und Mantel fest und rannte ihr so schnell sie konnte hinterher. Die Haltestelle war nur zweihundert Meter von ihrer Haustür entfernt, doch Helena spürte schon nach wenigen Schritten ein scharfes Brennen im Hals und keuchte, langsamer werdend, der Straßenbahn nach. Mit letzter Kraft hechtete sie die Stufen ins Straßenbahninnere empor, als sich gerade die Tür schloss. Der Türmechanismus ließ daraufhin die Tür mehrmals öffnen und schließen – offenbar war ein manuelles Zurückschieben der Türen nicht vorgesehen.

Unfreundliche Blicke und verhaltenes Murren hagelten Helena entgegen, als sie sich mit rasselndem Atem auf einen der roten, abgewetzten Ledersitze plumpsen ließ. Endlich fuhr die Straßenbahn ab. Helena zog schwitzend den Wintermantel aus und rang nach Luft. Ihr war ein wenig übel und ihre Lungen brannten wie Feuer. Erschreckend wie unsportlich sie war!

»Hallo, darf ich dich fragen, was du von der aktuellen Stadtpolitik hältst?«

»Was?« Irritiert blickte Helena auf den jungen Studenten in unmoderner Siebzigerjahre Hippie-Kleidung, der sie mit Papieren und

Kugelschreiber in der Hand erwartungsvoll ansah.

»Ich rede von dem Vorhaben, alle Straßenbahnen zugunsten der neuen U-Bahnen abzuschaffen«, fuhr der junge Mann mit den unordentlichen Haaren trotz Helenas unfreundlichem Blick unbeirrt fort und lächelte gewinnend.

»Ist mir doch egal!«, schnauzte Helena ihn an und starrte abweisend auf das halb abgerissene Poster der letzten Mike Oldfield Tournee im vorderen Teil des Waggons.

»Das ist aber schade«, plauderte ihr Sitznachbar unbeirrt weiter. »Weißt du, dass die neuen U-Bahnen nicht ansatzweise die Stadtteile abdecken, wie es jetzt mit den Straßenbahnen der Fall ist und dass somit viele Verbindungen ersatzlos gestrichen werden?«

»Hör zu«, Helena zwang sich zu einem halbwegs freundlichen Tonfall, »ich habe heute einen echt gottverdammt miesen Tag und einfach keinen Nerv für so einen Quatsch! Alles klar?«

Schweigend saßen sie eine Weile nebeneinander und beobachteten die Leute beim Ein- und Aussteigen. Vielleicht sollte sie Nadine einfach erzählen, dass ihr Kreislauf versagt hätte und sie nicht hatte aufstehen können? Aber wäre das Grund genug gewesen, um nicht wenigstens anzurufen?

»Warum ist dein Tag gottverdammt mies?«

»Was?«

Der Student lachte auf. »Du redest nicht viel, oder? Kennst du noch ein anderes Wort als *was*?«

»Ich werde heute vermutlich rausgeschmissen!«, platzte Helena raus. Warum erzählte sie das einem komplett Fremden?

»Oh je, das tut mir echt leid!« Er sah sogar ehrlich mitfühlend aus. »Zu Hause oder im Job?«

»Im Job!«, strömte es erneut aus ihr heraus. »Ich kann zu Hause von niemandem rausgeschmissen werden, ich wohne allein! Außer natürlich, ich werde im Salon rausgeschmissen, finde keinen neuen Job und kann mir die Wohnung nicht mehr leisten!«

Hatte sie den Verstand verloren? Sie musste unbedingt aufhören, diesem Wildfremden ungefiltert aus ihrem Privatleben zu erzählen!

Unsicher sah sie ihn aus dem Augenwinkel an. Er blickte offen zurück und schien ehrliches Interesse zu haben. Manche Menschen hatten offenbar kein eigenes Leben!

»Ich bin heute Morgen zu Hause rausgeflogen«, sagte er schließlich mit einem verschmitzten Lächeln.

Erstaunt sah Helena ihn nun mit vollem Blick an. »Ehrlich?«

»Ja, mein Alter hat genervt, ich solle mir endlich einen anständigen Job suchen und als ich sagte, es sei schwierig als Schwuler einen guten Job zu finden, hat er mich rausgeschmissen.«

Sprachlos blickte Helena ihn einige Sekunden an. Ihr Blick fiel auf eine recht feminin wirkende Kette mit einem grünen Anhänger. »Das tut mir leid!«, erwiderte sie unbeholfen.

»Was, dass ich schwul bin oder dass ich rausgeflogen bin?«

Gegen ihren Willen musste Helena kichern. »Beides, denke ich!«

Eine Ansage knisterte durch den Lautsprecher. »*Nächste Station: Lokalbahnhof!*«

»Ich muss hier raus«, sagte Helena fast bedauernd. Ihr Lächeln verschwand. Schlagartig wurde der nun anstehende Teil des Tages wieder Realität und sie zog hektisch ihren grauen Mantel an.

»Hey!« Der Student hielt sie am Ärmel zurück. Er lächelte noch immer. »Du hast deinen Job noch nicht verloren, oder?«

»Nein!«, entgegnete Helena ein wenig kurzangebunden, während sie sich verlegen den scheußlichen Schal um den Hals wickelte.

»Siehst du, bisher ist es also nur ein Tag, an dem du dich nett unterhalten hast und du vielleicht doch noch deinen Job behältst. Wer weiß?«

Wieder musste Helena gegen ihren Willen lächeln. »Wer weiß ...«

»Wie heißt du?«

»Helena«, antwortete sie und stand auf.

»War schön, dich kennenzulernen, Helena!« Ein wenig förmlich reichte er ihr die Hand. Verwirrt erwiderte sie seinen festen Händedruck und ging schnell mit etwas mehr Farbe in den Wangen zum Ausgang.

Als sie draußen ihren Mantel zuknöpfte, fiel ihr auf, dass sie einen kleinen Papierschnipsel mit einer Frankfurter Telefonnummer in der Hand hielt. Unter der Nummer stand in kaum lesbarer Handschrift: *Felix. Nicht schwul!*

Mit offenem Mund starrte sie der davonfahrenden Straßenbahn nach. Nach ein paar Sekunden besann sie sich, zog den Mantel fester um sich und stemmte sich dem kalten Wind Richtung Frankensteiner Platz entgegen. Sie hatte noch immer Angst vor dem Gespräch, das sie gleich erwarten würde. Dennoch konnte sie sich ein Schmunzeln nicht verkneifen, als sie den Zettel in ihrer Manteltasche fühlte.

~ KAPITEL 4 ~

Der andere Felix

ORT UND ZEIT UNBEKANNT

»Können Sie mich hören, Frau Gutowski? Hallo? Helena? Wenn Sie mich hören, versuchen Sie doch bitte mal, meine Hand zu drücken, ja?«

Ein grelles Licht blendete ihre Augen, doch Helena konnte sie nicht mit den Händen abschirmen. Ihre Arme wollten ihr einfach nicht gehorchen. Ihr ganzer Körper schien taub und in Watte eingepackt zu sein. Außerdem war ihr grauenvoll übel! Hoffentlich würde sie sich nicht erbrechen müssen und an ihrem Erbrochenen ersticken!

Sie versuchte, den Kopf zur Seite zu drehen, doch sie schien nicht eine einzige Körperfunktion unter Kontrolle zu haben. Angestrengt bemühte sie sich, wenigstens zu blinzeln und die aufkeimende Panik zu unterdrücken.

»Herzchen, ganz ruhig atmen, alles ist gut! Ich sehe, dass Sie wach sind, aber ich weiß nicht, wie viel Sie verstehen. Aber das kommt alles mit der Zeit, ganz ruhig. Einatmen und ausatmen … Die ganze Luft kräftig ausatmen! Gut, halten, halten! Nicht einatmen, halten! Prima! Und jetzt tief einatmen und wieder lang ausatmen. Sehr gut! Pusten Sie die ganze Luft mal so richtig raus!«

Die Stimme klang nett und einfühlsam. Helena hatte keine Ahnung, wer da mit ihr sprach. Offensichtlich war sie in einem Krankenhaus. Ihre Lungen brannten und sie sah alles nur verschwommen. War sie wieder in dem überfluteten Haus? Die Stimme, die hier zu ihr sprach, war ebenfalls weiblich und freundlich, doch sie schien jemand anderem zu gehören. Diese Frau hatte zwar einen recht starken ausländischen Akzent, aber Helena verstand alles; das war sonst nicht so.

»Ich glaube, das Licht ist ein bisschen hell, nicht wahr? Dr. Weiß, seien Sie doch bitte so nett und schalten Sie mal die Deckenlichter aus. Die Wandlampen genügen!«

Das tat gut!

Helena spürte, wie ihr ein kleines Blinzeln gelang. Das erfreute Gesicht einer etwa 60jährigen Ärztin beugte sich über das ihre. Sie hatte einen dicken, dunkelbraunen Zopf und durchdringende, dunkle Knopfaugen. Ihre tiefschwarz geschminkten Augen und der knallrote Lippenstift gaben ihr eine strenge Note, doch ihr Lächeln war aufrichtig und nahezu mütterlich, als sie ihr Stethoskop abnahm und sich weiter zu Helena herunterbeugte.

»Na, na, na, wer wird denn da weinen. Ich sage Ihnen doch, Herzchen: Alles wird gut!«

Weinte sie? Sie fühlte nichts.

»Passen Sie auf: Wir lassen Sie erstmal richtig aufwachen, die Schwester macht sie ein bisschen sauber und dann kümmert sich Dr. Weiß um Sie, ja? Ich sehe später am Ende meiner Visite noch mal nach Ihnen!« Aufmunternd strich sie Helena über die Wange und stampfte energisch mit federndem Zopf aus dem Raum.

Helena hörte Schüsseln klappern und sah aus den Augenwinkeln eine sehr junge Schwester, vermutlich eine Praktikantin, die sie wusch. Sie wirkte nicht unfreundlich, doch ihr Lächeln war nervös, als sie Helena flüchtig ansah und sich sogleich wortlos auf ihre Aufgabe konzentrierte. Es kam Helena wie eine Ewigkeit vor und ihre Gedanken wirbelten so hektisch umher, dass die Minuten verstrichen, ohne dass sie einen einzigen klaren Gedanken fassen konnte.

Warum war sie hier? Was war passiert?

Erfolglos versuchte sie, sich an die letzten Geschehnisse zu erinnern. Doch während ihr Hirn in zig parallelen Gedankengängen auf Hochtouren lief und sie krampfhaft versuchte, einen durchgängigen Gedankenstrang beizubehalten, vergingen die Minuten mit nichts anderem als atemraubender Verwirrung. Sie spürte, wie ihr Körper unter dem rasenden Herzschlag müder und müder wurde. Ihre Augenlider flackerten schwer. Ein Stuhl wurde neben ihr Bett gezogen und sie hörte eine bekannte Stimme.

Wer war das? Sie hatte die Stimme definitiv schon einmal gehört.

»Ist Ihnen schlecht? Sie sehen etwas blass aus.«

Helena versuchte erneut, etwas zu sagen, doch aus ihrem sich mühsam öffnenden, trockenen Mund kam noch nicht einmal ein Hauchen hervor, geschweige denn ein Laut. Unerbittlich schlich sich ein erneuter Panikschub in ihre Gedanken.

War sie gelähmt? Warum konnte sie sich weder bewegen noch sprechen?

»Hey, warum ist das Klopapier in der DDR so rau?«

War der Kerl verrückt? Wer war das? Woher kannte sie diese Stimme, die so klang, als ob er bei jedem Wort lachen würde?

»Na?«, fragte die aufmunternde Stimme wieder. Der Stuhl wurde hörbar noch ein Stückchen näher gezogen. Der junge Mann beugte sich leicht über sie und war nun in Sichtweite.

Das war doch ...? Wie war das möglich?

»Ffffffffff…« Der erste Laut entwich Helenas Lippen.

»Na ja, vielleicht lass ich das heute mal als Antwort gelten! Also, warum ist das Klopapier so rau? Damit auch der letzte Arsch rot wird!« Die lachenden blauen Augen rückten noch ein Stück näher und Helena spürte, wie trotz aller Verwirrung und Angst Tränen der Erleichterung in ihre Augen stiegen.

»Ffffff…«, kam es leise und kaum hörbar aus ihrem Mund.

»Moment«, sagte Dr. Weiß freundlich und schenkte Helena ein Glas Wasser aus dem Krug neben ihrem Kopfende ein. Er hob ihren Kopf an und half ihr, einen Schluck zu trinken. Der größte Teil ging daneben, doch Helena war zu aufgeregt, um sich zu schämen. Mit der größten Anstrengung, derer sie mächtig war, füllte sie ihre Lungen.

»Felix!«

Der junge Mann erstarrte für einen Moment und blickte sie mit offenem Mund an. Flüchtig sah er an seinem Kittel herunter. Er trug heute kein Namensschild.

»Kennen wir uns? Woher wissen Sie, wie ich heiße?«

Helenas Augen füllten sich mit Tränen. Er war der einzige halbwegs vertraute Mensch in all diesem Chaos, doch er erinnerte sich noch nicht einmal an sie! Erneut wiederholte sie mit letzter Kraft seinen Namen, doch der Assistenzarzt sah sie lediglich verwirrt an.

Er sah anders aus als in der Straßenbahn. Seine Haare waren nicht lang und wirr, sondern kurz und sehr gepflegt. Auch seine Kleidung war sauber und adrett gebügelt. Die alberne Damenkette mit dem grünen Anhänger hatte er offenbar ebenfalls abgelegt, sodass er sogar richtig gut aussah, wie Helena beiläufig feststellte.

Aber warum erkannte er sie nicht? War sie im Gesicht verletzt oder gar entstellt? Warum war sie eigentlich hier? Und weshalb war ihre Wahrnehmung wie in Watte gepackt, als wäre alles nur ein Traum? Erneut schnürte ihr die Angst die Luft ab und sie fühlte Übelkeit in sich aufsteigen.

»Sch…«, hauchte sie erneut angestrengt. »Sch… raßn… bahn!«

Was war mit ihr los? Warum fiel ihr das Sprechen so schwer, als würde ihr Körper gar nicht zu ihr gehören?

Der junge Mann löste sich augenblicklich aus seiner Verwirrung und fiel in seinen professionellen Assistenzarzt-Modus zurück. Während er sie im Auge behielt, prüfte er die Geräte und Kabel neben ihrem Bett.

»Ganz ruhig atmen«, sagte er beruhigend, »es ist alles in Ordnung. Ihr Puls ist nur ein bisschen hoch für meinen Geschmack. Ganz ruhig.«

War es wegen dem, was er sagte oder hatte er ihr ein Beruhigungsmittel gespritzt? Nicht nur ihr Körper, sondern auch alles andere verschwand hinter einem nebelartigen Schleier. Sie versuchte, die Zunge in ihrem fast unerträglich trockenen Mund zu bewegen, als alle Geräusche plötzlich leiser wurden und der Raum sich verdunkelte.

~ KAPITEL 5 ~

Dr. Horvats Assistenzarzt

FRANKFURT AM MAIN, BRD. 21. NOVEMBER 1984.
KRANKENHAUS OFFENBACH.

»Frau Gutowski? Hallo? Helena?«

Ein grelles Licht blendete erneut ihre Augen. Sie blinzelte, ihr Kopf fühlte sich unendlich schwer an. Ein weißer Kittel erschien vor ihr.

»Können Sie mich hören? Drücken Sie doch bitte mal meine Hand, wenn Sie mich hören, ja?«

Da war sie wieder, die Stimme der netten Ärztin mit dem ausländischen Akzent. Helena öffnete ihre Augen. Sie erblickte jedoch nicht das vertraute Gesicht der netten Ärztin von gestern. Entsetzt starrte sie auf die tiefen, stark überschminkten Narben, die toupierten blonden Haare, die sich wie eine Helmfrisur um ihren massiven Kopf legten und ihre aufgeplusterten Wangen. Bis auf den grellroten Lippenstift und die warmherzigen, dunklen Knopfaugen hatte die Frau nichts mit der Ärztin von gestern gemeinsam! Und doch wusste Helena, dass sie ein und dieselbe Person war. Die Ärztin sah grotesk aus, aber auch heute war ihr Lächeln aufrichtig und mütterlich, als sie ihr Stethoskop abnahm und sich weiter zu Helena herunterbeugte. Beschämt bemerkte Helena, dass sie die Ärztin unverhohlen mit offenem Mund anstarrte und zwang sich, zur Seite zu sehen.

»Danke für gestern!«, sagte sie schließlich schwach unter mehrfachem Räuspern und drückte der Ärztin wie gewünscht die Hand. Die Ärztin hielt inne und blickte sie überrascht an. Rasch wechselte sie einen Blick mit jemandem, der in einer dunklen Ecke des Raumes saß und nun ins Licht hervortrat. *Dr. Genet!*

»Hallo!«, entfuhr es Helena erleichtert. Wie wunderbar, sie hatte nicht nur endlich ihre Stimme wieder, sondern nun gleich zwei bekannte Gesichter um sich. Nun würde alles gut werden! Die Erleichterung ließ die enormen Kopfschmerzen und die Übelkeit ein wenig erträglicher werden. Dr. Genet nickte der Ärztin zu und nahm Helenas zweite Hand.

»Helena, woran erinnern Sie sich?«

Die Ärztin, auf deren Namensschild ›*Dr. med. Irena Horvat*‹ zu lesen war, zog mit freundlichem Lächeln einen Stuhl heran und begann, sich Notizen zu machen. Aufmunternd nickte sie Dr. Genet und Helena zu. »Ignorieren Sie mich einfach kurz!«, sagte sie freundlich mit rollendem R. War sie Ungarin? Der Name klang zumindest ungarisch.

»Helena?«

Helena blickte auf Dr. Genet, der sie noch immer in Erwartung einer Antwort fragend ansah. »Entschuldigen Sie bitte, was war noch mal die Frage?«

Eifrig kritzelte Dr. Horvat auf ihrem Block herum.

»Ich habe Sie gefragt, woran Sie sich erinnern«, wiederholte Dr. Genet.

Helena überlegte kurz. Die Kopfschmerzen waren wieder sehr heftig und sie fand es schwierig, sich zu konzentrieren. »Ich bin Straßenbahn gefahren. Und da war Felix!« Sie hielt inne und errötete.

Dr. Horvat sah interessiert auf und schaltete sich in das Gespräch ein. »Felix, ist das Ihr Freund? Sollen wir ihn benachrichtigen?«

»Nein!« Helenas Kopf dröhnte, als ihre Wangen heiß wurden. »Wir haben uns in der Straßenbahn kennengelernt. Nichts weiter!«, schob sie hastig nach. Dumpf erinnerte sie sich, dass sie ihn gestern hier gesehen hatte. *Oder war es heute Morgen gewesen?* Unsicherheit schlich sich in ihre wirren Erinnerungen.

»Gut«, fuhr Dr. Genet fort. »Und dann? Erinnern Sie sich an etwas danach?«

»Ich war auf dem Weg in den Salon, in dem ich arbeite. Nadine, das ist meine Chefin, war sauer, weil ich zu spät war. Sie sagte, dass dies meine letzte Verwarnung sei und wegen der letzten zwei Verwarnungen könne sie mich ab sofort jederzeit rausschmeißen!« Unruhig setzte sie sich im Bett auf. Sie bemerkte, dass sie noch immer Dr. Genets Hand hielt und zog die ihre verlegen zurück, indem sie so tat, als würde sie sich an der Nase kratzen müssen. Dr. Genet ließ sich jedoch nichts anmerken und bohrte weiter.

»Und dann? Was war danach?«

Helena überlegte angestrengt. Die Übelkeit war schier unerträglich!

Als könnte sie Gedanken lesen, stand Dr. Horvat auf, schenkte Helena aus dem Krug neben ihrem Bett einen Becher Wasser ein und gab ihr eine Tablette. »Nehmen Sie die, Herzchen!«, sagte sie in ihrem mütterlichen, offenbar ungarischen Singsang. »Sie haben sicherlich kräftig Kopfschmerzen!«

Unendlich dankbar brachte Helena ein Lächeln zustande und schluckte die große Tablette leicht würgend herunter. »Ich habe abends am Lokalbahnhof auf die Straßenbahn nach Hause gewartet.« Angestrengt konzentriert starrte sie einige Sekunden vor sich hin und sah dann Dr. Genet nahezu fragend an. »Ich glaube, das ist alles. An mehr erinnere ich mich nicht. Abgesehen von gestern oder heute Morgen!«

Dr. Horvat blickte auf die Flipchart an Helenas Bettende und sah erstaunt aus. »Gestern oder heute Morgen? An was erinnern Sie sich denn da genau?«, fragte sie interessiert.

»Nicht an viel«, gab Helena nach kurzem Zögern zu. »Mir war sehr schlecht und ich konnte nicht viel sprechen. Sie waren da, aber Dr. Genet nicht, glaube ich. Und Felix, aber er hat mich nicht erkannt!«

Dr. Genet kam nun offenbar durcheinander. »Felix? Ihre Straßenbahnbekanntschaft? Arbeitet er hier?«

»Ja, er ist Dr. Horvats Assistenzarzt!«

Dr. Horvat lachte laut auf und beförderte ihre Notizen mit einem Schwung in ihre große Kitteltasche. »Na, endlich versteht mich jemand! Ich bitte das Krankenhaus schon seit Ewigkeiten um einen Assistenzarzt!« Ihr kräftiges Lachen ließ das Stethoskop auf ihrem mächtigen Busen auf und ab hopsen. »Mir scheint, dieser Felix hat einen gehörigen Eindruck auf Sie gemacht, was?«, fragte sie augenzwinkernd und kniff Helena verständnisvoll in die Wange. »Na, ruhen Sie sich erst einmal aus, Herzchen, das wird alles wieder! Sie haben vermutlich nur einen heftigen Rumms auf den Kopf bekommen, als Sie ohnmächtig geworden sind!«

Gut gelaunt schob sie den Stuhl zurück in die Ecke und wandte sich an Dr. Genet. »Machen Sie sich keine Gedanken. Ich denke, wir haben hier eine kräftige Gehirnerschütterung vorliegen. Das renkt sich alles wieder ein. Helena, ich sehe morgen bei meiner nächsten Visite noch einmal nach Ihnen und dann dürfen Sie bald nach Hause. Ich möchte Sie einfach noch über Nacht zur Beobachtung hierbehalten, wenn Sie einverstanden sind.«

»Ja«, brachte Helena verlegen heraus. Energisch stampfte Dr. Horvat aus dem Zimmer. »Ich kann mich geirrt haben«, gab Helena kleinlaut zu und warf Dr. Genet einen beschämten Blick zu. »Der Mann, der wie der Felix aus der Straßenbahn aussah, war ihm vermutlich einfach nur sehr ähnlich.«

Hoffentlich hielt Dr. Genet sie nicht ebenfalls für merkwürdig verliebt!

Er blickte eine Weile unschlüssig vor sich hin und legte schließlich unbeholfen eine Mütze auf ihr Bett. Helena erinnerte sich, dass sie diese gerade erst vor einer Woche gekauft hatte. Doch wo auch immer Dr. Genet sie gefunden hatte, er hätte sie vielleicht einfach dort liegen lassen sollen! Die Mütze sah sehr schäbig und schmuddelig aus.

»Die haben Sie am Dienstag bei mir vergessen, Helena!«

»Danke!« Mühsam streckte Helena ihre Hand aus. Sie fühlte sich enorm schwerfällig. Plötzlich hielt sie jedoch inne. »Sie meinen letzten Freitag! Wir hatten unsere Sitzung am Freitag, oder?«

»Ja«, bestätigte Dr. Genet räuspernd. »Wir haben uns letzten Freitag unterhalten und einen Termin für den kommenden Freitag ausgemacht. Erinnern Sie sich?«

»Na klar!«, bestätigte Helena. »Aber Sie haben eben Dienstag gesagt.«

Da war es wieder, dieses vielsagende Schweigen.

»Ich hatte am Dienstag frei und meine Sprechstundenhilfe rief mich an, um mir zu sagen, dass Sie …« Er unterbrach sich mit einem prüfenden Blick auf Helena. »Vergessen Sie es, ist nicht wichtig! Wenn Sie bis dahin entlassen sind, sehen wir uns wie vereinbart übermorgen am Freitag, ja? Lassen Sie mich wissen, ob es Ihnen dann gut genug geht.«

»In Ordnung.«

Mit leerem Blick sah Helena ihm nach, als er den Raum verließ. Ihr Kopf fühlte sich unendlich schwer an, als sie ihn auf das Kissen sinken ließ. Müde klingelte sie nach der Schwester. Nur wenige Sekunden später flitzte ein junges, quirliges Mädel um die Ecke.

»Ja super, ich dachte schon, du wachst nie wieder auf!«

»Kennen wir uns?«, fragte nun Helena ihrerseits.

»Nee, Entschuldigung!«, antwortete die muntere Schwester. »Ich rede nur schon seit vorgestern Abend auf dich ein, weil du immer halb wach schienst und nach einem Dr. Keller und Dr. Genet gefragt hast! Ich war mir nicht sicher, ob du mich nun hörst oder nicht. Ich bin die Susanne!«

»Seit vorgestern?« Helena kam einfach nicht mehr hinterher. »Welcher Tag ist heute?«, fragte sie erschöpft.

»Na«, entfuhr es der wirbeligen Schwester Susanne, »das ist ja mal eine Frage – Mittwoch natürlich! Aber stimmt, du hast ja geschlafen, während wir Normalsterblichen brav gearbeitet haben!«, fügte sie schelmisch kichernd hinzu.

Mühsam brachte Helena alle Konzentration auf, derer sie fähig war. »Das kann nicht sein! Dr. Genet hat gerade gesagt, ich sei am Dienstag noch mal bei ihm gewesen, das müsste dann ja gestern gewesen sein!«

Oder hatte er sich letztendlich doch mit den Wochentagen vertan? Er war so schnell verschwunden. Bestimmt hatte er sich geirrt!

»Was auch immer du gestern gemacht hast: Es hat definitiv in diesem Krankenhaus stattgefunden! Du bist seit Montagabend hier«, lachte Susanne. »Aber warte mal, du hast geklingelt. Brauchst du etwas?«

»Kopfschmerztabletten!«, hauchte Helena überfordert. »Einfach nur was gegen Kopfschmerzen und Übelkeit. Die Tablette von eben wirkt nicht und mir platzt gleich der Schädel!«

»Kein Problem, ich frage kurz bei der Stationsärztin nach«, trällerte die junge Schwester und hüpfte leichtfüßig davon.

~ KAPITEL 6 ~

Nichts als Regen

LYNMOUTH, DEVON, SÜDENGLAND. 4. AUGUST 1952.
LYNDALE HOTEL

»Kann ich Ihnen noch einen Tee bringen, liebe Ruth?«, fragte die freundliche, ältere Hotelbesitzerin Elsie in ihrem herzlichen, irischen Dialekt.

»Nein danke!« Ruth rang sich ein müdes Lächeln ab. Die Nächte waren ohnehin kurz genug mit einem nur acht Wochen alten Baby und hier saß sie nun auf einem unbequemen Holzstuhl, der mit einem schlafenden Baby jede Minute an Ungemütlichkeit gewann, und wartete seit Stunden. Wie immer war ihr Mann zu spät. Die große Wanduhr in der Ecke der Lounge zeigte bereits 20 Uhr. Doch wenn sie nach oben auf ihr Zimmer ging und er kurz darauf erschien, dann würden sie wieder streiten. Sie wusste ja, dass er nichts dafür konnte, wenn er länger aufgehalten wurde, doch sie fühlte sich gefangen in diesem ständigen Warten, das sich oft über Stunden hinziehen konnte, in denen sie nichts unternehmen oder einfach nur schlafen konnte, weil Reinhard jede Minute zurückkommen konnte und dann Zeit mit seiner Familie verbringen wollte.

Vorsichtig streckte sie ihren schmerzenden Rücken und hoffte, dass sie den kleinen Frank damit nicht aufwecken würde. Er war ein lieber, kleiner Junge, aber wenn er abrupt aus dem Schlaf gerissen wurde, verwandelte er sich binnen Sekunden in ein ohrenbetäubend schreiendes Monster.

Müde lehnte sie den Kopf an die harte Rücklehne und schaute aus dem Fenster. Sie konnte nicht viel sehen, es war dunkel und regnerisch draußen, wie immer. Das Meeresrauschen und Salz in der Luft waren allerdings wunderbar und sie genoss die Spaziergänge zum Strand sowie in das höher gelegene Lynton.

»Sie Ärmste, Sie müssen heute aber wieder lange warten!« Der gutmütige Hotelbesitzer Jim Stratford erschien plötzlich neben ihr. »Wollen Sie es sich nicht vielleicht oben gemütlich machen? Sie sollten schlafen, wenn der junge Mann schläft!«, fügte er mit einem verständnisvollen, großväterlichen Augenzwinkern hinzu.

Ruth war sich nicht sicher, ob sie alles verstanden hatte. Der Schnellkurs in Englisch, den sie während ihrer Schwangerschaft besucht hatte, hatte sie offenbar nicht ausreichend auf den mitunter schwer verständlichen devonischen Akzent vorbereitet. Doch sie war sich sicher, dass er sie gefragt hatte, ob sie nicht auf ihr Zimmer gehen wollte. Vielleicht schlossen sie die Lounge zu späterer Stunde? So lange hatte sie noch nie auf Reinhard warten müssen – oder wie man ihn hier nannte: *Hardy*.

Sie wickelte die Decke fester um ihren Sohn und sah Jim dankbar an. Sie wusste es sehr zu schätzen, dass man hier so kurz nach Kriegsende nett zu ihr war. Auch wenn Reinhard versucht hatte, sie zu beruhigen. Er war immerhin halb Engländer und sie hätten ihn sicherlich nicht als Projektmanager geholt, wenn sie nicht von seiner Arbeit überzeugt und ihn unabhängig von seinem deutschen Pass im Team willkommen heißen wollen würden.

Dennoch waren die Erinnerungen, die sie in ihren jungen Jahren so sehr geprägt hatten, nur allzu frisch. Sie war bei Kriegsende gerade einmal sechzehn Jahre alt gewesen. Welche Ironie des Schicksals, dass ihr Mann halb Engländer war und sie nun in einem der gefürchtetsten Länder ihrer Kindheit ihr vorübergehendes Zuhause gefunden und sogar ihren Sohn zur Welt gebracht hatte. Hätte dieses Land schon in ihrer Kindheit ein freundliches Gesicht gehabt, wäre das Feindbild sicherlich weniger furchteinflößend gewesen.

»Kann ich vielleicht doch einen Tee haben?«, fragte sie verlegen in ihrem besten Schulenglisch. »Mir ist ein wenig kalt!«

»Natürlich, meine Frau bringt Ihnen gleich eine Tasse auf Ihr Zimmer!«, antwortete der nette Hotelbesitzer herzlich. »Sie sehen in der Tat etwas durchgefroren aus. Kann ich Ihnen eine zweite Überdecke bringen? Es ist gerade scheußliches Wetter hier, oder? Sie müssen ja einen furchtbaren Eindruck von diesem Land haben. Es ist nicht immer so schlimm bei uns. Erstaunlicherweise scheint Ihr Mann ja aber ein großer Anhänger des Regens zu sein!«

Ruth konnte sich diesmal problemlos zusammenreimen, was er gesagt hatte. Gespräche über das Wetter schienen englischer Nationalsport zu sein und sie hatte in den letzten vier Monaten zahlreiche Gelegenheiten gehabt, ihr Wettervokabular zu festigen.

»Ja«, bestätigte sie resigniert. »Mein Mann ist froh über den Regen, er hat lange darauf gewartet! Er braucht das schlechte Wetter für seine Arbeit.«

»Das müssen Sie mir irgendwann einmal genauer erklären. Aber das machen wir mal, wenn Sie frisch ausgeschlafen sind!«

Erleichtert atmete Ruth auf. Die Arbeit ihres Mannes auf Englisch zu erklären, überstieg eindeutig ihre Sprachkenntnisse, gleichgültig in welchem Zustand! Selbst auf Deutsch würde sie nicht genau wissen, wie sie das erklären sollte. Nicht etwa, weil Reinhard nie darüber sprach – ganz im Gegenteil: Sie vermied es tunlichst, ihn darauf anzusprechen, weil er bei diesem Thema sofort aufblühte und dann einfach kein Ende fand. Er liebte seine Arbeit über alles – vermutlich mehr als sie und ihren gemeinsamen Sohn, fuhr es ihr mit einem Anflug von Selbstmitleid durch den Kopf. Jedenfalls schien es ihm bisher nicht in den Sinn gekommen zu sein, wie einsam und alleine sie sich hier fühlte.

Sicherlich waren alle Dorfbewohner erstaunlich nett zu ihr, wenn man bedachte, dass sie bis vor kurzem noch als Erzfeind gegolten hätte. Niemand hatte sie hier je auf Hitler angesprochen oder entsprechende Andeutungen gemacht. Doch sie scheute sich, in ihrem bruchstückhaften Englisch auf die Leute zuzugehen. Außerdem schien hier jeder seinen festen Tagesrhythmus zu haben und sie hatte im täglichen Miteinander der Lynmouth-Bewohner einfach keinen Platz. Zwar wurde sie oft freundlich zum Tee eingeladen, aber dies war offenbar mehr eine Art Floskel, die zum guten Ton gehörte, ähnlich wie die Frage nach dem Befinden. Niemand wollte sie letztendlich zu sich einladen oder war wirklich daran interessiert, wie es ihr ging. Oberflächliche Versprechungen und Einladungen schienen hier einfach als höflich zu gelten und waren anscheinend nicht ernst gemeint.

Nun gut, unterbrach sie ihre selbstmitleidigen Gedanken energisch, es war hoffentlich nicht für immer. Irgendwann würde Reinhards Projekt endlich zu Ende sein und sie würden wieder nach Deutschland zurückkehren, wo sie ihr Baby endlich Familie und Freunden zeigen konnte. Es schmerzte sie sehr, dass sie diese so wichtige und aufregende Phase mit niemandem teilen konnte. Der kleine Frank veränderte sich nahezu täglich und ihre Familie hatte schon so viele wichtige Meilensteine verpasst!

»Danke!«, sagte sie schüchtern und stieg vorsichtig die Stufen zum ersten Stockwerk empor.

»Ruth, warte!«, tönte es plötzlich gut gelaunt hinter ihr. Reinhard holte sie auf halber Treppenhaushöhe ein.

»Pst, sei nicht so laut!«, entfuhr es ihr schärfer als beabsichtigt. Wenn er Frank jetzt aufweckte, konnte sie jeden Gedanken an Schlaf für die nächsten Stunden vergessen!

»Entschuldige!«, spielte Reinhard betont zerknirscht und kniff Frank in die Bäckchen.

»Ich meine es ernst!«, zischte Ruth ihn an. »Wenn du ihn aufweckst, kannst du ihm die nächsten Stunden etwas vorsingen und sein Gebrüll genießen, das schwöre ich!«

Erschrocken fuhr Reinhard zurück. »Was ist los, Ruth? Ist etwas geschehen?«

»Ja!«, brach es ungewohnt laut aus Ruth heraus. »Es ist in der Tat etwas geschehen: Das große Nichts! Wir sitzen hier seit Monaten fest und ich bin mit dem Baby komplett allein in einem fremden Land, das ist geschehen!«

Fassungslos blickte Reinhard seine Frau an. So unbeherrscht hatte er sie noch nie erlebt! Beschämt vernahm er Schritte, die sich wieder von der Treppe entfernten und eine Tür, die unten leise zugezogen wurde.

»Liebes, komm, wir wollen aufs Zimmer gehen, ja?«

»Du hast keinen Grund so herablassend zu sein und dich für mich zu schämen!«, unterbrach sie ihn aufgebracht. All die aufgestaute Frustration und Einsamkeit schien plötzlich ungefiltert aus ihr herauszubrechen. »Höchstens einen Monat hieß es! Das war die Abmachung, Reinhard! Stattdessen warte ich hier seit knapp vier Monaten darauf, endlich aus diesem gottverlassenen Nest heraus zu kommen! Ich habe hier mein Kind zur Welt bringen müssen, der Dialekt ist kaum zu verstehen, ich habe meine paar deutschen Bücher inzwischen vorwärts und rückwärts gelesen und niemand hat Interesse daran, mit mir wenigstens einmal diese scheußliche, bittere Milchplörre zu trinken, die sie Tee schimpfen!«

Der kleine Frank begann sich zu winden und gab ein verschlafenes Weinen von sich. Das gab Ruths Fassung den Rest und sie brach ebenfalls in Tränen aus.

Reinhard starrte sie noch immer sprachlos an und fuhr sich hilflos mit beiden Händen durch die verstrubbelten, roten Haare. Solche Szenen lagen ihm überhaupt nicht und das war gerade so ziemlich das Letzte, was er in all seinem Stress brauchte! Er war sicherlich nicht gefühlskalt, aber emotionale Ausbrüche waren ihm enorm unangenehm. Beschämt blickte er sich verstohlen um, ob sie jemand beobachtet hatte und zog seine aufgelöste Frau sowie den nun brüllenden Säugling schließlich energisch den Rest der Treppe hoch. Ein Seufzen der Erleichterung entfuhr ihm, als er sie erfolgreich ins Zimmer manövrierte und die Tür sich hinter ihnen schloss.

Es war ein langer Tag gewesen. Seine vorerst provisorisch von der RAF eingerichtete Forschungsstätte war recht weit von Lynmouth entfernt und die Straßen waren nach den intensiven Regenfällen der letzten Tage mehr als schlecht passierbar. So sehr der für seine Arbeit lang erhoffte Regen das Projekt vorantrieb und ihm in den letzten Tagen Aufschwung gegeben hatte, so waren die Tage jedoch lang und intensiv gewesen und er wünschte, er könnte abends einfach in ein gemütliches Zuhause zurückkehren, in dem Friede und Einvernehmen herrschte.

Ruth war in den letzten Wochen nahezu unerträglich emotional und anstrengend gewesen, auch wenn er ihr das nie direkt sagen durfte – so viel verstand er immerhin. Doch insgeheim er war recht froh, wenn er früh morgens das Hotel verlassen und sich mit seinen Kollegen sachlich unterhalten konnte. Diese Tatsache behielt er jedoch ebenfalls klugerweise für sich, während er Ruth beobachtete, die ihm gegenüber auf dem Bettrand saß und den kleinen Frank summend hin und her wiegte, wobei sie mit abweisendem Gesicht an Reinhard vorbei aus dem Fenster sah.

Nachdenklich betrachtete er seine Frau, die ihm mehr und mehr wie eine Fremde vorkam. Sie hatten sich in letzter Zeit nicht viel zu sagen gehabt und Ruth hatte sich gehen lassen, stellte er zum ersten Mal fest. Zu den Schwangerschaftspfunden waren offenbar noch einige zusätzliche hinzugekommen, sodass die schon vor der Schwangerschaft recht rundlich geformte Ruth nun ziemlich üppig war. Ihre feinen blonden Haare hingen strähnig herunter und unter ihren einst so leuchtenden blauen Augen zeichneten sich tiefe, dunkle Ringe auf ihrer recht unreinen Haut ab. Plötzlich tat sie ihm leid.

Er erhob sich leise vom Schreibtischstuhl, setzte sich neben sie auf die Bettkante und legte vorsichtig einen Arm um sie. »Entschuldige«, flüsterte er ihr ins Ohr und lächelte versöhnlich. Ihr Gesicht wirkte nach diesen Worten etwas weniger abweisend. »Es wird nicht mehr lange dauern, Liebes, ehrlich! Ich weiß, dass es sich alles in die Länge gezogen hat, aber wir haben endlich das richtige Wetter, auf das wir lange gewartet haben und die Tests laufen hervorragend!«

Resigniert sah sie ihn an. »Du bist der einzige Mensch, den ich kenne, der dieses nervenzehrend graue Wetter positiv sieht! Sogar dem Hotelinhaber ist das aufgefallen. Er hat mich heute gefragt, ob ich ihm dein Projekt einmal genauer beschreiben kann, aber ich war froh, dass er mich vorerst hat gehen lassen. Ich muss mir da erstmal etwas auf Englisch zurechtlegen.«

Reinhard sah seine Frau besorgt an. »Ich weiß nicht, ob das eine gute Idee ist, Liebes!«

»Warum nicht?«, gab sie erstaunt zurück. »Du hast schließlich selbst gesagt, dass es kein Staatsgeheimnis sei! Es stand letzten Monat doch sogar ein Artikel darüber in einem dieser Fachmagazine!«

»Nein«, gab er zögernd zu, »ein Geheimnis ist es zwar nicht unbedingt. Da hast du recht. Aber es gibt sicherlich Aspekte in dem ganzen Prozess, die nicht für die Öffentlichkeit gedacht sind. Das ist bei jedem wissenschaftlichen Projekt so. Und ich habe dir gegenüber bestimmt schon so einige vertrauliche Details erzählt, die besser unter uns bleiben sollten.«

»Keine Sorge«, gab sie spaßhaft zurück, »die meiste Zeit höre ich dir ohnehin nicht zu!«

Gott sei Dank, da war sie wieder: seine Ruth! Irgendwo unter aller Konzentration auf das Baby und der Frustration steckte doch noch die Frau, die er kannte.

Er lachte auf und kniff sie liebevoll in die Seite. »So, das ist ja nett!«

Sie lächelte zurück. Es tat gut, wieder zu lächeln und die Anspannung der letzten Zeit wich ein wenig aus ihrem Körper.

»Aber im Ernst, Liebes«, fuhr er fort. »Es wäre mir lieber, wenn du ihm nur Oberflächliches erzählst! Du kannst ihm sagen, dass ich den Einfluss verschiedener Wetterbedingungen im Hinblick auf die nationale Verteidigung teste.«

»Was heißt das genau?« Zum ersten Mal seit Langem hörte sie genau hin und war ehrlich interessiert. »Und warum braucht ihr dafür dieses furchtbare Wetter?«

Reinhard war nun in seinem Element. Er war außerhalb der Militärstation zu Schweigen verpflichtet, aber er wusste, dass er seiner Frau vertrauen konnte. Sie war sehr verschwiegen, wenn er sie darum bat, sodass er ihr schon weit mehr erzählt hatte, als sie wissen wollte. Doch heute schien sie interessiert zuzuhören, sodass Reinhard erfreut loslegte.

»Nun, wie du weißt, regnet es hier recht oft«, begann er einleitend.

»Was du nicht sagst!«, warf Ruth trocken ein. Doch Reinhard ließ sich durch diese Zwischenbemerkung nicht vom Thema abbringen.

»Die RAF überlegt daher schon seit Langem, ob sie sich diese Wetterbedingungen nicht im Falle eines Angriffs zunutze machen kann, indem sie diese verstärkt.«

»Wie kann man das Wetter denn verstärken?«, fragte Ruth verständnislos.

»Das ist in der Tat nicht einfach, aber es gibt Techniken, die wir erforschen, mit denen man Regenfälle intensivieren und somit die Feindsicht trüben kann.«

Ruth sah ihn einen Moment ungläubig an. »Ist dir bewusst, dass der *Feind* gerade vor dir sitzt?«

»Das hat nichts mehr mit Deutschland zu tun, Ruth! Wir sprechen hier von einem völlig neuen Kapitel in militärischer Verteidigung und nicht von potenziellen Angriffen! Hier ist nichts Aggressives im Vordergrund, der Fokus ist ausschließlich auf das Wunder der Wettermanipulation gerichtet.«

»Ist das nicht etwas naiv?«, gab Ruth vorsichtig zu bedenken, während sie den glücklicherweise wieder schlafenden Frank in seine kleine Wiege neben dem Bett legte und warm zudeckte.

Nun war es an Reinhard, überrascht innezuhalten. »Warum sollte das naiv sein? Das ist eine sensationelle Idee, deren Umsetzung alles andere als leicht ist!«

»Das bezweifle ich nicht, Schatz. Ich meinte damit, ob es nicht naiv ist davon auszugehen, dass die RAF ein größeres Interesse an meteorologischen Entdeckungen statt an militärischen Waffen hat!« Reinhard sah sie schweigend an. »Versteh mich nicht falsch«, fuhr Ruth einlenkend fort, »es muss ja nicht zwangsläufig zu einem Angriff kommen. Aber wir alle haben nun gerade erst den Zweiten

Weltkrieg erlebt und überlebt. Ich denke, da sollte Vorsicht geboten sein. Warum wollen sie überhaupt dich als Deutschen im Team?« Ruths Gesicht verlor plötzlich deutlich an Farbe. »Oh Gott, sie benutzen dich doch nicht als Spion, oder?«, hauchte sie leise.

Reinhards Erstarrung ließ nach und er brach in ein unterdrücktes Lachen aus. »Nein, Liebes, ich bin sicherlich kein Spion, so aufregend ist meine Wenigkeit leider nicht!«, bemerkte er erheitert. »Und du darfst nicht vergessen, dass ich neben meinem deutschen Pass eben auch zur Hälfte Engländer bin, das macht mich sicherlich um einiges vertrauenswürdiger! Nein«, fuhr er fort, »darum geht es bei der Wolkenimpfung sicherlich nicht.«

»Wolkenimpfung?«, gluckste Ruth verhalten. »Gegen was impft ihr sie denn – gegen den bösen gelben Ball am Himmel?«

Reinhard lachte leise mit. »Nein, das Wort Impfung ist für den Laien vielleicht etwas irreführend!«

»Danke!«, konterte Ruth die Augenbrauen hebend.

»Das ist nicht abwertend gemeint, Liebes, aber du bist nun mal keine Meteorologin!«, fügte er beschwichtigend hinzu. »Was ich dir jetzt erzähle, bleibt aber strikt unter uns, ja? Erzähl Jim meinethalben, dass es sich um meteorologische Forschungen zum Schutz der Bevölkerung handelt. Das war ohnehin genügend in den Medien. Was ich dir jetzt erzähle, ist nur für deine Ohren bestimmt! Also, wie gesagt, es geht darum, das Wetter zu beeinflussen, indem wir künstlich Regen erzeugen.«

»Es regnet doch schon genug!«

»Hör mir zu, Liebes, ich bin noch nicht fertig!«, fuhr Reinhard unbeirrt fort. »Wir konnten bislang keinen Regen aus dem Nichts erschaffen. Wir brauchen derzeit bestimmte Wolken, die wir chemisch behandeln, um auf diese Art den ohnehin bevorstehenden Regenfall zu verstärken. Das geht leider nicht mit jeder beliebigen Wolke, darum hat sich das Projekt schon so lange hingezogen. Wir brauchen Kumulus-Wolken, um …«

»Warte, warte, warte!«, unterbrach ihn Ruth ungeduldig. »Das wird mir gerade zu viel theoretisches Geschwafel! Was für Wolken braucht ihr?«

»Kumulus-Wolken sind diese buschigen Wolken, die du in Kinderbüchern finden würdest. Du würdest sie vermutlich *Schäfchenwolken* nennen. Unsere chemische Behandlung erreicht dann ihren maximalen Erfolg, wenn die Wolke einen Durchmesser von etwa einer Meile und eine natürliche Regendauer von circa zwanzig Minuten hat.«

»Und dann regnet es so heftig, dass der Feind nichts mehr sieht und umkehrt?«, fragte Ruth skeptisch.

»Nun ja, langfristig wäre das sicherlich im Interesse der RAF, aber davon sind wir leider noch weit entfernt. Bisher konnten wir nur einzelne Wolken nutzen und deren Regenfall verstärken. Für militärische Zwecke sind unser bisheriges Wissen und Können leider noch unbrauchbar.«

»*Leider*?«

»Du weißt, was ich meine! Es wäre doch ohnehin nur zur Verteidigung, Ruth!«

»Wer sagt dir das?« Ruth runzelte misstrauisch die Stirn. »Wenn es euch gelingt, auch andere Wolken dafür zu nutzen oder gar generell künstlich Regen aus dem Nichts zu erschaffen, was sollte die RAF oder irgendein Militär dann davon abhalten, das auch zum Angriff zu nutzen?«

»Liebes, überleg doch einmal logisch: Welchen Sinn macht es denn für einen Aggressor, wenn er unbekanntes Land erobern will und dabei nicht die Hand vor Augen sehen kann? Da würde es doch eher Sinn machen, stattdessen Chemikalien für eine klare Sicht zu entwickeln.«

»Wäre der Umkehrschluss denn so abwegig, wenn bereits künstliche Wettermanipulation in eine Richtung erfolgreich war? Warum sollten sie nicht schlechtes Wetter erschaffen, um sich beim Feind unbemerkt einzuschleichen und dann das Ganze umdrehen, sodass die Sicht schlagartig klar wird und man dem unvorbereiteten Feind gegenüber einen Vorteil hat?«

Reinhard schwankte zwischen den unliebsamen Gedankengängen seiner Frau, die er selbst bislang resolut verdrängt hatte, und der Aufregung, endlich wieder ein intelligentes Gespräch mit Ruth führen zu können.

»Schau«, sagte er einlenkend, »bisher sind solche Pläne meines Wissens nach nicht vorhanden und nur darauf darf es derzeit für mich professionell gesehen ankommen! Denn wenn ich mich querstelle, dann finden sie eben einen anderen Meteorologen. Ich bin sicherlich gut in meinem Beruf, aber eben auch nicht unersetzlich. Wir können nie langfristig vorhersagen, wofür neue Erfindungen und Erkenntnisse letztendlich eingesetzt werden. Da kann man nur das Beste hoffen, denke ich. Und bisher sind es einfach bahnbrechende wissenschaftliche Erkenntnisse, mehr muss ich nicht wissen. Was nun aber in letzter Zeit so besonders war, ist die Wettervorhersage: Es gab schon lange nicht mehr eine so lang anhaltende Schlechtwetterfront und wir haben seit ein paar Tagen mehr Kumulus-Wolken zur Verfügung, als wir uns noch vor Kurzem hätten erträumen können. Du hättest mal die starken Regenfälle über Exmoor sehen sollen, einfach großartig!« Reinhard strahlte stolz über beide Ohren.

»Ich weiß nicht«, entgegnete Ruth nach einer Weile nachdenklich. »Mir kommt dieses Gottspielen nach wie vor riskant vor. Jim hat gesagt, dass Leute hier oft genug wegen der schweren Regenfälle überflutete Keller haben. Kann so etwas wegen eures Projekts passieren?«

»Nein«, beruhigte Reinhard sie zuversichtlich. »Die RAF behandelt die Wolken schließlich nicht hier in der Nähe, sondern weit entfernt in unbesiedelten Gegenden, sodass die Regenfälle längst nicht mehr so intensiv sind – wenn sie denn überhaupt noch stattfinden, sollten sie letztendlich Lynmouth oder andere besiedelte Gegenden erreichen.«

Ruth hatte noch immer ihre Zweifel, doch Reinhard schien so zufrieden und glücklich in seinem Tun, dass sie nicht das Herz hatte, ihm sein Projekt madig zu machen. »Das ist bestimmt sehr spannend zu beobachten«, lenkte sie ein und Reinhard strahlte gleich noch mehr.

»Wenn du wüsstest!«, bestätigte er aufgeregt.

Ruth unterdrückte nur mühsam ein Gähnen. Sie war unbeschreiblich müde und Frank würde vermutlich bald wieder aufwachen und gefüttert werden wollen. »Sei mir nicht böse, Schatz, ich muss mich hinlegen. Ich bin schrecklich müde. Ich habe in meiner Handtasche ein paar Früchte aus der Obsthandlung von gegenüber und selbstgemachtes Brot von Jim und seiner Frau. Die haben dich wirklich gerne, glaube ich«, schloss sie matt blinzelnd.

Reinhard zog liebevoll die Decke über ihre Beine und gab ihr einen Kuss auf die Stirn. »Ich denke, dass sie eher von dir begeistert sind, Liebes! Du bist diejenige, die den ganzen Tag hier ist und mit ihnen zu tun hat. Und Frank leistet sicherlich ebenfalls gute Dienste, um Pluspunkte zu sammeln! Gute Nacht, Liebes!«

Es kam keine Antwort. Ruth war fest eingeschlafen.

Lächelnd knipste er das helle Deckenlicht aus und schnappte sich Ruths Handtasche, um es sich mit seinem Abendbrot auf dem Schreibtischstuhl neben dem Fenster gemütlich zu machen. Heute war seine Welt so in Ordnung wie schon lange nicht mehr. Seine Frau und er unterhielten sich endlich wieder wie früher, er war in der Heimat seiner frühen Kindheit und seine Karriere war erfolgreich wie noch nie. Sein Vater hatte vor ein paar Monaten nur verächtlich gelacht, als Reinhard ihm eröffnet hatte, dass er an einem wichtigen Projekt in England mitarbeiten würde.

Zuversichtlich biss er in den leicht zerdrückten Apfel und sah durch die verregnete Fensterscheibe hinaus auf das pechschwarze, wolkenumfangene Meer.

~ KAPITEL 7 ~

Countdown

LYNMOUTH, DEVON, SÜDENGLAND. 5. AUGUST 1952.
LYNDALE HOTEL.

»Ruth?«

Ruths müdes, leicht zerknittertes Gesicht tauchte verschlafen zwischen den Kissen hervor. Als sie Reinhards ernstes Gesicht sah, wurde sie schlagartig wach und blickte in die Wiege neben dem Bett.

»Alles in Ordnung, Liebes«, flüsterte Reinhard entschuldigend. »Das hier war vor der Tür.« Überrascht blickte Ruth auf den hübschen Umschlag, die warme Decke und den offenbar selbstgepflückten kleinen Blumenstrauß. »Ist leider nicht von mir«, brummte Reinhard augenzwinkernd.

Sie roch an den Blumen und öffnete den Umschlag. Eine wunderschöne Ansichtskarte mit lokalem Panorama und ein paar herzlichen Zeilen in nicht ganz perfektem Deutsch kamen zum Vorschein.

Guten Morgen, liebe Ruth. Ich hoffe, du hast gut geschlaft? Ich wurde sein sehr glucklich, wenn du hast Zeit fur ein Tea in die Nachmittag mit mich. Ist drei Uhr okay? Elsie.

Beschämt schoss Ruth das Blut in die Wangen, als sie sich an die anfängliche Auseinandersetzung der vergangenen Nacht erinnerte. *Um Himmels Willen, war sie so laut gewesen?* Nie hatte sie damit gerechnet, dass hier jemand Deutsch verstehen könnte! Siedend heiß fiel ihr ein, dass sie am Abend zuvor um einen Tee und eine Decke gebeten hatte. Elsie musste auf dem Weg zu ihr das Gespräch auf der Treppe mitbekommen haben. Mit glühend heißen Wangen las sie erneut den Text auf der Karte. In Anbetracht des hässlichen Ausbruchs war das wirklich ausgesprochen nett.

Reinhard beugte sich über ihre Schulter und las den Text. »Siehst du, Liebes. Und du sagst, du hast hier keinen Anschluss gefunden!« Federnd sprang er von der Bettkante auf und rückte sich zufrieden lächelnd die Krawatte zurecht. Ruth blickte noch immer leicht errötet von ihren Geschenken auf. Musternd kniff sie die Augen zusammen.

»Nimmst du den großen Koffer da mit?«, fragte sie erstaunt. Reinhards Lächeln wechselte ins Schuldbewusste.

»Ja«, gab er lahm zurück. Er setzte sich wieder auf die Bettkante und nahm ihre Hand. »Ich habe gestern vergessen, dir etwas Wichtiges zu sagen. Ich muss für etwa eine Woche nach Farnborough und Cranfield. Die anderen Meteorologen sind schon dort, ich bin der letzte, auf den sie noch warten, bevor sie die weiteren Experimente starten können. John war gestern am Telefon alles andere als begeistert, dass ich noch immer hier bin!«

»*Wo* musst du hin?«, fragte Ruth aufhorchend nach. »Wo ist das? Und warum?«

»Das ist eine Art Camp für alle, die in dieses Projekt involviert sind. Wir sind dort mit der RAF und den anderen Meteorologen in der Ausbildungsstätte für Luftfahrt und führen von dort verschiedene Wolkenmessungen durch: Temperatur, Wasserzusammensetzung, Vereisungsrate der Wassermoleküle, Kristallformationen …«

Ungeduldig unterbrach ihn Ruth. »Noch einmal, Schatz: *Wo* ist das?«

Ungemütlich sackte Reinhard in sich zusammen. »Es ist etwas weiter weg.«

»Wie weit genau, Reinhard?« Ruths Stimme wurde schärfer.

»Ich weiß es nicht genau, aber ich schätze es sind etwa 200 oder dreihundert Meilen.«

»Wie viele Kilometer sind das?«

Reinhard sprach nun sehr leise. »So zwischen 320 und 500 Kilometer? …«

»Ich verstehe!« Wütend schlug Ruth die Bettdecke zurück, sprang in einem Satz auf und öffnete die Kleiderschranktür mit einem lauten Knall. Der kleine Frank begann sich zu strecken und blinzelte leicht.

»Liebes, was machst du?«, fragte Reinhard besorgt.

»Ich packe! Wir kommen mit!«

»Ruth!« Reinhard sog hörbar die Luft ein. Er versuchte, sie von hinten zu umarmen und ihre wild fuchtelnden Arme unter Kontrolle zu bringen. »Liebes, jetzt sei nicht albern!«

»*Albern*?« Ruth riss sich los, drehte sich um und funkelte ihn wutentbrannt an. Da war sie wieder, diese fremde Frau der letzten Zeit! Der kleine Frank begann in seiner Wiege zu weinen, doch Ruth ignorierte ihn für den Moment. »Wie kannst du es wagen, mich *albern* zu nennen! Ich bin hier mutterseelenalleine in einem vollkommen abgelegenen Teil des Feindeslandes und du schnappst dir mal eben deinen Koffer und …«

»*Feindesland*?« Nun wurde auch Reinhard lauter. »Ruth, jetzt reiß dich bitte zusammen! Wir haben das nun wirklich zur Genüge durchdiskutiert! Der Krieg ist vorbei! Niemand hier sieht dich als Feind! Sieh dir doch bitte allein diese Karte und die Blumen an! Wann hast du einem Feind das letzte Mal eine Karte und Blumen geschenkt? Und *meine* nationale Herkunft ist dir sicherlich auch noch bekannt! Dein eigener Sohn ist zum Teil Engländer! Schluss mit diesem Unsinn! Ich will meine Frau wiederhaben, verdammt noch mal!« Die letzten Worte hatte er resigniert herausgebrüllt. Laut atmend standen sich die beiden wie zwei Kampfhähne gegenüber.

Ruth löste sich nach einigen Sekunden der Erstarrung und nahm ihren nun laut weinenden Sohn auf den Arm, während sie sich verstohlen einige Wuttränen mit dem Ärmel ihres verschlissenen Nachthemdes abwischte. Reinhard atmete tief durch und setzte nach einigen Sekunden betont sachlich neu an.

»Ruth, ich weiß, du denkst, dass ich dich nicht verstehen kann. Ich behaupte auch nicht, dass ich alles verstehe! Ich bin sicherlich manchmal zu sehr mit anderen Dingen beschäftigt.«

Ruth verzog die Mundwinkel zu einem sarkastischen Lächeln.

»Gut«, gab Reinhard zu. »Es mag sicherlich recht oft so sein und das tut mir leid! Aber du musst verstehen, dass das hier meine Arbeit ist! Du hast zugestimmt, mit hierher zu kommen. Ja, es war nicht absehbar, dass es so lange dauern würde. Aber dafür kann ich nichts! Und sieh doch: Diese Messungen können nun stattfinden, weil wir endlich die Wetterbedingungen haben, auf die wir so lange gewartet haben!«

Ruth setzte sich ein wenig ruhiger atmend wieder auf die Bettkante und begann, den schreienden Frank zu füttern. Augenblicklich wurde es ruhig im Zimmer und die Anspannung wich ein wenig. Ruth schloss die Augen und atmete tief ein und aus.

Deutlich gefasster fuhr Reinhard fort. »Es ist endlich ein Ende in Sicht, Liebes! Wenn wir diese Daten haben, ist meine Arbeit getan und wir sind schon so gut wie auf dem Weg nach Hause!«

Ruth öffnete ihre Augen und sah ihn hoffnungsvoll an. »Versprochen?«

»Ja!«, erklärte Reinhard feierlich und streichelte ihr sanft über die Wange. »Versprochen! Du wirst sehen, die Woche wird schneller vergehen als du denkst! Du wirst vermutlich mehr Schlaf bekommen, weil du abends nicht mehr auf mich warten musst und sobald ich wieder zurück bin, kannst du anfangen zu packen!«

Erleichtert stellte er fest, dass er offenbar die richtigen Worte getroffen hatte. Ein müdes Lächeln stahl sich auf Ruths Gesicht. »In Ordnung.«

»Pass auf dich auf, Liebes!« Betont schwungvoll schnappte sich Reinhard seinen Koffer und warf ihr von der Tür aus eine Kusshand zu. »Bin schon fast wieder da!«

»Viel Erfolg!«, gab sie hölzern zurück.

Ruth starrte noch einige Minuten lang auf die geschlossene Tür und blickte dann auf ihren inzwischen wieder schlafenden Sohn herunter. *Eine Woche!* Wie sie Reinhard kannte, konnten es durchaus zwei werden. Doch dann waren sie so gut wie auf dem Nachhauseweg. Ihre Mutter und ihre Geschwister würden endlich Frank sehen. Sie würden Ruth verwöhnen, bekochen und ihr mit Frank helfen. Nächsten Monat um diese Zeit würde sie längst zu Hause sein. Nun würde alles wieder gut werden!

Ihr Blick fiel auf die schönen Blumen und die herzliche Karte. Spontan fasste sie einen Entschluss: Sie würde dafür sorgen, dass ihre Erinnerung an Lynmouth nicht gar so düster sein würde. Vorsichtig legte sie Frank zurück in seine Wiege und klappte leise den Koffer zu.

»Bald!«, wiederholte sie erleichtert und blickte sich in dem kleinen, aber heimelig eingerichteten Hotelzimmer um. Kurzerhand füllte sie eines der Zahnputzgläser mit Wasser und stellte die Blumen darin auf den Schreibtisch. Die warme Überdecke auf dem großen Bett war erstaunlich farbenfroh und plötzlich breitete sich ein kleines Leuchten auf ihrem Gesicht aus. Reinhard hatte recht: Es war nur noch für kurze Zeit!

Sie griff nach dem Notizblock des Lyndale Hotels auf dem Schreibtisch sowie ihrem Füllfederhalter. Nachdenklich hielt sie einige Sekunden inne, bevor sie entschlossen den Federhalter ansetzte und in schlichten, deutschen Sätzen schrieb.

Liebe Elsie. Ich danke Ihnen. Drei Uhr ist wunderbar. Ich warte in der Lounge. Ihre Ruth.

~ KAPITEL 8 ~

Projekt Cumulus

CRANFIELD, ENGLISCHE MIDLANDS. RAF STÜTZPUNKT.
16. AUGUST 1952.

»Hardy, du bist ein gottverdammtes Genie! Prost!«

Lachend klirrten Biergläser aneinander. Sowohl die Forscher als auch die Projektleiter der RAF klopften sich euphorisch gegenseitig auf die Schulter. Heute hatten sie Geschichte geschrieben! Nach all den Wochen und Monaten, in denen sie vergeblich auf die richtigen Wetterbedingungen gewartet hatten, waren selbst den Überzeugtesten unter ihnen leise Zweifel gekommen, ob Project Cumulus letztendlich nicht zur beschämenden Lachnummer künftiger Generationen werden würde.

Dass nun aber die erneut überarbeitete chemische Zusammensetzung der gestern und heute versprühten Salzkombinationen einen so durchschlagenden Erfolg nach sich ziehen würde, damit hatte selbst Reinhard nicht gerechnet. Er hatte seit über einer Woche nahezu Tag und Nacht allen beruflichen Ehrgeiz in die Verbesserung der Formel gesteckt und sogar mithelfen dürfen, die Flugroute der Militärpiloten mitzubestimmen, um einen maximalen Erfolg zu erreichen.

Jaakkima, sein bereits reichlich angeheiterter Kollege aus Finnland, den hier alle einfach Joe nannten, umarmte ihn lallend. »Hast du das gesehen, Hardy? Hast du den Himmel gesehen? So bunt wie bei uns in Finnland in der schönsten Mittsommernacht und trotzdem hat es geschüttet wie aus Kübeln!«

Reinhard strahlte. Ihm war leicht schwindelig, was überwiegend daran lag, dass er in den letzten Tagen kaum etwas gegessen hatte und nun bereits sein fünftes Pint leerte. Aber auch ihn benebelte die unsagbare Freude, dass er etwas vollkommen Neues, Sensationelles erschaffen hatte. Er konnte es nicht erwarten, seinem Vater davon zu erzählen. Und natürlich Ruth!

Doch wenn er ehrlich war, bedeutete es ihm ein wenig mehr, das Gesicht seines Vaters zu sehen. Dieser hatte Reinhard zunächst ausgelacht, als er ihm mit 17 Jahren verkündet hatte, dass er Meteorologe werden wollte. Dass der Sohn eines Bauern etwas so vollkommen Unpraktisches zum Beruf wählen würde, überstieg die Vorstellungskraft seines Vaters und als er schließlich vor vollendete Tatsachen gestellt wurde, war es zu einem heftigen Streit gekommen.

Sie hatten sich zwar inzwischen längst wieder versöhnt, aber noch immer war Reinhards Beruf ein stillschweigend vereinbartes Tabu, das bei den wenigen Treffen zu Feiertagen und Geburtstagen beiderseits vermieden wurde. Nun würde er verstehen, was sein Sohn leisten konnte und vielleicht würde er sogar zum ersten Mal in seinem Leben stolz auf Reinhard sein! Reinhard hatte sich nicht nur eine Spitzenposition in einem internationalen Team erarbeitet. Er hatte darüber hinaus eine meteorologische Sensation erschaffen, von der die ganze Welt später profitieren würde!

Er dachte an die vielen trockenen Sommer, in denen sein Vater einen großen Teil seiner Ernte verloren hatte und kaum die Kühe hatte ernähren können. Seine früh verstorbene Mutter hatte sich zwar nie beschwert, doch Reinhard konnte sich bis heute an ihr bitteres Gesicht erinnern, wenn sie versuchte, aus der kargen Ernte etwas Anständiges zu kochen oder zu backen. Sein Vater hatte sie als sehr junges Mädchen irgendwo in Südengland kennengelernt. Drei Jahre nach Reinhards Geburt waren sie nach Hessen gezogen, wo Reinhards Vater den Bauernhof seines Vaters übernommen hatte. Reinhard wusste nicht viel über seine Mutter, da sein Vater und er einander nicht viel zu sagen hatten. Sie war offenbar in einer deutlich wohlhabenderen Familie aufgewachsen, denn Reinhard erinnerte sich, dass sie größten Wert auf schöne Kleidung, Sauberkeit und gutes Essen gelegt hatte. Sie hatte oft Nächte hindurch genäht und sich lieber das Essen vom Mund abgespart, statt ihre Familie in unangemessener Kleidung zu sehen.

Ein Poltern ließ ihn aus seinen Erinnerungen auffahren. Joe hatte offenbar versucht, auf das große Bierfass zu klettern und war im selben Atemzug kopfüber auf der anderen Seite heruntergefallen. Ein wenig ernüchtert, aber immer noch grinsend, rappelte er sich wieder auf und startete einen zweiten Versuch, das Fass zu erobern.

»Lass es lieber sein, du besoffener Volltrottel!«, grölte Steve, sein englischer Kollege aus dem Londoner Hackney, der mit seiner derben Cockney-Mundart, die Reinhard mitunter schwer verständlich fand, selbst in den stressigsten Momenten immer wieder für Erheiterung gesorgt hatte.

Joe hatte es diesmal unbeschadet auf das Bierfass geschafft und sich in einen wackeligen Stand manövriert. Siegessicher und gespielt patriotisch erhob er sein Bierglas und legte sich ehrenvoll die linke Hand auf die Brust.

»Ich erkläre hiermit Hardy zum Truppenhelden!«, lallte er. Er grinste schelmisch, ergriff das Bierglas mit der linken Hand und streckte den rechten Arm zum Hitlergruß aus. »Ich benenne dich hiermit um: Du bist nicht mehr Hardy! Ab heute bist du Rainy, der Mann des Regens! Ave Cäsar! Ave Rainy!« Grölend vor Lachen schwenkte er den rechten Arm auf und ab, während seine Kollegen ihn grölend imitierten. »Ave Rainy!«

Von außen betrachtet hätte diese Ansammlung betrunkener Männer zwischen dreißig und Ende sechzig sicherlich nicht den Anschein erweckt, als würde es sich hier um die gescheitesten Wetterforscher der Welt und nicht minder intelligente RAF-Angehörige handeln. Doch nach all der konstanten Anspannung und dem mitunter schier unerträglichen Erfolgsdruck der letzten Monate schien der Alkohol die meisten von ihnen in aufgeregte kleine Jungen zu verwandeln.

»James – hey!«, prostete Joe erneut und noch immer von seinem Bierfass-Thron lautstark Richtung Tür. »Ave Rainy!«

»Ave Rainy!«, wiederholte der Chorus ekstatisch und erneut klirrten Biergläser aneinander.

Verwirrt schmunzelnd betrat Flugpilot James den Raum. Er wedelte mit den Händen um etwas mehr Ruhe. »Mir wurde gerade mitgeteilt, dass mein Flug über Bedfordshire gestern für massiven Regen über Staines gesorgt hat. *Ein Regen von nie zuvor gesehener Stärke*, wie es hieß! Werte Kollegen, hätte ich das gewusst, hätte ich sicherlich nicht zehn Stunden in einem Rutsch durchgeschlafen!« Lachend griff er nach dem gereichten Bierglas und nahm einen großen Schluck. »Auf die Operation Hexen-Doktor!«, rief er laut und seine Kollegen johlten ihm prostend zu.

Dieser Begriff war zum geflügelten Ausdruck der letzten Tage geworden, seitdem klar gewesen war, dass sie Regen nicht nur verstärken, sondern sogar künstlich erzeugen konnten. Sie hatten Magie erschaffen!

Reinhard setzte sich auf einen Stuhl und drehte langsam sein sechstes Bierglas in der Hand. Er fühlte sich allmählich schläfrig und wünschte sich sein Bett herbei. – Und Ruth! Wie es ihr und Frank wohl ging? Ob sie schon von dem Erfolg gehört hatte? Er hatte sie seit Tagen nicht mehr angerufen, stellte er auf einmal mit schlechtem Gewissen fest. Mehr denn je war er so intensiv auf seine Arbeit konzentriert gewesen, dass er alles andere um sich herum vergessen hatte.

Welcher Tag war heute? Es musste inzwischen Samstag sein. Er sah auf den schmuddeligen Wandkalender in einer Ecke des kargen Raumes. Es war tatsächlich bereits Samstag, der 16. August.

Wann hatte er sich das letzte Mal bei ihr gemeldet? War es Montag oder Dienstag gewesen? Er sah auf seine Taschenuhr. Drei Uhr morgens eignete sich wohl eher nicht für einen Anruf bei seiner Frau. Er würde sie besser in ein paar Stunden anrufen. Sie würde ihn sicherlich diesmal verstehen, beruhigte er sein Gewissen.

Eine bleierne Schwere breitete sich ihn ihm aus. Mit letzter Kraft zog er seinen Stuhl an eine Wand und lehnte den Kopf zurück, um für ein paar Minuten die Augen zu schließen. Das Gejohle und Lachen um ihn herum wurde leiser und wich einer angenehmen Stille.

Plötzlich wurde er jedoch jäh von einem klirrenden Geräusch geweckt. Die Musik hatte aufgehört zu spielen und der Scherbenspur in der Bierlache nach zu urteilen, hatte mindestens einer seiner Kollegen ein volles Bierglas durch den Raum gepfeffert. Alle Blicke waren auf seinen französischen Kollegen Lucien gerichtet, der in der gegenüberliegenden Ecke des Raumes am Radio herumdrehte und offenbar nach einem Sender suchte.

»Stell die Musik wieder an, Lucy!«, brüllte sein ebenfalls französischer Kollege Francois laut, wenn auch scherzhaft. Der weibliche Name Lucy war in einem Spaß der letzten Wochen der Spitzname des bärtigen, alles andere als weiblichen Lucien geworden. Er stand mit dem Rücken zu Reinhard und suchte unbeirrt weiter. Seine Hände drehten ungeduldig am Rädchen und Reinhard fiel auf, dass Lucien in einer Hand eine Zeitung hielt. Er zog seine Taschenuhr heraus: sieben Uhr morgens. Er musste die letzten vier Stunden geschlafen haben. Sein Nacken war steif geworden und er bewegte vorsichtig seine schmerzenden Knochen. Es war Zeit, endlich Ruth anzurufen, schoss ihm durch den Kopf. Die Feier schien ohnehin aus irgendeinem Grund beendet zu sein.

Als er aufstand, stellte sich ihm jedoch Flugprojektleiter John in den Weg und bedeutete Reinhard mit ernstem Gesicht, zu warten. Er zeigte auf Lucien, der in diesem Augenblick fündig geworden zu sein schien. Laut knirschte die aufgeregte Stimme des BBC Sprechers durch den plötzlich totenstillen Raum.

~ KAPITEL 9 ~

Gespitzte Ohren

FRANKFURT AM MAIN, HESSEN, BRD. 9. DEZEMBER 1984.
HELENAS WOHNUNG.

»Raider?«, fragte Beata grinsend und hielt Helena einen der zwei mit Schokolade überzogenen Karamellriegel entgegen.

Helena verzog das Gesicht. »Nein, danke, ich mag das Zeug nicht!«

Erstaunt zog Beata die Augenbrauen hoch. »Hast du immer Sachen, die du nicht magst, zu tausenden vorrätig?«, fragte sie mit dem Kopf Richtung Küchenschrank nickend, in dem eine volle Plastiktüte mit Raider- und Marsriegeln überquoll.

»Die hat mir meine Mutter neulich vorbeigebracht. Die Tüte war für meine Tante gedacht, aber wir haben keine Einreise-Erlaubnis bekommen.«

»War das wegen der Raider-Tüte?«, fragte Beata amüsiert.

»Quatsch!«

»Na, dann sei froh. Für den Westkram hätten sie euch vermutlich an der Grenze erschossen!«

Helena zog gleichgültig die Schultern hoch. Sie war froh gewesen, dass sie nicht hatte fahren müssen. Ihre Mutter schmuggelte jedes Mal auf kreativste Weise Unmengen an westlichem Ramsch in die DDR. *‚Um den armem Ossis zu helfen!‘*, wie sie stets gerne vor versammelter Runde verkündete. Dabei strahlte sie immer sehr stolz und gönnerhaft, während sich Helenas Tante Christine höflich zwischen zusammengepressten Zähnen bedankte.

Letztes Mal waren es abgewetzte Nike-Turnschuhe des Nachbarsjungen gewesen, die ihre Mutter mit den euphorischen Worten *‚So gut wie neu!‘* aus einer der vielen Plastiktüten hervorgezaubert hatte. In den anderen Taschen waren unzählige Süßigkeiten aus einer frühen Weihnachtsaktion im Penny-Markt sowie diverse Woll- und Garnknäuel gewesen, die es sicherlich ebenfalls irgendwo im Sonderangebot gegeben hatte.

»Dann könnt ihr euch etwas Schönes stricken oder häkeln, was ihr hier nicht kaufen könnt!«, hatte sie selbstzufrieden kommentiert. Ihre Mutter schien in vielen Dingen einfach das Feingefühl eines Vorschlaghammers zu haben.

Letztes Mal hatte Helenas Onkel Siegfried gefragt, ob sie vielleicht eine Fahrt in seinem neuen Wartburg machen wollten. Er hatte lange darauf gewartet und Dank seiner Position als Feuerwehrleiter hatte er diesen nun nach nur knapp zehn Jahren Wartezeit bekommen. Sie waren im ganzen Bezirk die einzige Familie, die einen Wartburg hatte und sie platzten nahezu vor Stolz. Helena musste zwar zugeben, dass auch sie nichts Besonderes daran finden konnte, aber sie wäre einfach freundlich nickend in den Wagen geklettert, um ihnen eine Freude zu machen.

»Wozu?«, hatte ihre Mutter jedoch gepoltert. »Wir sind doch schon oft genug Trabi gefahren! Nicht gerade bequem, muss ich sagen, besonders bei euren furchtbaren Straßen!«

»Es ist kein Trabi, sondern ein Wartburg! Das weißt du ganz genau!«, hatte Tante Christine gefaucht, doch ihre Mutter hatte nur milde lächelnd mit den Schultern gezuckt.

»Was auch immer, Tine. Ich kenn mich mit euren Zonen-Kartons nicht so aus!«

Tante Christine hatte daraufhin ihren Sohn bedrohlich ruhig gebeten, mit Helena zum Vereinshaus zu gehen und sie auf ein Eis einzuladen. Vermutlich um ihre Schwester unter vier Augen anbrüllen zu können. Jedenfalls waren beide ein wenig heiser gewesen, als Helena und Martin nach zwei Stunden wieder zurückgekommen waren und hatten sich häufig geräuspert.

Insgeheim hatte Helena die Vermutung, dass Tante Christine die Grenzkontrolleure bestochen hatte, um ihrer Mutter die Einreise zu verwehren. Sie hätte es ihr nicht verdenken können, denn die regelmäßigen Besuche waren generell höchstens von außen betrachtet lustig. Vera Gutowski hatte passenderweise an Helenas fünfzehnten Geburtstag im Jahr 1973 die erste Einreisegenehmigung bekommen und seitdem waren regelmäßige Besuche bei Tante Christine und Onkel Siegfried für Helena Pflicht gewesen.

Sie empfand diese jedoch meist einfach als lästig und beschämend. So nett ihr fünf Jahre jüngerer Cousin Martin auch war, aber Helena hatte schon als Teenager bei DDR-Kindern noch schwieriger Anschluss gefunden als bei ihren Altersgenossen im Westen. Es schien einfach eine ganz andere Mentalität zu sein. Sie hielten zwar alle zusammen wie Pech und Schwefel, doch die meiste Zeit ging es ums heimliche Trinken, das nur allzu oft in blutigen Schlägereien endete.

Zudem schienen ihre Mutter und ihre Tante viele Eckpunkte zu haben, die besser nicht erwähnt wurden. Beispielsweise die Existenz von Helenas Oma Erna. Helena wusste nicht viel darüber, da Vera grundsätzlich nie über ihre Vergangenheit sprach. Sie wusste lediglich, dass Vera keinen Kontakt zu ihrer Mutter hatte und dass die DDR-Behörden ihr die Einreise verwehrt hatten, als sie 1965 zur Beerdigung ihres Vaters hatte fahren wollen. Sobald Themen wie diese auch nur ansatzweise auf den Tisch kamen, wurden Helena und Martin entweder von Vera oder Tante Christine zum Vereinshaus Eis essen geschickt. Helena hatte viel DDR-Eis gegessen. Es gab kaum ein Treffen, an dem sie nicht Unmengen davon aß.

Alles schien in der DDR jedoch irgendwie chemisch zu schmecken, sowohl die teilweise recht merkwürdigen Saftkombinationen wie Rhabarber-Rotkohl oder Rhabarber-Apfel als auch Bino, das DDR-Äquivalent zum westlichen Maggi-Gewürz. Den Slogan ‚Ko-

che mit Liebe, würze mit Bino' hatte sich ihre Tante offenbar sehr zu Herzen genommen und so schwamm jedes Gericht in Unmengen an salzig-klebrigem Bino.

Helena wunderte sich jedes Mal, wenn sie wieder in den Westen zurückfuhren, warum sie diese Besuche überhaupt machten. Ihre Mutter behauptete immer, ihre Tante würde sie vermissen und unbedingt sehen wollen, doch soweit Helena sich erinnern konnte, hatte Tante Christine noch nie viel Interesse an ihr gezeigt. Sie schien eigentlich immer nur traurig zu sein, wenn sie Helena sah. Sollte sie tatsächlich den großen Wunsch hegen, Helena regelmäßig zu sehen, so versteckte sie diesen recht gut! Sie war zwar immer freundlich und fragte auch hin und wieder etwas, aber sie blieb stets in jeglicher Hinsicht auf Distanz.

Ein wild vor ihrer Nase fuchtelnder Teelöffel riss Helena abrupt aus ihren Gedanken. Beata stand mit einem fast vollständig geleerten Nutella-Glas vor ihr und sah sie misstrauisch an.

»Warst du gerade wieder weg?«, fragte sie schmatzend. Offiziell war Beata ständig auf Diät, doch wann immer sie bei Helena zu Besuch war, hatte sie offenbar gerade eine Auszeit.

»Nein!«, gab Helena einsilbig zurück und schnappte sich das Nutella-Glas mit dem kärglichen Rest. Während sie sich ein Brot schmierte, ließ Beata sich neben ihr auf den einzigen Küchenstuhl plumpsen, für den in diesem kleinen Raum Platz war und sah ihr zu.

»Siehst du noch deinen Seelenklempner?«, fragte Beata unvermittelt.

»Ja!« Helena bereute es manchmal, Beata etwas davon erzählt zu haben. Beata war ein sehr gutmütiger und offener Mensch, doch Begriffe wie Diskretion und Takt kannte sie offenbar so gar nicht!

»Ist er verheiratet?«, fragte Beata weiter, während sie sich eine Scheibe Brot aus dem geöffneten Zehnerpack zog und anfing, die Sonnenblumenkerne darin herauszupulen.

»Was?« Irritiert hielt Helena beim Brotstreichen inne und sah auf die konzentriert pickende Beata.

»Ich meine ja nur. Wäre doch perfekt, oder? Er kennt dich schon und offenbar findet er dich trotzdem gut!«, schlussfolgerte sie wenig charmant. »Er besucht doch bestimmt nicht alle Patienten persönlich im Krankenhaus!«

Beatas Gedankengänge erstaunten Helena immer wieder und brachten sie widerwillig zum Lachen. »Wie kommst du denn auf so einen Mist? Natürlich ist er nett – er ist mein *Psychiater*! Das ist sein Job! Und im Krankenhaus war er, weil er nach mir als *Patientin* gesehen hat. Du bist echt bescheuert!« Helena ließ sich augenrollend mit dem Rücken an der geschlossenen Küchentür herunter gleiten und setzte sich auf den Küchenboden. Kopfschüttelnd biss sie in ihr dünn bestrichenes Nutella-Brot.

»Also ist er verheiratet!«, resümierte Beata und ihr pummeliges Gesicht wirkte enttäuscht.

Helena unterdrückte ein genervtes Seufzen. »Ja!«

Viel wusste sie nicht über ihn. Sie hatten seit ihrem Krankenhausaufenthalt vor drei Wochen nur eine Sitzung gehabt und er hatte immerhin beiläufig erwähnt, dass er verheiratet war. Es war die erste Sitzung gewesen, während derer sie sich nicht angeschwiegen hatten. Sie hatten sich beinahe freundschaftlich unterhalten und obwohl er deutlich gemacht hatte, dass er nicht an Zeitreisen glaubte, so hatte er ihr diesmal dennoch genau zugehört und sogar konstruktive Vorschläge gemacht. Er wollte, dass sie beim nächsten Aussetzer etwas änderte, auch wenn es nur eine Kleinigkeit war. Seine Theorie war, dass sie vermutlich nur dann aufhören würde, dieselben Geschehnisse wiederholt zu erleben, wenn sie etwas änderte.

Zu ihrem Unbehagen hatte er vorgeschlagen, einen Kollegen hinzuzuziehen, der sich auf Hypnose spezialisiert hatte. Sie war zu überrumpelt gewesen, um ihm diesen Wunsch abzuschlagen, doch seitdem zuckte sie bei jedem Telefonat in unangenehmer Vorahnung zusammen.

Stirnrunzelnd sah sie auf die emsig die zweite Brotscheibe zerlegende und konzentriert mampfende Beata. Ihre Freundschaft war eigentlich ein Witz! Die zwei waren in jeder Hinsicht so unterschiedlich, dass sie theoretisch kaum Freunde sein konnten: Helena war knochig, blass, wortkarg, introvertiert und selten in der Stimmung für soziale Treffen. Beata hingegen war pummelig, sehr auf ihr Äußeres bedacht, stets fröhlich und liebte guten Tratsch. Helena wusste nie, inwieweit sie Beata vertrauen konnte oder wann sie schon zu viel gesagt hatte. Dennoch ließ sie sich immer wieder auf Beatas Gesellschaft ein. Letztendlich schätzte sie Beatas unbekümmerte Art und Aufgeschlossenheit, insbesondere wenn Helena selbst für ihren eigenen Geschmack zu grüblerisch wurde. Beata schien einfach an allem interessiert zu sein und hatte noch nie über Helenas Aussetzer gelacht oder gar eine abwertende Bemerkung gemacht. Sie schien daran interessiert zu sein, diesen Episoden auf den Grund zu gehen. Ob dies nun aus ehrlichem Interesse an Helenas Wohlbefinden oder eher aus Neugierde geschah, war Helena zwar nicht klar. Doch obwohl sie ihr vorsichtshalber nicht alles erzählen mochte, war sie Beata für ihre Loyalität dankbar.

»Hattest du mal wieder einen Aussetzer in letzter Zeit?«, fragte Beata fröhlich mümmelnd und klaubte nun die einzelnen Krümel sorgsam mit angefeuchtetem Zeigefinger vom Tisch.

»Nein«, sagte Helena. »Seit dem Krankenhaus nicht mehr. Und selbst da bin ich mir nicht so sicher. Es ergibt rückblickend nicht sehr viel Sinn.«

»Seit wann machen diese Aussetzer für dich einen Sinn?« Überrascht hielt Beata inne und sah Helena aus ihren großen, grünen Augen an. »Hast du einen roten Faden entdeckt und weißt, warum sie passieren?«

»Nein«, seufzte Helena resigniert. »Leider nicht. Aber diesmal waren ein paar Personen dabei, die ich kannte. Doch sie sahen plötzlich anders aus und hatten andere Berufe.«

»Wie aufregend! War ich auch dabei? Wie sah ich aus?«

Helena musste lachen. Genau das war es, was sie an Beata schätzte. Anstatt ihr einen Vogel zu zeigen, sprang sie sofort auf den Zug auf und fieberte regelrecht mit, wenn auch auf ihre ganz eigene Art und Weise.

»Nein, es waren zwei andere Leute.«

»So? Wer denn?« Beatas Neugierde war nun endgültig geweckt. Sie vergaß darüber sogar die letzte Brotscheibe auf dem Tisch.

»Ein Typ aus der Straßenbahn und eine Ärztin.«

»Jemand aus der Straßenbahn? Kenn ich den schon?«

Es hätte Helena klar sein müssen, dass die stets an Beziehungen interessierte Beata sofort auf Felix anspringen würde, statt nach der Ärztin zu fragen. »Nichts Besonderes. Da war vor drei Wochen ein Typ in der Straßenbahn, mit dem ich kurz geredet habe und er hat mir am Schluss seine Nummer zugesteckt. Und die Ärztin arbeitet am Offenbacher Krankenh…«

»Wie heißt er denn?«, unterbrach Beata sie aufgeregt. »Vor drei Wochen? Mann, wieso hast du mir denn noch gar nichts davon erzählt?«

»Er heißt Felix«, antwortete Helena ein wenig unwillig. »Aber da gibt es auch nichts zu erzählen! Wir haben uns in der Straßenbahn kennengelernt, als er irgendeine dämliche Umfrage gemacht hat und da war er ein Student mit zotteligen Haaren. Als ich im Krankenhaus war, habe ich ihn jedoch als Assistenzarzt mit kurzen Haaren gesehen und da hat er mich offenbar nicht erkannt. Die zwei sahen aufs Haar genau identisch aus und … Naja gut, aufs Haar genau nun gerade nicht!« Jetzt musste auch Helena lachen.

»Könnte dein Straßenbahnfreund einen Zwilling haben?«

Helena versuchte angestrengt, sich die beiden Gesichter vor Augen zu rufen. »Ich erinnere mich jetzt nicht mehr so genau daran, aber im Krankenhaus war ich mir relativ sicher, dass es nur Felix sein kann. Und er schien verwirrt zu sein, als ich seinen Vornamen sagte, so als ob ich ins Schwarze getroffen hätte. Aber wie gesagt, auch die Ärztin sah komplett anders aus und als ich sie später nach Felix fragte, hat sie mich nur ausgelacht und sagte, dass sie keinen Assistenzarzt habe. Das macht alles irgendwie keinen Sinn!«

»Was hat denn dieser Felix nach deinem Krankenhausaufenthalt zu dem Ganzen gesagt? Und wie sieht er jetzt aus: immer noch zottelig oder gut?« Beata wippte aufgeregt vor und zurück. Bei guten Geschichten wie diesen konnte sie kaum an sich halten und rieb sich immer aufgeregt die Hände, bis sie glühten.

»Keine Ahnung!«, gab Helena zurück. »Ich habe ihn seitdem nicht mehr in der Straßenbahn getroffen. Was auch immer er letztendlich beruflich macht oder wie er nun aussieht, er hat anscheinend andere Arbeitszeiten als ich. An dem Tag, als wir uns kennengelernt haben, hatte ich verschlafen und war extrem spät dran.«

Beata erinnerte sich sehr wohl an diesen Tag, denn sie arbeitete mit Helena zusammen im Friseursalon. Sie hatte anfänglich versucht, eine Entschuldigung für Helenas Zuspätkommen zu erfinden und sich damit fast selbst in Teufels Küche gebracht, als ihrer Chefin Nadine nach zwei Stunden klar wurde, dass Helena ganz offensichtlich nicht bereits auf dem Weg war, wie Beata zuvor behauptet hatte.

»Du hast doch aber seine Nummer, oder?«, fragte Beata verwundert. »Hast du ihn denn nie angerufen?«

»Nein!«

»Bist du blöd? Warum nicht?«

»Was soll ich denn sagen? Hallo, ich hab' hier deine Nummer vor mir, kannst du mir mal kurz beschreiben, wie du aussiehst und wo du arbeitest?«, fragte Helena sarkastisch.

Beata tippte nachdenklich die Fingerspitzen aneinander. »Nein, du musst ja nicht gleich mit der Tür ins Haus fallen. Tu doch mal so, als seist du charmant! Sag einfach, du hättest seine Nummer verloren, aber sie sei nun doch wieder aufgetaucht. Und frag ihn dann, ob er Lust hat, mit dir einen Kaffee zu trinken. Das kann doch nicht so schwer sein!«

Helena spürte ihren Herzschlag bis in den Hals. Sie hatte den Zettel seit drei Wochen bestimmt über hundert Mal in ihren Händen hin und her gedreht und nach dem Telefon gegriffen. Einmal hatte sie sogar angefangen, die ersten Zahlen seiner Nummer auf der Drehscheibe zu wählen. Aber dann hatte sie doch der Mut verlassen und sie hatte aufgelegt.

»Na los!«, grinste Beata. »Ich geh auch ins Bad. Ich muss ohnehin mein Make-up auffrischen!« Beata brauchte grundsätzlich mindestens eine Stunde im Bad, was Helena oft regelrecht in den Wahnsinn trieb. Beata erneuerte ihr Make-up nahezu religiös zweimal am Tag und wenn sie bei Helena zu Besuch war, hieß das, dass das Bad mindestens eine Stunde am Stück gnadenlos belegt war. Klopfen und selbst Brüllen waren in dieser Stunde vollkommen sinnlos. Helena hatte schon ein paar Mal fluchend bei ihren Vermietern klingeln müssen, um aufs Klo zu gehen. Diesmal jedoch war Helena erleichtert. Beata hatte recht! Sie fühlte sich in Beatas Anwesenheit etwas lockerer - zumindest, wenn sie ihre Freundin dabei nicht direkt ansehen musste, während sie sich vermutlich gleich blamierte. Beatas Angebot war jedoch nicht vollkommen selbstlos, das war auch Helena klar.

Das Telefon stand im Flur direkt vor der Badezimmertür und selbst wenn diese auch nur ansatzweise Privatsphäre gegeben hätte, so würde der Lüftungsschlitz im unteren Teil der Tür alles klar und deutlich ins Badezimmer übertragen und dort auf gespitzte Ohren stoßen.

»Also los, hau schon ab!«, grinste Helena nervös und griff zum Telefonhörer, während sie darauf wartete, dass Beata die Badezimmertür hinter sich schloss.

»Wehe, du tust nur so, als ob du anrufst! Ich höre alles!«, drohte Beata gespielt ernst.

»Das ist mir schon klar, du Stasi-Futzel!«, gab Helena ironisch zurück. Dennoch war sie insgeheim erleichtert. Nun würde sie endlich ein wenig Klarheit bekommen!

»Ich hör’ nix!«, tönte es laut aus dem Badezimmer.

»Halt die Klappe!«, fuhr Helena sie durch die Tür an. »Ich wähle gerade.«

»Wähl lauter!«

»Ruhe da drinnen, du Nervensäge!«

Es klingelte. Helena presste die angehaltene Luft lang und deutlich hörbar aus ihren Lungen. *Was sollte sie sagen?*

»Hallo?« Eine männliche Stimme war plötzlich aus dem Hörer zu hören.

Helena schluckte. *Diese Idee war blödsinnig!*

»Hallo?«, wiederholte die Stimme nach einer kurzen Pause etwas ungeduldig.

»Sag was, Mensch!«, zischte es aus dem Bad.

»Klappe!«, keifte Helena verhalten zurück.

»Wie bitte?«, fragte die Stimme irritiert aus dem Hörer. »Wer ist denn da?«

Für einen kurzen Moment war Helena versucht, einfach aufzulegen. Doch im letzten Moment raffte sie all ihren Mut zusammen und holte tief Luft. »Hallo, hier ist Helena! Ist da Felix?« Schweigen folgte am anderen Ende. »Entschuldigung, ich habe vermutlich die falsche Nummer!«

»Halt!«, rief die Stimme laut aus dem Hörer, als Helena gerade auflegen wollte. »Ich bin es!« Er zögerte kurz, bevor er weitersprach. »Entschuldige, ich bin nur gerade etwas verwirrt.«

~ KAPITEL 10 ~

Kennen wir uns?

FRANKFURT AM MAIN, HESSEN, BRD. 15. DEZEMBER 1984. HELENAS HAUSTÜR.

»Guten Morgen!« Eine überraschte Christa Schuhmacher trat aus der Bürotür im Erdgeschoss. »Du bist ja früh unterwegs für einen Samstagmorgen! Möchtest du später nicht zum Mittagessen runterkommen? Du magst doch Kartoffeln mit grüner Soße, oder? Der Christian sagte, es sei dein Lieblingsgericht!«

Helena verlagerte unwohl ihr Gewicht von einem Fuß auf den anderen. Sie war mit Felix verabredet und hatte die ganze Nacht kaum geschlafen. Nicht nur, weil sie generell unsicher im Umgang mit Männern war. Die Situation war obendrein auch noch sehr verfahren, weil sie noch nicht einmal wusste, welcher Felix ihr heute begegnen würde. Während ihres recht kurzen Telefongesprächs war er zwar freundlich, aber auch nicht allzu überschwänglich gewesen, was Helena in Anbetracht der langen Funkstille durchaus verstehen konnte. Doch genau aus diesem Grund war sie plötzlich doppelt nervös, denn irgendwie war er ihr so wichtig, als würden sie sich schon seit Ewigkeiten kennen. Sie hatte in den letzten Wochen fast stündlich an ihn gedacht.

»Ich kann heute leider nicht!«, antwortete Helena so bedauernd wie möglich. »Ich treffe mich gleich mit jemandem in der Stadt.«

»Ach, das freut mich, Helena! Ein junges Mädel wie du muss doch am Wochenende etwas Schönes unternehmen! Erst neulich habe ich zu Peter gesagt, dass du viel zu oft allein zu Hause bist, aber wir wollen uns dir nicht aufdrängen. Triffst du dich mit deiner Freundin Beate?«

Helena bemühte sich geduldig zu bleiben, während sie noch immer mit der geöffneten Haustür in der Hand hin und her trippelte. »Ja«, log sie. »Mit Beata!«

»Ach, Beata mit einem *A* hinten?«, plapperte Frau Schuhmacher überrascht weiter. »Das ist aber kein deutscher Name, oder? Von wo kommt sie denn?«

»Polen!«, antwortete Helena kurz angebunden.

Frau Schuhmacher zog erstaunt die Augenbrauen hoch. »So, na, ist ja nicht schlimm!«, fuhr sie großmütig fort. »Trotzdem ein ganz nettes Mädel!«

»Frau Schuhmacher, seien Sie mir nicht böse, aber ich bin spät dran!«

»Ach entschuldige, da stehe ich nun und plaudere! Hab viel Spaß mit deiner polnischen Freundin!« Ob sie Letzteres ironisch oder ernst meinte, konnte Helena nicht heraushören, doch es war ihr in diesem Moment auch herzlich egal. Erleichtert hörte sie die Haustür hinter sich ins Schloss fallen und machte sich auf den Weg.

Es tat gut, einmal ganz gemütlich zu Fuß gehen zu können und nicht rennen zu müssen, um die Straßenbahn zu erwischen. Es war kurz vor Weihnachten und der Weg durch die Kleingärten und am Mainufer entlang war wunderschön in dem immerhin einen Zentimeter hohen Schnee. Viele Frankfurter hatten ihre Gärten festlich beleuchtet und trotz der Kälte fühlte sich Helena zum ersten Mal seit Langem beschwingt. Unabhängig davon, welcher Felix es heute sein würde: Sie freute sich! Alle anderen Gedanken verschob sie resolut auf später.

Da war es, das neue Deutsche Filmmuseum, das dieses Jahr seine Türen geöffnet hatte! Es war eine riesige Villa mit vielen Säulen und Helena hatte zwar die Werbung für die große Eröffnungsfeier mitbekommen, doch sie war noch nie drin gewesen. Offenbar gab es darin auch ein Café, denn Felix hatte vorgeschlagen, sich dort zu treffen. Ein ungewöhnlicher Ort für eine erste Verabredung, dachte sie. Es gab ein paar recht schöne Cafés in Frankfurt, da wäre ihr ein Museum sicherlich nicht als erste Wahl in den Sinn gekommen. Doch vielleicht war das zur Überbrückung der ersten Nervosität gar nicht mal schlecht.

»Hey, da bist du ja!« Zottel-Felix strahlte sie an und gab ihr scherzend sehr formell die Hand. Diesmal hatte er ihr allerdings nicht taschenspielerisch einen Zettel zugesteckt, wie Helena heimlich feststellte. Trotz der merkwürdigen Frisur sah er eigentlich recht gut aus, bemerkte Helena. Und wie schon zuvor in der Straßenbahn schien er Helenas Zunge nahezu gegen ihren Willen zu lösen.

»Ja, ich hatte eine schlaflose Nacht, aber jetzt ist es nicht so schlimm!«, platzte sie heraus, bevor sie nachdenken konnte.

»Das freut mich, dass du das Treffen nun nicht so schlimm findest!«, konterte Felix trocken, wenn auch noch immer lächelnd.

Helena wurde rot. Das schien ihr in letzter Zeit unangenehm oft zu passieren. »So habe ich das nicht gemeint!«

»Ist schon in Ordnung«, winkte Felix lachend ab. »Komm, ich führ dich mal ein bisschen rum! Magst du Museen?«

»Oh ja!«, log Helena und versuchte, so etwas wie Begeisterung auf ihr Gesicht zu zaubern. Sie war keine große Museumsgängerin. Sie mochte Bücher, die sie mit ihren lebendigen Geschichten vom Alltag ablenkten, doch tote Artefakte und deren endlos lange Beschreibungsplaketten, von denen eine langweiliger war als die andere, sprachen sie einfach nicht an.

»Na, dann wirst du das hier lieben!«, plauderte Felix weiter. »Das hier ist nämlich kein gewöhnliches Museum, in dem man sich zu Tode langweilt!« Erleichtert atmete Helena auf. »Wir haben hier Filme aus den Archiven vieler europäischer Länder, von denen du garantiert noch nie etwas gehört hast!«, fuhr Felix begeistert fort. »Genial, sag ich dir!«

»*Wir*?«, unterbrach ihn Helena. »Arbeitest du hier nebenbei?«

Felix hielt inne und sah sie überrascht an. »Nebenbei? Ich arbeite hier fünf Tage die Woche!«

»Donnerwetter! Wie schaffst du das alles: Studium und ein Vollzeitjob?«

»Was für ein Studium?« Felix sah nun recht verwirrt aus.

»Du bist doch der Student aus der Straßenbahn, oder?« Helena spürte wie ihr Puls anstieg. Was war mit ihr in letzter Zeit los? Sie hatte schon seit frühester Kindheit ihre sogenannten Aussetzer gehabt, aber schon lange waren sie nicht mehr so geballt und verwirrend auf sie eingeströmt wie in den letzten Wochen!

Felix sah sie schweigend an. Sein Gesicht verriet nicht, was er dachte, doch er sah ernst aus. »Sag mal, verwechselst du mich mit jemandem?«

»Nein, nein!«, versuchte Helena schnell abzuschwächen. »Ich hatte nur in der Straßenbahn angenommen, dass du Student bist – vielleicht weil du diese komische Umfrage gemacht hast. Aber wenn ich mich jetzt erinnere, hast du eigentlich nicht direkt gesagt, dass du studierst.«

Konnte es sein, dass es trotz der Frisur doch nicht der Felix aus der Straßenbahn war? Er sah sie noch immer ausdruckslos an. *War er vielleicht doch der andere Felix?* Aber wie konnte sie das schnell und unauffällig erwähnen?

»Ich weiß natürlich auch, dass du in einem Krankenhaus arbeitest.« Helena versuchte ein lockeres Lachen. »Spaß beiseite, ich fand es einfach lustig mir vorzustellen, ob du Student bist oder einen anständigen Beruf hast!«, setzte sie scherzhaft oben drauf, während sie ihn so unauffällig wie möglich beobachtete und versuchte, in seinem Gesicht zu lesen.

Zu ihrer großen Erleichterung lachte er laut auf und klopfte ihr etwas unbeholfen auf die Schulter. »Oh je, ich fürchte mein Alter hatte recht: Ich muss unbedingt zum Friseur! Diese komische Umfrage, wie du sie nennst, haben wir hier von der Marketingabteilung des Filmmuseums organisiert. Wir haben nämlich gerade erst eröffnet und wenn diese Idioten tatsächlich alle Straßenbahnen zugunsten dieser drei popeligen U-Bahnen abschaffen, dann ist das für unsere Besucherzahlen womöglich fatal! Dass ich aber wie ein Student aussehe, wusste ich nicht. Mein Vater meckert ständig, ich solle endlich zum Friseur gehen und mir einen anständigen Job suchen. Vielleicht sollte ich manchmal doch hinhören! Die Frisur ist also nicht dein Geschmack?«, fragte er neckend.

Helena schüttelte prompt den Kopf. »Nee, nicht so!«

»Prima, nachdem wir nun also brav alle Förmlichkeiten ausgetauscht haben: Wie wäre es mit einem Spaziergang am Mainufer, statt Smalltalk an meinem Arbeitsplatz?«, grinste er.

»Klingt super! Nichts gegen das Filmmuseum, sieht schön aus!«, fügte sie unbeholfen hinzu.

»Schon gut, ich hol' nur meine Jacke!« Als er mit besagtem Kleidungsstück zurückkam, war er in Begleitung einer sehr modern gekleideten, jungen Frau, die Helena schamlos musterte und dann mit süßlicher Kleinmädchenstimme kicherte.

»Siehst du, Felix, ich sage dir schon seit Ewigkeiten, dass du wie der Rattenfänger von Hameln aussiehst! Bring ihn am besten gleich zum Friseur!«, scherzte sie in Helenas Richtung, wobei sie ihre langen Haare einstudiert nach hinten warf und dann schwingenden Schrittes wieder die Treppe herauf ging.

Felix lachte zurück und rollte dabei nur für Helena sichtbar leicht die Augen. Helena fühlte sich sofort etwas besser. Dieser Ort und die Leute darin machten sie unsicher.

»So«, Felix hakte sich in der kalten Dezemberluft bei Helena ein, als wäre es das Natürlichste von der Welt, »was ist denn nun aus deinem beschissenen Tag letzten Monat geworden?«

Helena sah ihn für einen Augenblick verblüfft an. Wie schaffte er es, selbst unangenehmen Situationen sofort die Schärfe zu nehmen? Er schien in allem nur das Positive zu sehen. Und warum hatte sie das Gefühl, dass sie sich schon ewig kannten?

»Ich bin froh, dass du letztendlich doch noch angerufen hast!«, unterbrach er schließlich ihre Sprachlosigkeit. »Ich denke seit unserem ersten Treffen ständig drüber nach, aber ich komme nicht drauf.

Wir kennen uns irgendwo her, oder?«

~ KAPITEL 11 ~

Wolken des Teufels

LYNMOUTH, DEVON, SÜDENGLAND. 15. AUGUST 1952.
LYNDALE HOTEL.

Beschwingt trug Ruth den kleinen Frank in das Hotelrestaurant, um dort zu Mittag zu essen. Inmitten des grässlichen Wetters hatte sie eine erstaunlich angenehme Zeit ohne Reinhard gehabt, ganz so, wie er es hoffnungsvoll vorhergesagt hatte.

Elsie hatte sie einigen anderen Damen im Ort vorgestellt und Ruth war in den letzten Tagen trotz all der Regenfälle mit der einige Jahre älteren Louise und ihrem erst drei Monate alten Sohn Ernest spazieren gegangen. Es hatte gutgetan, nach all den Monaten endlich etwas Anschluss zu haben und sogar einige mütterliche Vergleiche anstellen zu können. Louise war neun Jahre älter als Ruth, die sich mit ihren knapp dreiundzwanzig Jahren fast selbst noch wie ein Kind fühlte.

Louise hatte ihr ganzes Leben ausschließlich in Lynmouth gelebt, doch sie war erstaunlich aufgeschlossen. Sie war lange unglücklich verliebt gewesen und hatte ihren etwas jüngeren Mann erst vor vier Jahren kennengelernt. Seitdem war alles sehr schnell für sie gegangen: Sie hatten geheiratet und neben dem drei Monate alten Ernest gab es außerdem den dreijährigen Bernard, der bereits erstaunlich behilflich und verständnisvoll war. Louise löcherte Ruth interessiert mit unzähligen Fragen über Deutschland und ihre Familie. So sehr Ruth auch mit ihrem dürftigen Schulenglisch kämpfte, doch diese intensiven Gespräche hatten ihren Sprachkenntnissen einen gewaltigen Schub gegeben, wie sie zufrieden feststellte. Vergangenes Wochenende war Ruth sogar spontan zu Ernests Taufe eingeladen worden und sie freute sich nun umso mehr auf die Heimreise, die unmittelbar bevorstand. Schon bald würde auch Frank endlich getauft werden! Endlich gab es wieder so Vieles, worauf sie sich freuen konnte, während ihr nette Menschen wie Louise angenehm bis dahin die Zeit verkürzten.

»Sie sehen heute aber besonders gut gelaunt aus!«, begrüßte Elsie sie herzlich, als Ruth den Speiseraum betrat. »Etwas müde, wenn ich ehrlich sein darf, aber fröhlich«, fügte sie lächelnd hinzu.

Sie hatten sich in den vergangenen anderthalb Wochen ebenfalls oft unterhalten und Elsie freute sich offensichtlich sehr, dass sie Ruth gleichgesinnte Kontakte hatte beschaffen können. Ruth war Elsie zutiefst dankbar, dass sie die hässliche Szene zwischen Reinhard und ihr nie erwähnte.

»Ich dachte heute Morgen, wir würden endlich wieder etwas Sonnenschein sehen, aber ich fürchte, wir müssen uns nun auf Ihr Strahlen verlassen, liebe Ruth!«, sagte sie und schaltete die Lampen an. Es war ausgesprochen dunkel im Speisesaal und schon seit frühem Mittag hämmerte heftiger Regen an die Fenster. »Nun sehen Sie sich das an!«, murmelte Elsie vor sich hin und sah kopfschüttelnd aus dem Fenster. Ruth gesellte sich mit dem vor sich hin brabbelnden Frank zu ihr und blickte ebenfalls hinaus. »Was für eine pechschwarze Wolke!«, fuhr Elsie fort und deutete auf den Himmel. »Sehen Sie sich nur den Himmel dazu an! Haben Sie so etwas schon jemals gesehen?«

Die ungewöhnliche, tiefschwarze Wolke war von roten und lilafarbenen Flecken durchzogen. Der untere Teil der Wolke schien eine Art Eigenleben entwickelt zu haben und rotierte heftig. Der Himmel darüber war jedoch sommerlich blau.

»Das sieht beinahe wie eine bevorstehende Atombombenexplosion aus!« Ruth drückte unwohl ihren Sohn an sich. *War das eine dieser manipulierten Wolken, von denen Reinhard gesprochen hatte?* Sein Projekt war jedoch zu weit weg, das konnte eigentlich nicht sein!

»Na, na, so düstere Gedanken wollen wir gar nicht erst aufkommen lassen!« Energisch wurde sie von Elsie zu einem hübsch dekorierten Tisch geschoben. »Kommen Sie, Sie müssen etwas essen! Unsere Küche schließt um drei, aber wir haben noch Fish Pie und Salat übrig, soweit ich weiß.«

Ruth blickte auf die Wanduhr. Es war bereits fünf Minuten vor drei. »Geht das noch in Ordnung? Ich möchte nicht, dass jemand wegen mir länger bleibt.«

»Machen Sie sich mal keine Gedanken!« Elsies Mann Jim Stratford erschien plötzlich neben ihr. »Heute geht niemand irgendwo hin! So ein verrücktes Wetter habe ich noch nie gesehen! Hoffentlich bleibt der Keller trocken! Das fehlt mir gerade noch …« Brummend verschwand Jim in der Küche, dicht gefolgt von Elsie, die etwas von Eimern und Wischmopps murmelte.

Ruth ging wieder zum Fenster, während sie auf ihr Essen wartete. Sie hatte Frank vorsichtig in mehrere Decken gehüllt auf den Teppichboden neben ihrem Stuhl gelegt. Müde streckte sie sich und drehte ihren schmerzenden rechten Arm im Schultergelenk. Der normalerweise glasklare Fluss East Lyn, der direkt neben dem Hotel entlang floss, war außergewöhnlich verfärbt und schien direkt vor ihren Augen anzusteigen.

Hoffentlich war Reinhard schon auf dem Nachhauseweg! Sie hatte seit Montag nichts mehr von ihm gehört, was vermutlich hieß, dass er gerade in der Hochphase des Projekts steckte und somit hoffentlich bald alles abschließen konnte. Nach etwa zwanzig Minuten stürmte Elsie aus der Küche und brachte Ruth einen Toast mit Käse.

»Es tut mir wahnsinnig leid, meine Liebe – ich habe Sie komplett vergessen! Wir wischen seit einer Viertelstunde eimerweise Wasser aus dem Keller, aber es wird immer schlimmer! Die Bierfässer schwimmen inzwischen auf und davon, ach, es ist zum Verzweifeln!

Und mein lieber Mann hat mich damals mit den Worten nach England gelockt, dass es hier weniger regnen würde als in Irland – dass ich nicht lache!«

Noch bevor Ruth etwas sagen konnte, verschwand Elsie wieder mit Ruths Mittagessen in der Küche. Wenige Sekunden später kam Jim mit dem Käsebrot zurück. »Hier ist gerade etwas Ausnahmezustand«, sagte er entschuldigend. »Aber machen Sie sich bitte keine Gedanken! Wir werden leider hin und wieder mal überflutet, aber das Wasser sinkt auch meist wieder so schnell, wie es gestiegen ist.« Sein besorgtes Gesicht passte nicht ganz zu seiner munteren Sprechweise, doch Ruth war zu übermüdet, um es zu bemerken. Die Nacht war wieder einmal sehr kurz gewesen und sie konnte kaum noch die Augen offenhalten.

»Nehmen Sie doch einfach den Teller mit auf Ihr Zimmer und legen Sie sich ein wenig hin«, schlug Jim vor. »Beim Abendessen sieht die Welt da draußen hoffentlich schon wieder anders aus!«

Ruth nickte dankbar und manövrierte sowohl den Teller als auch Frank die Treppe hinauf in ihr Zimmer, ohne etwas fallen zu lassen oder Frank aufzuwecken. Erschöpft legte sie sich neben ihren schlafenden Sohn ins Bett. Der donnernde Regen tat sein Übriges und binnen weniger Sekunden war Ruth eingeschlafen.

Frank weckte sie um sechs Uhr abends. Ruth brauchte einen kurzen Moment, um sich zu orientieren. Die Fensterscheiben vibrierten unter dem hämmernden Regen. Sie legte sich beruhigend den kleinen Frank über die Schulter und ging zum Fenster. Es war als hätte jemand einen Vorhang von außen zugezogen. Noch nie hatte Ruth einen derart heftigen, donnernden Regenfall gesehen. Obwohl es mitten im Hochsommer war, war es stockdunkel wie in tiefster Nacht. Es war eine merkwürdige, bedrückende Atmosphäre. Ob Reinhard vielleicht schon unten im Hotel auf sie wartete? Wenn er jetzt noch nicht da war, würde er vermutlich nur schwer mit dem Auto durchkommen. Bei dem mächtigen Regenfall waren die Straßen bestimmt schon überschwemmt.

Ruth zog sich einen dünnen Mantel über, wickelte eine Decke

um sich selbst und ihren Sohn und ging nach unten. Frank war sicherlich hungrig und wollte gestillt werden, aber sie hielt es nicht mehr allein im Zimmer aus. Auf halber Treppe hörte sie aufgeregtes Reden in der Lounge. Polizist Stan stand mitten im Raum und fuchtelte aufgeregt mit den Armen. Er sah recht mitgenommen aus.

»Ich sage dir doch, Jim: Die Blitze kamen nicht vom Himmel, sondern vom Boden! Lauter Blitze auf dem kompletten Lyntoner Parkplatz, die gut zwei Fuß vom Boden hochschossen! Ich habe so etwas noch nie gesehen, was zur Hölle ist das? Da, sieh her!« Er hielt etwas in beiden Händen und Ruth erkannte die zwei Hälften eines Polizeihelms. »Es hat mir den Helm gespalten! Ich dachte, das war's! Überall diese Blitze und plötzlich knackt und zischt es an meinen Ohren und der Helm fällt links und rechts in zwei Teilen an mir herunter! Ich dachte, es hat mir den Schädel gespalten!«

Eine Hand, vermutlich Elsies, führte Stan an seinem zitternden Arm außer Sichtweite.

Ruth ging unruhig in den Speiseraum und sah sich um. Der Raum war zum Bersten gefüllt. Alle Hotelbesucher, das komplette Personal und ein paar Einwohner aus Lynmouth saßen oder standen in dem plötzlich winzig wirkenden Speisesaal. Einige der Hotelgäste aßen zu Abend, doch über den Köpfen waberte ein bleiernes Schweigen. Nur hin und wieder war aufgeregtes Flüstern oder Besteckgeklapper zu hören. Jim hob schließlich die Hände und bat um Aufmerksamkeit.

»Verehrte Hotelgäste! Wir befinden uns zweifelsohne in einer etwas unglücklichen Situation. Ich würde Ihnen gerne ein Bier auf Kosten des Hauses anbieten, aber die Fässer haben sich im Keller für ein Bad entschieden, statt uns hier oben Gesellschaft zu leisten!«

Die Spannung wich ein wenig aus den Gesichtern der Hotelgäste. Jim war kein Freund vieler Worte, doch er strahlte genau die Ruhe aus, die in dieser Situation nötig war.

Ruth setzte sich neben die beiden Australierinnen Gloria und Lucy. Die beiden jungen Frauen waren in Ruths Alter, aber sie wirkten in ihrer quirligen, unbekümmerten Art deutlich jünger als die ernste Ruth. Selbst jetzt wirkten sie trotz aller Sorge noch fröhlich. Jim Stratford fuhr fort.

»Ich möchte Sie darauf hinweisen, dass wir hier in Lynmouth leider öfter mal nasse Füße bekommen. Das ist für uns alle sehr ärgerlich, aber kein Anlass zur Sorge! Bitte bleiben Sie ruhig, genießen Sie Ihr Abendessen trotz des unglücklichen Wetters und bleiben Sie bitte unbedingt im Hotel!«

Ruth drehte sich zu Lucy um, die mit dem weinerlichen Frank spielte. »Lucy, könntest du bitte kurz auf Frank aufpassen? Ich muss ins Bad.«

Ruth hatte sich auch nach all den Monaten noch nicht daran gewöhnen können, dass man hier ganz offen und unverblümt das Wort *Klo* benutzte, anstatt es dezent zu umschreiben, doch die beiden Australierinnen verstanden Ruth sofort und nickten. Ruth erhob sich und bahnte sich einen Weg durch den vollen Speisesaal zu den Gästetoiletten im Erdgeschoss.

In der Lounge standen zwei Feuerwehrmänner und unterhielten sich. Ruth ging etwas langsamer und versuchte, einzelne Wortfetzen aufzuschnappen. »Sieh dir das an! Das Wasser ist schwarz, vermutlich vom Torf! Normalerweise war es bei Überschwemmungen doch eher rot, oder?«, rief einer der Feuerwehrmänner über das laute Rauschen hinweg dem anderen zu und blickte, mit dem Rücken zu Ruth stehend, durch die offene Eingangstür nach draußen.

»Keine Ahnung!«, schrie der andere über den Lärm hinweg zurück und versuchte angestrengt, in der pechschwarzen Dunkelheit und durch den Regen hindurch etwas zu erkennen.

»Aber der Fluss ist bereits extrem angestiegen! So hoch habe ich ihn noch nie erlebt! Hoffentlich steigt er nicht noch höher, sonst haben wir echt ein Problem!«

Ein lautes Keuchen war zu hören und ein dritter Feuerwehrmann fiel regelrecht über die Stufen. Seine zwei Kollegen zogen ihn an den Armen hoch und in die Lounge hinein. Er war über und über mit Schmutz bedeckt. Offenbar war er mehrfach hingefallen und im Matsch hin und her gerutscht.

»Ron, was ist passiert?«

Mühsam rang Ronald nach Atem und lehnte sich ungeachtet seiner schmutzdurchtränkten Kleidung mit dem Rücken an die blütenweiße Wand. »Ich konnte nicht mehr gehen … zu heftig …«, brachte er mühsam keuchend hervor. »Ich dachte der Regen bricht mir die Knochen! Ich konnte nicht mehr aufstehen und bin den ganzen Weg gerutscht! Was ist da los? Habt ihr den Himmel gesehen? Wie im Sommer und dann diese Wolken des Teufels!«

Sein Blick fiel auf Ruth, die ihnen mit offenem Mund gelauscht hatte. Beschämt zog sie sich schnell ins Bad zurück. Hoffentlich war Reinhard nicht irgendwo da draußen! *Wolken des Teufels*, klang es ihr noch immer in den Ohren. Hoffentlich hatte Reinhard nichts damit zu tun!

Ihr letztes Gespräch fiel ihr wieder ein. *‚Es gab schon lange nicht mehr eine so langanhaltende Schlechtwetterfront und wir haben seit ein paar Tagen mehr Kumulus-Wolken zur Verfügung, als wir uns noch vor Kurzem hätten erträumen können!‘* – Sie hatte doch gewusst, dass man dem Ganzen nicht trauen konnte! Reinhard war einfach naiv. Irgendetwas stimmte da nicht und er wollte es nicht wahrhaben!

Sie wusch sich die Hände und ging zurück in den Speisesaal. Frank weinte jetzt sehr laut und Ruth zog sich mit einer Decke in eine etwas ruhigere Ecke des Raumes zurück, um ihn zu stillen. Das hatte sie noch nie außerhalb ihres Zimmers getan und es wäre unter normalen Umständen vermutlich nicht allzu gern gesehen gewesen, doch sie wollte jetzt nicht allein sein, auch wenn der Raum voller Engländer war und Ruth wieder die Worte ihrer Mutter einfielen: *‚Trau dem Feind nie! So ein Krieg wird mit Blut geschrieben – das vergisst niemand!‘* Zu Ruths und Reinhards Hochzeit war sie im Gegensatz zu anderen Verwandten zwar wenigstens erschienen, doch Ruth erinnerte sich nur allzu gut an den Gesichtsausdruck ihrer Mutter, als sie ihnen bedeutungsvoll *‚Viel Glück!‘* wünschte.

Tief ausatmend wischte Ruth ihre schweißnassen Hände an der Decke ab und versuchte die Stimmen auszublenden. Sie war schon fast zu Hause! Nur noch ein paar Nächte trennten sie von dem Hier und Jetzt und ihrer Familie.

Plötzlich wurden die Stimmen um sie herum lauter und Hektik brach aus.

»Bitte bleiben Sie ruhig!«, hörte sie Elsies Stimme laut über die Köpfe der anderen Hotelgäste rufen.

Ruth bemerkte, dass ihre Füße und ein Teil der Decke, der auf dem Boden gehangen hatte, nass waren. Schnell und unaufhaltsam bahnte sich rasant steigendes, übelriechendes Wasser den Weg ins Innere des Erdgeschosses und stieg erbarmungslos an Hosen- und Rockbeinen hoch.

»Alle in den ersten Stock!«, donnerte Jims Stimme durch den Raum, während er schnell am Sicherungskasten den Strom abschaltete. Gloria packte Ruth am Arm und zog sie in der nun herrschenden, kohlschwarzen Dunkelheit resolut mit sich in den ersten Stock. Trotz der offensichtlichen Angst war die Hilfsbereitschaft füreinander erstaunlich, als sich alle mit Händen und Füßen in Windeseile ihren Weg nach oben ertasteten.

Doch Ruth war in höchster Alarmbereitschaft. Das hier war kein natürlicher Regen! Der Himmel war sommerlich blau gewesen. Und dann war da diese merkwürdige Wolke! Es sollte weder so regnen, noch sollte sie hier sein! Sie hatte sich all die Zeit so unwohl gefühlt, warum war sie nur hiergeblieben? Irgendetwas musste bei dem Projekt ihres Mannes schief gegangen sein. Oder vielleicht war es auch so geplant gewesen? Doch würde die RAF so weit gehen, dass sie die Sicherheit ihrer eigenen Landsleute riskieren würde? Wäre sie doch nur wieder nach Deutschland zurückgekehrt oder hätte zumindest darauf bestanden, Reinhard zu begleiten! Sie hatte ihm vorgeworfen, naiv zu sein, dabei war sie selbst es ebenfalls gewesen!

‚So ein Krieg wird mit Blut geschrieben!‘, dröhnte es unerbittlich in ihrem Kopf. Zusammengekauert saßen sie alle mit ihrem schnell zusammengeklaubten, wichtigsten Hab und Gut im ersten Stock und warteten. Niemand sprach. Der Lärm draußen wurde immer lauter, als sich tonnenschweres Geröll und Bäume in den alles unter sich

begrabenden Fluten ihren gnadenlosen Weg ins Tal von Lynmouth bahnten. Sie hörten die Schreie von Kindern und Erwachsenen – Stimmen, die sie kannten und deren Gesichter sie vor sich sahen. Totenstille legte sich wie eine Decke über die Eingesperrten, während sie hilflos warteten. Hier saßen sie nun: mitten im August beim kümmerlichen Schein einzelner Weihnachtskerzen, die jemand im Schrank gefunden und angezündet hatte. Unglaublich wie rasend schnell alles ging! Die Fluten tosten und wüteten in unvorstellbarer Lautstärke und dennoch wirkte das Schweigen im ersten Stock vergleichsweise ohrenbetäubender. Die Wände zitterten als das Gestein von Gebäuden und Brücken mit voller Wucht gegen das Lyndale Hotel krachte.

Die Haupteingangstür im Erdgeschoss wurde plötzlich mit einem lauten Knall von den Wassermassen gesprengt. Ruth hörte Lucy neben sich leise beten, während Elsie stumm das irische Glückskleeblatt an ihrer Halskette drückte. Beten erschien Ruth in diesem Moment das Lächerlichste, woran sie hätte denken können! Verstand das denn niemand? Sie wurden hier bestraft! Sie hatten alles falsch gemacht, manche Menschen gehörten einfach nicht zusammen! Und ihr eigener Mann hatte darüber hinaus naiv Wettergott spielen wollten! Gott zeigte hier seinen Zorn, nicht seine Gnade!

»Oh mein Gott!«, schrie jemand neben ihr und deutete auf das Fenster. Vier Leute schwammen armwedelnd in den Fluten vor den Fenstern im ersten Stock. Ihre in den grellen Blitzen alle paar Sekunden sichtbaren Gesichter leuchteten gespenstisch und waren von Panik gezeichnet, als sie unerbittlich wieder und wieder von den Fluten gegen die Hotelwand geschleudert wurden.

Drei Hotelgäste sprangen auf und öffneten eines der etwas höher gelegenen Fenster, um die vier Schwimmer in den Fluten zu erwischen und ins Innere des Hotels zu ziehen. Es gelang ihnen immerhin, zwei von ihnen durch das Fenster zu zerren. Die beiden anderen Personen verschwanden spurlos in den unbezähmbaren, schwarzen Fluten.

Beim Öffnen des Fensters schwappte das schwarze Nass jedoch

nun auch auf den Boden des ersten Stocks und der donnernde Lärm des tosenden Wassers schluckte die verängstigten Aufschreie. Das Wasser stieg gnadenlos und unvorstellbar schnell weiter, sodass alle Insassen des Hotels, bis auf Ruth, in Windeseile die Stufen zum zweiten Stockwerk erklommen. Ein weiteres Stockwerk gab es nicht, hier war die Flucht zu Ende!

Fassungslos starrte Ruth auf die schwarze Brühe, die wieder an ihren Beinen emporstieg und drückte Frank an sich. Waren sie wahnsinnig? Sie würden alle sterben! Nach all den Dramen des Krieges und allen Versuchen, wieder eine normale Welt zu schaffen, würde sie nun hier gemeinsam mit den verdammten Engländern sterben!

Und sie war selbst schuld, sie hatte ja nicht hören wollen! Sie hatte ihre Mutter, ihr eigenes Bauchgefühl und Reinhards Erzählungen ignoriert. Für diese Arroganz würde sie jetzt bezahlen! Und nicht nur sie: Ihre Dummheit würde auch Frank das Leben kosten!

Sie musste hier raus! Ihre Gedanken wirbelten hektisch von einem Gedankenstrang zum nächsten, während sie mechanisch einen Fuß vor den anderen setzte und die Treppe hinunter ging. Tiefer und tiefer stieg sie in das kalte, übelriechende Wasser und doch spürte sie nichts. Sie presste ihren Sohn fester an sich. Sie würde sich flussabwärts treiben lassen und dann schwimmen. Irgendwo würde sie sich festhalten können. Sie hatte nicht den Feind überlebt, um nun mit ihm hier zu sterben! Nicht hier, nicht auf diese Weise, nicht jetzt!

Jemand zerrte an ihrem dünnen Mantel. Es war Elsie, die etwas rief, was Ruth jedoch nicht verstand. Alle schienen auf sie zu blicken und plötzlich bemerkte Ruth, dass ihr jemand Frank aus dem Arm riss. Elsie und die Australierinnen weinten und anderen Gesichtern nach zu urteilen wurde geschrien, doch Ruth hörte nichts. Panik ergriff sie. Sie würde ihnen Frank nicht überlassen, niemals! Sie musste unbedingt zurück!

Verzweifelt versuchte sie ein paar Schwimmbewegungen, doch irgendetwas traf sie hart im Rücken. Dunkelheit und Stille breiteten sich um sie aus.

~ KAPITEL 12 ~

Der Morgen danach

LYNTON, DEVON, SÜDENGLAND. 16. AUGUST 1952.

William Green kurbelte die Scheibe seines grauen Austin A40 Sports herunter. Ein Polizist hatte ihn kurz vor Lynton angehalten und musterte ihn durch das geöffnete Fenster.

»Die Zufahrt nach Lynmouth ist gesperrt!«, gab er zum zigsten Mal an diesem frühen Morgen zur Auskunft. Mit hochgezogenen Augenbrauen schweifte der Blick des Polizisten über den brandneuen, übertrieben polierten Sportwagen und seinen wohl frisierten, frisch rasierten und äußerst adrett gekleideten Insassen.

‚*Lackaffe!*‘, dachte er und kniff missbilligend die Augen zusammen.

»Ich muss aber nach Lyn…«, begann William selbstbewusst.

»Die Straße nach Lynmouth ist derzeit nur für Anwohner und trauernde Familienangehörige geöffnet!«, unterbrach ihn der Polizist scharf. Er bezweifelte sehr, dass diesen arrogant wirkenden Schnösel ein anderer Grund als pure Sensationsgier nach Lynmouth brachte. Er stand bereits seit vielen Stunden hier und hatte inzwischen regelrechten Ekel vor dieser Besuchergruppe entwickelt. Dass man eine Katastrophe wie diese als Anlass für einen interessanten Wochenendausflug nehmen konnte, ging über seinen Verstand.

»Ich bin vom BBC!«, entgegnete William forsch. Er war niemand, der sich leicht abwimmeln ließ und da unten wartete die Story des Jahrhunderts auf ihn! »Ich habe den Auftrag, ein live Interview zu machen. Meine Crew wartet bereits unten.« Routiniert zückte er seinen Presseausweis und hielt ihn dem Polizisten vor die Nase.

»Okay«, gab der Polizist schließlich etwas widerwillig seine Zustimmung. »Aber mit dem Wagen kommen Sie da nicht runter! Es ist alles in Schutt und Asche und überall liegen Geröll und Gemäuer herum. Da müssen Sie schon zu Fuß gehen!«

»Kein Problem!«, konterte William kurz angebunden und parkte seinen Wagen am Straßenrand. Der Neid des Polizisten war ihm nicht entgangen und er konnte sich ein stolzes Grinsen nicht verkneifen. Er hatte den Wagen erst vor wenigen Monaten brandneu gekauft. Er war zwar etwas langsamer als erwartet und steile Straßen, wie die Richtung Lynmouth, stellten eine Herausforderung für den recht schwachen Motor dar. Doch seitdem er das Originalmodell von Designer Eric Neale 1949 auf der Londoner Motorshow gesehen hatte, war ihm klar gewesen, dass er so lange sparen würde, bis er sich diesen Wagen leisten konnte und nun platzte er fast vor Stolz.

Entgegen seinen früheren Gewohnheiten war der Wagen noch immer äußerst gepflegt und penibel ordentlich. Selbst in den vielen Stunden, die er im Auto verbringen musste, hatte er immer einen großen Picknickkorb dabei, in dem er all seinen Ramsch verstaute. Der Korbinhalt war allerdings grenzgängig: Papiere und Notizen mischten sich mit Essensüberresten und eingetrockneten Kaffeebechern.

Ein wenig wehmütig ließ William seinen geliebten fahrbaren Untersatz am Straßenrand stehen und hoffte, dass ihm in diesem ganzen Chaos niemand eine Delle reinfahren würde. Der Polizist sah nicht so aus, als würde er ein wohlwollendes Auge auf seinen Austin haben. Ganz im Gegenteil: Unverhohlen schadenfreudig blickte der Polizist auf Williams polierte Lederschuhe. »Na, die werden Sie danach wohl wegwerfen können!«

Seufzend machte sich William an den Abstieg. Ihm war von der

BBC-Leitung mitten in der Nacht telefonisch diese Reportage angeboten worden und er war seitdem aufgeregt wie ein kleines Kind. Dies war womöglich seine Chance, endlich die Karriereleiter ein wenig weiter hoch zu klettern und er war fest entschlossen, eine Reportage abzuliefern, von der man noch Jahrzehnte später sprechen würde!

Das Ganze sollte genügend Dramatik für eine gute Story hergeben, dachte William sachlich, während er über Steine kletterte und langsam mehr und mehr ins Rutschen kam.

Nach einer Weile des mühsamen Abstiegs öffnete sich ihm ein erster Blick auf Lynmouth. Ihm stockte der Atem. Er war oft mit einer seiner weiblichen Bekanntschaften für kurze Ausflüge hierher gefahren. Der *Schönheitsfleck des Südens*, wie man diesen Ort landesweit nannte, eignete sich wunderbar für romantische Techtelmechtel und eine entspannende Auszeit von seinen vielen Überstunden und unsozialen Arbeitszeiten.

Doch auf den Anblick, der sich ihm jetzt bot, war er einfach nicht vorbereitet gewesen. Die einst so schöne Kleinstadt, die in ganz England und über die englischen Grenzen hinaus für ihre Schönheit und Idylle bekannt gewesen war, war über Nacht ausgelöscht worden. William konnte noch nicht einmal mehr die Straße sehen. Der Ort war ein einziger Schutthaufen und es roch grauenhaft. Die einstige Hauptstraße war zum Fluss geworden, der sein schmutziges Wasser gegen die zerstörten Häuserüberreste spülte.

Wo war das Lyndale Hotel? Sein Chef hatte ihm am Telefon gesagt, er solle versuchen, den Hotelinhaber zu interviewen. Es hatte in diesem Hotel offenbar gewaltige Dramatik gegeben und der Inhaber würde einen guten Augenzeugenbericht abliefern können. William bahnte sich einen Weg durch enorme Felsbrocken hindurch Richtung Lyndale Hotel. Nicht nur die Verwüstung war jenseits aller Worte, auch die Menschen hier sahen erschreckend aus. Kaum jemand sprach oder weinte gar. Wie betäubt räumten Kinder wie Erwachsene Steine und Geröll beiseite und arbeiteten sich mechanisch, nahezu leblos, durch das Chaos.

Schlimmer als nach dem Krieg, dachte William schaudernd.

Da war das Lyndale Hotel! Oder besser gesagt das, was davon übrig war. William bekam eine Gänsehaut, als er sah, wie hoch die Fluten am Gebäude entlang gepeitscht sein mussten. So etwas hatte er noch nie gesehen. Ein Blitzlicht leuchtete plötzlich neben ihm auf. Fragend sah William den Fotografen an. Ob er ein lokaler Neugieriger oder ein professioneller Fotograf war, konnte William nicht erkennen.

»Josephine Smith«, erklärte der Mann mit der Kamera knapp. »Sie ist von den Fluten erfasst und gegen das Hotel gespült worden. Die haben sie wohl gerade noch so ins Hotelinnere ziehen können.« Drei Armee-Offiziere stützten die wackelige junge Frau, die sich nur mühsam auf den Beinen hielt. Ob sie verletzt oder einfach traumatisiert war, konnte William nicht sagen. Er schluckte und fühlte sich plötzlich unvorbereitet. Wie sollte er mit diesen Menschen umgehen? Würden sie ihm überhaupt auf seine Fragen antworten können?

Ein älterer Herr trat in Begleitung eines jüngeren Mannes in zivil aus dem Hotelinneren hervor. Rasch zog William seine nächtlichen Notizen aus der Tasche und fand schließlich den Namen, nach dem er gesucht hatte.

»Jim?«, rief er zu ihnen herüber. »Herr Jim Stratford?« Beide Männer drehten sich zu ihm herum. Der ältere Herr blickte unsicher auf seinen jüngeren Begleiter. »Ja bitte?«

»Wunderbar, ich habe Sie gefunden!« Etwas zu euphorisch klatschte William in die Hände und rieb diese sogleich verlegen aneinander. Das war kein gelungener Start, wenn man die Umstände bedachte. »Lassen Sie mich vorab bitte entschuldigen, dass ich Sie an einem Tag wie heute belästigen muss«, bat William gewinnend. »Ich bin vom BBC und man hat mir gesagt, dass ich mich mit Ihnen kurz unterhalten könne.«

Erneut blickte Jim Stratford verunsichert auf den jüngeren Mann neben ihm. *Wer war das?*

»Mein Name ist übrigens William Green«, sagte William und schüttelte zunächst Jim Stratford die Hand. Anschließend streckte er die Hand seinem Begleiter entgegen, doch dieser ignorierte ihn und drehte sich stattdessen zu Jim um. Er tippte sich bedeutungsvoll an den Hut und ging.

Irritiert sah William ihm mit noch immer ausgestreckter Hand einen Moment nach, doch er sammelte sich nach einigen Sekunden, zog die Hand zurück und wandte sich wieder Jim zu. »Ich hatte eigentlich vor, Sie um ein Interview zu bitten. Aber wenn ich mir das alles hier ansehe, dann glaube ich nicht, dass ich die richtigen Worte finden könnte«, fuhr er einschmeichelnd fort. »Würden Sie sich zutrauen, einfach der Kamera zu erzählen, was Sie erlebt haben?«

»Ich weiß nicht«, zögerte Jim und sah dem anderen Mann nach. »Ich bin zu durcheinander, denke ich. Es war eine schlimme Nacht!«

»Machen Sie sich keine Gedanken, genau das brauche ich!«, beschwichtige William lebhaft. Er korrigierte sich jedoch schnell. »Ich meine, genau so soll diese Reportage ja auch sein: nicht meine Geschichte, sondern Ihre! So durcheinander wie sie vermutlich war.« Jim schien noch immer zu zögern. »Es ist für Angehörige, die weiter weg wohnen oder wegen der Räumungsarbeiten keinen Zutritt bekommen, unglaublich wichtig, etwas mehr Klarheit zu bekommen. Meinen Sie nicht?«, fragte William überzeugend.

»Das stimmt wohl«, gab Jim zögerlich zu.

»Sehr gut!« William hatte einen seiner Kameramänner entdeckt und winkte ihn herüber. »Dave, das ist Jim Stratford, der Hotelbesitzer!«, stellte er kurz vor. »Dave, ich dachte, wir können Jim einfach erzählen lassen anstelle des typischen Frage-Antwort-Spiels. Was meinst du?«

Überrascht sah Dave ihn an. »Wenn du das für eine gute Idee hältst«, antwortete er erstaunt. Dass der stets ins Rampenlicht strebende William freiwillig das Zepter abgeben wollte, verwunderte ihn. Er positionierte die Kamera und wartete auf Williams Zeichen. Dieser drehte sich zu Jim um, dessen Gesicht nun aschfahl wirkte. Sein blasses Gesicht und die Trümmerberge im Hintergrund waren einfach perfekt!

»Gut Jim, nehmen Sie sich Zeit! Stellen Sie sich einfach vor, Sie würden alles einem Familienangehörigen berichten. Aber versuchen Sie, dabei ein bisschen wie ein Reporter zu klingen, also nicht zu emotional! Kriegen Sie das hin?« Jim nickte unsicher und räusperte sich. »Wunderbar!«, strahlte William und gab Dave mit einer Hand den Countdown vor. »Drei, zwei, eins – los!«

Jim räusperte sich erneut, versteckte die linke Hand in der Hosentasche und umklammerte das Mikrofon mit seiner freien Hand. »Hier spricht Jim Stratford. Ich stehe auf den Eingangsstufen meines Hotels. Was Sie hier vor mir sehen, ist ein reißender Fluss, der einmal die Hauptstraße von Minehead nach Lynmouth und Lynton war. Dies wurde durch die Überschwemmung des West Lyn Flusses während des Unwetters Freitagnacht ausgelöst.«

Jim blickte unsicher zu William, der zu seiner Linken außerhalb des Kamerablickfeldes stand und ihm wild mit der rechten Hand rotierend bedeutete, fortzufahren. Aufmunternd lächelte er Jim zu. Jims monotone Stimme, das Geröll und der wilde Fluss zu seinen Füßen, die noch immer schwimmenden, schmutzdurchtränkten Möbel hinter ihm im Haupteingang der Hotelruine – *es war genial*! In diesem Augenblick vergaß William das Elend um ihn herum, das ihm bis vor wenigen Momenten regelrecht den Hals zugeschnürt hatte. Er war jetzt einfach nur ein aufgeregter Reporter, der ahnte, dass sein Bericht das Zeug hatte, um in den Köpfen der Menschen unvergesslich zu bleiben.

Jim erzählte von den Anfängen der Überflutung am vorherigen Abend und schwang leicht nervös die Hüften hin und her. Seine freie linke Hand machte ihm offenbar zu schaffen und er wusste nicht, was er damit tun sollte. Er nestelte damit an seinem Hosenbund hin und her, bis er sie schließlich wieder für kurze Zeit in der Hosentasche verschwinden ließ. *,Hühner füttern'*, nannten Profis dieses ziellose Herumfuchteln mit Armen und Händen vor der Kamera, doch es machte die Situation gekonnt authentisch und weniger einstudiert, stellte William zufrieden fest.

Jim fuhr monoton fort. »Gegen halb zehn gab es ein gewaltiges Getöse. Die Dämme des West Lyns brachen und schmetterten gegen die Hotelseite. Mit ihm kamen tausende von Tonnen an Felsen und Geröll.«

Dave schwenkte, professionell am Ball bleibend, die Kamera zu Jims linker Seite und filmte die Unmengen an Geröll und Felsbrocken neben dem Hotel. Jim beschrieb weiter, dass die kleine Kapelle und der Obstladen ebenfalls weggespült worden waren und wie sie es geschafft hatten, einige schwimmende Ortseinwohner durch die Fenster des Hotels ins Innere zu ziehen.

Jim schien aus den Augenwinkeln nach rechts zu sehen. Als William seinem Blick folgte, bemerkte er, dass auf den Stufen neben ihm wieder der jüngere Mann in zivil stand. Er hielt jedoch genügend Abstand, um nicht mit im Bild zu sein und sah weder Jim noch das Kamera-Team direkt an. Er stand einfach nur da und stemmte die Hände in die Hüften, als würde er sich von hier aus das Chaos um ihn herum genauer ansehen wollen. Doch sein angespannter Gesichtsausdruck und seine Körpersprache verrieten, dass er sehr genau hinhörte.

Jim holte tief Luft und endete seinen Bericht. »Wir hatten insgesamt sechzig Leute im Hotel, jeder einzelne von ihnen ein Kämpfer. Ich bin stolz und kann sie nur loben, denn es gab nicht die leiseste Spur von Panik!«

Der jüngere Mann neben ihm verriet nun ebenfalls hüftenschwingend seine Anspannung. William bedeutete Dave mit versteckter Hand, die Kamera etwas weiter herüber zu schwenken, um auch ihn mit ins Bild zu holen. *Wer war das?*

Jim sackte bei seinen Schlussworten ein wenig in sich zusammen. »Wir hatten kein Essen, kein Wasser und kein Licht, abgesehen von ein paar Weihnachtskerzen. Gegen etwa zwei Uhr morgens brach der hintere Teil des Hotels mit einem ohrenbetäubenden Lärm in sich zusammen. Aber glücklicherweise hielt das Hauptgebäude den Fluten stand und wir haben die Nacht überlebt!« Seine Stimme brach und William schaltete sich ein.

»Schnitt! Wunderbar, Herr Stratford, ich danke Ihnen. Können Sie mir vielleicht noch kurz ein paar Fragen beantworten? Haben alle in Ihrem Hotel überlebt oder …«

»Wir sind fertig!«, unterbrach Jim Stratford ihn mit rauer Stimme. »Entschuldigen Sie mich, aber es gibt viel zu tun!« Eine ältere Dame erschien auf den Stufen mit einem Baby auf dem Arm. Vermutlich seine Frau und das Enkelkind der beiden, riet William. Der jüngere Mann war plötzlich wie vom Erdboden verschluckt. War er unbemerkt ins Hotelinnere gegangen?

William startete einen letzten Versuch. »Können Sie mir wenigstens ganz kurz sagen, was Sie von dem Regenfall halten? Ich habe die Information bekommen, dass in den letzten Tagen diverse Flieger über Lynmouth gesichtet worden sind und dass sich der Himmel danach unnatürlich verfärbt hat. Einer der Fischer sagte meinem Kollegen, es habe trotz sommerlichem Himmel heftig geregnet. Können Sie das bestätigen?«

Kommentarlos zog Jim die ältere Dame und das Baby mit sich fort und verschwand hinter den Geröllbergen. Dave und William sahen sich erstaunt an. Dave zuckte mit den Schultern. »Vielleicht sind sie in den nächsten Tagen gesprächiger.«

William ärgerte sich etwas. Das wäre ein spannender Aufhänger für seine Story gewesen! Doch Dave hatte recht: Man musste ihnen wohl etwas Zeit lassen. »Komm«, sagte er zu Dave, »ich möchte noch einen der Fischer befragen und dann sind wir fertig!«

~ KAPITEL 13 ~

Feuriger Deal

RAF STÜTZPUNKT, CRANFIELD, ENGLISCHE MIDLANDS.
17. AUGUST 1952.

Wie gebannt hatte Reinhard seit nunmehr fast vierundzwanzig Stunden den BBC-Bericht wieder und wieder auf dem Fernsehbildschirm im Aufenthaltsraum des Luftfahrtgebäudes der Royal Air Force verfolgt. Es kam ihm wie ein furchtbarer, nicht enden wollender Albtraum vor. Der sonst immer so muntere und spaßhaft aufgelegte Hotelbesitzer Jim schien um Jahre gealtert zu sein und seine monotone Stimme ließ den Horror erahnen, den sie alle erlebt haben mussten. Um ihn herum schien alles verwüstet zu sein.

,Wir haben überlebt!', betete sich Reinhard Jims Worte vor. Hätte es in dem Hotel Verletzte oder gar Tote gegeben, hätte er dies sicherlich erwähnt, versuchte Reinhard sich zu beruhigen.

Wieder und wieder war er in Gedanken sein letztes Gespräch mit Ruth durchgegangen. Hatte sie Rrcht gehabt? War er zu naiv gewesen? Die BBC-Reportage ging nicht genauer auf die heftigen Regenfälle ein. Letzten Berichten zufolge war in der Gegend von Lynmouth in den letzten vierundzwanzig Stunden vor der Katastrophe so viel Wasser vom Himmel gekommen wie sonst innerhalb von drei Monaten durch die gesamte Themse floss.

Erneut flimmerte Jims Bericht in der zigsten Wiederholung über den Bildschirm. Seinem Bericht folgte ein Interview mit einem der lokalen Fischer, Lewis Denham, den Reinhard ein paar Mal im Pub gesehen und kurz gesprochen hatte. »Die Flut spülte die Boote direkt vor unseren Augen in einer riesigen Welle davon. Es war unglaublich!«

Sein Bericht war ebenfalls monoton und unter seinen genuschelten Worten nur schwer verständlich. Sein Gesicht war aufgrund der näheren Kameraaufnahme besser zu sehen als das von Jim. Reinhard spürte einen Kloß im Hals, als er den sonst so lauten, burschikosen Lewis schwer schluckend erzählen hörte. »Ein Anblick, den wir nie vergessen werden. Es war stockdunkel und in dem immer wieder aufflackernden Licht von Blitzen sahen wir Gebäude, die wie Kartenhäuser in sich zusammenfielen. Sie wurden mit den qualvollen Schreien von lokalen Einwohnern, die wir sehr gut kannten, in den Fluss gespült.«

Reinhard spürte, wie ihm kalter Schweiß den Rücken hinunterlief. Der Teil mit den Blitzen war ihm zuvor nicht aufgefallen. War es tatsächlich ihr Machwerk gewesen? Sein Kopf dröhnte, als er zum hundertsten Mal an diesem Morgen die brandneue *Times* in die Hand nahm die Namen der Flutopfer überflog:

Matthew N. Williams, 30 Jahre
Louise A. Williams, 32 Jahre
Bernard G. Williams, 3 Jahre
Ernest W. Williams, 3 Monate
Lucy Goodwill, 21 und Gloria Bloomfield, 22 (beide aus Melbourne, Australien)

Reinhard stockte. Waren die beiden Australierinnen nicht ebenfalls Hotelgäste gewesen? Die Liste belief sich bislang auf fünfunddreißig Tote und Vermisste. Ruths Name war nicht dabei! Das war ein gutes Zeichen, versuchte Reinhard sich zu beruhigen.

Sein Kollege Francois stand plötzlich in der Tür. »John ist wieder aus Lynmouth zurück und will dich in seinem Büro sprechen!«

Reinhard fuhr herum. »Zurück von wo?«, fragte er aufbrausend.

Francois wich erschrocken zurück. »Wusstest du das nicht? Er ist gleich gestern früh nach Lynmouth gefahren, um sich ein Bild zu verschaffen!«

Ohne nachzudenken stürmte Reinhard im Bruchteil einer Sekunde in schäumender Wut zur Tür, schlug dem unvorbereiteten Francois mit geballter Faust hart ins Gesicht und begann, ihn wie wild zu schütteln. »Du verdammte Ratte! Ich bettele seit gestern Morgen um einen Transport nach Lynmouth und werde mit den Worten hingehalten, dass die Straßen nicht passierbar seien und dabei wart ihr Schweine schon ohne mich dort?« Aufschluchzend ließ er von Francois ab, der mühsam nach Luft rang und schlug dann erneut auf ihn ein. »Meine Frau und mein Sohn sind dort, verdammt! Ich weiß noch nicht mal, ob sie noch leben!«

Eine Faust traf Reinhard hart am Kopf. Hinter ihm stand plötzlich sein bulliger Kollege Milan aus Jugoslawien. Reinhard hatte sich bisher möglichst von ihm ferngehalten, da Milan schnell gereizt und ausfällig wurde. Bei Reinhards brutalem Ausbruch verlor Milan die Beherrschung und schlug nun seinerseits gnadenlos auf Reinhard ein, während er wutentbrannt etwas einer anderen Sprache brüllte. »Ti nemški kreten!«

Ein weiterer harter Schlag auf sein linkes Ohr ließ Reinhard zurücktaumeln. Keuchend blieb er einige Meter von Francois entfernt am Boden liegen. Ihm war schwindelig. Ob dies jedoch vom Schlag herrührte, von der Aufregung oder dem generellen Schlafentzug der letzten Zeit, hätte Reinhard selbst nicht sagen können.

Francois hielt noch immer die Hände abwehrend vor seinem Körper und wimmerte kläglich. »Es tut mir leid, Hardy! Ich dachte, du wüsstest, dass John gefahren ist! Ich bin mir sicher, dass es einen Grund gab. Vielleicht erklärt er dir jetzt ja alles. Ich hatte nur den Auftrag, dich in sein Büro zu holen!«

Reinhard rollte sich zu Francois hinüber, der sofort panisch ein Stück von ihm wegrutschte. Milans drohendes Gesicht und seine zum Schlag erhobene Faust erschienen erneut über Reinhard, der schnell beschwichtigend die Hände hob. »Schon in Ordnung, Gefahr vorbei!«, keuchte er Milan an. Reinhard griff in seine Hosentasche und zog ein zerknittertes Stofftaschentuch heraus. »Deine Nase blutet, tut mir leid!«, murmelte er und warf Francois das Taschentuch zu, während er mit schmerzverzerrtem Gesicht aufstand und sich den dröhnenden Kopf rieb. Er reichte Francois eine Hand, der sie zögerlich ergriff und sich daran hochzog.

»Alles klar?«, fragte er Francois.

»Sie warten auf dich!«, erwiderte Francois knapp. Er presste das blutverschmierte Taschentuch an seine Nase und ging aus dem Raum, ohne sich umzusehen.

Milan blickte Reinhard verächtlich an und sprach diesmal Englisch. »Nächstes Mal such dir jemanden aus, der sich wehren kann, du deutsches Nazi-Arschloch!« Mit einem abfälligen Schnauben verließ er den Raum. Reinhard blieb zurück und sammelte sich. Er war nach der kurzen Prügelei plötzlich unendlich erschöpft, doch seine Gedanken rasten noch immer. Nach einem tiefen Atemzug gab er sich einen Ruck und machte sich auf den Weg in Johns Büro am Ende des langen Korridors. Ohne anzuklopfen öffnete er energisch die Tür. Nur den Bruchteil einer Sekunde später blieb er jedoch wie angewurzelt im Türrahmen stehen.

Der kleine, kärglich eingerichtete Raum platzte in Anbetracht der vielen Menschen darin nahezu aus den Nähten. Fünf wichtig aussehende Männer in Uniform standen mit ernsten, nicht allzu freundlichen Mienen um Johns Schreibtisch herum und starrten ausdruckslos zurück.

»Setz dich, Hardy!«, schnarrte Johns Stimme kalt durch den Raum. Es war keine Einladung, sondern ein Befehl. »Wie du mitbekommen hast, haben wir hier eine nationale Katastrophe«, begann John, während er Reinhard prüfend musterte.

»Meine Frau und mein Sohn sind dort!« Unterdrücktes Räuspern war zu hören und Reinhard bekam plötzlich ein sehr ungutes Gefühl. »Sie sind doch dort, oder?«, fragte er kaum hörbar.

John blickte ihn ausdruckslos an. »Deinem Sohn geht es gut!«

Reinhard begann am ganzen Körper zu zittern. »Und Ruth?« Er spürte, wie sein Speichel dünnflüssig wurde und sich ein Brechreiz anbahnte.

John sah ihn ernst an. »Sie wird seit den Abendstunden vermisst!«

Reinhard hatte oft gehört, dass sich Menschen unter Schock erbrechen mussten, doch er hatte diese Beschreibung für eine Übertreibung gehalten. Mit letzter Kraft griff er nach dem Papierkorb neben dem Schreibtisch und übergab sich. John räusperte sich erneut, während die RAF-Offiziere neben seinem Schreibtisch betont stur geradeaus starrten. Die Szene erschien Reinhard so absurd wie eine dramatische Szene aus einem Anti-Kriegsfilm und doch war sie nervenzerreißend real. Er ließ sich nach wenigen Minuten in den Sitz zurückfallen und atmete schwer, während ihm unkontrolliert die Tränen die Wangen herunterliefen. John fühlte sich nun sichtbar unwohl.

»Hardy, ich weiß, das ist hart, aber wir müssen jetzt offene Worte sprechen und etwas klären!«

Ungläubig sah Reinhard ihn an. Was wollten sie von ihm?

»Der Regenfall war enorm«, fuhr John fort. »Und da unsere Mission nicht strikt geheim war, müssen wir nun vermeiden, dass die Leute falsche Schlussfolgerungen ziehen und uns dafür verantwortlich machen!«

»Aber das sind wir!«, stammelte Reinhard zitternd. »Es ist unsere Schuld!«

»Nein!«, entgegnete John scharf. »Du weißt, wir hatten eine Schlechtwetterfront ungeahnten Ausmaßes. Was die Natur uns in Punkto Forschung geschenkt hat, war nun leider zugleich das Unglück der Flutopfer. Das ist sehr tragisch, aber wir müssen jetzt gemeinsam eine klare Linie fahren, um falsche Anschuldigungen zu vermeiden!«

»Es ist unsere Schuld!«, wiederholte Reinhard.

John schlug hart mit der Faust auf den Tisch. »Verdammt noch mal, Hardy! Ich weiß, das Ganze ist sehr emotional für dich, aber lass deine Gefühle nicht deinen Verstand blenden, für den wir dich teuer bezahlen! Lynmouth ist schon mehrmals überflutet worden und es lag allein in Gottes Hand, nicht in unserer. Wir können schließlich nicht künstlich Regen erschaffen!«

Reinhard sah ihn ungläubig an. Wollte er ihn veralbern? Genau das hatten sie getan!

»Hardy, ich weiß, dass du Schuldgefühle hast. Wir haben erfahren, dass du dich vor deiner Abfahrt hierher mit deiner Frau gestritten hast, da kann einem so ein Trauma sicherlich merkwürdige Gedankengänge bescheren oder gar die Erinnerung trüben. Das verstehen wir.«

»Wie bitte?« Reinhard begriff nicht, was hier vor sich ging. Was sollte das? Wettermanipulation und künstlicher Regen waren das Hauptziel ihres Projekts gewesen und sie hatten es geschafft! Und woher wussten sie von der Auseinandersetzung mit Ruth am Abend vor seiner Abreise?

»Hardy, lass mich deutlicher werden. Wir verstehen, dass du trauerst und durcheinander bist. Aber wir fragen uns, ob dir das selbst ebenfalls klar ist und du noch zurechnungsfähig bist. Wenn du nämlich so verwirrt bist, dass du den Menschen merkwürdige Spinnereien über dieses Projekt erzählst und uns womöglich in einen internationalen Skandal verwickelst, dann müssen wir uns überlegen, wie wir dir am besten ... *helfen* können!« John sah ihn scharf an und fuhr schließlich fort. »Das könnte zum Beispiel eine entsprechende Anstalt sein. Traurig wäre in diesem Fall natürlich, dass wir dann auch eine Lösung für deinen Sohn bräuchten. Da er auf englischem Boden geboren wurde und hier keine nahen Verwandten hat, würde er wohl zur Adoption freigegeben werden müssen.«

Reinhard starrte ihn sprachlos mit offenem Mund an. Sein Speichel wurde erneut ekelhaft dünnflüssig.

Augenscheinlich mitfühlend gab ihm John ein Taschentuch. »Wir verstehen dich, Hardy, ehrlich! Deshalb ist es ja so erschreckend, dich so durcheinander zu sehen. Meinst du, du kannst dich zusammenreißen oder brauchst du Hilfe?«

Reinhard erbrach sich erneut. Als er wieder aus dem Papierkorb auftauchte, schüttelte er panisch den Kopf.

»Das freut mich persönlich sehr, Hardy«, fuhr John väterlich fort. »Wir sind hier in den letzten Monaten schließlich alle gute Freunde geworden und deine Verwirrung hat uns ehrlich besorgt. Wir wissen deine Arbeit für uns nämlich sehr zu schätzen. Du warst uns ein wertvoller Mitarbeiter, Hardy. Deshalb haben wir uns etwas überlegt, wie wir dir alternativ helfen können.«

Reinhard schlug das Herz bis zum Hals. Was hatten sie vor? In was war er nur hineingeraten?

»Sieh, wir verstehen, dass ein solcher Verlust einem sehr nahe geht und jeden noch so großen beruflichen Ehrgeiz zum Erlöschen bringen kann. Darum haben wir uns überlegt, dass wir dich für deine herausragende Arbeit vielleicht besser entlohnen können, indem wir dir eine Art Frührente zahlen, mit der du für dich und deinen Sohn ausgesorgt hast und neu anfangen kannst. Du reist mit deinem Sohn sofort nach Deutschland zurück und beginnst dort ganz neu: neuer Job, neue Familie, neues Leben! Das können wir natürlich nicht jedem anbieten, aber wir stehen hinter dir und solange das streng unter uns bleibt, können wir bei dir eine Ausnahme machen. Natürlich nur unter der Voraussetzung, dass du dennoch emotional stabil genug bist, um unser Projekt nicht mit Falschaussagen in Verruf zu bringen! In dem Fall müssten wir, wie gesagt, zum Wohle der Allgemeinheit härter durchgreifen … Also, Hardy, wie können wir dir am besten helfen?«

Reinhard starrte ihn wie betäubt an. Die anderen fünf Offiziere standen noch immer wie riesige Statuen neben dem Schreibtisch: stumm, ausdruckslos, angsteinflößend.

»Ich verstehe«, brachte er mühsam hervor. »Mein Sohn und ich werden abreisen!« Reinhard hätte in diesem Moment alles gesagt, um dieser Situation zu entfliehen! Er würde in Lynmouth nach Ruth suchen und dann würde er weitersehen. Doch vorerst musste er hier heil rauskommen!

»Eine gute Entscheidung, Hardy! Ich hatte gehofft, dass du trotz allem noch genügend Vernunft hast. Lass uns am besten gleich hier und jetzt ein neues Kapitel aufschlagen!« John wuchtete einen großen Berg an Unterlagen aus der obersten Schublade seines Schreibtisches. Es waren Reinhards Forschungsunterlagen und Ergebnisse. Ob sie vollständig waren oder nicht, konnte Reinhard nicht erkennen, aber der Fülle des Ordners nach hatten sie vermutlich ganze Arbeit geleistet. John streckte die Hand aus und einer der Offiziere reichte ihm einen Bunsenbrenner sowie eine große Schale aus der Ecke hinter sich. Beides stellte John andächtig auf den Schreibtisch.

Reinhard blickte ungläubig auf seine Unterlagen, in die er all seinen Ehrgeiz und sein gesamtes Wissen gesteckt hatte. Wollten sie die Papiere allen Ernstes in Brand stecken oder ihm nur drohen? »Bitte«, krächzte er schwach, »das ist nun wirklich nicht nötig! Ich werde mich an unsere Abmachung halten, aber das da ist mein Lebenswerk!«

»Oh Hardy«, seufzte John scheinbar mitfühlend. »Jetzt machst du mir wieder Sorgen! Was denn für eine *Abmachung*? Wir haben dir lediglich unsere Freundschaft angeboten, das ist alles! Aber es ist nun deine Entscheidung, ob du bereit bist, für deinen Sohn komplett neu anzufangen und all diesen Irrsinn hinter dir zu lassen oder ob wir uns um dich Gedanken machen und nach einer Alternative für dich und deinen Sohn suchen müssen. Die Entscheidung liegt selbstverständlich voll und ganz bei dir!«

Sechs Augenpaare musterten ihn kalt. Reinhard durchforstete hektisch jede Ecke seines Gehirns, ob er irgendwelche Kopien angefertigt hatte, doch soweit er sich erinnerte, hatte er immer alles ordnungsgemäß zusammengehalten. All diese Auswertungen, Analysen und Forschungsergebnisse würde er nie wieder aus dem Kopf zusammenbringen! Hatte die RAF intern Kopien seiner Arbeit angefertigt? Sie würden doch nicht so töricht sein und das einzige Original solch wertvoller Arbeit zerstören wollen? Er fühlte, wie ihm eiskalter Schweiß an den Schläfen herunter rann.

»Hardy, mein Freund …«, seufzte John bedauernd und griff zum Telefon.

»Warte!«, platzte Reinhard heraus. »Du hast recht! So wollen wir es machen. Ich werde mit Frank nach Deutschland reisen und alles vergessen! Versprochen!« Nur mühsam unterdrückte er das Zittern, das seinen gesamten Körper erfasst hatte.

John legte den Telefonhörer wohlwollend lächelnd zurück auf die Gabel. »Hardy, wie mich das freut zu hören! Ich war mir nicht sicher, wie sehr dich das Ganze mitgenommen hat. Aber du wirst sehen, jetzt wird alles gut! Das Leben geht weiter, mein Freund, glaub mir!« Feierlich überreichte er Reinhard den entflammten Bunsenbrenner.

Für einen kurzen Moment gab Reinhard sich den wildesten Fantasien hin, wie er schnell seine Unterlagen schnappen und sich mit dem Bunsenbrenner einen Weg nach draußen erkämpfen konnte. Doch als hätten die Männer um ihn herum seine ohnehin unrealistischen Gedankengänge erraten, schlossen sie ihn nahezu unbemerkt in einer Kreisformation ein. In ihrer Mitte waren nun Reinhard, John und der Schreibtisch zwischen ihnen.

Reinhard blickte auf die Flamme und seine Unterlagen. Sein Vater würde es nie erfahren. Und Ruth! Sie hatte recht gehabt! Bei dem Gedanken an Ruth schoss ihm erneut das Wasser in die Augen und der Schreibtisch vor ihm verschwamm. Es gab kein Entkommen, er musste sich jetzt zusammenreißen! Alles was ihm blieb, war sein Sohn. Seine Arbeit war nicht mehr zu retten, aber Frank gab es noch! Und vielleicht ja auch noch seine Frau. *Vermisst war nicht tot!* Er würde einen Weg finden!

Zitternd führte er die Flamme an sein Lebenswerk und sah zu, wie sich das Feuer langsam durch das Papier fraß. Zunächst langsam und dann immer schneller verwandelte sich seine Arbeit in schwarze Fetzen, die sich glühend zusammenkringelten und schließlich in leblosen, schwarzen Klumpen in der Schale zurückblieben.

~ KAPITEL 14 ~

Wiedersehen in Lynmouth

RAF STÜTZPUNKT, CRANFIELD, ENGLISCHE MIDLANDS.
17. AUGUST 1952.

Reinhard wartete auf der Rückbank des Wagens, der ihm bereitgestellt worden war. Der Fahrer blickte ausdruckslos nach vorn.

Warum fuhr er nicht los?

In dem Moment öffnete sich die Beifahrertür und ein weiterer Mann stieg ein. Im Gegensatz zu Reinhard schien er jedoch kein Gepäck bei sich zu haben. Schweigend drehte der Fahrer den Zündschlüssel um und der Wagen setzte sich in Bewegung.

»Fahren Sie auch bis nach Lynmouth?«, brach Reinhard nach einer Weile das beklemmende Schweigen. Der Mann auf dem Beifahrersitz nickte kurz, doch er drehte sich nicht um. Reinhard musterte sein Profil unauffällig. Der Mann kam ihm bekannt vor, aber er war definitiv weder in seinem Team gewesen, noch erinnerte er Reinhard an einen der Männer in Johns Büro. Der Mann auf dem Beifahrersitz spürte offenbar seinen Blick und drehte seinen Kopf leicht in Reinhards Richtung. Sein Blick ließ Reinhard für den Rest der Fahrt verstummen.

Er konnte sich später nicht mehr erinnern, wie lange sie im Auto gewesen waren und welche Gegenden sie durchfahren hatten. Es war stockdunkel, als sie Lynmouth erreichten. Im Schein ihrer Taschenlampen bahnten sie sich einen Weg durch die zerstörte Kleinstadt und erreichten schließlich das Lyndale Hotel. Reinhard konnte nicht anders, als die ganze Zeit nach Ruth Ausschau zu halten. Vielleicht lag sie einfach nur verletzt irgendwo an der Seite und man hatte sie bisher nicht gefunden?

Vermisst war nicht tot! Wieder und wieder sagte er sich diesen Satz. Wie im Traum stieg er die bröckeligen Stufen zum Lyndale Hotel empor, dicht gefolgt von seiner Begleitung. Es war ihm inzwischen längst klar, dass der Mann vom Beifahrersitz nicht aus persönlichen Gründen nach Lynmouth mitgekommen war, sondern ein Auge und Ohr auf Reinhard haben sollte.

Am Haupteingang angekommen hielt sich Reinhard schnell seinen Mantel vor die Nase. Der Gestank war bestialisch! In den Überresten des Flutwassers mischten sich Fäkalien übergelaufener Toiletten mit den Kadavern ertrunkener Tiere und womöglich noch vielen anderen scheußlichen Dingen. Reinhard hoffte zumindest, dass es tierische und nicht menschliche Kadaver waren.

War überhaupt noch jemand im Hotel? Wo sollte er seinen Sohn finden? Er stockte und blieb stehen. Seine Begleitung schob ihn jedoch kommentarlos Richtung Treppe und bedeutete ihm, nach oben zu gehen. Im zweiten Stock flackerte ein kleines Licht und als er das obere Stockwerk erreichte, sah er die Kerzen, die den Flur erhellten und hinter der halb geöffneten Tür eines Zimmers brannten.

Reinhard holte tief Luft und öffnete langsam die Tür. Es sah unerwartet heimelig darin aus, fast genauso wie das Zimmer, in dem Ruth und er gewesen waren. Es schien Reinhard, als sei diese Erinnerung mehrere Jahre her und er schluckte schwer.

»Reinhard!« Jim hatte auf dem Bett gesessen und offenbar im Kerzenschein einige Papiere geordnet. Als er Reinhard erblickte, sprang er freudig auf. Reinhards Begleitung erschien nun ebenfalls im Türrahmen und Jim schreckte zurück. *Kannte er diesen Mann?* Jim blickte Reinhard unsicher an und gab ihm plötzlich sehr förmlich die Hand. »Es ist schön, Sie wieder zu sehen!« Reinhard spürte den bohrenden Blick seines Begleiters im Nacken und erwiderte steif den Händedruck. »Wir konnten leider kein Gepäck retten«, sagte Jim schließlich monoton. Er wusste offensichtlich nicht, was er sagen durfte.

Reinhard fiel es plötzlich wie Schuppen von den Augen, woher er seinen stummen Begleiter kannte: Er war in dem ständig wiederholten BBC-Bericht gewesen – der Mann neben Jim auf der Treppe! Hatte man Jim ebenfalls mit irgendetwas gedroht?

Er versuchte, in Jims Gesicht zu lesen, doch dieser war zu sehr bemüht, sich nichts anmerken zu lassen. Plötzlich hörte Reinhard Schritte auf der Treppe. Elsie erschien im Türrahmen und trug einen riesigen Berg an Decken vor sich. Als sie Reinhard erblickte, schluchzte sie auf und rannte auf ihn zu. Reinhard stiegen bei ihrer innigen Umarmung die Tränen in die Augen.

»Gott sei Dank!«, brachte Elsie mühsam hervor und drehte vorsichtig den Deckenberg zu ihm herum, aus dem es leise brabbelte. Bewegt drückte sie Reinhard das Bündel in die Hand.

Reinhard fühlte sich auf einmal unsagbar verloren. Alles schien so unwirklich. Er wollte nach Ruth fragen, doch seine Kehle war wie zugeschnürt. Elsie schien ebenfalls etwas sagen zu wollen, doch Jim griff nach ihrem Arm und schüttelte fast unmerklich den Kopf.

Reinhards stummer Begleiter schaltete sich ein. »Wir müssen los! Die nächste Fähre geht schon morgen früh.«

Reinhard blickte ihn ungläubig an. Er war unendlich erschöpft und sah seinen Sohn zum ersten Mal nach all dem Aufruhr der letzten zwei Tage. Er hatte keine Ahnung, ob seine Frau noch lebte, wie sein Sohn zu versorgen war und wo er überhaupt hinsollte.

Elsie drückte ihm scheu einen großen, schäbigen Beutel in die Hand. »Wir hatten nichts Feineres nach … alledem«, sagte sie, um Fassung ringend. »Darin sind Kleidung für Frank, ein paar Spielsachen und mehrere Flaschen mit Milch. Wir haben alles abgekocht, so gut es ging.« Sie wollte noch so viel mehr sagen, doch ihre Stimme versagte. Bewegt nestelte sie an ihrem Hals herum und drückte Reinhard schließlich ihre Kette mit dem grünen Kleeblatt in die Hand. »Ein bisschen Glück aus Irland für das Würmchen! Er hat den Anhänger die ganze Zeit in seinen Fingerchen gehalten.«

Reinhard und Jim standen stumm da. Niemand wusste, was er sagen oder wie er sich verhalten sollte. Reinhards Begleiter schnappte sich den Beutel und schob Reinhard Richtung Tür.

»Danke!«, war alles, was Reinhard noch herausbrachte. Er sah Elsies und Jims Gesichter nur für einen kurzen Moment, doch er meinte zu erkennen, dass sie verstanden, wie viel mehr in seinem Dank lag. Unbeholfen drückte er Frank enger an sich. Er hatte noch nie viel Zeit mit ihm verbracht, seitdem er geboren worden war. Was machte man mit so einem Baby? Verstand er schon etwas? Reinhards Vater in Deutschland würde ihm in dieser Sache nicht viel weiterhelfen können. Er hatte noch nie viel mit Kindern anfangen können und Reinhard hatte ihn in seiner Kindheit nur dann gesehen, wenn er auf dem Bauernhof mitgeholfen hatte. Und selbst dann waren ihre Gespräche sachlich gewesen und sie hatten nur über das Nötigste gesprochen, was unmittelbar den Bauernhof betraf. Reinhard war verzweifelt. Er hatte mit mehr Zeit in Lynmouth gerechnet. *Es ging alles zu schnell!* Er würde zurückkommen, versuchte er sich zu beruhigen. Ein ungutes Gefühl sagte ihm zwar, dass die RAF an diese Möglichkeit ebenfalls gedacht und entsprechende Vorkehrungen getroffen hatte, aber er brauchte jetzt diesen Strohhalm, um nicht zusammenzubrechen.

Er nahm eine der Milchflaschen aus dem großen Beutel und setzte sich mit Frank ins Auto. Sein Sohn klammerte sich an ihn, als ob er ihn erkennen würde und begann, gierig zu trinken. Zum ersten Mal seit seiner Geburt sah er seinen Sohn genauer an. Er hatte Ruths leuchtende Augen und ihre Haarfarbe, aber ansonsten schlug er sehr nach Reinhard.

Der Wagen setzte sich in Bewegung. Erstaunt blickte Reinhard nach vorn zum Beifahrersitz. Nur der Fahrer war mit ihm im Auto, der andere Mann blieb offensichtlich in Lynmouth. Reinhard war davon ausgegangen, dass sein unsympathischer Begleiter ihn höchstpersönlich zur Fähre bringen würde und zum ersten Mal durchfuhr ihn eine Welle der Erleichterung. Es würde eine lange Fahrt werden, denn von Lynmouth nach Dover waren es knapp dreihundert Meilen und sie würden vermutlich den größten Teil der Nacht durchfahren.

»Ich habe keine Fahrscheine für die Fähre und nicht genügend Geld bei mir!«, sagte Reinhard zum Fahrer.

Dieser rückte den Rückspiegel zurecht. »Das ist alles geklärt! Wir reden, sobald wir unterwegs sind!«, gab er kurz angebunden zurück.

Zu seinem Erstaunen bemerkte Reinhard, dass der Fahrer auf einmal freundlich aussah. Er wirkte sogar recht mitfühlend. Reinhard blickte aus dem Fenster, als sie sich von Lynmouth entfernten. Noch vor drei Wochen hatte er sich gefreut, wie perfekt sein Leben war! Im Scheinwerferlicht ließ sich die Zerstörung erahnen, die durch die Fluten entstanden waren. Gedankenverloren drückte Reinhard die Kette mit dem Kleeblatt in seinen Händen und hängte sie schließlich seinem schlafenden Sohn um den Hals.

»Ihr Sohn ist ein wahres Glückskind!«, sagte der Fahrer plötzlich. Sie waren offenbar weit genug von Lynmouth und seinen Beobachtern entfernt.

»Wie bitte?«, fragte Reinhard irritiert. In dieser Situation von Glück zu sprechen, war ihm bisher noch nicht in den Sinn gekommen.

Der Fahrer sah ihn über den Rückspiegel an. »Es sind bisher fünfunddreißig Tote und Vermisste, von Verletzten ganz zu schweigen! Viele junge Leute und Kinder sind gestorben. Dass da so ein kleines Bündelchen ohne seine Mutter überleben konnte, grenzt an ein Wunder! Er ist ein Glückspilz!«, erklärte er.

Von der Warte aus hatte Reinhard es noch gar nicht betrachtet. Plötzlich kam ihm eine Idee. »Wann geht unsere Fähre?«

»Um elf Uhr morgen früh«, antwortete der Fahrer.

»Sehr gut!«, sagte Reinhard erleichtert. »Wie gut kennen Sie sich in Dover und Umgebung aus?«

Der Fahrer musterte ihn kurz über den Rückspiegel. »Relativ gut«, antwortete er vorsichtig, »meine Schwester und ihr Mann wohnen dort.«

»Wissen Sie, ob es dort ein Bürgerbüro gibt?«, fragte Reinhard.

Erstaunt blickte der Fahrer in den Rückspiegel. »Ich weiß nur von einem in Ramsgate, in dem meine Schwester und mein Schwager geheiratet haben. Ich denke, das ist das nächste. Es ist etwa eine Stunde von Dover entfernt, soweit ich mich erinnere. Warum?«

»Können wir vor der Abfahrt einen Abstecher dorthin machen?« Der Fahrer sah plötzlich skeptisch aus, sodass Reinhard betont sachlich fortfuhr. »Ich habe keine Geburtsurkunde von Frank und die brauche ich in Deutschland! Oder haben Sie von der RAF eine für mich bekommen?«

Schwitzend wartete Reinhard auf die Antwort. Seine tatsächlichen Pläne sahen etwas anders aus, doch dies war die logischste Erklärung, mit der er spontan aufwarten konnte.

»Nein«, gab der Fahrer schließlich zu. Er schien jedoch unsicher zu sein. »Das könnte mich in ernsthafte Schwierigkeiten bringen!«

»Schauen Sie«, sagte Reinhard so überzeugend wie möglich. »Ich verstehe Sie, ehrlich! Aber sehen Sie sich meinen Sohn an! Er hat gerade seine Mutter verloren! Und ich meine Frau. Ich habe keine Ahnung, wie es weiter gehen soll. Ich verstehe nichts von Kindern. Bisher hat es nur meine Arbeit in meinem Leben gegeben. Mit dieser Geburtsurkunde gibt es ein winzig kleines Problem in unserem Leben weniger und niemand wird unseren Abstecher bemerken. Bitte!«

Der Fahrer starrte nachdenklich auf die Straße. »In Ordnung«, stimmte er schließlich nach einigen Minuten des Schweigens zu. »Wir versuchen es. Aber schnell, okay? Rein, raus und zurück nach Dover! Und keine Sperenzchen!«

Reinhard sah ihn dankbar an und legte ihm kurz seine Hand auf die Schulter. »Ich danke Ihnen! Wie heißen Sie eigentlich?«

Der Fahrer zögerte. Er hatte sich bereits viel zu weit auf seinen Fahrgast eingelassen und konnte nur noch das Beste hoffen. Er blickte erneut in den Rückspiegel. »John«, sagte er schließlich seufzend.

Reinhard rang sich ein Lächeln ab. »Wie schön, zu guter Letzt einen netten Menschen mit diesem Namen kennenzulernen. Ich danke Ihnen, John!«

~ KAPITEL 15 ~

Hypnose

FRANKFURT AM MAIN, HESSEN, BRD. 21. DEZEMBER
1984. HELENAS WOHNUNG.

»Was machst du denn hier?« Verwirrt stand Helena plötzlich ihrer
Mutter gegenüber, noch immer die Klinke der soeben geöffneten
Haustür in der Hand haltend.

»Was soll das heißen, was mache ich hier? Ich habe doch gesagt,
ich hole dich ab! Wo ist deine Tasche?« Helenas Mutter stemmte prüfend die Hände in die Hüften und musterte sie argwöhnisch.
»Sag mir bitte nicht, du hast es vergessen!«

»*Was* vergessen?« Helenas Blick fiel auf den offenbar schwer
beladenen Volkswagen Scirocco ihrer Mutter, den sie vor der Gartenpforte geparkt hatte. Vera Gutowski hatte diesen günstig vom
Autohaus Glöckner bekommen, für das sie arbeitete. Der Wagen
war brandneu, doch das Autohaus stellte gerade alle Scirocco-Aus-
stellungsstücke von 1982 auf die 84er Modelle um, sodass sie ihn
sich recht problemlos hatte leisten können.

‚Schön in Rot, passend für Reisen in die Zone!‘, hatte Vera ju-
belnd kommentiert.

‚Zündstoff auf vier Rädern!‘, nannte hingegen Helena diesen
Wagen insgeheim. Denn ihre Mutter würde nicht nur mit wütenden
Argusaugen die Grenzinspektion überwachen. Sie würde den Sci-

rocco bei ihrem nächsten Familienbesuch natürlich auch demonstrativ neben dem Wartburg ihres Schwagers parken! Manchmal fragte sich Helena, ob Vera dies mit Absicht machte oder ob sie tatsächlich so unsensibel war. Doch wie sie ihre Mutter kannte musste sie zugeben, dass diese im Grunde genommen das Herz am rechten Fleck hatte und meist einfach nur grauenvoll taktlos war.

Die fast bis unters Dach gestapelten Tüten brachten Helenas Erinnerung mit einem Schlag zurück. »Oh je, war das heute?«

Vera sah sie fassungslos an. »Kind, mach mich nicht wahnsinnig! Ich habe es dir mindestens drei Mal gesagt! Das ist der letzte Besuch dieses Jahr, den wir bei deiner Tante machen. Sofern uns diese paranoiden Grenzposten durchlassen, versteht sich!« Ihre Augen verdunkelten sich.

»Je öfter du ihnen mit deinen Schmuggeleien auffällst, umso unwahrscheinlicher wird es, dass sie uns jemals wieder durchlassen!«, platzte Helena heraus. »Mama, es tut mir leid, ich kann diesmal nicht mitkommen!«

»Ich höre wohl nicht recht! Wir haben versprochen, deine Tante an Weihnachten zu besuchen!«

»Du hast es versprochen, nicht ich!«, unterbrach Helena sie aufgebracht. »Ich weiß nicht, woher du diese Vorstellung hast, dass Tante Christine mich ständig sehen will, aber es stimmt nicht! Sie interessiert sich nicht die Bohne für mich und mir ist es auch egal! Ich bin fast siebenundzwanzig, verdammt, und ich habe diesmal keine Zeit!« Helena hielt abrupt inne. Über diese Fahrten hatten sie schon oft gestritten und Helena hasste es, wenn ihre Mutter über ihre Zeit bestimmte, als sei sie noch immer ein Kind, das bei seiner Mutter lebte.

Doch statt wütend zu werden, sah ihre Mutter auf einmal einfach nur alt und erschöpft aus. »Es tut mir leid, dass du so denkst«, sagte sie leise.

Helena war noch nie aufgefallen, dass ihre Mutter bereits so viele Falten um die Augen herum hatte. Sie wirkte heute kleiner als sonst. »Ehrlich Mama, ich kann wirklich nicht! Es tut mir leid, dass ich es vergessen habe. Ich hatte so viel anderes im Kopf. Ich verspreche, ich komme das nächste Mal wieder mit! Aber heute habe ich einen wichtigen Termin. Deshalb bin ich ja schon um diese unmenschliche Uhrzeit gestriegelt und gebügelt halb aus der Tür«, fügte sie halb scherzend hinzu.

Ihre Mutter sah sie schweigend an. »Wo musst du denn hin?«, fragte sie schließlich.

»In die Nähe vom Henninger Turm«, gab Helena ausweichend Auskunft. Ihre Mutter musterte sie noch immer fragend. Helena seufzte verhalten. Es hatte keinen Sinn, ihrer Mutter mit einer Ausrede zu kommen. »Ich habe eine Therapiesitzung vor Arbeitsbeginn!«

Erstaunt zog Vera eine Augenbraue hoch. »Welcher seriöse Therapeut bietet denn Sitzungen vor dem ersten Hahnenschrei an?«

»Es ist heute eine besondere Sitzung und einer seiner Kollegen ist dabei. Er hat um neun Uhr bereits den ersten Patienten in seiner eigenen Praxis, deshalb treffen wir uns um halb sieben bei Dr. Genet. Also, natürlich nicht bei ihm zu Hause, sondern in seiner Praxis!«, erklärte Helena, während sie sich bemühte, entspannt auszusehen. Sie hatte kein gutes Gefühl bei der heutigen Sitzung und diese Diskussion mit ihrer Mutter war so ziemlich das Letzte, was sie gerade brauchte!

Vera sah einige Sekunden an Helena vorbei auf die Straße. Schließlich drehte sie sich abrupt um. »Los, ab ins Auto!«

»Mama, Mann!«

»Ich fahre dich!«, erklärte ihre Mutter kurz angebunden und ging zum Wagen. Vera öffnete die Beifahrertür, nahm einige der unzähligen Tüten vom Beifahrersitz und quetschte sie achtlos so gut es ging hinter den Sitz. Auffordernd hielt sie Helena die Tür auf. »Zack, zack, Lena! Es ist bereits zehn nach sechs, du bist mal wieder spät dran!«

Skeptisch blickte Helena ihre Mutter an. *Das dicke Ende würde sicherlich noch kommen!* Sobald sie im Wagen saß und es kein Entkommen mehr gab, würde ihre Mutter wieder einmal versuchen, ihr die Therapie auszureden und sie würden stattdessen in die DDR fahren.

Unschlüssig blieb Helena vor dem Wagen stehen. Auf der anderen Seite hatte Helenas Mutter recht: Sie war inzwischen sehr spät dran und würde es mit den öffentlichen Verkehrsmitteln ohnehin nicht mehr rechtzeitig schaffen. Ergeben quetschte sie sich auf den Beifahrersitz und zog die Tür zu. Vera setzte sich schwungvoll auf den Fahrersitz, knallte die Tür in gewohnter Manier zu, als sei es eine Treckertür und bewegte die Gangschaltung knirschend in den ersten Gang.

»Stress mich nicht, du Hornochse!«, brüllte sie durch die Fensterscheibe den klingelnden Straßenbahnfahrer an. »Bin ich froh, wenn diese Mistdinger endlich aus dem Verkehr gezogen werden!« Wütend kurbelte sie herum und brachte den Wagen schließlich auf die richtige Spur. Der Straßenbahnfahrer sah kopfschüttelnd auf sie herunter, was Vera geflissentlich ignorierte, als sie erneut knirschend in den zweiten Gang wechselte. Höher als in den dritten Gang schaltete sie nie, egal wie laut der Motor sie anröhrte. Für jemanden, der seit so vielen Jahren als Sekretärin für einen der größten Autokonzerne der BRD arbeitete, war ihr Fahrstil recht erschreckend.

Sie schwiegen eine Weile.

»Weißt du, wo es genau ist?«, fragte Helena schließlich.

»So ungefähr, ja. Auf den letzten Metern musst du mir etwas helfen.« Ihre Mutter starrte konzentriert auf die Straße. »Warum ist da heute noch ein anderer Therapeut dabei?«, fragte sie nach einer Weile.

Helena schluckte. »Können wir vielleicht über etwas anderes sprechen?«

Vera fand schon den bloßen Gedanken an eine Therapie lächerlich und beschrieb das immer als *amerikanischen Hollywood-Trend für Menschen ohne Freizeitbeschäftigungen*. Helena wagte erst gar nicht, sich ihre Reaktion bei dem Thema Hypnose vorzustellen! Ihre Mutter schwieg erneut.

»Was gibt es sonst bei dir Neues?«, fragte sie schließlich unvermittelt.

»Nicht viel!«, wich Helena erneut aus und sah aus dem Fenster. »Da vorne bei der Drogerie rechts!«

»Es wäre schön, wenn du mir hin und wieder etwas erzählen würdest!«, sagte Vera vorwurfsvoll. »Ich weiß, ich kann nicht alles nachvollziehen, was du machst. Ich verstehe zum Beispiel nicht, warum du so gar keinen beruflichen Ehrgeiz hast! Nichts gegen deinen Job als Friseurin, aber du hättest so viel mehr machen und besser verdienen können! Eine Therapie ist doch nun wirklich Schwachsinn, Lena! Du hättest einfach nur deine komischen Eskapaden sein lassen müssen und du hättest …«

»Diese komischen Eskapaden, wie du sie nennst, sind aber genau mein Problem, Mama!«, zischte Helena sie an. »Wenn ich sie einfach so abstellen könnte, hätte ich das längst getan! Aber ich versuche alles, damit es aufhört, darum gehe ich ja unter anderem zur Therapie!«

Vera schwieg erneut und wechselte plötzlich abrupt das Thema. »Hast du einen Freund?«

»*Was?*«

»Ich weiß nicht, was ich fragen darf und was nicht, Lena! Aber ich bin deine Mutter und es interessiert mich! Und da du mir offenbar von dir aus nichts erzählst, muss ich eben fragen, was mir in den Sinn kommt. Also, gibt es da jemanden?«

Sie waren noch circa fünf Minuten von der Praxis entfernt. Helena gab nach. »Nicht direkt.«

»Also gibt es da indirekt jemanden!« Vera nickte zufrieden. »Wie heißt er?«

»Felix. Aber es ist nicht so, wie du denkst! Er ist nett und wir haben irgendwie die gleiche Wellenlänge.«

»Hat er einen guten Beruf?«

»Er arbeitet im Deutschen Filmmuseum.«

»Hmm.« Vera war offensichtlich enttäuscht. »Ich hatte mir ja immer jemanden mit einem sinnvollen Beruf für dich gewünscht – einen Arzt oder Rechtsanwalt!«

Helena verdrehte unmerklich die Augen und schwieg.

»Aber gut. Ist er aus Frankfurt?«

»Ich weiß noch nicht allzu viel über ihn«, antwortete Helena schließlich zögernd. »Er ist ursprünglich nicht aus Frankfurt, glaube ich. Aber jetzt wohnt er mit seinem Vater im Nordend.«

»Er wohnt noch bei seinen Eltern?«, fuhr Vera irritiert dazwischen. »Wie alt ist er denn?«

»Ein paar Jahre älter als ich, aber ich hatte zuerst gedacht, er sei viel jünger. Er wohnt da nur vorübergehend!«, fügte sie schnell hinzu, als sie den kritischen Blick ihrer Mutter sah. »Er hat noch eine jüngere Schwester erwähnt, aber die hat er wohl seit vielen Jahren nicht mehr gesehen. Ich weiß da nichts Genaueres. Ich glaube, er wollte nicht darüber sprechen.«

»Du hast ihm hoffentlich noch nicht zu viel erzählt?«

»Was meinst du mit *zu viel*?« Helena wusste sehr genau, was ihre Mutter damit meinte.

»Ich meine es doch nur gut, Lena! Männer sind entweder nicht vertrauenswürdig oder einfach schnell zu erschrecken, selbst die wenigen, die etwas taugen, glaub mir!« Vera hatte die Ehe mit Joachim Gutowski nur zur Wahrung des gesellschaftlichen Anstands geschlossen und war von ihm schon früh verlassen worden. Helena konnte sich an Joachim noch nicht einmal mehr erinnern, allein der Nachname war ihnen geblieben. Vera hatte seitdem kein besonders gutes Bild mehr von Männern.

»Da vorne links ist es!«, beendete Helena erleichtert das Thema. Sie riss die Tür auf, noch bevor ihre Mutter den Wagen zum Stillstand bringen konnte und zwang sich zu einem artigen Lächeln. »Danke fürs Fahren, Mama! Richte liebe Grüße von mir aus, ja?« Sie schmiss die Autotür zu und entfernte sich so rasch es ging, ohne in einen Trab zu verfallen. Hoffentlich würde ihre Mutter nicht aussteigen und Dr. Genet persönlich kennenlernen wollen! Zu ihrer Erleichterung hörte Helena nach einigen Sekunden den Motor hinter sich aufheulen und das vertraute Knirschen der Gangschaltung. Helena ging zügig Richtung Eingangstür des Hochhauses, in dem die

Praxis war.

Dr. Genet stand bereits draußen und ging erfreut auf sie zu. »Guten Morgen! Wie gut, dass Sie pünktlich sind! Wir warten nur noch auf Dr. Keller und dann können wir hochgehen!« Dr. Genet sah außerhalb seiner Praxis plötzlich wesentlich vertrauter und weniger formell aus.

Helena rieb sich fröstelnd die Hände. Es war unangenehm kalt und windig. »Warum warten wir hier draußen?«

»Die Haupteingangstür darf leider erst ab acht Uhr geöffnet bleiben, wenn der Hausmeister seinen Dienst antritt. Das heißt, ich muss hinter uns wieder zuschließen. Aber ich bin mir sicher, dass … Ah, da ist er ja! Hallo Hartmut, wir sind schon da!«, rief er dem Herrn Anfang fünfzig zu, der gerade seinen Wagen auf der gegenüber liegenden Straßenseite geparkt hatte. Dr. Keller hatte ebenfalls eine Brille, doch seine Brillengläser waren außergewöhnlich dick und schrumpften seine Augen auf etwa die Hälfte ihrer ursprünglichen Größe. Er hatte tiefschwarzes, matt glänzendes Haar, das verdächtig nach einem Toupet aussah und Helena musste sich zwingen, nicht auf seinen Kopf zu starren.

Dynamisch ergriff er Dr. Genets Hand. »Werner, wie mich das freut – trotz der frühen Stunde!« Er drehte sich zu Helena um und reichte ihr galant die Hand. »Hier haben wir also die Dame mit den interessanten Träumen!«, sagte er augenzwinkernd. Helena erwiderte höflich den Händedruck. Dr. Keller schien freundlich zu sein, doch sie fand ihn spontan ziemlich arrogant und unsympathisch. »So, wollen wir?«, fragte er und bedeutete seinem Kollegen, die Tür zu öffnen. Er hielt irgendetwas Großes, nicht allzu Schweres in einer Plastiktüte unter dem Arm.

Sie nahmen die Treppen anstelle des Aufzugs. *War der etwa auch gesperrt?* Der Warteraum im dritten Stock vor der Praxis wirkte leer und unprofessionell ohne die Empfangsdame. Die kleine, zierliche Frau Winter fing ihren Arbeitstag erst später an.

Dr. Genet schloss den Raum auf und Dr. Keller ging erneut forsch voran. Er warf sein Sakko über einen der Plastikstühle in der Ecke und packte die große Tüte aus: Es waren eine zusammengerollte Isomatte und ein Schlafsack. Helena blickte etwas fassungslos auf seine Mitbringsel. Sie wusste nichts über Hypnose, doch sie hatte gehofft, sie würde dabei wenigstens würdevoll sitzen können.

Dr. Genet legte ihr kurz die Hand auf die Schulter. »Alles klar?«, fragte er leise.

Helena nickte stumm. Sie fühlte sich furchtbar befangen bei dem bloßen Gedanken, gleich wie eine Rollwurst zwischen den beiden Männern auf dem Boden zu liegen und womöglich ihr Seelenleben zu entblößen. Missmutig verzog sie das Gesicht. Dr. Keller tauschte einen vielsagenden Blick mit seinem Kollegen aus.

»Helena, möchten Sie vielleicht zunächst ein wenig darüber reden, wie Sie sich fühlen?«

Helena musste auflachen. »Nee, danke!« Mit jeder Minute wurde Dr. Keller ihr unsympathischer, auch wenn sie nicht genau hätte sagen können, woran es lag. Dr. Genet vertraute sie inzwischen. Sie hatte ihm sogar, entgegen ihrer sonst so schweigsamen Art, bei ihrem letzten Telefonat von Felix erzählt. Dr. Genet hatte etwas erstaunt gewirkt, da er eigentlich nur einen Termin mit ihr hatte vereinbaren wollen, aber sie hatten letztendlich ein gutes, fast freundschaftliches Gespräch geführt. Doch jetzt hoffte Helena inständig, sie würde nichts allzu Privates erzählen müssen.

»Nun gut«, begann Dr. Keller und rieb sich energisch die Hände. »Dann wollen wir mal loslegen! Helena, wie Sie sicherlich schon erraten haben, ist diese kleine Luxusausstattung dort am Boden für Sie!« Er lachte zufrieden über seinen kleinen Scherz. »Dir fehlt eindeutig eine Couch, Werner!«, fügte er mit einem missbilligenden Seitenblick auf Dr. Genet hinzu. Dr. Genet murmelte etwas Unverständliches, doch Helena meinte, etwas Genervtheit in seiner Stimme zu hören. »So, Helena, wenn Sie es sich dann gemütlich gemacht haben, wollen wir mal beginnen! Liegen Sie einfach ganz ruhig und versuchen Sie, sich zu entspannen!«

Er ging mit Helena verbal ihre Extremitäten durch, die nun schwer werden würden. Auch ihr Kopf würde tiefer und tiefer ins

Kissen sinken. *Sie hatte kein Kissen! Warum erwähnte er ein Kissen? Meinte er damit dieses dünne Stück Stoff am oberen Ende des Schlafsacks?* Je mehr er das Kissen erwähnte, umso härter fühlte sich der Boden unter ihrem Kopf an.

Er führte sie an einen imaginären Ort voller Freude und Farben. Helena merkte am euphorischen Klang seiner Stimme, dass er in seiner Geschichte voll aufging. Sie fühlte sich jedoch noch immer vollkommen normal. Dr. Genet hatte sie am Telefon vorgewarnt, dass eine Hypnose nicht zwingend Schlafen bedeutete, sondern eher eine Art Entspannungszustand sei.

Fühlte sie sich entspannt? Vorsichtig lugte sie aus einem Auge empor. Dr. Keller hatte die Augen geschlossen und vollführte dramatische Handbewegungen während seiner andächtigen Ausführungen. Dr. Genet blickte Helena prüfend an und legte fast unmerklich den Zeigefinger an die Lippen.

Helena schloss erneut die Augen, doch sie merkte, dass sich ein Lachen anbahnte. Verzweifelt biss sie sich auf die Innenseiten ihrer Wangen, um ihre zuckenden Mundwinkel unter Kontrolle zu halten, aber sie konnte ein kleines Grunzen nicht unterdrücken. Dr. Keller hielt in seinen Darstellungen inne und blickte Helena verwirrt an. Milde fuhr er schließlich in seinem Singsang fort.

»Das ist in Ordnung, Helena! Wir sind heutzutage so angespannt in der Tretmühle unseres Alltags, dass wir uns schnell lächerlich fühlen und unsere Scham mit Lachen bekämpfen. Lassen Sie es ruhig heraus!«

Helena platzte nun in der Tat heraus. Es war lange her, dass sie so laut hatte lachen müssen. Mühsam versuchte sie aufzuhören, doch je mehr sie es versuchte, umso komischer und absurder erschien ihr die ganze Situation. Sie lag auf einer Isomatte in einem leeren Bürogebäude und vor ihr stand ein wildfremder Kerl, der ihr mit einbalsamierender Stimme etwas von heiler Welt, frohen Farben und Schäfchenwolken erzählte!

Erneut musste Helena sich vor Lachen schütteln. Wie oft hatte sie sich gewünscht, endlich mal wieder so richtig lachen zu können. Doch genau jetzt war der unpassendste Moment dafür und sie konnte einfach nicht aufhören. Dr. Kellers hilfloses Kopfschütteln und Dr. Genets Schulterzucken schienen es nur noch schlimmer zu machen. Erneut kugelte sie sich in ihrem Schlafsack hin und her und der Gedanke daran, wie sie in ihrem lächerlichen Polyester-Kokon auf dem Boden hin und her kullerte, ließ sie erneut brüllen vor Lachen.

Dr. Keller wurde nach einigen Minuten spürbar ungehalten. »Gut, Helena, ich denke wir haben Ihren Punkt allmählich verstanden!«

Noch immer konnte sie nicht aufhören. Beata hatte ihr einmal erzählt, dass man nach zwei Minuten Lachen, egal ob es echtes oder künstliches Lachen war, wegen der ausgeschütteten Glückshormone zwangsläufig laut weiter lachen müsste. Helena hatte das insgeheim für Schwachsinn gehalten, aber zumindest heute wurde sie eines Besseren belehrt.

»Schluss jetzt!«, forderte Dr. Keller auf einmal. Seine milde Stimme war verschwunden und er klang recht scharf. Vorwurfsvoll blickte er abwechselnd Helena und Dr. Genet an, der sich nun ebenfalls einschaltete.

»Helena, es ist alles in Ordnung. Aber schauen Sie, Dr. Keller ist extra wegen uns früh am Morgen gekommen. Meinen Sie, wir können …«

»Du, lass gut sein!«, unterbrach Dr. Keller ihn eingeschnappt. Helena hatte sich gerade ein wenig beruhigt, doch der Anblick von Dr. Kellers offensichtlich gekränktem Ego ließ Helenas Mundwinkel erneut verdächtig zucken, während ihr weitere Lachtränen die Wangen herunterliefen.

Was war nur mit ihr los?, fragte sich Dr. Genet ratlos.

Auch Helena stellte sich diese Frage, doch Dr. Keller schien nun ernsthaft ärgerlich zu werden. »Ich bin davon ausgegangen, dass wir hier eine Patientin haben, die an einer Zusammenarbeit interessiert ist! Wie schade, Helena, sehr schade! Sie haben eigenen Aussagen zufolge ein Problem und statt einfach mal die ausgestreckte Hand zu nehmen, die Ihnen hier nun geboten wird, machen Sie daraus im wahrsten Sinne des Worte eine Lachnummer! Sehr bedauerlich, Helena, besonders für Sie selbst!«, endete er bissig.

»Hartmut, komm! Du hast selbst gesagt, dass Lachen befreit und es muss für Helena eine sehr angespannte Situation sein. Sie hatte noch nie eine Hypnose und …«

»Und die wird sie mit dieser Einstellung auch nie erleben!«, konterte Dr. Keller aufgebracht. »Ehrlich, Werner, ich verschwende hier kostbare Zeit! Es ist auch für mich ein verdammt früher Freitagmorgen, den ich sicherlich nicht jedem anbiete und da erwarte ich, dass sie sich zumindest zu benehmen weiß!«

Helena hatte sich inzwischen wieder gefangen und war nun ehrlich beschämt. Dr. Keller hatte recht, so unsympathisch sie ihn auch fand, und Dr. Genet fühlte sich sichtlich unwohl. Er hatte es gut gemeint und sie hatte es mal wieder versaut, wie immer! Sie hatte ihn gewarnt, dass es nur schiefgehen konnte! Sie schluckte schwer und versuchte unbeholfen, den Reißverschluss des Schlafsacks zu öffnen. Sie würde sich glaubhafter entschuldigen können, wenn sie aus diesem Ding raus war. Dr. Kellers Gesicht wurde auf einmal nebelig und sie bemerkte, dass ihr schwindelig wurde. Helena schloss die Augen. Ihr wurde übel. Mühsam konzentrierte sie sich auf ihre Atmung. Sich jetzt zu übergeben, würde die Situation sicherlich nicht entspannen!

Mit aller Kraft dachte sie an die frische Dezemberluft draußen, den eisigen Wind, der die offene Straße entlang peitschte und stellte sich vor, wie sie den Weg zur Haupteingangstür des Gebäudes noch einmal ging. Für einen kurzen Moment fühlte sie sich, als würde sie bewusstlos werden und sie versuchte angestrengt, Worte von sich zu geben, um die beiden Therapeuten auf sich aufmerksam zu machen. Mühsam presste sie leise ein paar Laute hervor und hörte plötzlich eine vertraute, quirlige Stimme.

»Hey, bist du wach? Hier ist die Susanne! Helena?«

Wer war noch mal Susanne?

Helena schlug die Augen auf. Offenbar war sie doch kurze Zeit bewusstlos gewesen! Dr. Keller und Dr. Genet mussten sie in der Zwischenzeit nach unten gebracht haben. Erleichtert sog sie die frische Luft ein. Doch wo waren die beiden? Und warum stand sie an der Straßenecke vor dem Bürogebäude und nicht einfach vor der Tür?

Verwirrt ging sie auf das Gebäude zu und rutschte aus. Es musste in der Zwischenzeit leicht geschneit haben und der Asphalt war zu Eis geworden. Helena rutschte erneut aus und knallte in die Hecke neben dem Gehweg. Mühsam startete sie mehrere Anläufe, um wieder auf die Beine zu kommen. Doch es schien wie verhext und sie fühlte sich noch immer recht schwach.

»Hey, brauchst du etwas? Du kannst langsam ruhig mal richtig aufwachen, du Schlafmütze!« Da war sie wieder, die Stimme dieser Susanne! Helena fuhr herum und fiel erneut hin. Wo war Susanne? War das nicht die fröhliche Krankenschwester gewesen? Sie konnte Schwester Susanne so klar hören, als stünde sie hinter ihr! Wurde sie verrückt? Helena spürte Panik in sich aufsteigen. Was war los? War sie wieder in einem ihrer Aussetzer? Doch sie war noch immer hier, nur die beiden Therapeuten fehlten.

Erneut rappelte sie sich auf und kam schließlich auf die Beine. Sie schnappte sich ihre Mütze, die sich in den Büschen verheddert hatte. Sie war nicht mehr sonderlich nett anzusehen, seitdem sie diese im Krankenhaus zurückbekommen hatte, stellte Helena abwesend fest. Warum trug sie dieses schmutzige und zerrissene Ding immer noch? Sie konnte sich noch nicht einmal erinnern, dass sie die Mütze an diesem Morgen überhaupt aufgesetzt hatte.

Helena ging auf das Hauptgebäude zu und öffnete die Eingangstür. Glücklicherweise schien der Fahrstuhl inzwischen wieder eingeschaltet zu sein. Schwer atmend drückte sie auf die Nummer drei. Warum fühlte sie sich nur so schwach? Die Fahrstuhltür öffnete sich und Helena schleppte sich Richtung Praxisraum.

Plötzlich hielt sie jedoch inne und starrte auf den Empfangstisch. Eine nicht minder erstaunte Frau Winter starrte zurück. »Ist alles in Ordnung, Frau Gutowski?«, fragte sie in ihrer gutmütigen Art.

»Haben Sie heute einen Termin?«

Helena war vor Verwirrung den Tränen nahe. Hatte sie die beiden Therapeuten tatsächlich so verärgert, dass sie ohne Helena zurückgegangen und sie einfach allein auf der Straße gelassen hatten? Sie musste außerdem recht lange Zeit draußen gewesen sein, denn Frau Winter hatte in der Zwischenzeit nicht nur ihren Arbeitstag begonnen. Dem Papierberg auf dem Schreibtisch nach zu urteilen war sie auch schon sehr fleißig gewesen. Helena brachte ein Gurgeln hervor und zeigte auf die Praxistür.

Frau Winter sah nun ehrlich besorgt aus. »Frau Gutowski, was ist denn los? Ist Ihnen nicht gut?« Erneut zeigte Helena mit letzter Kraft auf die Tür. Ihr wurde wieder schwindelig. »Dr. Genet ist heute nicht da, Frau Gutowski. Heute ist doch Dienstag!« Besorgt sah Frau Winter auf die reichlich zerrupfte Helena, die zitternd ihre zerschlissene Mütze vom Kopf nahm und sich an die Wand neben dem Fahrstuhl lehnte. »Sie machen mir langsam Angst! Soll ich einen Arzt rufen? Frau Gutowski? Brauchen Sie Hilfe? Warten Sie, ich hole Ihnen erstmal schnell ein Glas Wasser, ja?«

Der mosaikartige Boden vor der Fahrstuhltür begann sich vor Helenas Augen zu drehen. Sie stützte sich mühsam ab und spürte etwas Kleines, Hartes, das sich in ihre Handinnenfläche drückte: ein Reißverschluss. Helena blickte auf und sah sich verdutzt im Praxisraum um. Dr. Genet redete noch immer beschwichtigend auf Dr. Keller ein.

»Hartmut, ich bitte dich! Ich kann dich verstehen und ich denke auch, dass es bisher ein wenig unglücklich gelaufen ist! Was meinen Sie, Helena: Wagen wir einen zweiten Versuch?«

Mit großen Augen blickte Helena auf. »Dr. Genet«, murmelte sie schwach.

»Ist das ein Ja, Helena?«

»Dr. Genet, ich glaube, ich hatte gerade wieder einen Zeitsprung!«

Dr. Keller sah fassungslos auf sie herunter. Wortlos schnappte er sein Sakko vom Stuhl und ging zur Tür.

»Hartmut, nun warte doch!« Dr. Genet folgte ihm einige Schritte. Dr. Keller fuhr so ruckartig herum, dass sich Helenas Vermutung in Bezug auf sein Toupet bestätigte, doch ihr war nicht mehr nach Lachen zumute. Nur mühsam und wenig erfolgreich unterdrückte er den Zorn in seiner Stimme.

»Werner, was auch immer wir hier vor uns haben: Es ist entweder ein Fall, der nicht in meine Hände gehört oder aber schlicht und ergreifend, entschuldige bitte den Ausdruck, Verarsche! Für letzteres ist mir, offen gestanden, meine wertvolle Zeit zu schade! Du kannst mir die Isomatte und den Schlafsack beim nächsten Mittagessen zurückgeben – *ich* habe eine Couch in meiner Praxis!«, fügte er schnippisch hinzu und verschwand durch die Tür.

Dr. Genet blieb mit Helena zurück und steckte etwas unschlüssig seine Hände in die Hosentaschen. »Na«, seufzte er nach einer Weile. »Das war ja ein voller Erfolg, was?«

Helena hatte sich inzwischen aus dem Schlafsack befreit und stand mit verlegen verschränkten Armen vor ihm. Dr. Genet ging zum Schreibtisch und setzte sich auf dessen Kante. Prüfend sah er Helena über den Rand seiner Brille an. »Wollen Sie mir vielleicht sagen, was da eben los war?«, fragte er schließlich.

Helena kämpfte mit dem Kloß im Hals. »Dr. Genet, es tut mir schrecklich leid, dass ich gelacht habe! Aber bitte glauben Sie mir: Als Sie beide sich gestritten haben, ist etwas passiert!«

Dr. Genet atmete tief ein und blickte auf seine gefalteten Hände im Schoß. »Was ist denn passiert, Helena?«, fragte er distanziert.

»Ich war plötzlich draußen und es war kalt und rutschig. Ich bin dauernd hingefallen und da war die Stimme von einer Susanne, die so klang wie damals die Schwester im Krankenhaus. Aber ich habe niemanden gesehen! Ich dachte, Sie hätten mich dorthin gebracht, weil mir schlecht war, aber als ich nach oben kam, war plötzlich Frau Winter am Empfang und sagte mir, Sie seien heute nicht da! Frau Winter dachte außerdem, heute sei Dienstag, aber ich wusste ja, dass Sie und Dr. Keller hinter der Tür waren! Ich wollte etwas sagen, aber ich war zu schwach, also habe ich immer wieder auf die

Tür gezeigt. Und dann war ich wieder hier im Schlafsack. Bitte, Dr. Genet, ich weiß wie das klingt und das Lachen tut mir schrecklich leid! Bitte glauben Sie mir! *Bitte!*«

Dr. Genet blickte auf. Wortlos ging er zur Tür und blickte in den Warteraum. Sein Gesicht zeigte plötzlich Überraschung. »Frau Winter, Sie sind schon da? Fangen Sie sonst nicht um acht an?« Frau Winter antwortete, doch Helena konnte aus der Entfernung nicht verstehen, was sie sagte. Dr. Genet hatte offenbar eine Idee. »Frau Winter, kommen Sie doch mal bitte kurz rein! Nein, stopp, warten Sie, bleiben Sie bitte da! Helena, was hatte Frau Winter an, als Sie sie gesehen haben?«

Helena überlegte fieberhaft. »Ich bin mir nicht sicher«, gab sie schließlich zögernd zu. »Ich glaube, es war irgendwas Graues mit einem weißen Kragen.«

Dr. Genet wirkte auf einmal aufgeregt. »Gut, an was erinnern Sie sich noch?«

Helena sah ihn unsicher an. »Eine Hochsteckfrisur, glaube ich. Und große Perlenohrringe.«

Dr. Genet winkte eine verlegene Frau Winter zur Tür herein. Sie trug in der Tat ein graues Kostüm mit einem weißen Kragen, eine Hochsteckfrisur und Perlenohrringe! »Frau Winter, haben Sie eben etwas bemerkt oder jemanden gesehen?«

Frau Winter sah nun erst recht verwirrt aus. »Nein«, antwortete sie besorgt. »Ist etwas geschehen?«

Dr. Genet sah unschlüssig von Helena zu Frau Winter und wartete offenbar auf etwas. Doch die beiden blickten sich lediglich verlegen an. »Gut, Frau Winter, ich danke Ihnen«, entließ Dr. Genet sie, sichtlich enttäuscht.

»Habe ich etwas falsch gemacht?«

»Nein, nein, Frau Winter, alles in Ordnung! Wir haben nur ein kleines Experiment gemacht. Machen Sie sich keine Gedanken!« Als Frau Winter gerade dabei war, die Tür hinter sich zu schließen, rief er sie noch einmal in den Raum zurück. »Entschuldigen Sie die Frage, aber tragen Sie dieses Kostüm öfter?«

»Wie bitte?«

»Dieses Kostüm, Sie haben es öfter an, nicht wahr? Und die Frisur und Perlenohrringe sind auch nicht neu, oder?«

Die sonst so gutmütige, stets lächelnde Frau Winter sah auf einmal sehr gekränkt aus. »Wenn ich ein entsprechendes Gehalt hätte, könnte ich mir vielleicht öfter mal etwas Neues leisten!«, entgegnete sie spitz. Ihre Wangen glühten. Wie konnte der sonst so höfliche Dr. Genet etwas so Unverschämtes fragen!

Dr. Genet sah sie begriffsstutzig an. »Frau Winter, ich habe doch nur im Rahmen unseres Experiments hier gefragt.« Deutlich lauter als gewöhnlich schloss Frau Winter die Tür hinter sich.

»Sie hat gedacht, Sie kritisieren ihr Äußeres«, erklärte Helena verlegen.

Dr. Genet schlug sich auf die Stirn. »Manchmal hat meine Frau wohl recht: Wenn ich mit meinen Gedanken woanders bin, bin ich ein Volltrottel!«

»Dr. Genet, es tut mir leid! Es war so real!«

»Schon gut, Helena. Kein Grund sich zu entschuldigen.« Dr. Genet rieb sich müde die Augen und machte sich abwesend an seinem Schreibtisch zu schaffen.

Helena beobachtete ihn unschlüssig. Er sah nicht so aus, als würde er ihr großen Glauben schenken. Sie hatte es gewusst: Wieder einmal hatte sie sich nichts als Schwierigkeiten eingehandelt! Sie hatte es so satt! Der einzige Mensch, der ihr hatte helfen wollen, schien nun enttäuscht zu sein. Er sah sie noch nicht einmal mehr an. Helena schnappte ihren Mantel und stürmte zur Tür.

»Machen Sie gerne einen neuen Termin aus!«, hörte sie Dr. Genet abwesend rufen.

In Helenas Kopf schwirrte es, als sie zur Straßenbahn rannte. Selbst Beata, die ihr glaubte oder zumindest interessiert war, konnte ihr nicht helfen. Sie fühlte sich unendlich alleine und alles schien auf einmal so aussichtslos. *Es würde nie aufhören! Nie!*

Dr. Genet sah ihr nachdenklich aus dem Fenster hinterher, bis sie um die Ecke verschwand. Was für ein merkwürdiges Mädel sie war. Sie schien im Grunde so zurechnungsfähig und doch machte so Vieles in ihren Erzählungen einfach keinen Sinn. Er war aufgeregt gewesen, als Frau Winter plötzlich tatsächlich im Büro war und auch noch genauso aussah, wie Helena sie beschrieben hatte. Doch das war zu seiner großen Enttäuschung ja offensichtlich einfach nur Zufall gewesen.

Ermattet nahm er seine Jacke und ging zur Tür. Es war höchste Zeit, dass er sich bei Frau Winter für das Missverständnis entschuldigte. Sie saß betont eifrig hinter ihrem Empfangstisch und ignorierte Dr. Genet einige Sekunden geflissentlich.

»Frau Winter, Sie sehen immer bezaubernd aus!«, begann Dr. Genet einschmeichelnd.

»Sie müssen das nicht sagen!«, murmelte Frau Winter mit noch immer glühenden Wangen in ihre Unterlagen hinein.

»Schauen Sie, ich darf nicht in Details gehen, aber Frau Gutowski hat Sie mir im Rahmen eines Gedankenexperiments beschrieben und ich musste in dem Moment kontrollieren, inwieweit ihre Erzählung zutraf. Meine Frau hat leider recht, ich bin oft furchtbar gedankenlos, wenn ich auf etwas anderes konzentriert bin«, fügte er entschuldigend hinzu.

Frau Winter wirkte plötzlich etwas milder gestimmt und lächelte ihn beinahe wie gewohnt an. »Wie geht es Ihrer Frau? Hat sie sich gut erholt?«

»Ja, danke. Soweit sie das unter den Umständen kann.«

»Die erste Zeit ist hart«, sagte Frau Winter aufmunternd. »Aber in ein paar Monaten wird der Kleine durchschlafen, das verspreche ich Ihnen!«

»Hoffen wir es!«, seufzte Dr. Genet. Er lächelte zurück und ging zum Treppenhaus. Er brauchte jetzt dringend einen Kaffee.

»Dr. Genet, Ihre Frau hat übrigens angerufen und wird Sie gleich noch mal vor Ihrem nächsten Termin zurückrufen!«, rief Frau Winter ihm hinterher.

Dr. Genets Hand winkte kurz registrierend um die Ecke, aber er ging dennoch die Treppe zum Erdgeschoss hinunter. Er brauchte jetzt eine Pause, seine Frau konnte warten.

Wie sollte er mit Helena weiter verfahren? Wieder einmal fragte er sich, ob sie tatsächlich ihre sogenannten Aussetzer hatte oder ob sie diese nur erfand, um Aufmerksamkeit zu erheischen. Sie sei mehrfach hingefallen und habe nicht sprechen können. So hatte sie die meisten Episoden beschrieben. Lag dem Ganzen letztendlich vielleicht doch eher ein bisher unerkanntes, physisches Problem zugrunde, welches auch die Ohnmachtsanfälle erklären würde? Bewegte er sich womöglich beruflich auf dünnem Eis, wenn er sie weiter behandelte, statt einen weiteren Facharzt hinzu zu ziehen? Doch warum hatte ihr Hausarzt Dr. Rothkopf dies so sicher abgetan und ein psychisches Problem diagnostiziert?

Er öffnete die Tür des kleinen Cafés, in dem er oft Zuflucht fand, wenn er ungestört sein wollte. Es lag in einer kleinen Seitenstraße und war meistens so gut wie leer. Die einladenden Sessel und Sofas erinnerten eher an ein gemütliches Wohnzimmer statt an ein Café.

»Guten Morgen, Sie sind heute aber früh dran!«, begrüßte ihn die italienische Bedienung freundlich. »Suchen Sie sich doch schon mal einen Tisch. Wie immer?«

»Bitte!«, gab Dr. Genet abwesend zur Antwort. In Gedanken versunken starrte er auf die Theke, während die laute Kaffeemaschine alle anderen Geräusche überdeckte.

,Als ich nach oben kam, war plötzlich Frau Winter am Empfang und sagte mir, Sie seien nicht da. Sie dachte außerdem, heute sei Dienstag, aber ich wusste ja, dass Sie und Dr. Keller hinter der Tür waren! Ich wollte etwas sagen, aber ich war zu schwach, also habe ich immer wieder auf die Tür gezeigt.'

Wieder und wieder ging ihm Helenas Erzählung durch den Kopf und ließ sich nicht verdrängen. Plötzlich erstarrte Dr. Genet und stieß einen Laut aus, der die Bedienung erschrocken herumfahren ließ.

»Ist mit Ihnen alles in Ordnung?«

»Darf ich Ihr Telefon benutzen?« Dr. Genet konnte vor Aufregung plötzlich kaum sprechen. »Bitte, ich muss einen ganz dringenden Anruf machen!«

Die Bedienung sah ihn verunsichert an. »Ich darf Ihnen unser Telefon leider nicht geben, sonst steigt mir der Chef aufs Dach! Aber direkt vor der Tür ist eine Telefonzelle. Haben Sie Münzen?« Dr. Genet kramte hektisch in seinen Taschen und rannte kommentarlos vor die Tür. Eine dichte Wolke aus abgestandenem Zigarettenrauch schlug ihm aus der schmutzigen, grell gelben Telefonzelle entgegen, doch er nahm es kaum wahr. Mit vor Aufregung zitternden Fingern steckte er ein paar Pfennigstücke in den Schlitz und wählte die Nummer seiner Praxis.

»Praxis Dr. Genet, Ingrid Winter am Apparat. Was kann ich für Sie tun?«

»Frau Winter, erinnern Sie sich, dass Frau Gutowski an einem Dienstag vor einigen Wochen in der Praxis aufgetaucht ist und nach mir gefragt hat?«

»Ja, natürlich!«

»Was genau hat sie gesagt? Ich muss ganz genau wissen, wie das abgelaufen ist!«

Frau Winter schwieg einen kurzen Moment überrascht und versuchte sich zu erinnern. »Sie hat im Grunde nicht viel gesagt. Sie stand plötzlich vor mir und sah ein wenig schmutzig aus. Sie wollte etwas sagen, glaube ich, aber sie sah so elendig aus, dass ich ihr ein Glas Wasser bringen wollte. Ach, und sie hat ständig auf die Tür gezeigt und ich habe ihr erklärt, dass Sie nicht da sind.«

Dr. Genet wurde fast übel vor Aufregung. »Und dann? Wie hat sie sich verabschiedet?«

»Gar nicht! Als ich mit dem Wasserglas zurückkam, war sie plötzlich verschwunden. Nur ihre Mütze lag noch vor dem Fahrstuhl. Ich habe Sie dann gleich zu Hause angerufen, weil ich dachte, Frau Gutowski braucht vielleicht Hilfe. Erinnern Sie sich?«

»Danke, Frau Winter!«

Ohne jeden weiteren Kommentar beendete Dr. Genet das Gespräch und setzte an, um Helenas Nummer zu wählen bis ihm schlagartig einfiel, dass er die Nummer nicht auswendig kannte.

Fluchend wählte er erneut die Nummer seiner Praxis, doch die Guthabenanzeige erinnerte ihn mahnend, dass er mehr Pfennigstücke brauchte. Schnell schob er seine restlichen 20 Pfennig nach, doch sie fielen wieder und wieder durch den Schlitz ins Rückgabefach.

»Gottverdammte Post!«, brüllte Dr. Genet den Apparat an und stürmte nach draußen ins Freie.

~ KAPITEL 16 ~

Nachrichten

FRANKFURT AM MAIN, HESSEN, BRD. 21. DEZEMBER 1984. WERNER GENETS PRIVATWOHNUNG.

Mit gezücktem Schlüssel stand Dr. Genet vor seiner Wohnungstür. Er wusste, dass es albern war, doch es kostete ihn in letzter Zeit stets Überwindung, die Tür aufzuschließen. Kopfschüttelnd gab er sich schließlich nach einigen Minuten einen Ruck, steckte den Schlüssel ins Schloss und öffnete die Wohnungstür, hinter der es wie gewohnt laut herging. Seine Frau stand mit dem brüllenden Thomas auf dem Arm in der Küche und starrte ihm wortlos entgegen. Ihrem Gesichtsausdruck nach stand sie dort schon länger.

»Wie war dein Tag?«, fragte sie ihn zwischen zusammengebissen Zähnen.

»Ich hatte bessere!« Er war in Gedanken noch immer bei Helena. Er war letztendlich zurück in die Praxis gerannt und hatte versucht, sie bei der Arbeit zu erreichen. Doch zuerst war der Laden noch geschlossen gewesen und dann hatte ihre Chefin ihm mitgeteilt, dass Helena sich spontan einen Tag freigenommen hätte. Zu Hause war sie jedoch nicht ans Telefon gegangen.

Er brannte darauf, seiner Spur weiter nachzugehen und war den Rest des Tages nur halbherzig bei seinen anderen Patienten gewesen. Konnte an Helenas Erzählungen weit mehr dran sein, als er bisher angenommen hatte? Warum hatte er sie nicht mehr erreichen können? Sie war nach der Sitzung in keiner guten Verfassung gewesen. Er hätte sich mehr um seine Patientin anstelle des gekränkten Egos seines Kollegen kümmern müssen.

»Danke fürs Fragen!«, bemerkte Johanna bissig.

»Entschuldige, hast du etwas gesagt?«

»Ich sagte, mein Tag war auch fantastisch!«, rief sie ihm über den brüllenden Thomas hinweg zu.

»Vielleicht ist er müde?«

»Das ist er auch, aber wenn ich ihn nicht abends länger wachhalte, sieht er dich nie und kriegt in ein paar Jahren erst recht einen Schreikrampf, wenn er seinen Vater zum ersten Mal sieht!« Gereizt stampfte sie mit Thomas ins Elternschlafzimmer und knallte die Tür hinter sich zu. Werner hörte auf einmal seinen Magen laut und deutlich rumoren. In der Aufregung hatte er vergessen, etwas zu essen und merkte plötzlich, dass ihm vor Hunger regelrecht übel war. Er ging zum Herd und hob die Topfdeckel an. Zerfallende Kartoffeln, matschiges Gemüse und irgendetwas Fleischiges klebten angebrannt am Boden. Seufzend schabte Werner das kalte Essen auf einen der weniger schmutzigen Teller aus dem Spülbecken.

Seine Frau war vor der Geburt sehr auf ihre Karriere als Rechtsanwältin konzentriert gewesen. Haushaltsführung und Ordnung hingegen hatten ihr noch nie gelegen. Seitdem Thomas da war, hatte sie offenbar jegliche Restambitionen in diese Richtung aufgegeben und die Wohnung versank im Chaos.

Kurzentschlossen griff er nach dem Salz- und Pfefferstreuer und gab eine großzügige Ladung von beidem über den Teller. Mutig hielt er die Luft an und schaufelte den klebrigen Brei schließlich in Windeseile herunter. Er war einfach zu hungrig, um sich etwas zu kochen und Johanna würde nur wieder beleidigt sein. Als er gerade fertig war, öffnete sich die Tür zur Küche einen Spalt und Johannas Kopf lugte hervor.

»Hast du schon gegessen?«

»Ja, danke!«, bemühte sich Werner schnell zu sagen, während er den scheußlichen Geschmack mit dem Rest des abgestandenen Rotweins vom vergangenen Wochenende herunter spülte. Es war ein teurer Rotwein gewesen und seine Frau hatte es gut gemeint, als sie ihn in den Kühlschrank stellte. Von Wein hatte sie so viel Ahnung wie von Haushaltsführung, stellte Werner ermattet fest.

»Du hattest übrigens einen Anruf«, fiel Johanna plötzlich ein, während sie sich auf einen der Küchenstühle am Esstisch niederplumpsen ließ und nach einem der Kekse auf dem Tisch griff.

»Ja? Von wem?«

»Warte.« Johanna überlegte intensiv. »Eine Helga, glaube ich!«

»Ich kenne keine Helga, soweit ich weiß.«

»Oder war es Hannah?«

»Warum schreibst du so etwas nicht einfach mal auf, Jojo?«, entfuhr es Werner genervt. Sie vergaß so viel in letzter Zeit, dass er oft einfach nur noch den Kopf schütteln konnte. Erst gestern war sie mit dem einzigen Ziel losgegangen, Toilettenpapier zu besorgen. Er war extra früher nach Hause gekommen, um ihr Thomas eine Weile abzunehmen. Sie war nach Stunden mit diversen, vollen Tüten wiedergekommen und hatte so ziemlich alles gekauft, was sie auch nur ansatzweise hätten brauchen können. Das Toilettenpapier war jedoch nicht darunter gewesen und so hatte Werner noch einmal selbst losgehen müssen, da ihnen inzwischen selbst das Küchenpapier als Alternative ausgegangen war. Er war maßlos verärgert darüber gewesen, denn seine Frau hatte schließlich nichts weiter zu tun, als nach Thomas zu sehen, während er den ganzen Tag arbeitete und abends auch noch zu Hause mithalf. Wie oft hatte er noch nach Feierabend losgehen und stundenlang Einkäufe erledigen oder sogar kochen müssen!

»Manchmal frage ich mich, warum du ausgerechnet Therapeut werden wolltest! Erfordert das nicht eine gewisse Grundsensibilität?«, fragte Johanna eingeschnappt.

»Jetzt fang nicht schon wieder so an! Ich habe dich lediglich gefragt, ob du bitte aufschreiben könntest, wenn du einen Anruf für mich bekommst! Das kann doch wohl nicht so schwer sein, oder?«

Johanna griff kommentarlos nach der Kekspackung und machte sich auf den Weg zurück ins Schlafzimmer. Kurz vor der Tür drehte sie sich um. »Helena! Das war's!«

Werner fuhr vom Stuhl auf. »Helena? Eine Helena Gutowski?«

Johanna dachte erneut nach. »Ich glaube, sie hat nur den Vornamen gesagt.« Achselzuckend öffnete sie die Tür.

Werner sprintete ihr hinterher und drehte sie ungehalten an der Schulter herum. »Verdammt, Jojo, das ist wichtig! Hat sie gesagt, was sie wollte?«

»Nein, ich glaube nicht. Sie sagte nur, dass sie dich sprechen müsse.« Johannas Lippen zuckten verdächtig. »Werner, wer ist das?«

»Vergiss es!« Werner kramte in der Schublade nach einem Zettel und einem Stift. »Dieses scheiß Chaos, nichts kann man hier finden, nichts!« Gereizt wühlte er sich seinen Weg durch sämtliche Küchenschubladen bis er schließlich einen leeren Briefumschlag und einen Stift fand.

»Werner?«

Etwas in Johannas Stimme ließ ihn aufblicken. »Was?«

»Wer ist diese Helena?« Johanna war den Tränen nahe. Werner hielt überrascht inne und musste ungewollt auflachen.

»Jojo, es ist nicht so wie du denkst! Sie ist eine Patientin von mir!«

»Eine Patientin, die dich zu Hause anruft?«, fragte Johanna misstrauisch.

»Ich weiß nicht, warum sie hier angerufen hat«, erwiderte Werner kurz angebunden. »Vielleicht hat sie die Nummer aus dem Telefonbuch. Es lief heute in der Sitzung nicht ganz glatt, vielleicht wollte sie nicht mit Frau Winter sprechen.«

»Frau Winter? Was hat denn deine Empfangsdame mit deinen

Sitzungen zu tun? Und was meinst du mit Telefonbuch? Ich dachte, du hättest den Eintrag längst herausgenommen?«

»Jojo, wenn du anfängst, ab und an mal Nachrichten für mich aufzuschreiben, dann werde ich vielleicht auch mal daran denken, den Eintrag entfernen zu lassen.« Er schlüpfte in seine Jacke und Schuhe.

»Du brauchst überhaupt nicht so blasiert zu sein! Mein Job ist ebenfalls anstrengend, nur dass ich im Gegensatz zu dir nie Feierabend habe!«, keifte sie ihn wütend an. »Und dass jetzt deine gestörten Patienten auch noch bei uns zu Hause anrufen, finde ich alles andere als witzig! Seit Monaten diskutieren wir, dass es besonders jetzt mit Thomas sicherer ist, wenn wir nicht im Telefonbuch stehen! Werner, verdammt! Wohin gehst du?«

»Es tut mir leid!« Werner zwang sich zur Ruhe. »Ich weiß, dass es anstrengend mit Thomas ist. Ich bin in einer Stunde wieder zurück, ich muss nur schnell etwas erledigen!«

»Um diese Uhrzeit? Ich dachte, du hast Feierabend?«

»Dauert nicht lange!«, rief Werner über die Schulter zurück, während er die Tür zum Treppenhaus öffnete und zum Abschied mit dem Briefumschlag in ihre Richtung winkte.

~ KAPITEL 17 ~

Unter Beobachtung

FRANKFURT AM MAIN, HESSEN, BRD. 21. DEZEMBER 1984. FRISEURSALON „HAARGENAU“, INNENSTADT.

»Du siehst blass aus, Helena. Alles okay?« Nadine war seit Helenas Krankenhausaufenthalt deutlich rücksichtsvoller. Sie schien ein schlechtes Gewissen zu haben, ob sie vielleicht etwas dazu beigetragen hatte, dass Helena vor wenigen Wochen im Krankenhaus gelandet war. Nadine war noch recht jung, gerade mal Anfang dreißig, doch ihr gehörten bereits drei Salons in Frankfurt und Umgebung. Sie war durchaus nett, doch ihr Ehrgeiz und Dauerstress ließen ihr nur wenig Zeit für mehr als Basisfreundlichkeit. Helena gegenüber gab sie sich nun allerdings deutlich mehr Mühe, was Helena manchmal fast ein wenig peinlich war. Nadines Ton ihr gegenüber klang in letzter Zeit immer ein wenig mitleidig und ihre Kolleginnen äfften diesen Ton oft nach, wenn sie mit Helena sprachen.

Helena nickte verlegen und kehrte die Haare ihrer letzten Kundin am Boden zusammen. Sie hatte noch immer Kopfschmerzen von der Hypnose-Sitzung am Morgen und es war gerade mal halb elf morgens. – Dieser Tag würde offenbar ein langer werden!

»Da war übrigens eine Nachricht von einem Dr. Genet auf unserem Anrufbeantworter. Er wollte mit dir sprechen und wusste offenbar nicht, dass wir erst um zehn aufmachen. Ist das dein Hausarzt?«

»Ja!«, log Helena entsetzt.

Warum hatte er im Salon angerufen?

Sie hatte keinen neuen Termin ausgemacht, aber das war noch lange kein Grund, sie bei der Arbeit in Verlegenheit zu bringen! Sein Anruf ärgerte sie. Er war gerade der letzte Mensch, den sie nach diesem Morgen sehen wollte. Gut, korrigierte sie sich innerlich, vielleicht der vorletzte, die Nummer eins war definitiv Dr. Keller!

»Helena, du hast ohnehin noch ein paar Urlaubstage übrig, warum nimmst du dir nicht den Rest des Tages frei?«

»Geht schon«, murmelte Helena beschämt.

Da war er wieder, dieser mitleidige Tonfall in Nadines Stimme. Aus den Augenwinkeln sah sie, wie ihre Kollegin Ulrike hinter Nadines Rücken eine veralbernde Kopfstreichelbewegung in der Luft machte, während sie eine gespielt mitleidige Schnute zog. Unterdrücktes Glucksen und Kichern war zu hören, das jedoch jäh verstummte, als Nadine sich mit hochgezogenen Augenbrauen zu ihnen herumdrehte.

»Ernsthaft, Helena«, fuhr sie wieder zu Helena gewandt fort. »Du bist weiß wie die Wand und wenn du mir hier umfällst, ist das weder für dich noch für mein Geschäft gut. Geh bitte nach Hause. Wir sehen uns am Montag! Da haben wir wegen Heiligabend ja ohnehin nur bis um zwei geöffnet.«

Helena sah ihr unschlüssig, noch immer mit dem Besen in der Hand, nach. So verlockend es klang, jetzt trotz Vorweihnachtsstress einfach gehen zu dürfen, doch sie sträubte sich innerlich, nach Hause zu gehen und mit sich allein zu sein.

»Zisch schon ab!«, flüsterte Beata ihr grinsend zu. »Ein langes Wochenende auf Wunsch der Chefin – genial! Du, kann ich heute nach der Arbeit zu dir kommen und bei dir übernachten? Ich muss sonst mit meinen Eltern Kreuzworträtsel machen und Terra X mit ihnen anschauen.«

»Du brauchst ein Hobby!«, murmelte Helena, während sie den Besen hinter den Vorhang in der Ecke stellte.

»Ich bin dann so um halb sechs da, ja?«, rief Beata ihr hinterher.

»Ja, ja.« Abwesend winkte Helena ihr beim Rausgehen zu.

Es war windig und Helena zog ihren Mantel fester zu, als sie am Mainufer entlang ging. Mit der Straßenbahn wäre sie schneller gewesen, doch ihr war nicht nach großen Menschenansammlungen zumute. Sie setzte sich auf eine Bank am Ufer und blickte in Gedanken versunken aufs Wasser. Das letzte Mal war sie am vergangenen Wochenende mit Felix hier gewesen. Sie hatten sich unverbindlich für dieses Wochenende verabredet, doch diesmal waren Helenas Gefühle etwas gemischt. Irgendetwas war merkwürdig an ihrem Miteinander. Sie hatten sich blendend verstanden, doch er war ihr nahezu anstrengend vertraut. Sie fühlte sich ständig durchschaut und verlegen. Allerdings schien er auch viel Unausgesprochenes zu verstehen, was ihr in ihrer Unsicherheit und Wortkargheit sehr entgegen kam. Beata war zwar ebenfalls an allem interessiert, aber sie tratschte einfach zu viel.

Nach ihrem letzten Treffen mit Felix am vergangenen Samstag hatte sie fast das ganze Wochenende danach geschlafen und ständig diese merkwürdigen Träume von der ertrinkenden blonden Frau im Wasser gehabt. Einerseits wollte sie Felix unbedingt wiedersehen und fand es faszinierend, dass ihr ein im Grunde wildfremder Mensch so sehr bekannt vorkam, als würden sie sich schon immer kennen. Andererseits fühlte sie sich nach dem heutigen Morgen bereits schwach genug und ein weiteres Wochenende ohne Energie wäre einfach zu viel.

»Na schau, haben sie dich endlich rausgeschmissen?« Grinsend ließ sich Felix neben ihr auf die Bank fallen.

»Verfolgst du mich?«, fragte sie erschrocken.

»Scheint ganz so!«, lachte er amüsiert. »Aber wenn du dich so nett direkt vor mein Fenster setzt, dann komm ich natürlich runter!«

Helena drehte sich um. Sie saß in der Tat direkt mit dem Rücken zum Deutschen Filmmuseum. Warum hatte sie das nicht bemerkt? Sie wusste doch, dass er dort arbeitete.

»Siehst du den blinkenden Weihnachtsstern da oben?« Felix' ausgestreckter Zeigefinger deutete auf ein großes Fenster mit einem nicht minder großen Stern, der alle paar Sekunden blinkend die Farben änderte. »Das ist mein Büro.«

»Geschmackvoll«, kommentierte Helena schief grinsend. »Ich glaube, bei dem wilden Blinken würde ich spätestens nach zehn Minuten einen epileptischen Anfall kriegen!«

»Gruselig, gell? Hab' ich vor ein paar Jahren von meiner Mutter bekommen. Ich fand das Ding so scheußlich, dass ich es aufhängen musste. Es bringt mich zum Lachen, wenn es bei uns zu stressig wird.« Er sah sie kurz von der Seite an. »Also, warum bist du hier? Du hast doch noch nicht Mittagspause um diese Zeit, oder?«

»Ich habe spontan einen Tag freibekommen.«

»Ach ja? Einfach so?«, fragte Felix schelmisch grinsend. »Vielleicht sollte ich meinen Beruf wechseln!«

»Meine Chefin sagte, ich sehe blass aus und sie hatte Schiss, dass ich im Laden umkippe!«

Felix wurde plötzlich ernst. »Ist das denn schon mal passiert?«

Helena nickte fast unmerklich.

‚Du hast ihm doch nicht zu viel erzählt?‘, hörte sie ihre Mutter unliebsam im Ohr.

Scheu blickte sie ihn von der Seite an, doch er wirkte nicht nervös oder gar abgeschreckt.

»Woran liegt das denn?«, fragte er. »Isst du zu wenig oder hast du einen schwachen Kreislauf?«

Helena schwieg eine Weile. Sollte sie ihm die Wahrheit erzählen und riskieren, dass er sich nie wieder melden würde?

‚Männer sind leicht zu erschrecken – selbst die wenigen, die etwas taugen!‘, belehrte ihre Mutter sie im Ohr weiter.

Sie drehte sich plötzlich entschlossen zu ihm herum. Sollte er doch weggehen, wenn er wollte! Wenn ihre Mutter tatsächlich recht hatte, war er es ohnehin nicht wert. Er würde es ja doch erfahren. »Ich falle öfter in Ohnmacht oder wache nach dem Schlafen nur schwer auf.«

Sie holte tief Luft und sah bewusst an ihm vorbei auf den Main. »Ich lande deswegen hin und wieder im Krankenhaus, aber bisher haben sie nicht herausgefunden, woran es liegt. Wenn ich geistig weg bin und diese Aussetzer habe, dann träume ich sehr real. So real, dass ich mir sicher bin, dass es Wirklichkeit ist und ich durch die Zeit reise. Ich verpasse dadurch oft Termine und Leute halten mich für bekloppt – unter anderem mein Hausarzt, wegen dem ich eine Therapie anfangen musste. So«, schloss sie kampflustig, »jetzt kannst du zurückgehen und dir eine Ausrede überlegen, warum du dieses Wochenende keine Zeit hast! «

Er sagte nichts. Nach einer Weile drehte sie sich langsam zu ihm herum. Sie spürte ihren Herzschlag so heftig im Hals, dass sie Sorge hatte, sich gleich übergeben zu müssen. Er sah sie nachdenklich an.

»Ich muss in der Tat zurück«, sagte er schließlich zögernd. »Aber nicht, weil ich dich für bekloppt halte, sondern weil sie *mir* nicht mal eben so einen Tag frei geben!«, fügte er augenzwinkernd hinzu. Er stand auf. »Ich ruf dich nachher an, ja?«

»Klar!«, antwortete Helena bissig und stand ebenfalls auf.

»Hey!«, rief er ihr hinterher. »Wehe, du gehst nicht ans Telefon!« Er lächelte ein wenig verkrampft und verschwand kurz winkend Richtung Filmmuseum.

Würde er sie tatsächlich anrufen oder hatte er einfach nur nett sein wollen? Sie merkte plötzlich, dass sie sehr durchgefroren war. Sie würde doch lieber die Straßenbahn nach Hause nehmen.

Zitternd lief sie zur nächsten Straßenbahnhaltestelle, die unangenehmerweise genau vor dem Salon lag und hopste von einem kalten Fuß auf den anderen. Endlich bog die Straßenbahn nach zehn Minuten um die Ecke. Hoffentlich würden die U-Bahnen künftig etwas pünktlicher sein, dieses ständige Warten draußen in eisiger Kälte war ätzend!

Die Straßenbahn war gerammelt voll. Ein Fahrgast stand mit dem Rücken zu ihr in der Tür und machte keinerlei Anstalten, sich weiter ins Straßenbahninnere zu bewegen, um Helena hinein zu lassen.

»Entschuldigung«, bat Helena laut, als sie versuchte sich an ihm vorbei zu quetschen, doch es hatte keinen Sinn. Sie verhakte sich bei dem erfolglosen Versuch mit dem Fuß und fiel rückwärts auf den

Gehweg. »Danke, du Penner!«, brüllte sie Richtung Tür, als diese sich schloss.

Der Mann in der Tür drehte sich herum und sah sie durchdringend an. *Alfred!* Helena fühlte Panik in sich aufkeimen, als sie ihn erkannte. Seine bedrohlichen, dunklen Augen bohrten sich in die ihren und seine Handinnenflächen schlugen kraftvoll an die Türscheibe.

Verschwinde! Nicht helfen!, las sie auf seinen Lippen, während sein heißer Atem die Glasscheibe vernebelte. *Verschwinde!* Aufgeregt hämmerten und gestikulierten seine Hände gegen die beschlagene Scheibe der Straßenbahn, während sich diese klingelnd entfernte und schließlich um die Ecke bog.

Immer wenn sie es am wenigsten erwartete, tauchte dieser Alfred auf! Sie konnte nicht genau sagen, was ihr mehr an ihm Angst machte: sein aggressives Verhalten oder dass er sie mit seinen seltsam gruseligen Augen sowohl während ihrer Zeitsprünge als auch hier in der Gegenwart verfolgte. Helenas Knie wurden schwach und die Füße wollten ihr nicht mehr gehorchen. Sie ließ sich mitten auf dem Gehweg auf die Knie fallen und versuchte ruhig zu atmen.

Nicht schon wieder!, dachte sie panisch. Warum passierte ihr das so oft in letzter Zeit?

»Helena!« Sie hörte Beata aus dem Salon stürmen. Wie durch Watte vernahm sie, dass auch Nadine etwas rief, doch in dem Moment wurde alles bereits leiser und die altvertraute Übelkeit nahm überhand.

Sie würde ihren Job verlieren! Würde das nie aufhören?

...

ORT UND ZEIT UNBEKANNT

»Du musst dich zusammenreißen!«, hörte sie einen Mann eindringlich flüstern.

»Was?«, wiederholte eine weibliche Stimme unnatürlich laut.

»Pst! Ich sagte, reiß dich zusammen! Meine Güte, deine Schwerhörigkeit nervt manchmal echt! Ich kann hier nicht so laut reden, sonst hören uns womöglich die Nachbarn! Sieh mich an, Hanne, lies meine Lippen! Die Grenze soll noch relativ gut passierbar sein. Hier sind Fahrschein und Adresse – warte dort auf mich! Aber Marienfelde kennt eigentlich jeder drüben, das ist eine riesige Flüchtlingsstation. Merk dir die Anschrift und vernichte den Zettel anschließend! Ich lass dich nicht allein, das verspreche ich dir!«

»Ich schaff' das nicht!«, weinte die Frau unterdrückt. »Wie soll ich über die Grenze kommen, Alfred? Noch dazu ohne guten Grund?« Ihre Stimme klang merkwürdig. Ihre Tonlage schwankte merkwürdig und doch war sie Helena seltsam vertraut.

»Was heißt da *ohne guten Grund*? Du gehst deine Schwester besuchen, das dürfte denen ja wohl Grund genug sein! Du schaffst das! Ich habe Gabi rübergebracht und du schaffst das nun auch! Du darfst nur Siegfried nichts erzählen, der verpfeift dich sonst womöglich. Also sag besser auch Christine nichts!«

»Und wie soll ich Tine und Siggi die spontane Reise erklären?«

»Du erklärst ihnen am besten gar nichts! Sie sind schon misstrauisch genug nach allem, was du dir geleistet hast! Versteh doch, die Grenzen werden bald komplett dicht sein und dann musst du deinen Kindern irgendwann erklären, warum du geblieben bist! Willst du das?« Die junge Frau schluchzte hörbar in die Hände vor ihrem Gesicht. »Jetzt hör auf zu heulen und reiß dich zusammen, Hanne! Meine Güte, du kannst froh sein, dass ich dich gefunden habe! Denk dran, du darfst nicht …«

»Was war das?« Hannes Blick wanderte in Helenas Richtung. »Hat Mama dich geweckt, Liebes? Leg dich wieder hin!«

Helena hatte diese Szene bereits mehrfach in ihrem Leben erlebt, immer dann, wenn dieser Alfred auftauchte. Und auch diesmal war sie erstaunt, wie sehr es ihr wie ein Déjà-Vu vorkam. Es fühlte sich an, als wäre dieser Körper des kleinen Mädchens, in dem sie steckte, ihr eigener! Ohne zu überlegen, schwirrten ihre kleinen Hände durch die Luft und zeigten ihrer Mutter etwas ohne Worte. Wie immer antwortete ihre Mutter in derselben Weise mit ihren Händen, dass sie gleich kommen und mit ihr reden würde. Alfred packte Hanne unsanft an der Schulter und drehte sie zu sich herum, sodass sie seine Lippen sah.

»Was redet ihr zwei da?«, fragte er scharf. Er schien misstrauisch zu sein.

»Sie hat Hunger«, antwortete Hanne blass. Sie log! Helena wusste nicht, woher sie die Zeichen kannte, doch sie wusste, was sie einander mit den Händen gesagt hatten.

Helena wollte ihr etwas zeigen. Es war im Wäschebeutel im Badezimmer. Sie wusste nicht warum, aber sie hatte das Gefühl, ihre Mutter musste einfach diese vielen Karten sehen, die sie zufällig unter Alfreds Wäsche entdeckt hatte. Sie hatten viele Stempel und zeigten Alfred mit vielen verschiedenen Haarschnitten und Bärten. Außerdem war viel Geld im Beutel. Alfred redete ständig von Geld und ihre Mutter weinte viel. Vielleicht würden sie endlich aufhören zu streiten, wenn ihre Mutter das Geld fand!

Alfreds Blick heftete sich durchdringend auf Helena. Irgendetwas stimmte nicht. Er schien ihr nicht zu trauen, doch gleichzeitig lag etwas anderes in seinem Blick. Er machte Helena unglaublich Angst und doch war etwas sehr Vertrautes an ihm.

»Verschwindet sie immer noch hin und wieder?«, fragte er und blickte Helena weiter durchbohrend an. Automatisch schüttelten Helena und Hanne verneinend die Köpfe.

Alfred schien nicht überzeugt und baute sich bedrohlich vor Helena auf. Er kniete sich schließlich vor ihr hin und sah ihr scharf direkt in die Augen. »Wehe, du machst Blödsinn, verstehst du? Erinnere dich genau, was ich dir gesagt habe. Ich will euch nur helfen! Nichts verändern! Nicht heute und nicht später! Ich werde dich immer finden!«

Zu Helenas Erstaunen lag etwas Eindringliches, beinahe Verschwörerisches in seinem Blick. Prüfend sah er sie an, als wartete er auf etwas, doch als nichts geschah, wandte er sich wieder Hanne zu. »Hast du das Geld?«

»Alfred, bitte! Es ist alles, was ich habe!«

»So ein Unsinn!«, unterbrach er unwirsch. »Drüben brauchst du nichts mehr, weil du Gabi hast!«

»Und du bist doch hoffentlich auch da? Besonders für …« Vielsagend nickte sie in Helenas Richtung.

»Natürlich, dumme Frage!«, winkte Alfred unangenehm berührt ab. »Also, wo ist das Geld?«

Zitternd beugte sich Hanne zu ihren Schuhsohlen hinunter und nestelte umständlich einen Geldschein nach dem anderen hervor.

…

FRANKFURT AM MAIN, HESSEN, BRD. 21. DEZEMBER 1984. STRASSENBAHNHALTESTELLE, INNENSTADT.

»Sie wacht auf. Ganz ruhig, bleib erstmal liegen!«

Helles Tageslicht blendete Helena. Sie lag wieder an der Straßenbahnhaltestelle auf dem Boden. Ein männliches Gesicht etwa Ende vierzig beugte sich über sie. Seine Augenbrauen waren wie ein dichter, undurchdringlicher Teppich. Generell hatte er überall enormen Haarwuchs: in der Nase, in den Ohren, unter dem Kragen seines dünnen Hemdes und im Ausschnitt. Nur sein Haupt war beim Haarwuchswettbewerb offenbar schon vor längerem ausgeschieden.

»Hallo. Wohnst du nicht auch an der Offenbacher Stadtgrenze?« Helena erkannte einen ihrer Nachbarn. »Bleib liegen!«, kommandierte er mit starkem, türkischem Akzent. »Ich fahre dich nach Hause! Ich hole nur schnell mein Auto.«

Unbeholfen rollte Helena sich auf die Seite. Ihr Rücken tat weh, doch sie schien sich nichts gebrochen zu haben. Wie lange hatte sie hier gelegen? Ihr Kopf war auf etwas gebettet und dröhnte vertraut.

Als sie sich herumdrehte, bemerkte sie, dass sie auf Beatas Schoß gelegen hatte. Beata war aschfahl im Gesicht.

»Was ist los, Helena? War das wieder …?«, begann sie aufgelöst.

»Nicht hier!«, zischte Helena schwach.

Nadine stand hinter der großen Scheibe des Salons und hielt ein Telefon in der Hand, während sie zu ihnen auf die Straße sah.

»Was macht Nadine da?«, fragte Helena entsetzt.

»Ich glaube, sie ruft einen Krankenwagen.«

»Beata, geh rein und halt sie auf! Ich brauch keinen Krankenwagen! Mir geht's gut!«

»Ich weiß nicht, bist du sicher?«

»Beata! Halt sie auf!«, kreischte Helena aufbrausend. »Scheiße, das fehlt mir noch!«

Mühsam rappelte sie sich auf, während Beata sich unsicher entfernte und in den Salon ging. Aus den Augenwinkeln sah Helena beschämt, dass auch ihre Kollegen zu ihr herüber starrten. *Großartig, jetzt hatten sie neues Material, um über sie herzuziehen!*

Ihr türkischer Nachbar stand plötzlich wieder neben ihr. »So, da ist mein Auto«, sagte er einladend und deutete nicht ohne Stolz auf seinen Mercedes, der am Straßenrand im Halteverbot geparkt war.

Unter normalen Umständen wäre Helena nicht einfach so zu einem Wildfremden ins Auto gestiegen. Er lebte zwar in der Nachbarschaft, doch sie wusste absolut nichts über ihn. Die türkische Gemeinde blieb sehr unter sich und niemand hatte je auch nur mit ihr gesprochen. Doch sie spürte die bohrenden Blicke aus dem Salon und wollte einfach nur weg, bevor die Lage noch peinlicher wurde. Sie mochte sich gar nicht erst vorstellen, was drinnen gesprochen wurde. Helena hatte mit dieser Szene vermutlich gerade ihre eigene Kündigung unterschrieben. Mit zitternden Knien winkte sie Richtung Salon und stieg schwankend zu dem Herrn ins Auto.

»Wie heißt du?«, fragte ihr Nachbar, als er den Wagen startete.

»Helena.«

»Ich sehe dich oft der Straßenbahn hinterherlaufen.«

»Ja, das klingt nach mir.«

Der Türke grinste sie von der Seite an. »Ich bin Ali«, stellte er sich vor. »Wohnst du allein?«

Helena schüttelte den Kopf und rutschte unwohl tiefer in ihren Sitz. Sie mochte dieses Gespräch nicht und ihr war noch immer übel.

Warum traf sie immer wieder auf diesen Alfred? Es war, als würde er sie absichtlich aufsuchen, so wie er es ihr angedroht hatte. Es machte jedoch so gar keinen Sinn: Wann immer Alfred sie sah, wirkte er trotz aller Bedrohlichkeit so, als wollte er ihr etwas sagen und verschwand dann ebenso schnell wie er aufgetaucht war. Er sah genauso aus, wie in dem Zeitsprung mit Hanne, den sie wieder und wieder erlebte. Doch heute hatte er zum ersten Mal nicht ganz so angsteinflößend gewirkt wie sonst. Was wollte er von ihr? Und warum kam er ihr so unendlich bekannt vor?

Ali nickte zufrieden. »Das ist gut. Eine Frau sollte nicht allein wohnen!«

Helena bemühte sich, nicht mit den Augen zu rollen. Er tat ihr einen großen Gefallen und fuhr sie netterweise nach Hause. Doch ihr stand nicht der Sinn nach Gesprächen über Moralvorstellungen und Rollenverteilungen. Generell hatte sie keine Lust zu reden. Sie wollte einfach nur nach Hause.

»Wohnst du noch mit deinen Eltern zusammen?«, fragte Ali sie weiter aus.

»Ja!«, log Helena ausweichend. »Meine Mutter wohnt bei mir, sie ist nur oft unterwegs!«

»Bist du heute allein?«

Helena mochte die Richtung, die dieses Gespräch einschlug, überhaupt nicht. Unabhängig davon, ob er zwielichtig oder einfach fürsorglich war, wollte sie ihm keine Auskunft darüber geben. »Eine Freundin kommt gleich«, sagte sie wahrheitsgemäß. »Sie kommt mit der Straßenbahn nach.«

»Deine Freundin von eben? Warum hast du nichts gesagt? Ich hätte gewartet!«

»Das ist schon in Ordnung. Sie wollte noch ein bisschen für mich einkaufen«, log Helena weiter.

Ali nickte erneut zustimmend. Er schien damit zufrieden zu sein. »Wo wohnst du genau?«, fragte er schließlich.

»Gleich hier am Buchrainplatz.«

»Soll ich dich reinbringen?«

»Nein, nein!«, winkte Helena schnell ab. »Ich darf keinem Männerbesuch die Tür aufschließen, meine Vermieter sind da sehr streng!«

Ali nickte wohlwollend – das leuchtete ihm ein. Er fuhr rechts ran und Helena öffnete erleichtert aufatmend die Tür, noch bevor der Wagen vollständig zum Stillstand kam.

»Danke schön!«

Zu ihrem Unmut merkte sie, dass er mit laufendem Motor wartete und sie beobachtete – offenbar um sicher zu stellen, dass sie nicht wieder vor der Haustür in Ohnmacht fiel. Genervt entschied sie sich in Windeseile für die nächste offen stehende Eingangstür und ging hinein. Im dunklen Hausflur wartete sie, bis er endlich weiterfuhr und machte sich nach einigen Minuten seufzend auf den Heimweg. Unter normalen Umständen wäre es von hier nicht weit gewesen. Doch sie hatte sich beim Sturz offenbar leicht den Fuß verknackst, sodass sie nun leise fluchend die Offenbacher Landstraße entlang nach Hause humpelte.

Sie schaffte es, sich unbemerkt am Büro ihrer Vermieter vorbei nach oben zu schleichen und stöhnte erleichtert auf, als sie die Wohnungstür hinter sich schloss. Plötzlich kam sie sich jedoch wieder sehr einsam vor. Ihre Mutter war längst in der DDR und würde nicht vor Montag zurück sein. Abgesehen davon war sie nicht der fürsorglichste Mensch. Beata hatte später vorbeikommen wollen, aber Helena war sich nicht sicher, ob diese Verabredung immer noch galt. Außerdem hatte sie keine Kraft für Beatas neugierige Fragen.

Sie musste einfach mit jemandem sprechen, der sie ausreden ließ, ohne sie zu verurteilen. *Es war alles zu viel!* Sie hatte schon seit früher Kindheit Phasen mit häufigen Zeitsprüngen gehabt. Sie schienen immer in Schüben zu kommen und phasenweise hatte sie dann wiederum recht lange Zeit dazwischen ihre Ruhe. Doch so geballt und intensiv wie jetzt war es noch nie gewesen!

Mit wem konnte sie darüber sprechen? Felix hatte sie heute vermutlich mit ihrer Beichte vergrault. Sie dachte an Dr. Genet. Laut Nadine hatte er ja ohnehin versucht, sie zu erreichen; es wirkte also vielleicht nicht allzu verzweifelt, wenn sie ihn zurückrief.

Plötzlich kämpfte sie mit den Tränen. Wie konnte es sein, dass sie mit knapp siebenundzwanzig Jahren noch immer so allein mit allem dastand? Sie fühlte sich so hilflos wie als Kind, konnte keinen Job lange halten und hatte bis auf Beata keine Freunde. Der einzige, der sie mehr oder weniger regelmäßig aufsuchte, war dieser dubiose Alfred. Eine Welle des Selbstmitleids schwappte über ihr zusammen. Sie griff nach dem Hörer und wählte die Nummer der Praxis.

»Praxis Dr. Genet, Ingrid Winter am Apparat. Was kann ich für Sie tun?«, trällerte es gewohnt freundlich durch den Hörer.

Bevor sie nachdenken konnte, legte Helena auf. Ihr war die Konfrontation mit Frau Winter und deren Gekränktheit heute Morgen peinlich gewesen. Was sollte sie tun? Sie hatte keine direkte Durchwahl von Dr. Genets Büro, es lief immer über den Empfang. Unentschlossen starrte sie die Drehscheibe an. Wie ferngesteuert fischte sie schließlich das Telefonbuch aus dem kleinen Schränkchen, auf dem das Telefon und der Anrufbeantworter standen und suchte die Einträge unter dem Buchstaben G ab. *W. und J. Genet* – ob er das war? Er hatte kurz erwähnt, dass er verheiratet war. Unsicher wählte sie schließlich die angegebene Nummer.

»Hallo?«, klang eine kurzatmige Frauenstimme aus dem Hörer. Im Hintergrund war lautes Babygebrüll zu hören.

War es doch die falsche Nummer? Er hatte gesagt, dass er Kinder ebenfalls nicht sonderlich mochte, erinnerte sich Helena.

»Hallo, Svenja, bist du das?«, kam es erneut aus dem Hörer.

»Nein«, antwortete Helena schließlich zögernd. »Hier ist Helena!«

»Entschuldigung, wer ist da?«, rief die Frau über das Gebrüll hinweg.

»Helena! Ich wollte Dr. Genet sprechen, aber ich glaube ich habe mich verwählt!«, sagte Helena und legte schnell auf.

Mit hängenden Schultern stand sie vor dem Telefon. Was hatte sie erwartet? Selbst wenn es seine Nummer gewesen wäre, so war er schließlich bestimmt noch bei der Arbeit. Hatte sie gehofft, mehr über ihn herauszufinden und sich weniger allein zu fühlen, wenn sie sich privat statt beruflich unterhielten?

Sie spürte, wie ihre Wangen glühten. *Das war krank!* Beschämt schmiss sie ihren Mantel auf den Boden und schlüpfte aus ihren Schuhen. Ihr rechter Fußknöchel war heftig angeschwollen. Vielleicht sollte sie zu einem Arzt gehen, aber ihr war nicht danach, jetzt irgendjemanden zu sehen.

Sie öffnete die Tür zum Bad und ließ heißes Wasser in die Wanne laufen. Sie würde darin liegen, bis sie schrumpelig wurde! Nur sie allein in ihrer orange-grünen Zuflucht. Vor ihrem inneren Auge sah sie die Fensterfront des Salons und all die Augenpaare, die auf sie starrten.

Energisch schloss sie die Badezimmertür, schlüpfte aus ihren kalten Klamotten und glitt in das etwas zu heiße Wasser. Nichts und niemand würde sie heute mehr ans Telefon oder gar in die Außenwelt treiben!

~ KAPITEL 18 ~

Unverhoffter Besuch

FRANKFURT AM MAIN, HESSEN, BRD. 21. DEZEMBER
1984. HELENAS WOHNUNG.

Lautes, ununterbrochenes Klopfen und Klingeln riss Helena aus
dem Schlaf. Sie lag noch immer in der inzwischen eiskalten Wanne und spie hustend einen großen Schwall Badewasser aus. Gerade noch war sie in übelriechendem Wasser gewesen und hatte zum
wiederholten Mal die blonde, junge Frau hilflos darin verschwinden
sehen. Helena schmeckte noch immer die Fäulnis im Mund. Sie zitterte und merkte, dass ihre Haut blau angelaufen war. Mit einem
Schwung fuhr sie hoch und schnappte sich das große Badehandtuch,
das neben der Badewanne auf dem Toilettendeckel lag. Vor Schmerz
aufjaulend verteilte sie jedoch schnell ihr Gewicht vom rechten auf
den linken Fuß. Vielleicht sollte sie doch zu einem Arzt gehen? Erneut schallte lautes Poltern und Rufen vom Treppenhaus zu ihr ins
Bad.

Sie wickelte sich so gut es ging in das Handtuch ein und öffnete die Haustür. Entsetzt stellte sie fest, dass dort eine nicht minder
erschrocken dreinblickende, kleine Gemeinde bestehend aus den
Schuhmachers, Beata, Beatas Vater und Dr. Genet stand.

Was machten sie alle hier?

Beata gab einen Schluchzer von sich und fiel Helena um den

Hals. In letzter Sekunde hielt diese ihr Badehandtuch am Körper fest, das ihr die stürmische Beata beinahe herunter gerissen hätte.

»Gott sei Dank, ich dachte schon, du hast dir etwas angetan!«, schluchzte Beata. Sie hielt Helena noch immer fest umklammert.

Helena schob sie verlegen ein Stück von sich fort. »Alles in Ordnung! Warum sollte ich das tun?« Die Situation war so absurd, dass sie sich nicht sicher war, ob sie vielleicht nur träumte.

»Ich sage es ja immer wieder, du bist zu viel allein!«, schimpfte Christa Schuhmacher, allerdings stand auch ihr die Erleichterung ins Gesicht geschrieben.

»Beata, bleibst du hier?«, fragte Beatas Vater. Der kleine untersetzte Mann fuhr seine dreißigjährige Tochter stets zu jeder Tages- und Nachtzeit mit einer Engelsgeduld überall hin und holte sie ebenso ergeben auch wieder ab.

»Beata, ehrlich, du musst nicht …«, begann Helena.

»Ich bleibe hier!«, unterbrach Beata entschieden. »Ich ruf dich morgen an, wenn du mich abholen kannst!«, teilte sie ihrem Vater mit.

Dienstbeflissen nickte er zustimmend und ging die Treppe hinunter, dicht gefolgt von Christa Schuhmacher. »Ich schließe Ihnen auf!«

Peter Schuhmacher, Beata und Dr. Genet standen noch immer unschlüssig vor der tropfenden Helena. »Bleiben Sie auch hier?«, fragte Peter Schuhmacher Dr. Genet argwöhnisch.

»Nur kurz.«

Brummend folgte Helenas Vermieter seiner Frau.

Dr. Genet und Beata blickten sich ein wenig verlegen an. Helena war sich noch immer nicht sicher, was das alles zu bedeuten hatte. Sie hielt ihr Handtuch fest und machte eine vage Handbewegung ins Innere der Wohnung.

»Wollt ihr, ich meine, wollen Sie reinkommen?«, fragte sie unsicher. Dr. Genet und Beata folgten ihrer Einladung dankbar. Die Situation schien für alle etwas merkwürdig zu sein. Verlegen kickte Helena ihre Schuhe zur Seite, hängte rasch ihren Mantel an den

Haken und humpelte mit zusammengebissenen Zähnen ins unaufgeräumte Wohnzimmer, in dem noch immer ihr Bettzeug herumlag. Dr. Genet und Beata standen in dem kleinen Raum und wussten offenbar ebenfalls nicht, was sie sagen sollten.

»Ich geh mal Kaffee machen!«, schlug Beata schließlich vor und quetschte sich anzüglich grinsend an Helena vorbei.

»Ich zieh mir nur fix etwas an«, entschuldigte sich Helena mit rotem Kopf bei Dr. Genet und schnappte sich schnell ein paar Kleidungsstücke aus der Kommode. Sie schloss die Tür zum Flur hinter sich und schlich zu Beata in die Küche. Laut Wanduhr war es halb acht.

»Was macht ihr alle hier?«, zischte Helena verhalten. »Was sollte dieser Massenauflauf vor der Tür?«

Beata wurde schlagartig ernst. »Jetzt hör mir mal zu! Du hättest dich heute mal sehen sollen! Es war schlimm genug, dass du den ganzen Tag nicht ans Telefon gegangen bist. Selbst Nadine hat mich ständig gefragt, ob ich dich inzwischen erreicht hätte. Und dann komme ich nach Feierabend hierher, wie vereinbart, und du machst die Tür nicht auf! Alle Fenster sind stockdunkel und du reagierst auf kein Klingeln und kein Klopfen. Was hätte ich denn machen sollen? Frau Schumacher war so nett, uns wenigstes unten aufzuschließen. Und als ich dann direkt vor deiner Tür auch nichts gehört habe, obwohl wir Mordsradau gemacht haben, da habe ich echt Panik gekriegt!« Zum ersten Mal seit Jahren schien Beata wirklich wütend zu sein, als sie die Kaffeetassen aus dem Schrank holte und laut auf die Arbeitsfläche knallte.

»Es tut mir leid!«, murmelte Helena zerknirscht. »Ich bin in der Badewanne eingeschlafen und habe nichts gehört.«

»Wie kannst du uns nicht gehört haben?« Beata blickte sie skeptisch an. »Ich dachte irgendwann, dein Psycho-Heini schlägt die Tür ein, so sehr hat er darauf eingehämmert!«

»Ich hatte wieder einen Aussetzer«, antwortete Helena kleinlaut.

»Wann, gerade eben?«

»Ich weiß nicht, wie lange es war. Ich bin direkt als ich nach Hause kam in die Wanne gestiegen und seitdem weiß ich nichts mehr.«

Beata blickte auf die Uhr an der Wand und sah nun ehrlich schockiert aus. »Heißt das, du hast mindestens sechs Stunden bewusstlos in der Wanne gelegen? Helena, du hättest ertrinken können, ist dir das eigentlich klar?« Fassungslos sah sie Helena an. Die sonst so fröhliche Beata war nun sehr ernst. »Helena, meinst du, du kannst noch allein leben?«, fragte sie nach einer Weile.

»Wie meinst du das?«

Beata druckste verlegen herum. »Es gibt da doch bestimmt solche Einrichtungen … *Wohngemeinschaften*«, korrigierte sie sich schnell, »in denen jemand ein Auge auf dich haben könnte.«

Helena schnaubte verächtlich durch die Nase. »Ich muss mich anziehen! Dr. Genet fragt sich bestimmt, wo wir bleiben oder ob wir über ihn reden.«

Das brachte die alte Beata zurück. »Was macht der eigentlich hier? Läuft da was?«, fragte sie neugierig.

»Das sollte ich wohl besser *dich* fragen! Warum ist er hier? Hast du ihn angerufen?«

»Nein, als mein Vater und ich gerade bei deinen Vermietern geklingelt hatten, kam er plötzlich durch die Gartenpforte und sagte, er habe nur eine Notiz hinterlassen wollen.«

»Oh Gott!«, rief Helena entsetzt aus. »Er hat ihnen doch nicht gesagt, dass ich in Therapie bin, oder?«

»Nein, das habe ich nicht.« Dr. Genet stand plötzlich direkt hinter Helena in der Küchentür. »Ich habe nur meinen bürgerlichen Namen gesagt, keine Sorge. Ist der Kaffee fertig?«, fragte er schmunzelnd.

Süffisant grinsend gab Beata ihm seine Tasse und sah Helena bedeutungsvoll an. Glücklicherweise schien Dr. Genet es nicht zu bemerken und alle drei gingen mit ihren Tassen zurück ins Wohnzimmer. Helena verschwand auf dem Weg kurz für eine Minute im Badezimmer und zog sich rasch an.

»Er ist knapp zwei Monate alt«, hörte sie Dr. Genet gerade noch sagen, als sie im Wohnzimmer zu ihnen stieß. Als Helena den Raum betrat, verstummten die beiden wieder und die drei sahen sich verlegen an.

»Beata, darf ich ein wenig unhöflich sein und Helena kurz unter vier Augen sprechen, bitte? Es wird nicht allzu lange dauern«, bat Dr. Genet.

Etwas erstaunt erhob Beata sich. »Kein Problem!«, sagte sie betont leichthin und verschwand Richtung Küche.

Helena musste grinsen, denn Beata hatte keine der beiden Zwischentüren hinter sich geschlossen und würde alles ebenso gut hören können, als wenn sie direkt neben ihnen stünde – die Wohnung war einfach lächerlich klein!

Dr. Genet schien den gleichen Gedankengang gehabt zu haben, denn er erhob sich nun ebenfalls und machte freundlich lächelnd beide Türen hinter Beata zu. Vorsichtig setzte er sich auf Helenas wackeligen Schreibtischstuhl und sah sie unbeholfen an.

»Komische Situation, oder?«, brach er schließlich das Eis.

»Irgendwie schon. Ich habe gehört, Sie hatten eine Nachricht für mich?«

Dr. Genet zog einen vollgekritzelten Briefumschlag hervor. Doch statt ihn Helena zu geben, behielt er ihn nachdenklich in der Hand. Er verhielt sich gerade höchst unprofessionell. Zwiegespalten blickte er auf und holte tief Luft.

»Ich glaube Ihnen!«

Helena starrte mit offenem Mund zurück. Wie konnte das sein? Er war heute Morgen sichtlich enttäuscht gewesen.

»Mir ist etwas klar geworden«, fuhr er fort, während er etwas nervös an seinen Fingern herum knetete. »Erinnern Sie sich an Ihre Episode im Krankenhaus, als ich Ihnen die Mütze brachte und sagte, Sie hätten sie mir am Dienstag zuvor in meiner Praxis vergessen?«

Helena überlegte einen kurzen Moment und nickte.

»Ich glaube, dass Sie heute früh an jenen Dienstag zurückgegangen sind und Ihre Mütze in der Praxis vergessen haben, während Ihr damaliges Ich im Krankenhaus lag!« Er stockte. Hatte er den Verstand verloren? Er saß zu nächtlicher Stunde im Schlafzimmer seiner Patientin und erklärte ihr, dass sie durch die Zeit gereist war!

Abrupt stand er auf und begann auf und ab zu laufen.

Helena beobachtete ihn schweigend. Sie hatte das Gefühl zu träumen. Doch unabhängig davon, ob sie gerade in der Realität war oder nicht, fühlte sie sich plötzlich so unendlich erleichtert, dass es ihr schwerfiel, die Tränen zurückzuhalten.

»Danke!«

Dr. Genet blieb stehen und sah auf sie herunter. »Ich verstehe allerdings immer noch nicht so recht«, fuhr er nachdenklich fort, »ob Sie immer Sie selbst oder jemand anders sind.«

»Ich denke, das wechselt oft. Ich kann es selbst nicht immer unterscheiden. Die Gedanken und Gefühle sind immer so real, als ob es meine eigenen wären. Aber zum Beispiel heute Morgen oder damals im Krankenhaus war ich definitiv ich selbst.«

»Mir ist ebenfalls nicht ganz klar, warum Sie gesagt haben, Sie wären hilflos und könnten nichts tun.«

»Das ist einfach so! Ich fühle mich immer sehr schwach und kann kaum sprechen.«

Dr. Genet sah sie eindringlich an. »Helena, wenn unsere Vermutung richtig ist und wir nicht einfach beide in eine Anstalt gehören, dann sind Sie alles andere als hilflos! Hilflos wären Sie, wenn Sie zum Beispiel alles nur unsichtbar aus der Vogelperspektive erleben würden und keinerlei Einfluss hätten. Momentan haben wir nun aber die Annahme, dass Sie ganz real unterwegs waren, gesehen worden sind und physisch tätig waren: Sie sind im Gebäude umhergegangen, Frau Winter hat Sie gesehen und Sie haben sich immerhin in gewisser Weise mitteilen können. Wenn wir also richtig liegen, dann sind Sie nicht hilflos, sondern ganz im Gegenteil sehr aktiv!«

So hatte Helena es noch nie betrachtet. Sie hatte bisher immer nur ihr Ohnmachtsgefühl im Vordergrund gesehen und mit sich gehadert, dass sie diese Zeitsprünge nicht unter Kontrolle hatte und ständig dadurch in Schwierigkeiten geriet.

»Helena, ich weiß, dass Sie das alles am liebsten verhindern würden, aber ist Ihnen schon mal in den Sinn gekommen, dass Sie vielleicht Einfluss nehmen können? Vielleicht ist das Ziel Ihrer Zeitreisen, dass Sie etwas verändern, statt wegzulaufen?«

»Wie soll das gehen? Ich bin meist zu schwach, um etwas zu tun! Außerdem bin ich immer ein Kleinkind oder gar ein Baby. Wie soll ich denn da bitte etwas ändern?«

»Es muss ja nichts Weltbewegendes sein. Versuchen Sie doch das nächste Mal, irgendeine Kleinigkeit zu verändern – egal was! Wenn sich diese Sprünge ohnehin wiederholen, vielleicht können Sie einfach ein wenig … sagen wir mal *experimentieren*? Vielleicht hören manche Sprünge dann auf! Das ist es doch, was Sie wollen, oder?«

»Was aber, wenn ich dadurch irgendetwas schlimmer mache?«

Beata klapperte demonstrativ laut in der Küche. Dr. Genet öffnete erneut den Mund, doch dann besann er sich plötzlich eines Besseren. »Ich sollte vielleicht gehen, sonst wirkt das Ganze womöglich doch sehr merkwürdig von außen«, sagte er bedeutungsvoll Richtung Küche nickend. »Meinen Sie, dieser Besuch kann unter uns bleiben?«

Helena blickte nun ebenfalls Richtung Küche. Sie bezweifelte insgeheim sehr, dass Beata diese Situation für sich behalten würde – die Geschichte war einfach perfektes Tratschmaterial. Doch als sie Dr. Genets besorgtes Gesicht sah, bemühte sie sich zuversichtlich dreinzublicken. »Machen Sie sich keine Gedanken, ich rede mit ihr!«

»Danke, ich weiß das zu schätzen.« Erleichtert steckte er den Briefumschlag zurück in seine Jackentasche und ging zur Tür. Bevor er die Zwischentür zum Flur öffnete, hielt er jedoch inne. Offensichtlich rang er mit sich, doch schließlich gab er sich einen Ruck. »Ich weiß, morgen ist Samstag, aber wollen Sie vielleicht so gegen fünfzehn Uhr zu mir kommen? Also, in die Praxis natürlich?«

Helena nickte zögernd. Sie hatte sich innerlich auf ein Wochenende in ihrem Bad vorbereitet und fühlte sich nicht bereit, schon morgen wieder nach draußen zu gehen. Doch er hatte recht: Es war momentan so schlimm wie nie zuvor und sie musste etwas tun! Sie fühlte sich plötzlich unendlich müde.

»Schlafen Sie ein wenig, morgen sieht die Welt vielleicht schon wieder ganz anders aus«, sagte Dr. Genet aufmunternd zum Abschied.

Sarkastisch auflachend drückte Helena ihm den Schlüssel für die untere Tür in die Hand. »Werfen Sie den Schlüssel nach dem Zuschließen einfach in meinen Briefkasten unten, ja?«

»Alles klar, bis morgen, Helena!«

Als sie die Haustür zum Treppenhaus hinter ihm schloss, sah sie, dass der Anrufbeantworter blinkte. Ob Felix sich gemeldet hatte? Oder war es nur Beata, die vom Salon aus versucht hatte, sie zu erreichen?

Helena blickte zur Küchentür. Beata hing mit platt gedrückter Nase hinter dem geriffelten Glas der Küchentür und presste sich gespielt komisch wie ein Saugnapf an die Scheibe. Sie würde die Nachrichten abhören, sobald sie allein war, entschied Helena. Seufzend öffnete sie die Küchentür und schob die kichernde Beata mitsamt Tür zur Seite.

~ KAPITEL 19 ~

John ist nicht John

RAMSGATE, KENT, ENGLAND. 16. AUGUST 1952.
BÜRGERBÜRO.

»Sie wissen doch sicherlich, dass ich Ihnen so schnell keine neuen Papiere ausstellen kann! So eine Namensänderung braucht Zeit und ich kann das nicht im Alleingang entscheiden! Wir haben samstags außerdem nur vormittags geöffnet, ich kann daher heute auch niemanden hinzuziehen.« Die Dame hinter dem Schreibtisch des Bürgerbüros sah Reinhard unwirsch über den Rand ihrer Kaffeetasse hinweg an.

Reinhard holte tief Luft. Er hatte nur diese eine Chance, um alles hinter sich zu lassen und wirklich von vorne zu beginnen. Er hatte einen kurzen, reichlich erschreckenden Einblick gewonnen, wozu seine bisherigen Arbeitgeber fähig waren. Wusste der Teufel, was die RAF in den nächsten Monaten tun würde, um ihren Ruf zu retten! Was würde mit ihm oder gar Frank passieren, wenn sie plötzlich einen Sündenbock brauchten?

»Bitte! Mein Sohn hat gerade seine Mutter in der Lynmouth-Flut verloren und ich meine Frau. Dies ist unsere einzige Chance, neu anzufangen! In Deutschland sind Namensänderungen so gut wie unmöglich«, bat Reinhard inständig.

Die Sachbearbeiterin sah plötzlich deutlich freundlicher aus und stellte verlegen die Kaffeetasse ab. Sie blickte auf die Tür und nickte grüßend. Reinhard fuhr herum und sah zu seinem Schrecken, dass sein Fahrer im Türrahmen lehnte. Nachdenklich starrte dieser Reinhard eine Weile mit verschränkten Armen an und kam schließlich an den Empfangstisch. Reinhard brach der Schweiß aus. Wie viel hatte John bereits gehört? Würde er der RAF nun Bericht erstatten?

John lächelte die Sachbearbeiterin gewinnend an. »Wir reden hier ja nicht von einer Namensänderung, nicht wahr? Der Herr kann natürlich keine komplett neuen Papiere bekommen und das weiß er auch!« Eindringlich blickte er Reinhard von der Seite an und drehte sich dann wieder charmant lächelnd zur Sachbearbeiterin um. »Mein Kollege hat sich gerade etwas unglücklich ausgedrückt, soweit ich das mitbekommen habe. Es geht selbstverständlich nicht um das Ändern seiner Dokumente, sondern um eine Geburtseintragung für seinen Sohn, der bisher einfach noch nicht registriert wurde.«

Er griff auf den Schreibtisch und ließ Franks Geburtsurkunde augenzwinkernd in seiner Manteltasche verschwinden. »Mein Kollege hat nicht gewusst, dass Neugeborene hier im Rahmen einer gewissen Frist gemeldet werden müssen und wir waren so beschäftigt, dass wir leider versäumt haben, ihn darauf hinzuweisen. Ich muss mich für diesen Fehler bei Ihnen entschuldigen! Dürften wir Sie gegen eine entsprechende Versäumnisgebühr um die Ausstellung einer erstmaligen Geburtsurkunde bitten, … Cindy?«, fragte er einschmeichelnd mit einem flüchtigen Blick auf ihr Namensschild und legte ihr mit gewinnendem Lächeln ein Bündel Geldscheine auf den Tisch.

Cindy starrte ihn unentschlossen und ein wenig ungläubig an. Reinhards Herz schlug bis zum Hals. Schließlich griff sie nach dem Bündel, ließ es in ihrer Handtasche neben dem Schreibtisch verschwinden und schob ihnen lächelnd ein Formular entgegen.

»Selbstverständlich! Besser spät als nie, Ordnung muss sein! Hier ist das Dokument für eine Ersteintragung. Füllen Sie bitte Namen und Anschrift des Kindes sowie der Eltern aus. Sofern der Wohnsitz im Ausland ist, schreiben Sie meinethalben nur das Land.

Ich mache Ihnen dann alles sofort fertig!«

»Ich danke Ihnen!«, lächelte John. »Wir warten solange draußen.«

Drei Stunden später fuhren sie in Dover East ein. Sie hatten in den letzten Stunden nur das Nötigste gesagt. Die meiste Zeit hatten sie geschwiegen und selbst Augenkontakt gemieden. Vor ihnen lag eine riesige Baustelle, offenbar wurden die Eastern Docks in Dover komplett neu gebaut. Alles schien gesperrt zu sein und Reinhard erblickte schließlich ein recht imposantes Schiff im Hafen. Es war das einzige weit und breit.

»Sieht aus wie die Titanic«, sagte Reinhard beeindruckt.

John lachte auf und brach das Schweigen. »Naja, nicht ganz! Die Titanic war doch um einiges größer und hatte vier Schornsteine statt wie die TS Dinard hier nur zwei. Die Titanic war außerdem insgesamt dunkel gestrichen und ein reines Passagierschiff. Dieses Baby hier wurde 1924 gebaut und hat seitdem einige Schäden und Namenswechsel erlebt, bis es vor ein paar Jahren in Dinard umbenannt wurde. Letzten Monat wurde es von der neuen Autofähre, Lord Warren, abgelöst, aber die Dinard soll die erste Eröffnungsfahrt nächstes Jahr machen. Daher ist das heute eine Art Testfahrt.« Er schüttelte empört den Kopf über so viel Unwissenheit. »Boote und Schiffe sind mein Hobby«, fügte er erklärend hinzu.

»Da wäre ich nie drauf gekommen!« Reinhard entfuhr ein kleines Lächeln, das erste seit langer Zeit. Er streichelte dem schlafenden Frank auf seinem Schoß gedankenverloren über den Rücken. »Aber warum testen wir eine Fähre mit Autodecks. Die Strecke von Dover nach Boulogne ist doch nicht für Autotransporte gedacht?«

»Bisher nicht, der Hafen wird aber ab nächstem Sommer offiziell für Autotransporte geöffnet. Heute sind es allerdings nur wir drei, der Kapitän, zwei Helfer und unser Wagen!«

Reinhard hielt verwirrt inne. Er war bisher davon ausgegangen, dass ihre gemeinsame Reise hier endete. »Sie kommen mit?«

»Mein Auftrag lautet, Sie direkt bei Ihrem Vater abzuliefern, Ihnen das Geld und künftige Zahlungen zu erklären und dann wieder zurückzukehren.«

»Geld?«

John sah ihn überrascht an. »Das hat man Ihnen doch gesagt, oder?« Er klopfte auf seine Manteltasche. »Hier ist bereits ein ordentlicher Vorschuss in Sterling und Mark. Allerdings ist davon vorhin ein Teil für die Papiere draufgegangen!« John schwieg erneut und sah schließlich Reinhard im geparkten Wagen von der Seite an. »Was zur Hölle sollte die Nummer vorhin?«

»Es war vermutlich eine dumme Idee!«, gab Reinhard zu.

»Das war es in der Tat!« Stirnrunzelnd winkte John einem Hafenmitarbeiter zu und fuhr langsam durch die Baustelle auf zwei große Landungsbrücken im Hafen zu. »Sie haben doch nicht ernsthaft geglaubt, Sie könnten mal eben so neue Pässe mit anderen Namen bekommen und in der Anonymität verschwinden?«

»Ich weiß nicht, was ich in dem Moment gedacht habe. Ich wollte nur sicher sein, dass die meinen Sohn und mich nicht finden können! Ich dachte, mit einer neuen Identität im Ausland sind wir vor ihnen sicher.«

John starrte nachdenklich auf den holprigen Weg vor ihnen. »Wenn die RAF will, dann wird sie Sie auch finden – egal, wie Sie heißen oder wo Sie wohnen! Das war eine schwachsinnige Aktion! Wenn ich die Sekretärin nicht bestochen und sie Meldung gemacht hätte, wären wir alle beide in enormen Schwierigkeiten gewesen! Ist Ihnen das eigentlich klar?«

»Es tut mir leid!« Reinhard fuhr sich durch die strubbeligen roten Haare. Er wusste inzwischen, dass es dumm gewesen war, aber ihm war auf die Schnelle nichts Besseres eingefallen. »Danke!«

John fuhr schweigend weiter und kurbelte das Fenster herunter, als einer der Hafenarbeiter ihm zu verstehen gab, anzuhalten. »Wir sind die zwei Passagiere für die Überfahrt.« Er reichte dem Mann ein offiziell aussehendes Dokument aus dem Seitenfenster des Wagens. Der Hafenmitarbeiter überflog es kurz und winkte sie dann Richtung Fähre.

»Brauchen wir keine Fahrscheine oder Reisepässe?«, fragte

Reinhard erstaunt, als sie auf das Autodeck fuhren.

John lachte auf. »Nehmen Sie es mir nicht übel, ich habe gehört, Sie haben durchaus etwas im Kopf! Aber Sie sind manchmal ganz schön naiv, oder?«

Reinhard verzog das Gesicht. »Das wird mir ab und an nachgesagt, fürchte ich!«, gab er seufzend zu.

John klopfte ihm versöhnlich auf die Schulter. »Nichts für ungut! Kommen Sie, wickeln Sie den Kleinen in ein paar Decken! Wir gehen nach oben. Ich habe uns vorhin in Ramsgate etwas besorgt, das uns gut tun wird!«

Eine halbe Stunde später beobachtete Reinhard von der Reling aus den unansehnlichen Hafen, als sich die Fähre langsam von der Küste entfernte. Er würde vielleicht nie wieder auf die Insel kommen. Der Wind war eiskalt und er wickelte seinen Sohn etwas fester in die warmen Wolldecken ein. Elsies irisches Kleeblatt pendelte an der zu langen Kette im Wind, doch Reinhard fühlte sich plötzlich zu abergläubisch, um es seinem Sohn vor der nächsten Begegnung mit dem Meer abzunehmen.

Er war sich noch immer unsicher, wie er ihn aufziehen sollte. Er würde wohl schnell wieder heiraten müssen, damit sich jemand um Frank kümmerte. Und vermutlich würde er sich einen neuen Beruf suchen müssen. Die RAF hatte etwas von vorzeitigem Ruhestand gesagt. Wie viel Geld hatten sie dafür vorgesehen? Inwieweit würden sie ihn künftig im Auge behalten oder gar überwachen? Ihm wurde plötzlich klar, wie viele Fragen noch offen waren und sein schmerzender Kopf ermahnte ihn, dass er seit langer Zeit kaum geschlafen hatte.

John griff in die Tasche, die er mit nach oben gebracht hatte und holte sechs Flaschen Burton Ale hervor. »Das geht auf mich!«, verkündete er feierlich grinsend. Wenn man bedachte, dass eine Flasche um die neun Pence kostete, war das eine großzügige Geste von ihm.

Dankbar nahm Reinhard eine Flasche entgegen, die John zu seinem Schaudern mit bloßen Zähnen geöffnet hatte. Seinen Schneidezähnen nach zu urteilen, machte er das nicht zum ersten Mal.

»Warum haben Sie vorhin in Ramsgate den Vornamen Ihres Sohnes geändert?«, fragte John, als sie mit ihren Bierflaschen anstießen.

Reinhard blickte auf den allmählich verschwindenden Landstrich in der Ferne. »Ruth, das war meine Frau«, erklärte er heiser, »mochte den Namen Frank nie. Wir haben ihn damals nach meinem Vater benannt. Mir war das wichtig gewesen«, fügte er entschuldigend hinzu.

»Aber wie sind Sie auf den neuen Namen gekommen? War das der ursprüngliche Wunsch Ihrer Frau gewesen?«

Reinhard lächelte verlegen. »Nein, das war eine spontane Idee, auf die Sie mich gebracht haben! Sie hatten mit Ihrem Kommentar recht, als wir in Lynmouth abfuhren. Er ist ein Glückskind und so sollte er auch heißen!«

John sah ihn mit seinem Bier in der Hand reichlich verwirrt an. Plötzlich huschte ein breites, verstehendes Lächeln über sein Gesicht. Er hob seine Bierflasche und stieß mit Reinhard an. »Auf einen glücklichen Neuanfang!«

Die beiden Männer standen noch eine ganze Weile mit dem brabbelnden Deckenberg an der windigen Reling. Wären sie sich unter anderen Umständen begegnet, hätten sie vielleicht Freunde werden können.

~ KAPITEL 20 ~

Gewagtes Experiment

FRANKFURT AM MAIN, HESSEN, BRD. 22. DEZEMBER 1984. HELENAS WOHNUNG.

»Was ist denn das?« Neugierig und mit vollen Backen riss Beata den Zettel aus Helenas Händen, den sie aus dem Briefkasten mit heraufgebracht hatte.

Sie lachte auf, als sie den Inhalt las. »Käthe Ahrend, Medium?« Auf der Rückseite stand eine per Hand geschriebene Notiz: ,*Für Helena. 22.12.1984, Gemeindehaus Christuskirche, 14 Uhr.*'

Beata sah Helena verwundert an. »Von wem ist das denn?«

Helena sah nicht minder erstaunt aus. »Ich habe keine Ahnung! Ich wüsste weder, wer sich für so etwas interessiert, noch wessen Handschrift das sein könnte!«

»Vielleicht Dr. Genets? Er könnte den Zettel zusammen mit dem Schlüssel eingeworfen haben.«

»Nein!« Helena schüttelte zweifelnd den Kopf. »Ich sehe ihn oft auf irgendwelchen Blöcken rumkritzeln und das sieht nicht nach ihm aus. Außerdem hätte er mir den Zettel dann doch gleich gestern Abend geben können, oder? Aber ich kann ihn heute in der Sitzung fragen.«

»Das habe ich fast vergessen: Er hat eben angerufen, als du unten warst und abgesagt!«

Helena hatte sich gerade einen Kaffee machen wollen und hielt überrascht inne. Es war ihm doch gestern so wichtig gewesen, dass er extra vorbeigekommen war. Warum sagte er dann jetzt so plötzlich ab? »Hat er einen Grund genannt?«

»Nein, er schien ziemlich kurz angebunden und sagte nur, dass er sich am Montag vom Büro aus melden würde.«

Helena war nun erst recht verwirrt. Montag war bereits Heiligabend und als er sie angerufen hatte, um mit ihr einen Termin mit Dr. Keller auszumachen, hatte er gesagt, dass er ab Montag im Urlaub sein würde. Vielleicht war der Zettel doch von ihm, als eine Alternative zur heutigen Sitzung?

»Oder ist er von Felix?«, fragte Beata weiter.

Helena hatte heute Morgen endlich den Anrufbeantworter abgehört und neben Beatas Nachrichten war auch eine von Felix dabei gewesen. Er wollte sie heute um zwölf Uhr bei der Bank am Mainufer treffen. Helena hatte mehrere Anläufe zum Abhören der Nachrichten gebraucht, da Beata entsetzt aus dem Bad gekreischt hatte, als sie ihre eigene Stimme erkannte und anschließend anzüglich auf Felix' Nachricht kommentiert hatte.

Manchmal verfluchte Helena ihren Anrufbeantworter. Sie hatte ihn vor zwei Jahren von ihrer Mutter bekommen, die nicht oft genug hatte erwähnen können, dass er sie ein Vermögen gekostet hatte und dies ein Geschenk für mindestens drei Geburtstage und Weihnachten zusammen war. Helena war nicht allzu begeistert darüber gewesen, doch wenn man bedachte, dass sie in Zeiten wie diesen so viele Aussetzer hatte, während derer sie mitunter stundenlang außer Gefecht gesetzt war, machte er durchaus Sinn, wie sie sich selbst eingestehen musste. Sie blickte auf die Uhr. Es war bereits kurz nach elf.

»Beata, ich will dich nicht rausschmeißen, aber ich muss langsam los!« Verlegen nahm sie den Zettel aus Beatas Hand und steckte ihn in ihre Hosentasche. So nervig Beata auch sein konnte, aber sie war wirklich eine gute Freundin.

»Kein Problem! Kannst du noch zehn Minuten warten?«

»Klar!«

Beata ging zum Telefon und wählte die Nummer ihrer Eltern.

»Cześć tata! Możesz teraz przyjść!« Sie schwieg einen Augenblick mit gerunzelter Stirn und Helena hörte die Stimme von Beatas Vater am anderen Ende der Leitung. »Nie!«, unterbrach Beata ihn unwirsch auf Polnisch. »Natychmiast!«

Helena war oft sprachlos, wie direkt Beata mit ihren Eltern sprechen konnte. Was auch immer Beata ihrem Vater gerade gesagt hatte, Helenas Mutter wäre allein bei diesem Tonfall ausgeflippt!

»Dziękuję!«, bellte Beata schließlich augenrollend in den Hörer und legte auf. »Papa ist auf dem Weg!«, strahlte sie Helena gewohnt heiter an und ging in die Küche, als sei nichts geschehen, um schnell die letzten Bissen ihres dritten Brötchens zu verdrücken.

Helena konnte sich ein Grinsen nicht verkneifen. Beata war immer fröhlich und ausgeglichen, doch wenn sie ihren Vater von Pontius zu Pilatus schickte oder aber die Fassung verlor, war sie nicht mehr wiederzuerkennen. Sie hatten einmal einen unverschämten Kerl in einem Nachtklub kennengelernt und Beata war von einer Sekunde auf die andere derart ausfällig geworden, dass Helena Hören und Sehen vergangen war. Sie hatte zunächst Helenas Vokabular im Deutschen um viele, sehr blumige Ausdrücke bereichert und dann hatte sie den Kerl auf Polnisch angebrüllt. Helena hatte ab dem Augenblick kein Wort mehr verstanden, doch es war mehr als deutlich gewesen, dass Beata sein Verhalten alles andere als zu schätzen wusste.

Das Interessante war jedoch, dass Beata stets ebenso schnell wieder auf Normalmodus zurückwechselte, als sei nichts geschehen. Wenn Helena erst einmal wütend war, dann brauchte sie meist Stunden oder sogar Tage, bis sie wieder ausgeglichen war. Beata hingegen wechselte spielend und binnen Sekunden wieder zurück, unabhängig davon, ob sie gerade ihren Vater oder einen Fremden angefahren hatte.

Ungewöhnlich pünktlich stand Helena schließlich fünf Minuten vor zwölf am Mainufer vor der Parkbank. Herr Gomiak hatte nicht nur brav seine Tochter abgeholt, sondern hatte auf Beatas Kommando hin auch Helena im Auto mitgenommen und zum gewünschten Ort gefahren. Zum Sitzen war es jedoch einfach zu kalt.

»Hey!« Unsicher grinsend stand plötzlich Felix hinter ihr. »Ich habe uns eine Tour durchs Filmmuseum gebucht. Lust?« Er lachte laut auf, als er ihren Gesichtsausdruck sah. »Kleiner Scherz, keine Panik.« Erleichtert lachte Helena mit und er zog sie kurz am Ärmel. »Komm, wollen wir einfach ein bisschen spazieren gehen! Dann können wir ungestörter reden als in einem Café, in dem jeder mithören kann.«

Sie gingen eine ganze Weile schweigend nebeneinander her und Helena spürte, wie ihre Nervosität durch die Bewegung an der frischen Luft etwas nachließ. »Was machst du an Weihnachten?«, fragte sie schließlich ablenkend.

»Mein Vater und ich feiern das nie so richtig. Wir machen am Dienstag nur die Geschenke auf und das war's.«

»Ist deine Mutter dieses Weihnachten nicht da?«

Felix sah sie überrascht an. »Meine *Mutter*?« Er schien verwirrt zu sein und schlug sich plötzlich mit der flachen Hand vor die Stirn. »Wegen des Weihnachtssterns im Fenster, oder?« Helena nickte. »Entschuldige, das war wohl ziemlich irreführend. Ich kenne meine Mutter kaum, mein Vater und Gerda haben sich schon getrennt, als ich knapp drei war. Ich habe auch noch irgendwo eine jüngere Schwester da draußen, aber die habe ich noch nie gesehen. Gerda schickt mir nur jedes Jahr zum Geburtstag und zu Weihnachten ein paar kleine Aufmerksamkeiten – wenn auch nicht immer unbedingt geschmackvolle!«, endete er schief grinsend.

Helena schwieg eine Weile. Das hätte sie bei dem heiteren Felix nicht erwartet. Wie traurig musste es sein, wenn die eigene Mutter einen zurückließ, mit der Schwester fortging und sich nicht mehr blicken ließ! Vermutlich nannte er sie deshalb beim Vornamen, wie eine Fremde. Helena sah plötzlich ihre eigene Mutter in einem deutlich besseren Licht. Sie war gewiss nicht der einfühlsamste Mensch, doch Vera hatte es nicht leicht gehabt, als sie allein mit Helena im

Westen angekommen war und sie hätte Helena dennoch niemals zurückgelassen! Ihr Gewissen rührte sich für einen Moment recht heftig, als sie daran dachte, dass ihre Mutter gerade allein mit Tante Christine und dem Rest der kleinen Familie in Ostdeutschland saß.

»Das muss hart für dich sein«, sagte sie unbeholfen.

Felix zuckte gleichgültig mit den Schultern. »Mein Vater spricht nicht viel darüber. Er sagt einfach nur, sie hätten zu schnell geheiratet und es habe nicht gepasst. Er scheint ihr nicht großartig hinterher zu trauern und mir hat es nie an etwas gefehlt. Mein Vater ist schon früh in Rente gegangen und hat eine großzügige Abfindung bekommen. Ich würde aber lieber mehr von deinen Zeitreisen hören, die du gestern erwähnt hast«, fragte er schließlich ohne Umschweife.

Helena drückte ihre glühenden Wangen tiefer in den Schal. »Nee, das klingt einfach alles zu bescheuert!« Schweigend gingen sie eine Weile nebeneinander her. Sie hatte ihn nicht vor den Kopf stoßen wollen, aber ihr fiel auf die Schnelle kein geeigneter Themenwechsel ein, um die Situation zu entspannen.

Mit klammen Fingern griff sie schließlich in ihre Hosentasche und brachte den Zettel vom Vormittag zum Vorschein. »Ist der Zettel hier von dir? Ich war mir nicht sicher, ob du den vielleicht nach unserem Gespräch gestern in meinen Briefkasten geworfen hast.«

Felix studierte den Zettel eingehend und gab ihn dann grinsend zurück. »Hört sich lustig an, aber er ist leider nicht von mir! Ich weiß ja noch nicht einmal, wo du wohnst – was ich übrigens sehr schade finde!« Halb im Spaß legte er den Arm um sie, während sie nebeneinander herliefen. Helena hatte damit nicht gerechnet und ihre Gesichtsfarbe wechselte binnen Sekunden von rot zu puterrot. »Wollen wir trotzdem hingehen?«, fragte er leichthin, als hätte er es nicht bemerkt.

Helena nickte. Sie fand die Nähe einerseits schön. Doch irgendetwas an ihm war seltsam vertraut und sie fand die Aussicht auf eine neutrale Veranstaltung ohne Berührungen und allzu persönliche Gespräche sehr erleichternd. Sie gingen durch die schön beleuchtete Innenstadt, lachten über die gehetzten Gesichter der Weihnachtsgeschenkjäger und unterhielten sich ungemein gut. Felix hatte im Gedränge seinen Arm zurückziehen müssen und Helena war seitdem deutlich entspannter. Er wohnte im Frankfurter Nordend – zu Helenas Erstaunen war er fast ein direkter Nachbar ihrer Mutter!

Sie stellten noch einige weitere Gemeinsamkeiten fest: Auch er war in den fünfziger Jahren nach Frankfurt gekommen, sie beide verabscheuten deutsche Popmusik wie die aktuelle Gruppe *BAP* und hörten statt dessen lieber *Lionel Richie* oder die britische Newcomer Band *Frankie goes to Hollywood*. Sie befanden beide, dass das streng riechende Frankfurter Gericht *Handkäs mit Musik* verboten gehörte und überhaupt verging die Zeit auf einmal rasend schnell. Es war, als kannten sie sich schon ewig und Helena fühlte sich auf seltsame Art und Weise zum ersten Mal in ihrem Leben am richtigen Ort mit dem richtigen Menschen.

Felix schaute plötzlich auf die Uhr. »Du, ich glaube, es wird knapp mit deinem Esoterik-Treffen, es ist schon viertel vor zwei!«

»Wir müssen da auch nicht hingehen«, winkte Helena verlegen ab.

»Natürlich, komm, das wird lustig!«, ermunterte Felix sie. »Ich war noch nie bei so einer Veranstaltung und du willst doch wissen, wer dir diese nette Nachricht in den Briefkasten geworfen hat, oder?« Das stimmte allerdings und so machten sie sich auf den Weg zum angegebenen Gemeindehaus. Eine kleine, konzentriert wirkende Runde blickte erschreckt auf, als sie gackernd und lärmend die Tür zum Gemeindehaus der Christuskirche aufstießen. Helena und Felix verstummten schlagartig und blieben unschlüssig im großen Türrahmen stehen.

Eine ältere Dame stand mitten in einem Stuhlkreis und blickte sie vorwurfsvoll an. »Ihr seid spät!«

»Entschuldigung!« Helena schwenkte verlegen den Zettel in ihrer Hand. »Ich hatte das heute in meinem Briefkasten und ich dachte … *wir* dachten, wir kommen mal vorbei!«

Die ältere Dame zog die Augenbrauen hoch und ging auf sie zu. Sie nahm den Zettel entgegen und sah Helena plötzlich argwöhnisch an. »Woher hast du diesen alten Ausdruck?«

»Das weiß ich nicht! Jemand hat ihn in meinen Briefkasten geworfen und mir die heutige Veranstaltungszeit drauf geschrieben.«

Die ältere Dame entdeckte die Notiz auf der Rückseite und wirkte auf einmal sehr aufgeregt. »Du bist Helena?«

Helena nickte erstaunt. Die ältere Dame starrte sie ungläubig an und atmete plötzlich merklich schneller. Helena blickte unsicher zu Felix, aber auch der hob fast unmerklich fragend die Schultern.

»Dass du wirklich gekommen bist …« Noch immer starrte sie Helena aus ihren kleinen, eng zusammenstehenden Augen an. Im Raum entstand eine leichte, deutlich vernehmbare Unruhe und die ältere Dame fing sich schließlich mit einem energischen Ruck. »Ich bin die Käthe, schön, dass ihr gekommen seid! Ich wusste nicht, dass ihr zu zweit kommen würdet, aber das macht nichts. Es ist lange her …« Für einen kurzen Moment hielt sie erneut inne und starrte Helena an, bevor sie sich schließlich zu Felix umdrehte. »Für Helena wurde bezahlt, für dich macht das dann achtzig Mark, bitte!«

»*Was?*« Felix brach in ungläubiges Lachen aus. »Achtzig Mäuse? Krieg ich dafür wenigstens ein Souvenir am Schluss?«

Käthe blieb jedoch unerbittlich. »Achtzig Mark oder du wartest draußen, bis wir fertig sind!«

»Felix, du musst das nicht tun!«, flüsterte Helena leise in seine Richtung. Der Preis war horrend!

Doch Felix winkte ab und blätterte stirnrunzelnd den gewünschten Betrag in Käthes ausgestreckte Hand. Helena war mehr als nur erstaunt. Sie hätte an seiner Stelle einfach draußen gewartet. Verdiente er so gut, dass es ihm das wert war? Sie hätte mit ihrem kleinen Friseurgehalt nicht mal eben so achtzig Mark gehabt, schon gar nicht in bar!

»Wunderbar!« Zufrieden steckte Käthe das Geld in ihre Rocktasche. »Falls zwischendurch jemand reinkommt, sind wir übrigens offiziell in einem Seminar zur Trauerbewältigung! Sonst hätten wir den Raum hier nicht bekommen.«

Unterdrücktes Lachen brach in der kleinen Gruppe aus. Helena und Felix wollten sich gerade auf die zwei Stühle setzen, die ihnen eine Teilnehmerin fürsorglich in den Stuhlkreis geholt hatte, als Käthe sie aufhielt.

»Moment! Wo ihr zwei gerade so schön steht, machen wir doch gleich mit euch weiter! Helena und … dein Name ist Felix, richtig? Nehmt euch bitte an den Händen und macht einfach mit!«

Lautes Summen dröhnte durch den Raum, die anderen Teilnehmer schienen bereits viel Übung darin gesammelt zu haben. Peinlich berührt sah Helena auf Felix. In was hatte sie ihn da nur hineingezogen? Und wer hatte für diesen Quatsch bezahlt? War es tatsächlich Dr. Genet gewesen? Er hatte so etwas wie das hier noch nie zuvor erwähnt. Und was hatte diese Käthe gemeint, dass irgendetwas vor langer Zeit passiert war, das Helena betraf?

»Mitmachen!«, forderte Käthe sie erneut aus halb geschlossenen Augen auf und Helena und Felix summten schließlich leise mit.

Sie schienen eine Ewigkeit so dazustehen und Helena merkte, dass sie durstig wurde. Sie hatte einen unangenehmen Geschmack im Mund und ihr wurde von dem dröhnenden Summen und Vibrieren regelrecht schwindelig.

Käthe warf schließlich ihre knallrot gefärbten Haare in den Nacken und wandte sich mit geübter Singsang-Stimme an Felix. »Sag mir, was du siehst, Felix!«

Helena öffnete ihre Augen einen kleinen Spalt und sah ein schelmisches Grinsen, das seine Mundwinkel umspielte.

»Ich sehe …«, er stockte theatralisch. »Ich sehe eine Parkbank! Irgendwo am Wasser …«

»Wunderbar, weiter!«, ermunterte ihn die summend hin und her schwingende Käthe. Helena spürte trotz des Schwindelgefühls einen Lachanfall in sich aufsteigen.

»Da ist ein riesiger Stern mit vielen Spitzen … Ich sehe ihn klar vor mir! Er ist so bunt und leuchtend! So viele Farben und doch so scheußlich … Ich möchte ihn anfassen, aber er ist so weit weg … wie hinter Glas …«

Das war zu viel! Helena ließ seine Hände los und fiel prustend vor Lachen in sich zusammen. Käthe sah die beiden plötzlich aus geöffneten Augen an, doch sie summte unbeirrt weiter und brachte ihre Hände erneut zusammen. »Danke, Wechsel! Was siehst *du*, Helena?«

Irgendetwas in ihrem Gesicht ließ Helena wieder ernst werden. Im Gegensatz zu Dr. Keller schien Käthe ganz und gar nicht gekränkt zu sein. Sie wirkte eher angespannt, als würde sie auf etwas ganz Anderes warten. Felix zwinkerte Helena aufmunternd zu, während sie beide weiter summten.

Was für ein Wochenende! Gestern noch hatte sie noch versucht, sich Schäfchenwolken und bunte Farben für Dr. Keller vorzustellen, hatte zwei Zeitsprünge gehabt, Dr. Genet hatte ihr in ihrem Schlafzimmer eröffnet, dass er ihr glaubte, und nun stand sie mit ihrer Straßenbahnbekanntschaft in einer Gruppe summender Esoterik-Spinner, die offenbar keine Ahnung hatten, wie lächerlich sie sich verhielten! Hätte Helena das alles in einem Buch gelesen, hätte sie es sicherlich spätestens jetzt zugeklappt! Doch irgendetwas hatte sie ernst werden lassen und sie spürte immer mehr, wie der scheußliche Geschmack in ihrem Mund überhandnahm.

Käthe schien es zu merken und schwang sich summend fast unbemerkt neben sie. »Gut so, Helena! Nicht ablenken lassen! Beschreib, was mit dir passiert!«

Helena schüttelte sich plötzlich und merkte, wie ihre Hände feucht wurden. »Mir ist schlecht!« Sie sackte in die Knie und spürte, wie Felix den Handgriff verstärkte. Sie kannte ihn fast überhaupt nicht und doch beruhigte es Helena unendlich, dass er hier war. Warum war er ihr nur so vertraut?

»Ganz ruhig, Helena! Sag einfach, was dir durch den Kopf geht. Alfred sagte, dir wird nichts passieren. Was siehst du?«

Helena horchte plötzlich auf. Hatte sie tatsächlich *Alfred* gesagt? Sie riss die Augen auf, doch sie brachte nur ein schwaches Gurgeln hervor. Felix sah sie fragend an, während er erneut seinen Griff um ihre Hände verstärkte und fast unmerklich mit dem Kopf Richtung Ausgangstür nickte.

Helena schoss das Wasser in die Augen und sie spürte, wie Übelkeit und Schwindel mehr denn je zunahmen. Ächzend ließ sich auf den Boden plumpsen und konzentrierte sich darauf, den widerlichen, dünnflüssigen Speichel herunterzuschlucken. Sie hörte das Summen nur noch durch den vertrauten Nebel hindurch und spürte die ebenfalls altbekannte Panik in sich aufsteigen.

Nicht jetzt!

Ihr Herz schlug bis zum Hals. Sie konnte jetzt keinen Zeitsprung haben! Sie musste hierbleiben und das Ganze klären! War dieser Alfred etwa hier? War sie in Gefahr?

»Nein!«, entfuhr es ihr schluchzend. Felix hatte sich über sie gebeugt und sagte offenbar etwas, doch Helena hörte nur ein leises, besorgt klingendes Murmeln, während sie wie hypnotisiert auf das grüne Kleeblatt starrte, das direkt vor ihrem Gesicht an einer Kette von seinem Hals baumelte. Sie musste hier raus!

Ihr kamen plötzlich Dr. Genets Worte in den Sinn: ‚*Wenn wir also richtig liegen, dann sind Sie nicht hilflos, sondern ganz im Gegenteil sehr aktiv!*‘

Er hatte ihr geraten etwas zu ändern. Aber sie fühlte sich so unendlich schwach und ihr war grauenvoll übel. Was konnte sie da aktiv tun?

Mit einer Energie, die sie selbst nie für möglich gehalten hätte, nahm sie plötzlich alle Kraft zusammen, vergaß ob sie stand, kniete, saß oder auf dem Boden lag und schrie. Es war zunächst mehr ein Gurgeln, aber es wurde schließlich lauter und lauter. Sie schrie so laut und lange bis es schien, als würde sie nie wieder aufhören können.

~ KAPITEL 21 ~

Ein neuer Anfang

MINEHEAD, SOMERSET, SÜDENGLAND. 15. AUGUST 1952.
KRANKENHAUS.

Entnervt schritt Reinhard den Krankenhausflur des Community Hospitals auf und ab. Seit zehn Tagen waren sie nun schon hier und er hatte so gut es ging die Freundlichkeit der Schwestern ausgenutzt und deren Telefon nahezu rund um die Uhr in Beschlag genommen. Sie hatten ihn schließlich freundlich, aber bestimmt daran hatten erinnern müssen, dass sie die Leitung auch für Patientenanrufe und Notfälle brauchten. Es war Reinhard einfach unmöglich gewesen, über alles am Telefon informiert zu bleiben und das Projekt wie vorgesehen zu leiten. John hatte ihm mehrfach recht deutlich gesagt, wie wenig er von Reinhards Abwesenheit hielt, doch es schien wie verhext zu sein.

An dem Abend, als er endlich wieder normal mit seiner Frau hatte sprechen können und sie zum ersten Mal seit langem Interesse an seiner Arbeit gezeigt hatte, hatte der kleine Frank plötzlich grauenvoll geschrien. Reinhard lief es noch immer kalt den Rücken herunter, wenn er an diese Schreie dachte. Der kleine Körper hatte sich in beängstigenden Konvulsionen hin und her geworfen und Ruth hatte nicht minder geschrien. Es war furchtbar gewesen und das Krankenhaus in Lynmouth hatte sie umgehend im Krankenwagen nach

Minehead gebracht, in dem gerade ein neuer Arzt seinen Dienst angetreten hatte, der auf Säuglinge spezialisiert war. Doch auch dieser stand vor einem Rätsel und so waren sie seitdem zur Beobachtung in Minehead geblieben. Reinhard hatte nach zwei Tagen Richtung Cranfield aufbrechen wollen, doch Ruths verängstigtes Gesicht und die erneuten Konvulsionen des kleinen Frank an dem Tag hatten jeden weiteren Gedanken daran zunächst verhindert.

Langsam spürte Reinhard jedoch trotz aller Sorge Unmut in sich aufsteigen. Selbstverständlich würde er seine Frau nicht einfach hier im Krankenhaus allein lassen. Er wusste, dass er es sich nie verzeihen könnte, wenn seinem Sohn in seiner Abwesenheit etwas Furchtbares passieren würde. Die Telefonate mit dem fernen Cranfield ließen jedoch mehr und mehr Frustration in ihm aufkommen. Dies war sein Herzblut! Er hatte jahrelange Forschungsarbeit betrieben und Projekt Cumulus hatte Dank der aktuellen Wetterbedingungen endlich die greifbare Chance, ein Meilenstein in der Geschichte zu werden. Es wurmte ihn beinahe jenseits der Schmerzgrenze, dass er an dem Ergebnis seiner harten Arbeit nun kaum Anteil haben würde. Alle Messungen und Experimente hatten bereits ohne ihn stattgefunden, wie John nicht müde wurde, am Telefon zu erwähnen.

Reinhard biss sich auf die Lippen. Er hatte sich monatelang vorgestellt, wie er als gefeierter Meteorologe nach Hause kommen und seinem Vater internationale, lobpreisende Artikel vorlegen würde. Und nun saß er fest – in einem abgelegenen Dorfkrankenhaus jenseits aller Aufregung! Nur das schlechte Wetter durfte er auch hier genießen. Eine Hand auf seiner Schulter ließ ihn herumfahren. Es war Ruth mit dem aschfahlen, deutlich dünneren Frank auf dem Arm.

»Es tut mir so leid«, sagte sie leise. »Ich weiß, wie wichtig das für dich war.«

»Schon gut«, log er mit aller Überzeugungskraft, derer er fähig war. »Du und Frank seid mir wichtiger!«

»Wenn sie doch nur langsam herausfinden würden, was mit ihm los ist. Die ständige Angst macht mich noch ganz krank!«

Reinhard schämte sich auf einmal. Ruth war Frank seit ihrer Ankunft in Minehead nicht mehr von der Seite gewichen und ihre Haare fielen ihr in fettigen dünnen Strähnen in das von tiefen Augenringen gezeichnete, kalkweiße Gesicht. Er nahm sie beide in den Arm und streichelte seiner Frau über den Kopf.

»Es tut mir leid, dass ich mit meinen Gedanken ständig bei der Arbeit bin! Alles wird gut, du wirst sehen.«

Schwester Joyce, die sich von Anfang an sehr fürsorglich um die kleine Familie gekümmert hatte, bog um die Ecke und lächelte Reinhard wohlwollend an. Er räusperte sich verlegen und ließ Ruth los.

»Entschuldigen Sie die Störung«, bat Schwester Joyce. »Dr. Gribben tritt gleich seine Visite an und Sie sind die ersten Patienten heute. Würden Sie bitte mitkommen?« Nervös folgten Ruth und Reinhard der Schwester. Das Krankenhaus hatte etwas erstaunlich Heimeliges an sich. Es war früher das Rathaus der Kleinstadt gewesen und so war der Boden in einem schönen Muster gefliest. Auch die Wände waren nicht einfach schlicht weiß, sondern eher beigefarben und überall hingen schöne Landschaftsbilder in dunklen Bilderrahmen an den Wänden. Unruhig hielten sie die Luft an, als nach einer gefühlten Ewigkeit die Tür zu ihrem Sechsbettzimmer geöffnet wurde und Dr. Gribben im Türrahmen erschien. Er ahnte offenbar ihre Nervosität, denn er kam sogleich auf den Punkt.

»Keine schlechten Neuigkeiten! Wir haben uns den kleinen Patienten nun zehn Tage genauestens angeschaut und ich bin zu dem Ergebnis gekommen, dass wir hier einfach einen ganz heftigen Fall von Koliken haben.«

Ruth und Reinhard sahen ihn ungläubig an. »Sind Sie sicher?«, fragte Ruth schließlich zweifelnd. Franks Schreie waren einfach nervenzerreißend gewesen.

»Wir haben alles untersucht, was auch nur ansatzweise plausibel erschien«, erklärte Dr. Gribben bestimmt. »Ich kann Ihnen versichern, dass alles in Ordnung ist!«

»Sie haben ihn schreien hören«, schaltete sich nun auch Reinhard ein. »Ist so etwas normal?«

»*Normal* ist bei Säuglingen ein recht schwieriger Begriff. Aber glauben Sie mir, solche Koliken können unwahrscheinlich schmerzhaft sein und das arme Kerlchen hat vermutlich ganz besonders heftige gehabt. Geben Sie ihm schon feste Nahrung?«

»Nein, natürlich nicht!«, antwortete Ruth entrüstet.

»Dann versuchen Sie doch vielleicht, Ihre eigene Ernährung ein wenig umzustellen. Vielleicht reagiert er auf etwas empfindlich, was Sie gegessen haben.«

»Sie sind sich also ganz sicher, dass wir bedenkenlos abfahren können?«, fragte Reinhard erneut, deutlich erfreut. Dr. Gribben klopfte ihm aufmunternd auf die Schulter.

»Verschwinden Sie!«, antwortete er spaßhaft. »Allerdings würde ich Ihnen raten, ein Zimmer hier in Minehead zu nehmen und zu warten, bis die Straßen wieder passierbar sind. Der Regen ist unnatürlich heftig und Sie wollen ja nicht nach all dem Schrecken mitten im Nirgendwo stecken bleiben, nicht wahr.«

»Das machen wir!«, rief Ruth erleichtert aus. Dass sie erstmal in der Nähe des Krankenhauses bleiben würden, stimmte sie zuversichtlicher, den kleinen Frank nun im Alleingang wieder aufzupäppeln. Reinhard knirschte unbewusst mit den Zähnen. Er hatte gehofft, er würde endlich nach Cranfield reisen und zumindest zum Abschluss des Projekts beitragen können, doch es hatte offenbar nicht sein sollen, dachte er verbittert. Sie packten ihre paar Habseligkeiten zusammen, die sie in der Hektik in Lynmouth in ihre Taschen gestopft hatten und verabschiedeten sich von dem netten Personal, das sie in den vergangenen zehn Tagen betreut hatte.

»Wenn Sie irgendwelche Sorgen haben, kommen Sie sofort wieder!«, ermahnte Schwester Joyce herzlich, als sie Ruth umarmte. »Wir haben im Wellington Hotel ein Zimmer für Sie gefunden. Da wird es Ihnen gefallen!«

»Ich danke Ihnen!«, antwortete Ruth bewegt. Die Anspannung der letzten Zeit ließ langsam nach und sie musste sich sehr zusammenreißen, um nicht vor Erschöpfung emotional zu werden.

»Nichts zu danken«, winkte Schwester Joyce energisch ab. »Es ist gut, dass Sie gekommen sind! Welch ein Glück, dass es nichts Schlimmeres war!«

Das Wellington Hotel war deutlich dunkler und wirkte von außen weniger einladend als das idyllisch gelegene Lyndale Hotel in Lynmouth, im Inneren war es jedoch überraschend freundlich eingerichtet und sauber. Der Empfang ließ ihr spärliches Gepäck aufs Zimmer bringen und Ruth und Reinhard folgten dem Empfangsmitarbeiter. Als sie allein im Zimmer waren, fielen sie ermattet auf das schmale Doppelbett. Frank ruhte schlafend auf Ruths Brust. Die vergangenen Tage hatten alle drei viel Kraft gekostet und nach dem konstanten Lärmpegel des Krankenhauses war es hier vergleichsweise totenstill.

»Es tut mir leid«, wiederholte Ruth mit schwacher Stimme, während sie bereits halb eindämmerte.

Reinhard winkte nur noch matt und wortlos ab, als auch ihn binnen Sekunden tiefer Schlaf übermannte. Frank schrie nicht mehr und wurde nur hin und wieder kurz wach, wenn er gefüttert werden wollte. Ruth war so erschöpft, dass sie es kaum wahrnahm, und Reinhard schlief fest und traumlos bis zum nächsten Morgen durch.

Ein Klopfen an der Tür ließ sie auffahren. Reinhard schreckte auf und sah, dass Ruth in einer Ecke auf dem Stuhl saß und Frank vor sich hin wiegte. Sie sah nach wie vor übernächtigt, aber dennoch deutlich besser als am Vortag aus. Reinhard war noch immer vollständig bekleidet und zog seine Taschenuhr hervor. Es war erst halb acht morgens.

»Wer ist da, bitte?«, fragte er schlaftrunken Richtung Tür.

»Hier ist David vom Empfang! Entschuldigen Sie die frühe Störung, dürfte ich bitte kurz reinkommen?«

Reinhard blickte Ruth verwirrt an, aber Ruth sah ebenso verwundert aus wie er selbst. »Ja bitte!«, sagte er schließlich.

Ein junger, schlaksiger Mann Anfang zwanzig betrat den Raum. Er wirkte nervös. »Bitte entschuldigen Sie«, bat er noch einmal. »Aber ich habe in Ihren Check-in Unterlagen von gestern gesehen, dass Sie momentan in Lynmouth wohnen.«

»*Wohnen* nun nicht gerade«, platzte Ruth in ihrer Ecke heraus, »aber ja, wir sind da seit einer Weile im Lyndale Hotel untergebracht. Warum fragen Sie?«

David schluckte und nestelte unbehaglich an seiner Uniform herum. »Wollen Sie vielleicht einfach am besten mit nach unten kommen? Wir haben gerade das Radio angestellt.«

Verwirrt und nichts Gutes ahnend, folgten sie David nach unten. Das braune Holzradio in der Ecke des Frühstücksraumes war aufgedreht und einige blass aussehende Menschen standen oder saßen mit angespannten Gesichtern davor. Die aufgeregte Stimme des BBC-Sprechers füllte rauschend den kleinen Raum:

»*Zwölf Menschen sind bisher tot geborgen worden, weitere zweiundzwanzig werden bislang vermisst. Nach Experteneinschätzungen sind sie in der enormen Flut des gestrigen Abends, die Lynmouth in Nord Devon heimgesucht hat, ins offene Meer hinaus gespült worden. Das sonst so bilderbuchhafte Feriendorf wurde heute in den frühen Morgenstunden evakuiert, damit Armeetruppen und Helfer die Räumungsarbeiten in dem nahezu vollständig zerstörten Ort aufnehmen können.*

Hunderte von Menschen sind seit letzter Nacht obdachlos. Es gibt kein Wasser, kein Gas und keinen Strom. Alle Boote im Hafen sind ins Meer gespült worden und vier Hauptbrücken sind ebenfalls in den Wassermassen verschwunden.

Die Flut war die Folge eines ungewöhnlich heftigen Regenfalls der letzten Tage. Auch das angrenzende Exmoor wurde von einer Flutwelle ungeahnten Ausmaßes heimgesucht, wenngleich es Lynmouth mit Abstand am Härtesten getroffen hat. Es ist eine nationale Katastrophe, die dem Betrachter den Atem verschlägt. In Gedanken sind wir bei den Flutopfern, sowie den Überlebenden, denen in all dem Grauen bisher keine Zeit zum Trauern blieb. Zu massiv sind die Schäden, zu unvorstellbar das Ausmaß der Katastrophe, die sie über Nacht ohne jede Vorwarnung überrollt hat.«

Reinhard ließ sich wie betäubt auf einen Stuhl sinken. Ruth hielt

Frank im Arm und schluchzte merkwürdig abgehackt mit weit aufgerissenen Augen.

»Im Fernsehen bringen sie jede Stunde einen Bericht, in dem unter anderem der Hotelbesitzer des Lyndale Hotels erzählt, was geschehen ist«, sagte David leise. »Aber ich weiß nicht, ob das gerade ratsam ist?«, fragte er kopfnickend Richtung Ruth.

Reinhard schüttelte verneinend den Kopf und drückte ihm kurz stumm die Hand zum Dank. Er setzte sich neben Ruth, nahm ihr Frank ab und zog sie an sich. Irgendetwas war merkwürdig – fast so, als hätte er das Ganze schon einmal erlebt. Er fühlte sich wie in einem Déjà-vu!

»Der Regen gestern war unglaublich!«, hörte er einen anderen Hotelgast neben sich wispern. »Ein Zugschaffner war vorhin da und sagte, sie hätten den Betrieb zwischen Minehead und Lynmouth schon lange vor der Überflutung einstellen müssen, weil der Regen so heftig war, dass sie nichts mehr sehen konnten. Er sagte, es habe sogar Blitze gegeben, die vom Boden aufschossen, statt vom Himmel herunter zu kommen! Ich sage dir, da ist irgendwas faul!«

Reinhard starrte den Mann mit offenem Mund an, während ihm plötzlich unzählige Gedanken durch den Kopf gingen. War es möglich, dass Projekt Cumulus erfolgreicher gewesen war, als sie sich je hätten vorstellen können? Hatten sie etwas mit dem Regenfall zu tun? Er blickte auf Ruth. Sie hatte ihn gewarnt und ihm vorgeworfen, zu naiv zu sein. Hatte sie womöglich recht gehabt? Nicht auszudenken, was geschehen wäre, wenn Ruth und Frank in Lynmouth gewesen wären! Eine Welle der Dankbarkeit ergriff ihn, als er seinen Sohn fest an sich drückte. Ruth zitterte am ganzen Körper, während ihr die Tränen in Strömen herunterliefen.

Reinhard griff ihr kurzentschlossen unter die Arme. »Komm! Wir gehen spazieren!«

»Ich kann nicht!« Ruth schüttelte sich erneut unter Tränen.

»Doch, du kannst! Wir gehen jetzt an die frische Luft!«, bestimmte Reinhard resolut, während er sie nach draußen schob. Der Regen hatte aufgehört und die kühle Meeresluft schien sie tatsächlich etwas zu beruhigen.

»Reinhard, stell dir vor, wir wären …«

»Ich weiß«, unterbrach Reinhard sie mit heiserer Stimme. »Wir haben unbeschreibliches Glück gehabt!«

»Unbeschreibliches Glück und einen mächtigen Schutzengel«, fügte Ruth zitternd hinzu, während sie vor dem Hotel die frische Luft einatmeten. »Wenn Frank nicht plötzlich so geschrien hätte …«

Reinhard sah sie plötzlich entschlossen an und drückte ihr Frank in den Arm. »Warte hier, ich bin gleich wieder da!«

»Wohin gehst du?«, rief Ruth ihm ängstlich hinterher, während Reinhard zurück ins Hotel rannte.

Zwei Minuten später tauchte er mit roten Wangen in der Eingangstür des Hotels auf und hakte sich erneut bei ihr ein. »Komm!«

»Reinhard, was soll das?«, protestierte Ruth matt. »Ich habe keinen Mantel dabei!«

»Es ist nicht weit!« Zielstrebig zog er sie ein Stück um die Ecke. Er suchte die Häuserfronten ab und zog Ruth schließlich energisch auf das Haus zu, das ihm gestern auf dem Weg zum Hotel aufgefallen war. Eine Dame schloss gerade die Eingangstür zum Gebäude auf.

»Was willst du hier?«, fragte Ruth verwirrt. »Das ist ein Bürgerhaus, oder?«

»Wirst du gleich sehen!«, antwortete Reinhard geheimnisvoll und klopfte augenzwinkernd auf seine pralle Jackentasche.

»Kann ich Ihnen helfen?«, fragte die Dame verwundert, als die Kleinfamilie direkt hinter ihr schnellen Schrittes in den Flur ging.

»Ja«, sagte Reinhard. »Wir sind aus Lynmouth und haben alle Papiere in der Flut verloren. Ich weiß, Sie haben samstags normalerweise nicht geöffnet, aber wir bräuchten recht dringend eine neue Geburtsurkunde für unseren Sohn, bevor wir nach Deutschland zurückreisen.«

Die Dame musterte sie mitfühlend. »Das tut mir unendlich leid, aber dafür bräuchten Sie zumindest Ihre Pässe. Ich bin mir nicht sicher, inwieweit ich Ihnen da helfen kann.«

»Die Pässe habe ich hier.« Reinhard klopfte auf seine Jackentasche.

»Was soll das, Reinhard?«, fragte Ruth nun auf Deutsch. »Das können wir doch auch später noch machen!«

»Das könnten wir wohl, aber jetzt ist der richtige Zeitpunkt!«, erwiderte Reinhard bestimmt.

»Nun gut«, forderte die Dame sie auf. »Dann kommen Sie mal herein!« Sie knipste das Licht an und holte ein Formular aus ihrem Schreibtisch. »Tragen Sie bitte Ihre Namen, Ihre Anschrift, sowie Namen, Geburtstag und Geburtsort Ihres Sohnes ein.«

Reinhard und Ruth setzten sich vor den Schreibtisch und Reinhard drehte das Dokument zu sich herum. Maßlos verwundert sah Ruth den beinahe fieberhaft schreibenden Reinhard von der Seite an. Was war nur plötzlich mit ihm los?

Die Dame nahm das ausgefüllte Dokument entgegen und ging schweigend alle Daten durch. Lächelnd legte sie schließlich das Blatt vor sich hin. »Ich mache Ihnen gleich alles fertig, dauert nicht lang! Ein schöner Name übrigens, den Sie Ihrem Sohn gegeben haben. Ist das der Vorname eines Familienangehörigen?«

»Nein.«

Ruth blickte verwundert auf und drehte das Blatt zu sich herum. Sie riss verblüfft die Augen auf, als sie die Eintragung sah.

»Wie sind Sie auf den Namen gekommen?«

»Ich hatte unseren Sohn ursprünglich ,*Frank*' nach meinem Vater nennen wollen. Aber meine Frau mochte den Namen nicht und wir haben uns daher anders entschieden. Felix bedeutet *der Glückliche* im Lateinischen.«

»Er scheint ja in der Tat viel Glück gehabt zu haben«, bestätigte die Dame herzlich und legte das Blatt vor sich hin.

Ruth blickte Reinhard an. Er konnte nicht in ihrem Gesicht lesen, was sie dachte, doch sie ergriff plötzlich seinen Arm und lächelte schief. »Wir haben alle Glück gehabt. Felix ... Der Name könnte nicht passender sein!«

~ KAPITEL 22 ~

Déjà-vu

FRANKFURT AM MAIN, HESSEN, BRD. 22. DEZEMBER
1984. HELENAS WOHNUNG.

»Kennst du diese Käthe etwa?« Beata hörte für einen kurzen Moment auf zu kauen. Besorgt blickte sie Helena an, während sie erneut auf den Zettel in ihrer Hand blickte, um zu sehen, ob sie womöglich etwas übersehen hatte, das Helenas merkwürdige Reaktion erklären würde.

»Helena? Was ist denn los? Bedeutet der Zettel etwas?« Helena blickte wie erstarrt auf Beata. Sie standen sich im Flur gegenüber und Beata hielt den Zettel von Käthe Ahrend in der Hand. »Helena, jetzt krieg ich langsam echt Schiss! Was ist denn?«

»Beata, was ist gerade passiert?«

Beata sah erneut sehr besorgt aus. Sie schloss die Wohnungstür hinter Helena, zog sie in die Küche zum Stuhl und hockte sich vor ihrer Freundin auf den Boden. Prüfend blickte sie Helena an. »Warst du gerade wieder kurz weg?«

»Was meinst du mit *kurz weg*?« Helena fing plötzlich an zu zittern. Wurde sie verrückt? »Was ist eben passiert?«

»Nichts!« Beata sah sie erstaunt an. »Du warst unten beim Briefkasten, hast den Briefkastenschlüssel geholt und da war offensichtlich dieser Zettel mit der Einladung drin. Dann wurdest du blass«,

Beata korrigierte sich, »*blasser als sonst* und hast komisch gebrabbelt. Irgendwas von Glück gehabt und einem anderen Namen. Und hier sind wir nun.«

Helena starrte mit weit aufgerissenen Augen vor sich hin. Wie war das möglich? Plötzlich sprang sie auf, schoss zum Anrufbeantworter und drückte auf den Abspielknopf.

»Oh Gott, nicht schon wieder!«, stöhnte Beata. »Meine Stimme ist schrecklich!«

»Pst, halt kurz den Mund!« Konzentriert ging Helena die Nachrichten durch. Es waren nur vier, nicht fünf wie zuvor. »Wo ist die Nachricht von Felix?«

»Wer ist Felix?« Beata sah sie überrascht an.

»Beata, verarsch mich nicht! Bitte!«

Beata grinste zunächst, doch Helenas Gesichtsausdruck ließ sie schlagartig ernst werden. »Ich kenne keinen Felix. Wer ist das?«

»Da waren fünf Nachrichten auf dem Anrufbeantworter und eine davon war von Felix! Hast du sie etwa gelöscht?« In ihre Panik mischte sich allmählich Wut.

»Helena, was soll das? Ich höre heute zum ersten Mal von einem Felix! Das hier sind die Nachrichten, die wir heute Morgen zusammen abgehört haben. Mehr waren es nicht! Erinnerst du dich denn nicht mehr?«

»Das kann aber nicht sein!« Helena trat frustriert gegen die Tür. Ihre Tritte knallten laut mit einem beeindruckenden Echo durch das Treppenhaus. »Mann, Beata, scheiße! Wenn das ein Witz sein soll, dann hör jetzt bitte auf!«

Beata wich nun ebenfalls das Blut aus den Wangen. Konnte es sein, dass es Helena schlechter ging, als sie vermutet hatte und sie womöglich sogar gefährlich werden konnte? Unsicher machte sie einen Schritt zurück und griff nach dem Telefonbuch, das sie wie schützend vor sich hielt.

Helena hielt bei ihrem Anblick irritiert inne. »Bist du bescheuert? Was soll denn das?«

»Ich weiß nicht, du siehst so aus, als würdest du gleich auf mich losgehen!« Beata sah in der Tat recht eingeschüchtert aus.

»Sei nicht blöd!« Gereizt nahm sie Beata das Telefonbuch aus der Hand. Unschlüssig stand sie vor Beata und versuchte, ruhig zu werden. War sie in einem Sprung? Was war gerade passiert? »Wie spät ist es?«

»Elf Uhr. Warum?« Beata schielte vorsichtig auf die Wanduhr in der Küche.

»Dann muss ich los! Ich treffe mich um zwölf Uhr mit Felix am Mainufer. Hat Dr. Genet noch immer den Termin abgesagt?«

Beata sah sie überrascht an. »Ja, gerade eben als du beim Briefkasten warst! Woher weißt du das?«

»Und er hat nach wie vor keinen Grund genannt, sondern wirkte einfach nur reserviert? Und hat er gesagt, dass er sich am Montag vom Büro aus melden würde?«

Beata nickte sie mit offenem Mund an.

»Gut, dann gehe ich jetzt los. Meinst du, dein Vater kann mich noch mal ans Mainufer fahren?«

»Klar«, entgegnete Beata unsicher, während sie noch immer wie vom Donner gerührt reglos da stand. Helena gab ihr den Telefonhörer in die Hand und Beata begann langsam zu wählen.

Pünktlich um zwölf Uhr standen sie schließlich an der Parkbank und warteten. Sehr zu Helenas Unmut hatte Beata diesmal nicht mit ihrem Vater nach Hause fahren, sondern bei Helena bleiben wollen. Ungeduldig trippelten sie in der kalten Dezemberluft von einem Fuß auf den anderen.

»Bist du dir sicher, dass er kommt?«, fragte Beata nach einer Viertelstunde zähneklappernd.

»Ja«, log Helena. Er war pünktlich gewesen und nun war es bereits viertel nach zwölf.

Irgendetwas stimmte nicht!

»Komm!«, entschlossen marschierte Helena zur Treppe. Sie erinnerte sich dunkel, dass sie irgendwo beim Deutschen Filmmuseum eine Telefonzelle gesehen hatte. Endlich entdeckte Helena sie und rannte mit der atemlos schnaufenden Beata darauf zu. »Scheiße, hast du Kleingeld?«

Beata kramte in ihrem Portemonnaie und brachte erstaunliche Mengen an Pfennig- und Markstücken zutage. »Papa will, dass ich immer und von überall anrufen kann«, erklärte sie keuchend.

Zum ersten Mal seit einer Stunde war Helena dankbar, dass Beata so stur geblieben war und darauf bestanden hatte, mitzukommen. Helena hatte Felix' Zettel so oft in den letzten Wochen in den Händen gehabt, dass sie seine Nummer auswendig kannte.

»Weiß, hallo?«, meldete sich eine weibliche Stimme am anderen Ende.

Helena erstarrte. Darauf war sie nicht gefasst gewesen.

»Hallo? Ist da jemand?«, wiederholte die Stimme noch immer freundlich. Langsam legte Helena den Hörer zurück auf die Gabel und starrte den Apparat wie betäubt an.

»Was ist los?«, fragte Beata angespannt.

»Es hat sich eine Frau gemeldet!«

»Vielleicht war es die falsche Nummer oder du hast dich verwählt?«

Helena schüttelte den Kopf. Der Nachname war richtig gewesen.

Beata sprach schließlich zögernd das aus, was auch Helena befürchtete. »Vielleicht seine Frau?«

Erneut schüttelte Helena vehement den Kopf und bemühte sich, die aufkommenden Tränen herunter zu schlucken.

»Es kann ja auch seine Mutter oder Schwester gewesen sein!«, versuchte Beata schnell abzuschwächen.

»Nein, er hat schon seit früher Kindheit keinen Kontakt zu ihnen.«

Beata sah sie perplex an. »Wie kann es sein, dass du mir noch nie von ihm erzählt hast?«

Helena kam nicht mehr dagegen an und brach hemmungslos in Tränen aus.

Erschrocken legte Beata den Arm um sie. »Helena! Es tut mir leid – hab' ich etwas Falsches gesagt?«

Helena kauerte zusammengekrümmt in der Telefonzelle, den Kopf auf ihre Knie abgestützt, und schüttelte schluchzend den Kopf. Hilflos sah Beata auf sie herunter. Was sollte sie tun?

Ihr Blick fiel auf das dicke Telefonbuch, das unter dem Apparat kopfüber herunterhing. Kurzerhand schnappte sie es sich und suchte nach dem Buchstaben *G*. Dr. Genet würde am Samstag sicherlich nicht im Büro sein, aber vielleicht war hier seine Privatnummer drin und sie konnte ihn zu Hause erreichen? Er war immerhin gestern Abend zu Helena nach Hause gekommen.

W. und J. Genet – das musste er sein! Mit einer Hand hielt sie die noch immer in ihre Knie schluchzende Helena an der Schulter, während sie mit der anderen Hand fieberhaft wählte. Es läutete.

»Genet, hallo?«, klang eine weibliche Stimme aus dem Hörer. Das musste seine Frau sein.

»Hallo!« Beata merkte plötzlich, dass sie enorm aufgeregt war. »Hier spricht Beata Gomiak. Ich würde gerne Dr. Genet sprechen, bitte!«

Die Frau am anderen Ende zögerte. »Darf ich fragen warum?«

»Bitte, es ist ein Notfall! Meine Freundin ist seine Patientin, Helena Gutowski. Ihr geht es gerade sehr schlecht und ich wollte …«

»Sagen Sie mal, schämen Sie sich eigentlich gar nicht?«, unterbrach die Stimme am anderen Ende sie scharf. »Das hier ist eine Privatnummer! Wenn Sie einen Notfall haben, dann gehen Sie bitte mit Ihrer Freundin in ein Krankenhaus oder rufen einen Notarzt! Rufen Sie hier nie wieder an!«

Fassungslos hielt Beata noch eine Weile den tutenden Hörer am Ohr. Dr. Genets Frau hatte aufgelegt. Hilflos und noch immer den Hörer in der Hand haltend sah sie auf die zusammengekrümmte Helena hinunter. Was sollte sie mit ihr machen? Sollte sie Helena womöglich wirklich besser in ein Krankenhaus bringen? Einer plötzlichen Eingebung folgend tippte sie Helena auf die Schulter.

»Hey, gib mir den Zettel von heute Morgen! Helena! Nun hör schon auf zu weinen! Gib mir den Zettel!«

Erstaunt tauchte Helena mit verquollenen Augen auf und beförderte den reichlich zerknitterten Zettel aus ihrer Hosentasche. Beata las ihn sich erneut aufmerksam durch. Er enthielt unter anderem eine Privatnummer für Seminarbuchungen. Aufgeregt wählte sie die Nummer.

»Kleinert, hallo?«, meldete sich die Stimme eines älteren Herrn.

»Guten Tag! Entschuldigen Sie die Störung. Kann ich bitte mit einer Frau Käthe Ahrend sprechen?«

»Das ist mir aber schon lange nicht mehr passiert!« Die Stimme des älteren Herrn klang äußerst erstaunt. »Ich wohne hier bereits seit fast zehn Jahren! Frau Ahrend war meine Vormieterin.«

»Kurwa mać! Jezu Chryste, cholera! Das gibt es doch nicht!« Fluchend schlug sie mit der Faust an die schmutzige Scheibe der Telefonzelle. - *Die Situation war einfach zu absurd!*

»Na, na, na«, sagte die Stimme am anderen Ende beschwichtigend. Glücklicherweise hatte der ältere Herr ihren reichlich unflätigen, polnischen Ausbruch nicht verstanden. »Nun warten Sie doch mal kurz! Ich glaube, ich habe die neue Nummer noch in meinem Adressbuch. Sofern die Frau Ahrend natürlich inzwischen nicht wieder umgezogen ist.«

Beata erblickte einen abstoßend abgekauten, aber immerhin noch funktionierenden Kugelschreiber in einer Ecke der Telefonzelle und wartete ungeduldig darauf, dass Herr Kleinert wieder zurück ans Telefon kam. Helena sah sie teilnahmslos an und blickte dann wieder dumpf auf das Telefon.

Angespannt trippelte Beata von einem kalten Fuß auf den anderen und warf unwirsch weitere Münzen in den Apparat. Das Warten kam ihr vor wie eine Ewigkeit, doch endlich bekam sie die gewünschte Nummer. Sie bemühte sich, einen freundlichen Dank hervorzubringen und wählte rasch die neue Nummer. *Hoffentlich war es nicht wieder eine Sackgasse!*

»Ahrend?«, meldete sich eine unerwartet tiefe weibliche Stimme.

»Guten Tag, hier ist Beata Gomiak! Ich weiß nicht recht, wie ich es erklären soll, aber ich hoffe, Sie können mir weiterhelfen!«

»Entschuldigen Sie, dass ich Sie gleich unterbrechen muss, aber ich bin gerade auf dem Weg zu einem Seminar. Können Sie bitte nach den Feiertagen noch mal anrufen?«

»Nein!«, platzte Beata verzweifelt heraus. Es war ihr inzwischen gleichgültig, wie es klang. Vor jemandem, der sich offiziell mit Esoterik-Quatsch beschäftigte, musste ihr schließlich nichts peinlich sein! »Hören Sie, ich weiß nicht, was ich mit meiner Freundin machen soll und Sie sind gerade die einzige Person, die ihr vielleicht helfen kann! Sie hatte heute Morgen einen Zettel von Ihnen im Briefkasten. Allerdings mit einer uralten Telefonnummer von vor vielen Jahren drauf! Ich habe gerade Ihre jetzige Nummer von ihrem Nachmieter bekommen. Auf dem alten Wisch von Ihnen steht *‚Für Helena, Gemeindehaus Christuskirche, 14 Uhr‘* und das heutige Datum. Das ist wohl das Seminar, zu dem Sie gerade aufbrechen. Ich weiß nicht, von wem der Zettel ist oder was er …«

»Sie haben einen alten Zettel von mir, auf dem ‚für Helena‘ steht?«

»Das sagte ich doch gerade! Und ich wollte nun fragen, ob …«

»Wo sind Sie?«, fiel Käthe ihr ins Wort.

Beata hielt überrascht inne. »Wir stehen in einer Telefonzelle am Mainufer.«

Käthe atmete hörbar. »Gut, die Christuskirche ist ganz in ihrer Nähe. Bringen Sie Helena bitte dorthin, ich bin gleich da!«

Es klickte, Käthe Ahrend hatte aufgelegt. Einfach so, ohne jede weitere Erklärung.

Beata blickte verwirrt auf den Hörer, aus dem es erneut tutete. Helena lehnte mit dem Rücken an der Telefonzellenwand und sah sie noch immer aus großen, ausdruckslosen Augen an.

»Komm, wir gehen!«

Helena starrte sie weiter an und bewegte sich nicht. Beata kamen leise Zweifel, ob es richtig war, sie jetzt zu einer merkwürdigen Esoterik-Veranstaltung zu bringen. Hätte Sie auf Dr. Genets Frau hören und Helena doch besser in ein Krankenhaus bringen sollen? Helena wirkte verstört und kaum ansprechbar. Doch Käthe Ahrend hatte so entschlossen gewirkt, als wüsste sie genau, was jetzt zu tun ist.

Entschlossen packte sie Helena bei den Schultern und drehte sie zur Tür der Telefonzelle. »Los jetzt! Abmarsch!«, kommandierte Beata betont locker und atmete erleichtert auf, als Helena sich tatsächlich in Bewegung setzte.

Sie schwiegen auf dem Weg zur Christuskirche. Beata wusste entgegen ihrer sonst so plapperhaften Art einfach nicht, was sie sagen sollte. Ihre Mutter schimpfte oft, dass man, wenn Beata einmal sterben würde, ihre vorlaute Klappe separat totschlagen müsse, aber nun war sie ausnahmsweise einmal sprachlos. Als sie das Gemeindehaus der Christuskirche erreichten, wartete vor der schweren Eingangstür tatsächlich schon eine rothaarige Dame gehobenen Alters mit fünf riesigen Plastiktüten.

»Hallo!« Freundlich streckte sie Beata die Hand entgegen und wandte sich dann mit großen Augen an Helena, die noch immer ausdruckslos vor sich hinstarrte. »Das ist also tatsächlich Helena«, murmelte sie. »Ist alles in Ordnung?«

Beata schüttelte verneinend den Kopf und Helena reagierte nicht. Käthe sah sie prüfend an und zog sie mit sich ins Innere des Gemeindehauses. »Die Veranstaltung fängt erst in einer guten Stunde an und ich wollte eigentlich gerade ein paar Dinge vorbereiten, aber Sie wirken nicht so, als wäre ein Seminar gerade das Richtige für Sie.« Sie zog zwei Stühle aus der Ecke hervor, drückte Helena an den Schultern auf einen Stuhl herunter und setzte sich ihr gegenüber. Beata ließ sich ein paar Meter entfernt auf einer Bank nieder und räusperte sich.

Käthe sah flüchtig auf. »Sie können gerne hierbleiben, falls Ihre Freundin Sie zwischendrin braucht. Aber ich brauche absolute Ruhe! Wenn Sie husten müssen oder Ähnliches, gehen Sie bitte raus, ja? Ach, und noch etwas: Achten Sie bitte etwas auf die Tür! Falls der Kirchenvorstand reinkommt, nehmen Sie ihn bitte unter einem Vorwand mit nach draußen!«

Beata zog irritiert die Augenbrauen hoch, doch sie nickte. Käthes ganze Aufmerksamkeit richtete sich sogleich wieder auf die stille

Helena, die sie aus großen Augen ansah. Wie lange hatte sie auf dieses Treffen gewartet und wie oft hatte sie im Nachhinein bezweifelt, dass es jemals dazu kommen würde! Käthe hatte sich im Laufe der Jahre mehr als einmal gefragt, ob es vielleicht doch nur ein dummer Scherz gewesen war oder ob sie den seltsamen Vorfall an jenem Silvesterabend letztendlich womöglich nur geträumt hatte. Doch hier saß Helena nun und sah so gar nicht besonders oder gar mystisch aus. Ein blasses, dünnes, unscheinbares Mädel, dessen Alter sie nur schwer einschätzen konnte.

»Helena, was ist los?«, fragte sie schließlich leise. Sie ergriff Helena Hände, die so angespannt in Helenas Schoß ruhten, dass die weißen Fingerknöchel und blauen Adern darauf zum Vorschein kamen. Man sagte oft, dass Hände das wahre Alter eines Menschen verraten könnten. Käthe bemerkte erstaunt, dass diese Hände zwar nicht unbedingt alt aussahen, doch sie schienen bereits einige braune Flecken zu haben, die sehr nach Altersflecken aussahen. Auch ihr Gesicht hatte bereits viele Fältchen und tiefe Augenringe, die nicht ganz zu dem sonst noch recht jungen Gesicht passen wollten.

»Helena«, begann sie erneut. »Wie kann ich dir helfen?«

Helena schüttelte plötzlich den Kopf. »Mir kann niemand helfen!«, stieß sie kaum hörbar aus. »Es ist zu viel! Es ist einfach zu viel! Und es wird nie aufhören!« Ein Zittern packte den Körper und Helena brach erneut in Tränen aus.

Aus den Augenwinkeln sah Käthe, wie sich Beata erhob, doch sie winkte ihr versteckt zu, sitzen zu bleiben. Sie nahm Helenas Kopf in die Hände und sah sie eindringlich an. »Hör mir mal zu, Helena. Ich weiß, ich bin eine Fremde für dich, aber lass mich dir versichern: Ich habe lange auf dich gewartet und denke, dass du etwas ganz Besonderes sein musst! Doch leider haben es ganz besondere Menschen oft auch ganz besonders schwer. Es würde zu lange dauern, dir das jetzt auf die Schnelle zu erklären. Aber schau, ich bin hier und ich höre zu! Wir haben eine Stunde bevor mein Seminar anfängt.«

Hoffnungsvoll erwiderte Helena den Blick und nickte. Als sie den Zettel zum ersten Mal gesehen hatte, hatte sie gelacht – es hatte einfach zu lächerlich geklungen! Und das Seminar hatte sie als ziemlich peinlich in Erinnerung. Doch Käthe schien so bodenständig und herzlich zu sein, dass es Helena vorkam, als würden sie sich schon lange kennen.

»Erzähl mir, was aktuell passiert ist. Beschreib es nur ganz kurz, ohne da zu tief emotional reinzugehen, sonst kommen auf die Schnelle wir nicht weiter!«

Helena schluckte. »Ich erlebe oft verschiedene Situationen, die sehr real zu sein scheinen …«

»Zeitsprünge, weiß ich!«, winkte Käthe ab. »Hast du Hanne schon gezeigt, wo Alfred die gefälschten Pässe versteckt hat?«

Verblüfft sah Helena sie an und hielt inne. Woher wusste Käthe davon? Zitternd schüttelte sie den Kopf und setzte zu einer Frage an.

»Nicht jetzt, erzähl mir, was heute passiert ist!«, forderte Käthe sie erneut auf. »Aber nur ganz kurz – zwei Sätze!«

»Mein Therapeut hat vorgeschlagen, zu experimentieren und etwas in diesen Episoden zu ändern. Das habe ich getan, als ich während des Seminars mit Ihnen heute einen Sprung hatte. Und nun erlebe ich den heutigen Tag noch mal.« Helena hielt kurz inne. »Darf ich noch einen dritten Satz sagen und eine Frage stellen?«

Käthe nickte stumm.

»Kennen Sie Felix? Er war mit bei diesem Seminar, das heute stattfindet, hat achtzig Mark zahlen müssen und das Ganze ein bisschen veralbert, bevor ich dann einen Zeitsprung hatte.«

Käthe rang nach Fassung. »Nein, ich kenne leider keinen Felix!« Sie holte tief Luft. Hätte sie doch nur nicht gleich dieses Seminar. Eine Stunde war einfach zu wenig Zeit!

»Sehen Sie, da ergeht es Ihnen wie allen anderen: Niemand kennt ihn, als hätte es ihn nie gegeben!« Helena starrte wieder ausdruckslos vor sich hin. »Halten Sie mich für bekloppt?«

»Warum sollte ich?«

»Weil es sich selbst für mich bekloppt anhört!«

Ein Schmunzeln erschien auf Käthes Gesicht. »Als ich meiner

Mutter mit vierzig Jahren eröffnet habe, dass ich nun professionell als Medium arbeiten möchte, hat sie mich angebrüllt, was es für ein Segen sei, dass mein Vater bereits tot ist und sie würde ihm Dank mir nun ebenfalls bald folgen. Eine Woche später bekam sie tatsächlich einen Schlaganfall, der sie unter die Erde gebracht hat. War ich dumm gewesen? War es meine Schuld? Ich habe sehr lange gebraucht, um eine Antwort darauf zu bekommen.«

Helena sah sie erwartungsvoll an. »Sie haben tatsächlich eine Antwort darauf gefunden?«

Käthe blickte sie ernst an. »Ja, das habe ich allerdings und zu dieser Antwort stehe ich bis heute! Seinen ganz eigenen Weg zu gehen, ist keine Undankbarkeit, sondern Stärke! Du musst dich für nichts entschuldigen – außer für weggeworfene Chancen!«

»Dann muss ich mich wohl wieder mal entschuldigen!«, stieß Helena bitter hervor.

»Warum?«

»Weil ich in einer Episode etwas geändert habe und damit offenbar die Chance weggeworfen habe, Felix besser kennenzulernen! Er war anscheinend mit einem Zeitsprung verbunden, den ich seit meiner Kindheit immer wieder hatte und seitdem ich etwas verändert habe, ist er weg!«

»Vielleicht ist er ja nicht wirklich weg?«, warf Käthe nachdenklich ein. »Was ist denn passiert? Erinnerst du dich an etwas Genaueres?«

»Ich war ein Baby in einem großen weißen Haus mit vielen altmodisch angezogenen Leuten – irgendwo am Meer. Und irgendwann kam viel Wasser ins Haus und meine Mutter ist darin verschwunden. Ich war anschließend allein bei älteren Leuten, es hat furchtbar gerochen und dann kam mein Vater und wir sind lange Auto gefahren. Das war der erste Zeitsprung meines Lebens, den ich immer wieder hatte.«

»Und was hast du verändert?«

»Ich habe so laut und lange geschrien, wie ich konnte. Und dann waren wir plötzlich woanders. An einem anderen Ort. Auch irgendwo am Meer, aber es sah ganz anders aus. Ich glaube, es war ein Krankenhaus. Am Ende waren wir dann in einem Gebäude mit vielen Schreibtischen. Meine Eltern haben geweint, aber sie schienen sich zu freuen.«

»Aber es waren in Wirklichkeit nicht deine eigenen Eltern?«

»Nein. Ich denke, es war Felix' Geschichte, aber ich weiß nicht, was sich jetzt langfristig geändert hat und ob es so besser ist.« Helena fühlte sich elendig.

»Was ist dir daran denn bitte unklar?«, fragte Käthe überrascht. »Du hast gesagt, dass die Mutter des Babys im Wasser verschwunden ist, oder? Logisch denkend müssen wir also davon ausgehen, dass sie ertrunken ist. Durch dein Schreien wart ihr offenbar plötzlich an einem anderen, anscheinend sichereren Ort und die Eltern scheinen nun glücklich zu sein, oder?«

Helena schluckte bitter. »Aber offenbar bedeutet das jetzt für mich, dass ich ihn nie kennenlernen werde.«

Käthe lächelte gutmütig. »Na, na, mit dem Wort *nie* wäre ich vorsichtig!«

»Ich wünschte mir trotzdem, ich hätte nicht auf Dr. Genet gehört! Jetzt kann ich Felix nichts mehr fragen. So sehr ich mir wünsche, diese ständigen Aussetzer würden aufhören, aber ich wäre lieber ein paar andere Episoden zuerst losgeworden!«

»So, jetzt hör mir mal zu, Helena!«, unterbrach Käthe sie energisch. »Zuerst fangen wir doch mal an, das Ganze nicht *Träume*, *Episoden* oder *Aussetzer* zu nennen! Du bist nicht krank, du bist einfach anders! Ist es nun für dich wahr: ja oder nein?«

»Ich denke, dass es wirklich passiert«, begann Helena zögerlich. »Es fühlt sich sehr real an. Anders kann ich mir das alles nicht erklären. Aber es klingt so …«

»Zweitens«, fuhr Käthe ihr deutlich lauter und sehr direkt ins Wort, »scheiß doch bitte endlich mal drauf, wie es *klingt*!«

»Sehe ich auch so!«, rief Beata plötzlich von ihrer Bank aus.

Helena drehte sich abrupt herum. Sie hatte vollkommen vergessen, dass Beata auch noch hier war.

Käthe sah ebenfalls auf Beata und fuhr nun deutlich milder gestimmt fort. »Helena, es ist bestimmt sehr schwer, so zu leben. Aber ist dir bewusst, dass deine Schwierigkeiten zugleich auch ein Geschenk sind? Wie viele Menschen bekommen die Möglichkeit, einmal im Leben Schutzengel für einen anderen Menschen spielen zu dürfen? Nicht sehr viele!«

»Ich glaube nicht an diesen Schutzengelquatsch oder Gott!«, unterbrach Helena sie ruppig. Sie hasste religiöses Gerede! Wenn es eine höhere Macht gäbe, sähe diese Welt anders aus und ihre Lasten wären nicht so ungleich verteilt.

»Du musst es nicht Schutzengel nennen, Helena. Wir benutzen doch alle beispielsweise das Wort ‚Schicksal‘, ohne dass es für uns sofort etwas mit Religion zu tun hat. Nenn es meinethalben Intuition oder die innere Stimme, was auch immer dir am nahesten ist. Und schau: Du kannst nicht nur in etwas eingreifen, was andere Menschen für ihr in Stein gemeißeltes Schicksal halten. Du kannst sogar etwas zum Besseren wenden! Ich weiß, die Veränderung in Felix’ Leben hat nun auch für dich Konsequenzen, aber du hast anscheinend eine ganze Familie gerettet. Ist es das nicht wert?« Helena blieb stumm. Sie war noch nicht so recht überzeugt. »Und wer weiß, vielleicht hört es genau auf diese Weise dann endlich für dich auf?«, schlussfolgerte Käthe zuversichtlich.

»Es wird nie aufhören! Es geht immer weiter, ich kenne das schon! Phasenweise ist Ruhe und sobald ich neue Leute kennenlerne, ist mindestens eine Person dabei, die mich zum Springen bringt!«

»Meinst du denn, du wirst noch einmal in Felix’ Vergangenheit gehen?«

»Vermutlich nicht«, antwortete Helena bitter. Sie hatte zuvor allein bei dem Gedanken an ihn immer etwas gerochen oder Seeluft gefühlt. Jetzt war da nichts mehr. Der Name war einfach nur ein heftiger Stich.

»Dann stimme ich deinem Therapeuten zu: Der einzige Weg und Ausweg für dich ist offenbar, diese Sprünge abzuarbeiten, indem du etwas veränderst – auch wenn das hin und wieder sehr viel Selbstlosigkeit von dir verlangt! Wenn ich dir jetzt sage, dass oft der Weg das Ziel ist, dann wird dir das nicht gefallen, oder?«

Helena schüttelte gereizt den Kopf. Käthe schien wirklich unglaublich nett zu sein, aber dieser pseudophilosophische Esoterik-Mist war gerade das Letzte, was sie brauchte!

»Gut, dann lass es mich mal ganz sachlich formulieren, Helena! Tatsache ist, dass meines Wissens nach nicht viele Menschen das können, was du kannst. Und ich bin aus Erfahrung heraus überzeugt, dass jeder irgendwann das zurückbekommt, was er gibt. Damit meine ich, dass nun mal jede Handlung eine Wirkung oder logische Konsequenz hat. Wenn du also möglichst viele Menschen kennenlernst, denen du helfen kannst, dann ist das zwar sicherlich schwerer, als dich von allem fernzuhalten und zu verstecken. Aber nur dann triffst du vielleicht auch auf Menschen, die dir Antworten bringen können! Meiner Erfahrung nach schaffen es leider nur zwei Dinge problemlos und vollkommen eigenständig in deine privaten vier Wände: schlechte Neuigkeiten und Reklame!« Sie schmunzelte plötzlich. »Seminareinladungen im Briefkasten sind natürlich keine Reklame!«

»Haben Sie den Zettel in Helenas Briefkasten geworfen?«, fragte Beata neugierig von der Bank.

Käthe überlegte kurz und blickte schließlich seufzend auf ihre Armbanduhr. »Es ist schon halb zwei und ich muss wirklich noch eine Menge vorbereiten. Das Ganze lässt sich nicht mal eben so flott zwischen Tür und Angel erzählen. Was meint ihr, packt ihr kurz mit an und bleibt zum Seminar? Helena, wenn du beim letzten Mal einen Zeitsprung hattest, könnte das jetzt eine Chance für dich sein!«

Beata klatschte begeistert in die Hände. »Na klar!« Plötzlich hielt sie jedoch inne. »Helena hat etwas von achtzig Mark gesagt, so viel Geld habe ich leider nicht.«

Unschlüssig blickte Käthe von der strahlenden Beata auf die noch immer reichlich blasse Helena und gab sich schließlich einen Ruck. »Nun gut, hilf mir beim Vorbereiten und ich mache eine Ausnahme, okay? Aber wehe, du sagst etwas den anderen Teilnehmern gegenüber!«

»Mach ich nicht, versprochen!« Im Nu sprang Beata auf und gesellte sich zu den Beiden. »Was soll ich machen?«

»Einen Stuhlkreis!«, antwortete Helena wie aus der Pistole geschossen. Sie hatte die Sitzung noch frisch in Erinnerung. Es schien gerade erst vor wenigen Minuten gewesen zu sein, als sie lachend mit Felix zur Tür hereingeplatzt war. »Es waren etwa zehn oder zwölf Teilnehmer. Die Kreuze waren nicht an der Wand und die Blumen dort auf dem Tisch waren vor die Säulen gelegt. Es roch nach Lilien, die müssen also irgendwo in einer der Tüten sein.«

Käthe spürte, wie sich die Haare auf ihren Armen aufstellten. Das Ganze war einfach unglaublich!

Helena wirkte jedoch plötzlich unsicher. »Sie hatten allerdings einen weiten Rock mit Taschen an, in die Sie Felix' Geldscheine gesteckt haben – braun mit vielen Flicken drauf!«

Käthe ging zum Tisch mit den Tüten und zog wortlos den soeben beschriebenen Rock hervor. Sie arbeiteten eine Weile stumm vor sich hin und kurz darauf öffnete sich alle paar Minuten die schwere Eingangstür für die Seminarteilnehmer, die fröhlich schnatternd und gespannt ins Innere des Gemeindehauses strömten.

Zwei Stunden später standen Helena und Beata erschöpft am Ausgang. Sie warteten ungeduldig und mittlerweile mit vor Kälte nahezu tauben Füßen auf Käthe. Helena brannte darauf, ihr endlich ein paar Fragen stellen zu können. Sie hatte sich inzwischen gefasst und die Zeit genutzt, um alle Details noch einmal in Gedanken durchzugehen. Woher wusste Käthe von Alfred? Was verband die beiden? Und wenn sie tatsächlich nochmal einen Zeitsprung in Felix' Vergangenheit hatte, was sollte sie tun? Würde sie es schaffen, ihm bewusst Lebewohl zu sagen? Sie wusste innerlich, dass sie genau das tun musste, doch die bloße Vorstellung fühlte sich wie das Ende der Welt an. Helenas Gedanken waren um nichts anderes gekreist.

Beata hingegen schien nach all der Aufregung einfach nur noch nach Hause zu wollen. Sie war erschöpft und verfroren und Helena konnte es ihr nicht verdenken. Auch sie hatte das Gefühl, bereits mehrere Tage am Stück wach zu sein und wurde inzwischen von immer heftiger werdenden Kopfschmerzen geplagt. Sie hatte zudem schon lange nichts mehr gegessen und getrunken, stellte sie matt fest.

Käthe sah zu ihnen herüber und zuckte kaum merklich, etwas hilflos mit den Achseln. Zwei besonders eifrige Kursteilnehmerinnen standen vor ihr und redeten ununterbrochen auf sie ein. Eine von ihnen sah offenbar ständig die Aura von Menschen sowie deren verstorbene Familienangehörige und litt sehr darunter, wie sie wiederholt betonte. Beide sprachen mit gekünstelt hohen Stimmen und schlossen häufig die Augen, wenn sie ein intensives Erlebnis darstellten, was Helena zunehmend in den Wahnsinn trieb. Es erinnerte sie eher an fürchterlich schlechtes Laientheater.

Beata knuffte ihr in die Seite und rollte mit den Augen. Sie hatte während des Seminars mehrfach unterdrückt lachend gegrunzt, doch auch sie schien nun langsam die Geduld zu verlieren. »Du, meinst du, es macht noch Sinn zu warten? Mir ist höllisch kalt!«

Helena sah unschlüssig auf Käthe und entdeckte, dass sich nun auch einige andere Kursteilnehmer erneut um sie versammelt hatten. Eine der beiden Nervensägen war soeben noch einmal eine ihrer außerkörperlichen Erfahrungen während des Seminars durchgegangen und wischte nun in dramatischen Handbewegungen an ihren mit dickem Kajalstift umrandeten Augen herum, während die anderen ihr gefühlvoll zusprachen.

Käthe bemerkte Helenas Blick und gab ihr kurz ein Zeichen, ihre Nummer aufzuschreiben. Helena sah sich um. Auf einem der Klapptische an der Wand lagen Veranstaltungshinweise und ein Bleistift.

»Gott sei Dank!«, murmelte Beata unüberhörbar. »Mir sterben gleich die Füße ab!«

Auch Helena zog es bei dem Anblick der dramatischen Darbietung um Käthe herum nach Hause, aber sie war dennoch enttäuscht. Das Seminar war anfangs recht interessant gewesen, doch letztendlich war es dann doch der spirituelle Klischee-Kram gewesen, den sie sich beim ersten Entdecken des Zettels insgeheim vorgestellt hatte. Sie hatte keine besonderen Erfahrungen dabei oder gar einen Sprung gehabt. Was für verschwendete Zeit es gewesen war! Nun würde Helena unverrichteter Dinge nach Hause gehen und vermutlich nicht vor Montag einen Rückruf bekommen. Oder vielleicht würde Käthe sie auch erst nach den Feiertagen anrufen, Montag war immerhin Heiligabend.

Missmutig kritzelte sie ihre Nummer auf eine der Ankündigungen und steckte den Zettel in eine von Käthes mitgebrachten Plastiktüten, damit er nicht beim nächsten Durchzug auf und davon fliegen würde.

Beata wartete bereits bibbernd vor der Tür und sah Helena erleichtert, wenn auch besorgt an. »Willst du mit zu mir nach Hause kommen? Ich habe kein gutes Gefühl dabei, dich allein zu lassen!«

»Quatsch! Bisher habe ich noch alles überlebt!«

»Klasse, das stimmt mich gleich ruhiger!«, antwortete Beata trocken. »Im Ernst, magst du nicht mitkommen? Wäre echt kein Problem!«

»Das ist echt gut gemeint, aber um ehrlich zu sein, brauche ich jetzt ein bisschen Zeit für mich allein. Ich bin tierisch müde, sei mir nicht böse. Ich fühl mich, als hätte ich seit Tagen nicht geschlafen.«

Beata sah sie zweifelnd an. »Gut«, gab sie schließlich nach. Ihre Füße waren einfach zu kalt, um lange zu diskutieren. »Aber wir telefonieren gleich morgen früh und frühstücken zusammen oder irgendwas in der Art, ja?«

»Machen wir. Tschüs!« Nach einigen Metern drehte Helena sich um.

Beata stand noch immer an derselben Stelle, rieb sich abwechselnd die Füße an den Schienbeinen und sah ihr hinterher.

»Geh nach Hause, Beata!«

Zögernd hob Beata die Hand zum Abschied und ging in die andere Richtung.

»Hey!«, rief ihr Helena hinterher.

Beata drehte sich erschrocken um.

»Danke für alles!«

~ KAPITEL 23 ~

Zweifel

FRANKFURT AM MAIN, HESSEN, BRD. 22. DEZEMBER 1984. HELENAS WOHNUNG.

Da war es wieder, das altvertraute Blinken ihres Anrufbeantworters. Lustlos drückte Helena die Abspieltaste, während sie aus ihren nassen Schuhen schlüpfte und den Mantel abstreifte.

»Hallo Lena, hier ist die Mama! Du, ich bin schon seit ein paar Stunden wieder zurück. Der Siggi hat mich mit seinem Parteigerede in den Irrsinn getrieben, da bin ich gleich nach dem Frühstück losgefahren. Tante Christine grüßt dich. Sie war etwas traurig, dass du nicht dabei warst, aber ich habe ihr gesagt, dass wir gleich im neuen Jahr wieder gemeinsam kommen!« Vera räusperte sich an dieser Stelle nervös. »Wie auch immer, ich wollte nur sagen, ich bin wieder da und hoffe, du kommst nach wie vor am Montag irgendwann zu mir. Bring nichts mit, ich habe Kartoffelsalat und Würstchen da und wir können etwas zusammen im Fernsehen schauen. Ruf mich doch mal bitte an, ja? Tschüs!«

Helena wollte gerade das Band anhalten, als die Ansagestimme eine weitere Nachricht ankündigte. Straßenlärm rauschte einige Sekunden, bevor Dr. Genets Stimme erklang. Den Hintergrundgeräuschen nach rief er von einer Telefonzelle aus an.

»Hallo? Helena? Ach so, Anrufbeantworter, gut! Hallo Helena, hier ist Werner Genet! Ich habe gerade erfahren, dass deine, ich meine, dass Ihre Freundin heute bei mir zu Hause angerufen hat. Ich war leider nicht da, aber meine Frau sagte, es sei etwas Dringendes gewesen. Ich bin heute Abend um achtzehn Uhr in der Praxis. Würden Sie mich dort vielleicht anrufen? Bitte unbedingt dort anrufen und nicht bei mir zu Hause! Meine Frau …«, Dr. Genet machte eine kurze Pause, bevor er neu ansetzte. »Wir sind gerade etwas im Weihnachtsstress, ist also nichts Persönliches. Also, Helena, achtzehn Uhr! Ich würde mich freuen, wenn ich von Ihnen höre und mir keine Gedanken machen muss! Danke!«

Helena musste lächeln. Sie ging in die Küche und sah auf die Wanduhr. Es war kurz vor sechs. Sie wählte die Nummer von Dr. Genets Praxis. Vielleicht war er ja schon etwas früher dort.

»Hallo?«, meldete sich Dr. Genet außer Atem nach dem ersten Klingeln.

»Hallo, hier ist Helena!«

»Gott sei Dank!«, rief Dr. Genet erleichtert. »Geht es Ihnen gut? Meine Frau sagte, Ihre Freundin habe angerufen und sei sehr besorgt gewesen. Ich habe schon im Offenbacher Krankenhaus angerufen, aber Sie waren nicht dort!«

»Ich habe getan, was Sie vorgeschlagen haben!«

Dr. Genet schwieg einige Sekunden am anderen Ende. »Helfen Sie mir gerade noch mal auf die Sprünge! Was habe ich vorgeschlagen?«

»Sie sagten, ich solle etwas verändern!« Helena hielt kurz inne. »Das haben Sie doch gesagt, oder? Oder war das vor meinem letzten Zeitsprung?«

»Ja, daran erinnere ich mich! Sie haben also etwas geändert? Was ist passiert?«

»Felix kennt mich nicht mehr und ist offenbar verheiratet!«

»Wer ist Felix?«

Helena seufzte. »Sehen Sie, genau das meine ich! Ich habe Ihnen und auch Beata viel von Felix erzählt. Wir hatten uns in der Straßenbahn kennengelernt. Und als ich zu dem Medium ging, hatte ich einen Zeitsprung. Aber auch sie konnte sich heute an nichts erinnern und ihr heutiges Seminar war total anders als das von gestern. Also, eigentlich war es dasselbe Seminar, ich habe den Tag nämlich zweimal durchgemacht!« Helena unterbrach sich kurz. »Dr. Genet, sind Sie noch da?«

»Ja, ja!«, beeilte sich Dr. Genet zu sagen. »Ich weiß nur nicht … Ich meine … Geben Sie mir einen Moment zum Verdauen, bitte!«

»Sie glauben mir doch noch, oder?« Helena wurde schlagartig nervös. *Sie konnte jetzt keinen Zweifel ertragen!*

»Ja!«, erklärte Dr. Genet zu ihrer Erleichterung entschieden. »Ich versuche nur nachzuvollziehen, was Sie mir gerade erzählt haben!« Er schwieg erneut einige Sekunden. »Sie waren also bei einem Medium«, resümierte er unbeholfen.

»Ja!«, entgegnete Helena ungeduldig, »aber das ist nicht der springende Punkt! Das Wichtige dabei ist, dass ich etwas geändert habe und danach habe ich den Tag plötzlich noch mal erlebt. Aber es gibt seitdem plötzlich keinen Felix mehr! Das heißt, es gibt ihn vermutlich schon noch, aber ich weiß nicht, wo er ist und wie sein Leben jetzt aussieht. Und sein Stern im Deutschen Filmmuseum ist weg! Da hat er nämlich vorher gearbeitet.«

Dr. Genet holte hörbar Luft. »Wie sind Sie denn darauf gekommen, zu einem Medium zu gehen?«

»Dr. Genet, hallo! Hören Sie mir doch mal zu!«

»Ich höre Ihnen zu, Helena! Aber ich muss diese Frage einfach stellen. Warum haben Sie mir nicht erzählt, dass Sie zu einem Medium gehen wollen? Ich halte so etwas für keine gute Idee! Sie sehen doch, was schon allein unter der professionellen Anleitung von Dr. Keller gestern passiert ist! Zu welchem Zeitpunkt erschien es Ihnen denn da sinnvoll, jemanden hinzuzuziehen, der unprofessionelle Geisterbeschwörungen oder Gott weiß was macht?« Dr. Genet korrigierte sich sofort. »Nicht, dass Geisterbeschwörungen jemals professionell wären! Ich meine damit, dass Sie jemanden konsultiert haben, der komplett unprofessionell ist und ein gefährlicher Scharlatan sein könnte!«

»Sie mag vielleicht kein Diplom an der Wand haben wie Dr. Keller, aber wie Sie gerade selbst gesagt haben: Selbst seine Sitzung ist schief gegangen! Was hätte also noch schlimmer werden können? Ich habe Ihnen davon gestern nichts erzählen können, weil ich erst heute Morgen den Zettel im Briefkasten gefunden habe. Ich hatte zuerst vermutet, dass er von Ihnen war.« Sie hörte ihn kurz auflachen. »Ja, ich weiß, das habe ich mir dann auch gedacht. Käthe sagte, es sei eine alte Ankündigung von vor vielen Jahren gewesen und irgendjemand hat offenbar vor Urzeiten für mich bezahlt. Sie kennt sogar Alfred irgendwoher, diesen gruseligen Typen, der mir immer wieder begegnet. Unglaublich, oder? Ich wollte heute unbedingt mehr rausfinden, aber wir hatten leider keine Zeit. Sie ruft mich aber noch an, hat sie gesagt.«

»Großer Gott!«, brummelte Dr. Genet in den Hörer. Obwohl sie ihn nicht sehen konnte, wusste sie, dass er den Kopf schüttelte.

»Seien Sie bitte nicht so genervt! Käthe war bisher besser als Dr. Keller!«

»Helena, ich bin nicht genervt, ich mache mir einfach Sorgen, an wen Sie da geraten sind! Das klingt alles ziemlich dubios! Gut, ich mag dem Ganzen generell recht skeptisch gegenüber stehen und der Gedanke, dass Sie sich so jemandem allein ausliefern und dann womöglich …«

»Ich war ja nicht allein: Das erste Mal war Felix dabei und das zweite Mal war ich mit Beata dort! Außerdem hat Käthe gesagt, dass sie der Meinung ist, Sie hätten recht gehabt, dass ich versuchen soll, während meiner Zeitreisen etwas zu ändern.«

»Das hat sie gesagt? Nun«, Dr. Genet zögerte etwas widerwillig, »das klingt zumindest nicht ganz daneben!«

»Genauer gesagt meinte sie, dass es vielleicht nie aufhören wird, aber da die Zeitsprünge ja offenbar ohnehin passieren, sobald ich Menschen begegne, sollte ich lieber versuchen, möglichst vielen Menschen zu begegnen, statt mich zu isolieren, da unter denen vielleicht jemand dabei sein könnte, der mir weiterhelfen kann.«

»Das klingt immerhin recht bodenständig. Ich denke trotzdem,

Sie sollten vorsichtig sein, Helena! Sie haben offenbar eine besondere Gabe, die Sie mitunter in Schwierigkeiten bringen kann!«

»Dr. Genet?«

»Ja?«

»Sie haben mich heute von einer Telefonzelle aus angerufen, oder?«

Er schwieg.

»Habe ich Sie zu Hause in Schwierigkeiten gebracht?«

»Nein!«, entgegnete er eine Spur zu schnell. »Helena, ich möchte Ihnen etwas vorschlagen. Ich weiß, es ist Heiligabend, aber würde es Ihnen etwas ausmachen, am Montagvormittag noch mal in die Praxis zu kommen?«

Helena schwieg überrascht. Er hatte sich am Montag ohnehin melden wollen, aber was für ein Vorschlag würde das werden?

Als hätte er ihre Gedanken erraten, beschwichtigte er sie. »Nichts Schlimmes, Helena! Ich möchte nur wissen, wie der Stand der Dinge bei Ihnen ist und eine gemeinsame Bilanz ziehen. Das macht doch Sinn zum Jahresende, oder?«

Erleichtert atmete Helena auf. »Ja, das geht! Ich rufe gleich meine Mutter an und frage sie, wann ich am Montag bei ihr sein soll, aber am Vormittag sollte es kein Problem sein.«

»Wunderbar. Ist zehn Uhr zu früh?«

»Geht in Ordnung. Bis übermorgen um zehn!«

~ KAPITEL 24 ~

Weg in die Zukunft

FRANKFURT AM MAIN, HESSEN, BRD. 24. DEZEMBER 1984. PSYCHIATRISCHE PRAXIS DR. GENET.

Ungewöhnlich beschwingt stieg Helena die Stufen zu Dr. Genets Praxis empor. Der Fahrstuhl funktionierte zwar, aber ihr war nach Bewegung zumute. Der Rest des Wochenendes war angenehm ruhig gewesen. Vera schien erleichtert gewesen zu sein, dass Helena nichts gegen künftige Besuche bei Tante Christine gesagt hatte. Beata war am Sonntag mit Brötchen vorbeigekommen und sie hatten den ganzen Tag nur ferngesehen, gequatscht und einen langen Spaziergang durch den Frankfurter Stadtwald gemacht.

Beata hatte sie den ganzen Tag bekocht und sie hatten sich gemeinsam durch Unmengen an Pierogi gearbeitet. Pierogi waren kleine Teigtaschen polnischer Art und Beatas Spezialität. Sie hatten mit den klassischen Pilz-, Käse- und Fleischfüllungen begonnen und nach einigen Stunden hatte Helena mit eigenen kreativen Ideen aufgewartet, welche sie die verbliebenen Teigreste mit Pralinen, Fisch, Gurken und Senf füllen ließen.

Es war ein lustiger Tag mit viel Lachen, harmlosem Magendrücken und guter Gesellschaft gewesen, ohne Zeitsprünge oder beunruhigende Vorkommnisse. Zwar war ihr Felix nicht aus dem Sinn gegangen und sie vermisste seine Leichtigkeit unendlich, aber es war dennoch ein guter Tag gewesen, den sie bitter nötig gehabt hatte.

Käthe hatte sich nicht gemeldet, aber das hatte sie auch so schnell nicht erwartet. Insgeheim musste sie jedoch zugeben, dass sie enttäuscht war, da sie noch immer vor Neugierde brannte. Der Gedanke daran, dass auch jetzt nach allen Veränderungen dieser Alfred darin verwickelt sein könnte, bereitete ihr Unbehagen.

Alfred hatte ihr zugerufen, nichts zu verändern. War das eine Warnung oder gar eine Drohung gewesen? Sie traute diesem dunkeläugigen Verfolger nicht, weder in ihren Zeitsprüngen zur schwerhörigen Hanne noch in ihrer eigenen Zeit hier in Frankfurt!

Der Empfang der Praxis war nicht besetzt. Stattdessen saß Dr. Genet an Frau Winters Schreibtisch und ging einige Akten durch.

»Hallo!«, begrüßte Helena ihn unsicher.

Er blickte erfreut auf. »Hallo, alles klar?«

Helena grinste. Das war die lockerste Begrüßung, die sie je aus Dr. Genets Mund gehört hatte und sie nickte, während sie versuchte, mit der Hand das Grinsen zu verstecken.

»Wollen wir?« Er zog eine Akte aus Frau Winters Schublade und öffnete die Praxistür für Helena. Es war kalt im Raum, offenbar war schon vor dem Wochenende die Heizung abgestellt worden.

»Arbeiten Sie heute noch?«

»Nein, offiziell ist meine Praxis jetzt bis Januar geschlossen. Aber ich wollte unbedingt vor meinem Urlaub mit Ihnen sprechen!«

Helena merkte, dass sie wieder nervös wurde. Warum ging sie immer von negativen Nachrichten aus?

Er zog zwei Stühle aus der Ecke hervor und stellte beide vor seinen Schreibtisch. Sonst war immer der Schreibtisch zwischen ihnen gewesen. Er las noch immer etwas geistesabwesend in der Akte. Helena erkannte ihren Namen auf der Vorderseite.

»Spannend?«, fragte sie unruhig.

»Sehr!« Er ließ die Akte sinken und lächelte. »Das fand ich von Anfang an, selbst als ich noch nichts Genaueres wusste.« Er legte die Akte auf den Schreibtisch hinter sich und sah sie ernst an. »Ich würde gerne wissen, wie Ihre Welt momentan aussieht. Ist das in Ordnung?«

Helena lächelte angespannt. »Was wollen Sie denn genau wissen?«

»Fangen wir doch vielleicht damit an, dass Sie mir kurz erzählen, welche Zeitreisen sich in letzter Zeit ereignet haben. Waren es häufig dieselben? Und was ist jeweils passiert?«

»Es waren oft dieselben Zeitsprünge, ja! Momentan sind es vier verschiedene Situationen, die ich seit etwa zwei Monaten immer wieder erlebe. Eine davon hat sich allerdings vermutlich erledigt.«

»Betrifft das diesen Frederik, von dem Sie mir vorgestern kurz am Telefon erzählt haben?«

»Felix!«, korrigierte Helena. »Ja, der eine Sprung betraf ihn.« Sie spürte einen Kloß im Hals aufsteigen.

Sei nicht lächerlich!, schalt sie sich selbst in Gedanken aus. *So gut hast du ihn schließlich auch wieder nicht gekannt!*

Und doch fühlte sie sich plötzlich wieder altvertraut schwer. »Da war die Situation, die offensichtlich mit Felix zu tun hatte, in der eine blonde Frau im Wasser ertrank. Dann ist da im Zusammenhang mit ihm Dr. Horvat vom Offenbacher Krankenhaus. Allerdings weiß ich nicht, ob diese zwei wirklich etwas miteinander zu tun haben oder ob das Zufall war. Dr. Irena Horvat war eine Ärztin, die ich zweimal gesehen habe, obwohl es offiziell nur ein Treffen gegeben hat und sie sah jeweils sehr anders aus.«

»Daran erinnere ich mich! Die ungarische Ärztin mit den Narben, die immer *Herzchen* gesagt hat. Sehr sympathische Frau!«

Helena sah ihn überrascht an. »Wirklich? Aber dann habe ich Ihnen doch auch von Felix erzählt! Er war schließlich in einer der beiden Situationen ihr Assistenzarzt!«

Dr. Genet war nun verwirrt. »Haben Sie nicht vorgestern etwas vom Deutschen Filmmuseum gesagt?«

»Vergessen Sie es! Zumindest erinnern Sie sich an die Ärztin. Ich habe keine Ahnung, warum sie jeweils so anders aussah. Und dann ist da ein Autounfall. Da sind wahnsinnig viele Menschen, die lachen und weinen, meine Eltern sitzen vorne, mein Bruder sitzt rechts neben mir und etwas weiter weg singt ein Mann mit einer komisch blinkenden Jacke ein Lied, in dem das Wort *dumm* vorkommt. Ich weiß nicht warum, aber das scheint enorm wichtig zu sein und alle singen es laut mit. Die vierte aktuelle Situation ist eine schwerhörige Frau namens Hanne, die in den Westen fliehen und sich in Marienfelde melden soll. Dieser Alfred, der mir hin und wieder auflauert, bedroht mich, dass ich ihr nicht helfen soll. Aber ich weiß, dass sie seine gefälschten Pässe und das Geld finden muss!«

»Gut, mal ganz kurz Pause an dieser Stelle!« Dr. Genet zählte konzentriert an den Fingern mit. »Also, wir haben erstens Felix, zweitens die Ärztin, drittens den Autounfall während eines Liedes mit dem Wort *dumm* und viertens einen schwerhörigen DDR-Flüchtling, richtig?«

Helena nickte. »Ja, das ist aktuell alles! Und davon wiederholt sich einiges sehr oft. Das mit Felix scheint jetzt vorbei zu sein. Ich kann es nicht erklären, aber es fühlt sich so an, als sei es vorbei, seitdem ich etwas geändert habe. Alles andere ist noch offen. Die Frau, die mit Alfred flüchten will, habe ich übrigens gerade erst am Freitag nach dem verpatzten Morgen mit Dr. Keller gesehen, nachdem mir Alfred in der Straßenbahn begegnet ist!«

War es wirklich erst drei Tage her? Es schien Helena, als läge das alles mindestens ein paar Monate zurück.

»Was ist mit dem Autounfall? Erleben Sie den noch öfter?«

»Ja, erstaunlich oft! Meist wenn ich auf dem Weg zu Ihnen bin!«

Dr. Genet sah sie erstaunt an. »Wirklich? Erzählen Sie doch mal mehr davon!«

»Ich kann da eigentlich nicht viel zu sagen. Ich bin in diesem Zeitsprung noch sehr klein, denke ich. Zumindest bin ich in einem Kindersitz. Meine Eltern sitzen vorne und sprechen leise. Es ist alles sehr aufregend, aber ich bin wahnsinnig müde und kann kaum die Augen offenhalten. Der Wagen ruckelt, weil er inmitten einer Menschenmasse ist. Ein bisschen wie bei einem Konzert. Alle schreien, lachen und weinen und dann ist da eben dieser Riese mit der blinkenden Jacke, der in die Luft gehoben wird und das Lied mit dem Wort *dumm* singt.« Helena kaute verlegen an ihrer Unterlippe. »Wenn es stimmt, dass meine Zeitsprünge etwas mit den Menschen zu tun haben, denen ich begegne, könnte diese Situation vielleicht etwas mit Ihnen zu tun haben?«

Dr. Genet sah sie offen an und dachte nach. »Nein!«, antwortete er schließlich fast ein wenig bedauernd. »Das sagt mir so gar nichts! Ich habe nur einen kleinen Sohn und auf einem Konzert war ich schon seit mindestens fünfzehn Jahren nicht mehr. Aber auch damals sicherlich nie mit einem Auto!« Bei dem Gedanken daran musste er schmunzeln und Helena blickte beschämt auf ihre Hände.

»Es war nur eine Idee! Bei Felix war es zumindest so. Ich habe immer etwas gerochen oder gefühlt, wenn ich ihn gesehen habe. Und offenbar hatte diese Situation dann wirklich etwas mit ihm zu tun, denn seitdem ich etwas geändert habe, ist das alles weg.« Sie sah ihn verunsichert an. »Halten Sie mich jetzt für übergeschnappt?«

»Nein, das dürfen Sie mir gerne langsam mal glauben!«, antwortete er augenzwinkernd. Er zog seinen Stuhl ein Stück näher an den ihren heran und nahm seine Brille ab. Etwas verlegen trommelte er mit den Fingern auf seine Jeans. Sie hatte ihn noch nie in Jeans gesehen, stellte Helena in dem Moment fest. »Helena, ich weiß nicht, wie ich weiter machen soll, um ganz ehrlich zu sein. Oder ob ich weitermachen kann.« Er sah plötzlich nervös aus. »Was Sie brauchen, ist persönlicher und privater als das, was ich Ihnen als Psychiater anbieten kann.«

Helena schluckte erneut. Das Herz schlug ihr bis zum Hals. Warum wollte er sie nicht mehr sehen? Hatte sie etwas falsch gemacht? Hielt er sie insgeheim doch für eine Spinnerin? Mühsam nickte sie und versuchte, sich ihren inneren Aufruhr nicht anmerken zu lassen.

»Verstehen Sie mich, Helena, ich bin gerade alles andere als professionell! Ich komme abends zu Ihnen nach Hause, ich rufe Sie von Telefonzellen aus an, ich treffe Sie an Heiligabend außerhalb meiner Sprechzeiten und lüge meine Frau an, wo ich bin. Ich bin gerade nicht Ihr Psychiater und das kann gewaltig nach hinten losgehen!«

Er schwieg kurz und lachte plötzlich laut auf. »Oh Himmel, das alles klang womöglich gerade komplett missverständlich und anders, als ich es meinte!«

Helena musste ebenfalls grinsen und winkte ab. »Ich verstehe, was Sie meinen.« Doch sie wurde sogleich wieder ernst. »Vielleicht sollten Sie mich dann wirklich nicht mehr sehen. Ich habe schon meine eigenen Eltern auseinandergebracht, ich will nicht, dass Sie wegen mir Schwierigkeiten mit Ihrer Frau bekommen!«

Dr. Genet zog überrascht die Augenbrauen hoch. »Sie haben mich missverstanden, Helena, das habe ich nicht gemeint! Großer Gott«, er lachte nervös auf, »das ist schwieriger, als ich dachte! Lassen Sie es mich noch mal versuchen: Ja, meine Frau ist nicht sehr glücklich über meine … etwas kreativeren Sprechzeiten und −orte in jüngster Zeit! Aber das ist weder Ihre Schuld noch ein Kriterium! Was ich eigentlich sagen wollte ist, dass ich Sie vielleicht besser nicht mehr in der Praxis sehen sollte. Aber ich bin dennoch nicht aus der Welt.«

»Ich verstehe!« Enttäuscht und betäubt stand Helena auf.

»Helena, stopp!« Dr. Genet lachte nun laut auf. »Sie verstehen mich immer noch nicht! Ich meine damit, ich möchte trotzdem weiterhin Kontakt haben. Aber nicht als Ihr Psychiater, sondern als Ihr guter Freund, der Ihnen glaubt!«

Helena sah ihn ungläubig an. Träumte sie? »Ehrlich?«, fragte sie zweifelnd. »Sie müssen das nicht sagen. Ich verstehe total, wenn Ihre Frau …«

»Das mit meiner Frau regle ich schon irgendwie! Aber ich bin wirklich da, Helena, das meine ich ernst! So, *jetzt* verstanden?«, fragte er augenzwinkernd.

Helena atmete auf und lächelte nun ebenfalls. »Danke!«

Sie standen sich gegenüber und sahen sich unbeholfen an.

»Dann mal schöne Weihnachten!«, sagte Helena schließlich hölzern.

»Danke, Ihnen auch!«

»Dr. Genet, können Sie mir einen Gefallen tun?«

»Ich will es versuchen.«

»Wenn wir Freunde sein wollen, können Sie mich dann vielleicht duzen?«

»Gute Idee!« Feierlich streckte er die Hand aus. »Werner!«

»Helena!«

Grinsend schüttelten sich die beiden die Hände.

~ KAPITEL 25 ~

Heiligabend

FRANKFURT AM MAIN, HESSEN, BRD. 24. DEZEMBER 1984. VERA GUTOWSKIS WOHNUNG.

»Ich habe dir doch gesagt, du sollst nichts mitbringen, Lena!«

Brummelnd nahm Vera die zwei großen Tüten entgegen, die Helena bei sich trug. Ihre Dachwohnung im Nordend war sogar noch kleiner als Helenas Wohnung, doch sie hatte viele kleine Winkel und Ecken, die sie sehr gemütlich machten. Es war eigentlich ein großer Raum, der sich in Küchenzeile und Wohnzimmer unterteilte. Neben der Küche war eine Art Durchgangsbogen in der Wand, der zu einer Nische mit einem Bett führte. Vera hielt nichts davon, zu viel für Frankfurts horrende Mieten zu zahlen und leistete sich stattdessen lieber einen etwas extravaganteren Lebensstil mit einem schönen Auto, regelmäßigen Urlauben und Fahrten in die DDR.

Auf dem großen runden Holztisch vor dem ausklappbaren Sofa standen bereits eine große Schüssel mit Kartoffelsalat, eine weitere mit Würstchen sowie der obligatorische Sekt, den sie stets in einem bauchigen Weinglas mit einem Pfirsich servierte. Früher hatte es diese Tradition an Silvester gegeben, doch seitdem sie Silvester nicht mehr zusammen feierten, war sie auf Weihnachten vorverlegt worden. Man stach mit einem Zahnstocher mehrmals auf den Pfirsich ein und stieß dann an mit den Worten: *Nie wieder Krieg!*

Helena fand das Ganze reichlich albern, aber ihre Mutter bestand auf diese recht scheußlich schmeckende Tradition.

»Meine Güte, was hast du denn alles mitgebracht?« Kopfschüttelnd packte Vera die Tüten aus. Helena hatte einige Geschenke und recht beachtliche Überreste an Pierogi mitgebracht, allerdings nur die mit den weniger abenteuerlustigen Füllungen. Vera war beim Essen nicht ganz so experimentierfreudig wie ihre Tochter.

Helena ließ sich auf das durchgelegene Sofa inmitten der vielen plüschigen Kissen plumpsen und sah sich um. Ihre Mutter hatte alles schön dekoriert und sich offensichtlich viel Mühe gegeben. Unter dem kleinen Weihnachtsbaum in der Ecke lagen viele Geschenke in unterschiedlichen Größen und überall standen kleine Schälchen mit DDR-Süßigkeiten: Halloren-Kugeln, die sogenannte *Volkspraline*, Zetti-Knusperflocken, Pulsnitzer Lebkuchen und vieles mehr.

So abfällig Vera der DDR gegenüber auch sein konnte, aber sie teilte definitiv die Liebe zu deren Süßigkeiten mit Helena. Den leeren Papierknöllchen auf der Küchenzeile nach zu urteilen, hatte Vera bereits so manche Halloren-Kugel mit Schwarzbier verdrückt und dann mit Pfirsich-Sekt herunter gespült. Sie schwankte zwar noch nicht, doch sie wirkte recht konzentriert in ihren Bewegungen, als sie Helenas Geschenke zu den ihren unter den Baum legte.

Auch jetzt fiel Helena wieder auf, wie viel älter ihre Mutter plötzlich wirkte. War das erst in letzter Zeit geschehen oder hatte sie es einfach nicht bemerkt? Vera war noch nicht einmal fünfzig, aber ihre einstigen Pausbäckchen hingen bereits recht schlaff herunter und um ihre Augen herum zeichneten sich tiefe Falten ab. – ‚Lachfalten‘, wie sie der Volksmund charmant nennen würde, doch Helena konnte sich nicht erinnern, dass sie ihre Mutter oft hatte lachen sehen.

Sie setzten sich an den Tisch und arbeiteten sich durch Berge an Kartoffelsalat, Pierogi und Schokolade. Nach einigen weiteren Gläsern Pfirsich-Sekt, wurden beide sogar relativ ausgelassen und Vera schimpfte noch nicht einmal, als zwei ihrer guten Weingläser dabei zu Bruch gingen. Helena war sich nicht sicher, ob es am billigen

Pfirsichsekt oder einfach an Weihnachten lag, doch Vera schien seit ihrer Rückkehr aus der DDR sehr rührselig und verändert zu sein. Ohne etwas zu sagen, zog sie plötzlich Helena an sich und drückte sie heftig.

»Schon gut, schon gut«, murmelte Helena peinlich berührt.

Vera fing sich zu ihrer Erleichterung und deutete unter den Tannenbaum. »Komm, mach mal ein Geschenk auf.« Vera lallte ein wenig, so sehr sie sich auch um eine klare Aussprache bemühte. Aufgeregt legte sie Helena ein kleineres Paket in die Hand. Eine kleine Schachtel kam zum Vorschein.

»Mach auf!« Vera rieb nervös ihre Hände aneinander. Es war ein Medaillon mit zwei kleinen Fotos darin. »Das eine ist ein Baby-Foto von dir und das andere eins von mir. Naja, ich hoffe zumindest, dass ich das bin! Tante Christine hat es mir gegeben, weil ich keins hatte. Und die zwei Steine darauf sind ein Tigerauge und ein Katzenauge. Warte mal!« Sie sprang auf, wühlte in ihrer Handtasche an der Garderobe und kramte einen kleinen Zettel aus ihrer Geldbörse. »Mir wurde gesagt, dass sei gut bei starken Kopfschmerzen, Wahnvorstellungen und so weiter. Naja, nicht direkt *Wahnvorstellungen*, aber eben für Dinge, die andere vielleicht nicht sehen, hat sie gesagt. Also, wie auch immer, ich dachte, es passt ganz gut – so als Glücksbringer oder so!« Energisch schüttelte sie die Emotionen ab und schwankte zur Küchenzeile. »Noch einen Sekt?«

»Nein, danke!«, winkte Helena ab. Ihr war bereits speiübel von all dem süßen Zeug, nicht zu sprechen von den willkürlichen Kombinationen an Essen und Trinken der letzten zwei Tage. »Seit wann weißt du denn über solchen Kram Bescheid, Mama?«

»Gefällt es dir nicht?«

»Doch, doch!«, beeilte sich Helena zu sagen. »Ich bin nur etwas überrascht.«

»Es war eine spontane Idee gestern. Ich hatte erst ein anderes Geschenk gehabt, aber das kriegst du jetzt zum Geburtstag in zwei Monaten. Das Medaillon war die Idee einer Freundin.«

Helena blickte erstaunt auf. Vera hatte so gut wie keine Freunde, schon gar keine, die solche Geschenke machen würden. »Kenne ich diese Freundin?«

»Nein!«, antwortete Vera kurz angebunden. »Das ist eine ganz alte Freundin von mir, die gerade in Frankfurt eine Veranstaltung gegeben hat und mich spontan angerufen hat.«

»Und da hat sie dir gleich beim ersten Anruf ein Weihnachtsgeschenk für mich genannt?« Helena war verwirrt.

»Nicht direkt. Sie hat mich nach dir gefragt und da sind wir ins Erzählen gekommen.«

»Hab' ich sie denn mal getroffen?«

»Nein, sie ist eine alte Freundin aus Nassau. Wir kennen uns eigentlich nicht besonders gut. Sie ist ziemlich alternativ. Ich war doch recht überrascht, als sie anrief. Als ich damals nach Frankfurt gezogen bin, hatten wir nur noch hin und wieder Briefkontakt und dann ist der Kontakt irgendwann ganz eingeschlafen.«

»Naja, ist doch nett von ihr, dass sie dich nach so vielen Jahren angerufen hat.«

Vera stand mit dem Rücken zu Helena, während sie in der Küche das nächste Glas Sekt leerte. »Also gefällt es dir?«

»Ehrlich, Mama, super!« Irgendwie war Vera heute merkwürdig. Was war nur mit ihr los? Hatte der Anruf der alten Freundin sie so aufgewühlt oder die Fahrt in die DDR?

»Danke, Mama!«

Vera winkte ab und begann, unproduktiv aufzuräumen. Ein weiteres Weinglas ging dabei zu Bruch und Vera starrte wie benebelt auf die Scherben um ihre Füße herum.

»Ach Mensch!«, stieß sie voller Bedauern lallend hervor und machte einen unsicheren Schritt rückwärts.

Helena sprang auf und hielt sie an den Schultern fest. »Lass mich das machen, Mama!« Vera wollte sie unwirsch zur Seite schieben, doch Helena war diesmal stärker. »Sei nicht so stur, Mama, ich sage doch ich mach das! Du legst dich hin, keine Widerworte!« Vera gab auf und ließ sich von Helena in die Nische neben der Küche schieben. Seufzend plumpste sie auf das Bett und starrte an die Decke, während Helena ihr die Hausschuhe auszog und eine Decke über sie legte.

»Ich war nicht so schlecht, oder?« Veras Stimme klang merkwürdig klein.

»Was?«

»Ich war nicht so schlecht als Mutter, oder?«

Helena war verwirrt. Was war bloß mit ihrer Mutter los? »Mama, es tut mir leid, dass ich nicht mit zu Tante Christine gekommen bin! Ich hatte nur ehrlich keine Zeit. Nächstes Mal!«

»Du bist immer so ernst, Helena! Ich wollte ja, dass du vernünftig und bodenständig wirst - einfach, weil ich so dumm war, so naiv! Ich hatte ja keine Ahnung, *wie* dumm ich war. Und dann wusste ich nicht, was ich machen sollte …« Vera brach erneut ab.

Wovon sprach sie? Helena hatte sich oft gewünscht, ihre Mutter würde ihr etwas aus ihrem Leben vor Helenas Geburt erzählen, aber Vera hatte stets barsch abgewunken und entweder gesagt, nur Narren lebten in der Vergangenheit oder man solle keinen kalten Kaffee aufbrühen.

Helena hatte Vera noch nie so betrunken erlebt. Die fremde Frau mit den großen Augen und der unsicheren Stimme im Bett versetzte sie in Unbehagen.

Vera nahm ihre Hand und zog sie neben sich auf das Bett. Ein Briefumschlag lag auf ihrem Nachttisch, auf dem der Name *Gabi* stand.

»Was ist das?«

Mit angespanntem Gesicht nahm Vera den Umschlag in die Hand und sah ihn unentschlossen an, während sie offenbar mit sich rang.

»Bevor du das hier liest, möchte ich dir etwas erzählen«, begann sie schließlich.

~ KAPITEL 26 ~

Gute Pioniere

ROSTOCK, BEZIRK SCHWERIN, DDR. 1. SEPTEMBER 1956.
HAUS DER FAMILIE KRAFT.

»Der sieht ja richtig echt aus, Donnerwetter!« Beeindruckt blätterte Gabriele in ihrem neuen Pass. »Warum hast du mir nicht gleich einen mit deinem Namen besorgt? Dann könnte ich mich schon mal dran gewöhnen.«

»Wenn du mich mit dem Thema nicht in Ruhe lässt, werde ich dich nie fragen! Außerdem müssen wir ja nichts übers Knie brechen, oder?« Unwohl löste sich Alfred aus ihrer klammernden Umarmung. »Sei froh über diesen hier, es war nicht leicht, den zu kriegen!«

Gabriele zog sich sichtbar enttäuscht zurück, doch sie war zu sehr mit ihrem neuen Reisepass beschäftigt, um ernsthaft gekränkt zu sein. Er hatte einen blass-grünen Pappeinband und war erst vor kurzem ausgestellt worden. *20.08.1956* stand darin. Aufgeregt dachte sie an ihr neues Leben. Sie hatten bereits seit über einem Jahr davon gesprochen und geträumt. Nun war der große Moment so gut wie da!

Alfred würde sie nach und nach alle herüberholen und sie würden ein ganz neues Kapitel aufschlagen. Ein Leben ohne Abschnittsbevollmächtigte und Angst vor unangekündigten Kontrollen!

Sie würde endlich lauter schicke Sachen kaufen können und die

Welt kennenlernen. Alfred wollte ab Oktober in Westberlin Medizin studieren und sie würden sich langfristig sicherlich so Manches leisten können. Sie hatte keine Ahnung, wie er an den Pass gekommen war, das war ein unausgesprochenes Tabu zwischen den beiden. Noch nicht einmal ihren Eltern und Schwestern hatte sie von ihrem Vorhaben erzählen dürfen, das war Alfreds Bedingung gewesen. Sie wusste, er wäre fuchsteufelswild geworden, wenn sie dieses Versprechen gebrochen hätte. Diesen aufregenden Schritt für sich zu behalten war wohl das Schwierigste in ihrem bisherigen zwanzigjährigen Leben gewesen.

»Wann kann ich losfahren?«

»Erst wenn ich weg bin, sonst wird das Ganze zu auffällig! Du wirst offiziell deine Großtante in Ostberlin besuchen, wie besprochen. Wir haben echt Glück, dass es ihr gerade so schlecht geht. Denk dran, das vor allen deinen Freunden zu erwähnen, sobald der Brief von ihr kommt! Die Details bleiben wie vereinbart. Vergiss nicht, so wenig wie möglich mitzunehmen!«

»Aber ein kleiner Koffer ist doch wohl unauffällig? Berlin ist schließlich nicht vor unserer Haustür!«

»Besser ist eine kleinere Tasche. So viel wie man eben mitnimmt, wenn man nur für wenige Tage auf Besuch fährt. Das Nötigste an Kleidung, Verpflegung und ein eingepacktes Geschenk. Irgendetwas Republik-Getreues, falls sie dich tatsächlich anhalten und dein Gepäck auseinandernehmen. Versteck den neuen Pass innerhalb der DDR so gut du kannst, am besten in deiner Unterhose, und hoff auf das Beste!«

»Weiß die andere Tante Hilde denn schon wie ich aussehe?«

»Ja, ich habe ihr dein Foto gegeben. Und wenn du das Gefühl hast, dir folgt einer, dann gib das vereinbarte Signal! Erinnerst du dich an alle Zeichen?«

»Tasche mit beiden Armen halten: Ich werde beobachtet. Tasche unterm Arm: Sie haben bereits Informationen von mir und Tante Hilde muss schnell verschwinden. Tasche umgehängt: Alles in Ordnung«, ratterte Gabriele wie im Schlaf herunter.

»Sehr gut, das ist wichtig! Hilde riskiert verdammt viel für dich!«

»Heißt sie wirklich Hilde wie meine echte Tante?«

»Du sollst nicht so viel fragen!«, fuhr Alfred sie herrisch an. »Wiederhol noch mal den Ablauf!«

Gelangweilt wiederholte Gabriele zum mindestens zehnten Mal, was zu tun war. »Am 5. Oktober kauf ich mir morgens eine Zugfahrkarte nach Ostberlin. Kein großer Abschied von jemandem. In Ostberlin holt mich die unbekannte Tante Hilde vom Bahnhof ab und wir gehen zu ihr nach Hause. Ihre Wohnung ist wahrscheinlich verwanzt, wir sprechen also ausschließlich über Oberflächliches und ihren Arzttermin. Keine Nennung von Namen, auch nicht unsere. Sie muss mit der S-Bahn zu einem Spezialisten nach Potsdam fahren und ich begleite sie. Sobald ich an der Station Friedrichsstraße bin, steige ich nach Westberlin um.« Gabriele wusste, dass sie unter Druck nicht gut denken konnte und hatte den Ablauf wochenlang in- und auswendig gelernt.

»Gut. Denk dran, dass du auf dem Weg zur S-Bahn Tante Hilde den Schal mit dem Geld gibst!«

Gabriele hatte Alfred bereits das meiste Geld für den Pass und ihr neues Leben im Westen gegeben. Es war unglaublich viel Geld gewesen und obwohl sie sich auf ihr Leben mit Alfred unendlich freute, so war es ihr doch recht schwergefallen, einen solchen Batzen Geld abzugeben. Für die falsche Tante Hilde hatte sie einen raffinierten Schal gestrickt, in den sie knapp zwei Monatsgehälter unauffällig eingearbeitet hatte.

»Warum kann ich ihr das Geld nicht einfach schon zu Hause geben?«

»Das ist für den Fall, dass ihr keine Gelegenheit habt, zu ihr nach Hause zu fahren. Außerdem wäre das zu auffällig. Die merken, wenn da etwas unkommentiert in die Wanzen raschelt! Und falls die Stasi vor eurer Abfahrt das Haus durchsucht, will Hilde nicht, dass sie das Geld bei ihr finden!«

Gabriele merkte, wie ihr Mund trocken wurde. Langsam dämmerte ihr, wie riskant das Ganze werden könnte. »Holst du mich in

Westberlin ab?«, fragte sie verunsichert und schmiegte sich an ihn.

Erneut wand sich Alfred unwohl aus ihrer Umarmung. »Nein, wir sehen uns später! Du meldest dich erstmal in Marienfelde.«

Gabriele horchte auf. »In diesem Notaufnahmelager? Warum muss ich denn dahin? Ich dachte, ich komme gleich mit zu dir?« Die Enttäuschung stand ihr groß ins Gesicht geschrieben. Sie war in ihren Gedanken bisher nicht weiter als Westberlin gekommen und hatte automatisch angenommen, sie würde zumindest vorerst bei Alfred wohnen können.

»Gabi, jetzt stell dich nicht dümmer als du bist! Auch wenn Republikflucht drüben nicht strafbar ist, so kommst du dennoch aus einer anderen Besatzungszone! Das heißt, du musst erstmal bei den Alliierten vorsprechen und dich einbürgern lassen.«

»Was?« Auch hiervon hörte Gabriele nun zum ersten Mal. »Vorsprechen? Können die mich denn auch ablehnen?«

Alfred schüttelte seufzend den Kopf. »Nein! Das heißt: theoretisch schon, aber das werden sie in deinem Fall schon nicht tun. Aber die müssen doch schließlich wissen, wer da zu ihnen rübergekommen ist. Du könntest schließlich auch ein Sowjet- oder Stasi-Spitzel sein!«

Gabriele musste bei dem Gedanken kichern.

Mahnend zog Alfred ihr Gesicht näher zu sich heran. »Du darfst dir keinen Fehler erlauben, Gabi, hörst du? Sonst bringst du uns alle in riesige Schwierigkeiten!«

»Keine Sorge, ich habe alles verstanden! Und sobald ich drüben bin, hilfst du mir mit einer Anstellung und wir können heiraten, nicht wahr?«

»Na klar!«, sagte Alfred, doch er sah sie nicht an.

»Nun mach dir nicht gleich ins Hemd!« Gabriele gab ihm neckisch einen kleinen Schubs. »Ich werde dir schon keine Kinder anhängen, du weißt, dass ich Kinder nicht mag!«

»Gut. Ich muss langsam los! Mach da draußen gleich kein auffälliges Abschieds-Tamtam, ja? Wir sehen uns offiziell ganz bald wieder!«

»Das tun wir doch auch, oder?«

»Ja, natürlich!« Charmant verabschiedete sich Alfred draußen von Gabrieles Eltern und verließ dann ihr Haus im Jan-Maat Weg.

»Netter junger Mann!«, sagte Gabrieles Vater anerkennend. Es war das erste Mal, dass er nichts an einem männlichen Verehrer seiner Töchter auszusetzen hatte und somit ein großes Kompliment, auch wenn er das vor seiner Familie nie zugegeben hätte.

»Finde ich auch!«, strahlte Gabriele.

Ihre Mutter puffte ihr mahnend mit dem Ellenbogen in die Seite und schüttelte beinahe unauffällig mit dem Kopf. Erna Kraft hätte gerne die Freude ihrer Tochter geteilt, aber im Gegensatz zu ihrem Mann konnte sie mit Alfred nicht warm werden. Irgendetwas störte sie an ihm, auch wenn sie nicht genau hätte sagen können, woran es lag. Vielleicht war er ihr eine Spur zu aalglatt.

Nichtsdestotrotz war sie heilfroh, dass Frieden im Haus herrschte und Karl nicht wie üblich mit dem Inhalt seiner Werkzeugkiste drohte, sobald seine Töchter Herrenbesuch bekamen. Sie waren immer sehr stolz darauf gewesen, dass ihre drei Töchter so hübsch geraten und allerorts beliebt waren, doch seit dem Einsetzen der Pubertät waren ihnen allmählich Zweifel daran gekommen, ob dies wirklich von Vorteil war. Besonders Gabriele achtete schon seit längerem sehr darauf, wie sie bei Männern ankam und war deswegen beinahe durch ihre Prüfung zur Facharbeiterin für Schreibtechnik gefallen. Sie würden heilfroh sein, wenn Gabriele unter der Haube war und zur Ruhe kommen würde.

Die fünfzehnjährigen Zwillinge Christine und Hannelore polterten deutlich hörbar durch die Küchentür im Erdgeschoss.

»Oh nein, ich habe gerade alles gewischt!« Hektisch rannte Erna nach unten, um das Schlimmste zu verhindern.

»Hilf deiner Mutter beim Essen machen!«, murmelte Karl, während er mit dem Zollstock im Zimmer neben Gabriele verschwand.

Das Rostocker Brinckmansdorf mauserte sich gerade zum ansehnlichen Wohnviertel und die Krafts waren sehr stolz auf ihr kleines, eigenes Heim. Karl hatte in jeder freien Minute an dem Haus gearbeitet und obwohl sie schon seit zwei Jahren darin wohnten, war er noch lange nicht fertig und tischlerte, malte, verputzte und strich, wann immer er Materialien beschaffen konnte.

Seufzend ging Gabriele nach unten. Sie hasste Kochen und Hausarbeit im Allgemeinen. Sie würde nie ein Haus haben wollen, in dem man ständig auf großer Fläche putzen und aufräumen musste! Sie wäre lieber auf Reisen gegangen, allerdings nicht nur in die erlaubten Gebiete, sondern wohin sie wollte. Aber das würde ja nun nicht mehr lange dauern. Sie hatte einen guten Beruf erlernt, wenn auch die Abschlussnote nicht besonders beeindruckend ausgefallen war, aber wen kehrte das auf lange Sicht! Und ihre Familie würde einfach im Laufe der Zeit nachkommen, wenn sie wollten. Laut Alfred würde das kein Problem sein. Im Westen würde sie viel mehr verdienen und tun können, was sie wollte.

Sie war Alfred so dankbar, dass er alles für sie organisiert hatte. Es hieß, dass man noch relativ ungehindert mit der S-Bahn von Ost- nach Westberlin kommen konnte, solange nichts auf eine Republikflucht hindeutete. Die Abschnittsbevollmächtigten nahmen jedoch die Reiseaktivitäten ihrer zugeordneten Schäfchen in der Regel genau unter die Lupe und Alfred hatte mehrfach unter vier Augen erwähnt, dass sie dankbar sein könne, dass es ihrer Großtante Hilde schon seit Längerem schlecht ging. Nicht nur, weil dieser Zustand Gabriele einen guten Reisegrund gab, sondern weil ihre tatsächliche Tante Hilde dadurch gar nicht erst auf die Idee kommen würde, nach Westberlin zu fliehen. Ostberliner, die der anstehenden Republikflucht verdächtigt wurden, waren nämlich vor vier Jahren in der Aktion *Ungeziefer* umgesiedelt worden.

»Meine Güte, Gabi, hör auf zu träumen und schäl die Kartoffeln! Ich muss nachher noch den Garten machen, wir haben also nicht den ganzen Tag Zeit!«

Gabriele hatte mehrere Minuten in Gedanken vor der Schüssel mit den schmutzigen Kartoffeln gestanden und nicht registriert, dass ihre Mutter mit der Schürze vor ihrem Gesicht herumgewedelt hatte. Mit spitzen Fingern nahm sie die nicht ganz saubere Schürze und schüttelte vorsichtig das Mehl davon ab.

Erna sah ihre Tochter ratlos an. Wie konnte es sein, dass alle drei Kinder so unpraktisch veranlagt waren? Es war schlimm genug, dass alle drei nur Mädchen waren! Karl hatte ihr vor der Geburt der Zwillinge den Himmel auf Erden versprochen, wenn das langersehnte zweite Kind ein Sohn werden würde. Monatelang hatte er an Möbelstücken gebaut, Pläne für seinen künftigen Sohn geschmiedet und sehnlichst auf Wolfgangs Ankunft gewartet. Auf den Namen hatten sie sich schon Monate vorher geeinigt.

Als die Hebamme dann zu dem wartenden Karl nach draußen ging und ihm strahlend verkündete, dass er nun zwei weitere Mädchen habe, war er kommentarlos verschwunden und erst nach drei Tagen reichlich verkatert nach Hause gekommen. Auch Erna war schwer enttäuscht gewesen und hatte noch nicht einmal Namen parat gehabt. Die nette Hebamme Hannelore und Krankenschwester Christine hatten sich so herzlich um die deprimierte Erna gekümmert, dass sie die Zwillinge kurzerhand nach den beiden benannt hatte.

Inzwischen konnte sie darüber lachen und erzählte diese Erinnerung gerne bei unzähligen Gelegenheiten, aber besonders die sensible Hannelore mochte diese Geschichte gar nicht. Sie fand es furchtbar lieblos und verstand nicht, warum ihr Vater lieber einen frechen, schmutzigen Jungen gehabt hätte. Hannelore vergötterte ihren Vater und tat alles, um seine Anerkennung zu bekommen. Allerdings konnte Karl trotz aller Bemühungen nicht wirklich viel mit Mädchenangelegenheiten anfangen und vermied es tunlichst, mit seinen Töchtern mehr Zeit als unbedingt notwendig zu verbringen. Er brachte das Geld nach Hause und tat alles, um ihnen ein schönes Dach über dem Kopf zu ermöglichen. Das war seine Aufgabe, der Rest war Sache seiner Frau.

Gabriele hingegen hatte zu keinem ihrer Eltern einen besonders guten Draht. Sie fand sie viel zu konservativ und war die ständigen Ermahnungen, Verpflichtungen und Auseinandersetzungen einfach Leid. Erstaunlicherweise war genau diese Aufsässigkeit der Grund, warum ihr Vater sie ein wenig interessanter fand als ihre zwei anhänglichen kleinen Schwestern und so war sie trotz aller Mädchenhaftigkeit der heimliche Liebling ihres Vaters – auch wenn dieser bemüht war, es sich nicht anmerken zu lassen und sie alle drei gleichermaßen zu ignorieren.

»Gabi, ich gebe es langsam auf mit dir! Komm, mach dich nützlich und deck wenigstens den Tisch!« Kopfschüttelnd nahm Erna ihrer Tochter die nahezu halbierten Kartoffeln aus der Hand und begann, sie selber zu schälen. »Was ist so schwer daran, die Schale dünn zu schälen, Gabi? Ich versteh das nicht. Schau, so macht man das! Du weißt doch ganz genau, dass wir nicht Unmengen an Lebensmitteln haben, da muss man ökonomisch arbeiten! So, siehst du?«

Demonstrativ schälte sie mit flinken Fingern mehrere Kartoffeln in Rekordtempo vor Gabrieles Nasenspitze. Gabriele zwang sich, nicht mit den Augen zu rollen. Ihre Mutter wurde bei solcher Aufmüpfigkeit fuchsteufelswild und würde ihr kurzerhand eine gepfefferte Ohrfeige verpassen. Erna war der Meinung, dass man insbesondere Mädchen streng anpacken musste und war im Austeilen körperlicher Disziplinarmaßnahmen alles andere als sparsam.

Nur noch zwei Monate!, sagte sich Gabriele im Stillen. Wenn sie erstmal drüben war, würden sie und Alfred sich eine tolle Wohnung leisten können und ihre Eltern würden beeindruckt sein, wenn sie nachkamen. Schade nur, dass sie mit niemandem darüber reden konnte. Sie war sich nicht sicher, was sie für ihr neues Leben packen oder organisieren sollte oder gar durfte. Aber Alfred würde ihr schon helfen und sobald sie drüben war, konnte sie sich ja mit ihrer Familie Briefe schreiben, bevor diese dann ebenfalls rüberkam. Ihr gefiel die Vorstellung, dass sie dann die erfahrene Vorreiterin sein würde, die ihren Eltern unter die Arme greifen würde.

»Gabi, pass auf!«, flüsterte Hannelore neben ihr. Sie zog Gabriele schnell die penibel ordentlich gebügelten Servietten aus der Hand, auf denen Gabrieles ungewaschene Kartoffelhände deutlich zu sehen waren.

Hannelore legte verschwörerisch den Finger auf den Mund. »Ich bring das schnell in Ordnung, Gabi. Wasch dir die Hände und mach dann die Teller!«

Verlegen sah Gabriele ihre kleine Schwester heimlich im Bad verschwinden, während Christine ihre Mutter in ein Gespräch verwickelte. Die bemerkenswerte Strenge im Hause Kraft hatte für die Schwestern auch etwas Gutes: Sie hielten zusammen wie Pech und Schwefel!

Eine halbe Stunde später saßen sie am Esstisch. Erna faltete die Hände und setzte zum Vaterunser an, doch Karl fuhr ihr sofort dazwischen. »Erna! Du bringst uns damit irgendwann in übelste Schwierigkeiten! Halt den Mund!«

Erna lief vor Empörung puterrot an. Wenn sie umgekehrt ihren Mann vor den Kindern zurechtweisen würde, hätten sie einen riesigen Streit. Sie konnte es nicht leiden, wenn er vor den Kindern ihre Autorität untergrub.

Mühsam zwang sie sich zu einem souveränen Lächeln. »Ich lasse mir viel von denen gefallen, Karl: Ich kämpfe um jeden Essenskrümel, leite die Jungen Pioniere einmal pro Woche und kaufe sogar regelmäßig *Fröhlich sein und singen* für meine Kinder. Das heißt nicht, dass ich jegliche Kultur aufgeben und gottlos werden muss!«

»Doch!«, schmatzte Karl unbeeindruckt mit reichlich vollen Backen. »Genau das heißt es! Und dieses Beten hört ab sofort auf! Ich sage dir das nicht noch einmal!«

Die Mädchen saßen mucksmäuschenstill und versuchten, unsichtbar zu sein. Sie wussten, dass ihre Mutter zutiefst gekränkt war und sie jeden noch so kleinen Verhaltensfehler nun hart bestrafen würde, um ihren Frust herauszulassen.

Gabriele schluckte ihren Bissen so leise wie möglich herunter und fügte innerlich *Beten* ihrer Liste hinzu. Sie hatte im Kopf eine Liste der Dinge angefangen, die sie alle im Westen endlich tun konnten, ohne in Schwierigkeiten zu geraten oder gar bestraft zu werden. Es würde ihrer Mutter gefallen, endlich wieder beten zu können. Sie war streng katholisch aufgewachsen und dass ihre eigenen Kinder mit dem Ausruf ‚*Immer bereit!*‘ anstelle eines Amens aufwuchsen, nagte sehr an ihr.

Karl schien von der angespannten Atmosphäre am Tisch nichts zu merken und schob auf einmal seinen Stuhl ein Stück zurück, um einen Umschlag vom Sekretär hinter ihm zu holen. »Das ist übrigens vorhin angekommen: ein Brief von Tante Hilde!«

Tante Hilde war die jüngere Schwester seiner vor langer Zeit verstorbenen Großmutter. Sie war mittlerweile allerdings sechsundachtzig Jahre alt und litt an Altersdemenz. Gabriele spürte wie ihr Puls schlagartig anstieg.

Karl zog einen kleinen, mit säuberlicher Handschrift geschriebenen Brief aus dem Umschlag und begann zu lesen.

»*Liebe Familie, ich hoffe, dieser Brief erreicht euch bei bester Gesundheit. Ich erfreue mich derzeit an einer besseren Gemütsverfassung und wende mich nun mit einer großen Bitte an euch. Ich soll am 5. Oktober am frühen Abend einen Spezialisten in Potsdam aufsuchen und traue mir den Weg dorthin allein nicht zu. Wäre eure Älteste bereit, mich zu begleiten? Ich weiß, meine unbescheidene Anfrage bereitet euch womöglich viele Umstände.*«

»Das tut sie in der Tat!«, rief Erna empört aus. »Mit gerade mal zwanzig und noch dazu unverheiratet allein durch die halbe Republik reisen – so weit kommt es gerade noch!«

Gabriele griff mit unruhiger Hand nach dem Wasserglas vor ihr. Es war offensichtlich der Brief von der falschen Tante Hilde, den Alfred angekündigt hatte. Wenn ihre Eltern etwas merkten, würde hier und jetzt alles aus und vorbei sein! Sie wagte nicht, ihren Vater anzusehen, als dieser unbeirrt fortfuhr.

»*Ich hoffe, ihr versteht mein Anliegen. Ich habe hier keine Verwandten in der Nähe und ich würde endlich meine Gabriele wiedersehen! Verzeiht mir die große Bitte meines Schreibens. Herzlichst, eure Tante Hilde.*«

»Seit wann ist sie denn so begeistert von unserer Gabi?«, fragte Erna skeptisch. »Wann hast du sie das letzte Mal gesehen, Gabi?

Weihnachten vor drei Jahren? Ich kann mich nicht erinnern, dass sie dich so ausdrücklich ins Herz geschlossen hatte!«

Gabriele schlug das Herz bis zum Hals. *‚Du darfst dir keinen Fehler erlauben, hörst du?‘*, klang Alfreds Stimme in ihrem Ohr. »Ich habe ihr hin und wieder geschrieben«, log sie schließlich mit unsicherer Stimme. »Nicht oft«, korrigierte sie sich schnell, als sie Ernas ungläubigen Blick sah, »aber eben doch ab und zu. Ich mag sie einfach sehr gerne!«

»Tatsächlich?« Erna zog eine Augenbraue hoch und sah ihre Tochter prüfend an. Gabriele zwang sich, ihrem Blick standzuhalten und nickte.

»Das ist sehr löblich von dir!«, mischte sich nun auch Karl ins Gespräch ein. Er war bei seiner Großmutter aufgewachsen und Tante Hilde lag ihm als nächste Verwandte seiner Großmutter daher sehr am Herzen. Er las den Brief schweigend erneut durch.

»Ihre Handschrift sieht anders aus«, stellte er erstaunt fest. »Und sie hat vergessen, einen Absender zu schreiben!«

Gabriele umklammerte ihr Wasserglas und fühlte, wie ihr Kleid am Rücken klebte. »Vielleicht hat jemand anders den Brief für sie geschrieben?«, warf sie unsicher ein. »Sie ist immerhin schon sehr alt und sieht bestimmt nicht mehr so gut.«

»Das kann in der Tat sein«, gab Karl brummend zu.

»Ich kann ihr auch schreiben, wenn Gabi mir die Adresse gibt. Darf ich?«, fragte Christine bittend dazwischen. Es gab wenige Gelegenheiten, bei denen die Mädchen das Interesse und Wohlwollen ihres Vaters wecken konnten und dies schien eine solche zu sein.

Karl sah lächelnd auf, doch Erna fuhr gereizt dazwischen. »Was für eine Schnapsidee! Gabi hat gerade erst ihre neue Stelle angetreten, da kann sie sich doch nicht einfach mal eben so frei nehmen!«

»Ich arbeite da schon seit über einem Jahr, Mutti«, unterbrach Gabriele sie unüberlegt.

Wütend fuhr Erna herum. »Wie kannst du es wagen, mir über den Mund zu fahren!«

Gabriele schwieg erschrocken. Ihre Mutter jetzt gegen sich aufzubringen, war keine gute Idee! Sie musste den Mund halten, aber ihre Mutter hatte offenbar nicht vor, sie einfach so gehen zu lassen.

Zu Gabrieles großen Erstaunen schaltete sich nun ihr Vater ein und gebot seiner Frau mit einer Handbewegung zu schweigen. »Tante Hilde braucht Hilfe und offenbar hat unsere Gabi einen guten Eindruck hinterlassen. Weiß Gott, das ist nicht oft der Fall! Schätzen wir uns also glücklich und senden das Kind hin! Gabi, kannst du dir Urlaub nehmen?«

Gabriele nickte eifrig und bemühte sich, keinen Freudentanz zu machen.

»Wunderbar, so soll es dann sein! Aber mach uns keine Schande!« Gutmütig tätschelte er Gabriele auf den Kopf und zog seine Hand jedoch sogleich wieder verlegen zurück. Hannelore sah mit großen Augen auf. So liebevoll war ihr Vater nur sehr selten und sie hätte alles dafür gegeben, jetzt an Gabrieles Stelle zu sein.

»Vati, vielleicht kann Gabi dann ja ein Gebet für Mutti sprechen, wenn sie in Berlin durch den westlichen Teil fahren? Da darf sie das ja tun und dann muss Mutti nicht gottlos sein.«

Wie eine Furie sprang Erna auf und ließ ihre flache Hand mit einem laut vernehmbaren Klatschen auf Hannelores Wange niedersausen. »Du vorlaute Göre! Ich bin dein großes Mundwerk langsam wirklich leid! Wie lautet das Pioniergesetz?«, brüllte sie Hannelore unbeherrscht an.

Hannelore schrie auf und hielt sich die brennende Wange. »Wir sind Freunde der Sowjetunion?«, fragte sie mit zittriger Stimme. Leider hatte keines der Kinder das Glück, unter Stress schnell denken zu können. Wutentbrannt sauste Ernas Hand erneut auf Hannelore herunter. Diesmal hinterließ sie einen deutlich sichtbaren Handabdruck auf der anderen Wange.

Hannelore hielt sich nun den Kopf mit beiden Händen und heulte laut, was Erna nur noch wütender machte. Christine trat ihre Zwillingsschwester vorsichtig mit dem Fuß unter dem Tisch, um ihr zu verstehen zu geben, dass sie unbedingt aufhören musste zu weinen. Erna griff aggressiv nach Hannelores Händen und hielt diese mit eisernem Griff fest. »Hanne! Wie lautet das Gesetz?«

»Wir lernen gut?«, heulte Hannelore mit nun ungeschütztem Gesicht und panisch aufgerissenen Augen in Ernas Gesicht.

»Schön wär's!«, brüllte Erna, riss eine Hand los und gab Hannelore einen erneuten Schlag ins Gesicht. Zu ihrem Unglück hatte die arme Hannelore versucht, ihren Kopf schützend zur Seite zu drehen, sodass die Ohrfeige sie mit voller Wucht auf dem Ohr traf.

Gabriele zuckte bei dem lauten Knall zusammen und sog ungewollt hörbar Luft ein. Sie kannte diese Schläge aufs Ohr, danach klingelten einem manchmal noch am nächsten Tag die Ohren. Auch sie trat Hannelore nun unter dem Tisch und als Hannelore sie kurz ansah, formte sie kaum merklich das Wort *Eltern* mit dem Mund.

»Wir achten unsere Eltern!«, schrie Hannelore nun bebend heraus, während ihr Tränen und Rotz auf den mit roten Striemen gezeichneten Wangen klebten.

»Na also!«, sagte Erna und beruhigte sich ein wenig. Zufrieden blickte sie auf ihre zitternde, nun sehr stille Tochter. »Ich sage es ja immer wieder: Alles eine Frage der guten Erziehung!« Triumphierend sah sie ihren Mann an, doch der würdigte sie keines Blickes und schien tief in den Zeilen des Briefes versunken zu sein.

Ernas Hand brannte und klebte unangenehm. Vorwurfsvoll blickte sie auf Hannelore und ging zum Spülbecken, um ihre Hand unter kaltem Wasser abzuwaschen. Christine und Gabriele atmeten erleichtert auf und Karl schob den Brief zurück in den Umschlag, als sei nichts geschehen.

»Wann fährst du los, Gabi?«

»Ich denke, ich muss mir nur den Freitag freinehmen. Der Termin ist ja erst am Abend«, platzte Gabriele unüberlegt heraus.

»Woher weißt du aus dem Stegreif, dass der 5. Oktober ein Freitag ist?« Misstrauisch drehte sich Erna am Spülbecken um. »Habt ihr das etwa schon vorher ausgemacht, bevor sie uns den Brief geschrieben hat?«

»Nein!«, log Gabriele schnell.

,Du darfst dir keinen Fehler erlauben, hörst du!', ging es ihr er-

neut durch den Kopf.

»Ich habe gestern gerade ein paar Buchungen für meinen Chef für Anfang Oktober gemacht, daher wusste ich das!«

Einen Moment lang war Gabriele selbst überrascht, wie routiniert und selbstbewusst sie soeben gelogen hatte. Normalerweise verhedderte sie sich in solchen Momenten hoffnungslos.

»Gut, dann haben wir das ja geklärt!«, beendete Karl das Gespräch. »Erna, was gibt es zum Nachtisch?«

»Eingelegten Apfelkompott von gestern!«

Karl verzog missmutig das Gesicht, während Erna in der Küche verschwand, um den Nachtisch zu holen. Die Mädchen bemühten sich, die Teller möglichst geräuschlos zu stapeln und alles rasch in die Küche zu tragen. Hannelore sah noch immer benommen aus und die Finger von Ernas Hand waren deutlich auf beiden Wangen zu sehen.

Nur noch zwei Monate!, dachte Gabriele sehnsüchtig.

Vielleicht würde Alfred einfach nur ihre Schwestern in den Westen holen. Gabriele war immerhin schon zwanzig und sie würde im Westen so viel Geld verdienen, dass sie bestimmt problemlos alle würde versorgen können. Sie unterdrückte ein Lächeln bei diesem Gedanken.

Nur noch zwei Monate!

~ KAPITEL 27 ~

Die Flucht

ROSTOCK, BEZIRK SCHWERIN, DDR. 5. OKTOBER 1956.
HAUPTBAHNHOF.

Aufgeregt und mit hochroten Wangen wartete Gabriele am frühen Morgen am Rostocker Hauptbahnhof auf den Zug. Es war gerade mal halb sechs, doch sie hatte eine lange Fahrt vor sich: Die Verbindung über Neustrelitz war schon seit langer Zeit unterbrochen und ihr Weg führte nun über Neubrandenburg.

Sie hatte erwartet, dass ihr ein Abschnittsbevollmächtigter folgen oder sie eine gezieltere Überwachung bemerken würde, seitdem sie den Antrag auf eine Reise nach Ostberlin gestellt hatte, doch ihr war nichts aufgefallen und der Bahnhof wirkte um diese Uhrzeit wie ausgestorben.

Sie hatte sich am vorherigen Abend ohne große Emotionen von ihrer Mutter verabschiedet. Es war eigentlich traurig, aber sie würde ihre Mutter sicherlich nicht vermissen! Ihr Vater hatte sie an diesem Morgen gewohnt brüsk verabschiedet und ein Nachbar aus Brinckmansdorf hatte Gabriele mit dem Auto zum Rostocker Bahnhof gefahren. Hannelore hatte darauf bestanden, Gabriele zu begleiten – trotz des knapp fünf Kilometer langen Rückweges, der anschließend auf sie warten würde. Sie lief eingehakt neben Gabriele her und wirkte ebenso aufgeregt wie ihre große Schwester selbst.

»Du kommst wegen mir doch nicht zu spät zur Schule, oder?«, fragte Gabriele. Hannelores und Christines Klassenlehrerin war für ihre Strenge sowie ihren tanzenden Rohrstock bekannt.

»Ja, keine Sorge! Ich gehe danach zur Schule«, antwortete Hannelore laut.

Gabriele blickte ihre Schwester verwirrt an. Seit einigen Wochen gab Hannelore oft merkwürdige Antworten und man musste das Gesagte häufig mindestens einmal wiederholen, bevor man eine passende Antwort zur Frage bekam. Sie hatte sich schon so manchen Ärger damit eingehandelt und war seitdem ungewohnt still geworden. Gabriele drehte sie zu sich herum und sah ihr ins Gesicht.

»Du musst besser zuhören, Hanne! Sonst kriegst du nur noch mehr Dresche!«

Hannelore blickte konzentriert auf Gabrieles Lippen und nickte. Sie schien mit sich zu ringen und gab Gabriele schließlich eine stürmische Umarmung. Gabrieles Freude sank plötzlich wie ein Kartenhaus in sich zusammen. Ihre Schwestern bedeuteten ihr viel und sie durfte sich jetzt nichts anmerken lassen!

»Wir sehen uns ganz bald wieder, Hanne, versprochen!«

Hannelore ließ sie schließlich los und blickte Gabriele fragend an. »Wir sehen uns doch wieder, oder?«, fragte sie unsicher.

»Das habe ich doch gerade gesagt, Hanne! Wir sehen uns ganz bald!«

Hannelore blickte ihre große Schwester konzentriert an und nickte dann heftig. Der Zug fuhr ein und Gabriele umarmte sie erneut. Beide kämpften mit den Tränen und Gabriele fragte sich plötzlich, ob sie die richtige Entscheidung getroffen hatte. War es das wert?

Hannelore drückte sie noch einmal fest an sich, als der Zug neben ihnen zum Stillstand kam. »Ich weiß, dass du nicht wiederkommst!«, flüsterte sie kaum hörbar. Dann machte sie sich los und rannte mit ihrer Schultasche davon.

Gabriele starrte ihr mit offenem Mund nach und unterdrückte nur mühsam den Impuls, ihr hinterher zu laufen. Woher wusste Hanne das? Wusste es sonst noch jemand? Oder war es einfach nur eine kindliche Befürchtung, die nichts mit Gabrieles Plänen zu tun hatte?

Sie hielt ihren Fahrschein fest umklammert und sah auf den Zug. Sollte sie oder sollte sie nicht? Sie gab sich schließlich einen Ruck und stieg ein. Sie würde zwar nicht wiederkommen, aber sie würde zumindest ihre Schwestern so bald wie möglich in den Westen holen und dort würde alles besser werden! Ihre Eltern sagten immer wieder, dass die Grenzen ohnehin nicht ewig bestehen und Deutschland bald wieder eins werden würde. Nichts war für immer und es konnte nur besser werden. Tapfer schluckte sie die Traurigkeit herunter und suchte sich einen Sitzplatz.

Das Innere der Deutschen Reichsbahn war ziemlich heruntergekommen und es roch scheußlich nach Zigaretten in den überfüllten Zugabteilen, doch Gabriele nahm es vor Aufregung kaum war. Sie war das letzte Mal als kleines Kind Bahn gefahren, doch das war während des Zweiten Weltkrieges auf einer dörflichen Strecke gewesen, wo sie vom Krieg nicht viel mitbekommen hatten. Gabriele erinnerte sich nicht mehr genau, wann und wo es gewesen war, aber die Zugabteile hatten damals einen unglaublichen Eindruck auf sie gemacht. Die Sitze waren gepolstert wie in einem Wohnzimmer gewesen und es waren Männer in Uniform vorbeigekommen, die mit einem umgehängten Tablett Süßigkeiten verkauft hatten.

Der Waggon, in dem Gabriele nun saß, hatte mit dieser Erinnerung allerdings nichts mehr zu tun. Viele Züge der Deutschen Reichsbahn sowie deren Einrichtung waren nach der Machtübernahme der UdSSR in die Sowjetunion gewandert – selbiges galt selbst für die Eisenbahnschienen. Die meisten Bahnstrecken waren derzeit nur noch eingleisig, da alle weiteren Schienen herausgerissen und als Reparaturzahlungen an die Sowjetunion gegangen waren.

Gabriele konnte jedoch froh sein, überhaupt einen Sitzplatz in dem überfüllten Abteil gefunden zu haben und, im Gegensatz zu den meisten anderen Passagieren, nur eine sehr leichte Tasche auf den Knien zu halten. Auf der Holzbank gegenüber saß eine Frau Mitte Zwanzig mit drei kleinen, äußerst zappeligen Kindern auf dem Schoß. Ihre Füße standen auf ihrem Gepäck und sie wippten darauf im beständigen Kinder-Balance-Akt hin und her.

Bei diesem Anblick wurde Gabriele wieder einmal klar, dass Kinder nichts für sie waren. Entschuldigend lächelte die junge Mutter ihr zu, während sie mit einem Arm das jüngste Kind abstützte, mit der Hand desselben Armes dem zweiten Kind die Nase abputzte und mit der Hand des anderen Armes Fingerspiele machte, um Kind Nummer drei bei Laune zu halten. Allein vom Hinsehen fühlte Gabriele sich gestresst. Eine ekelerregende Mischung aus Zigarettenrauch, Schweiß und übervollen Windeln waberte in der feuchten Luft.

Gabriele schloss die Augen und versuchte, sich zu entspannen. Ihre Füße begannen, trotz der recht herbstlichen 11°C zu schwitzen. Sie hatte ihr Gepäck klein halten wollen und trug daher mehrere Kleidungsschichten übereinander, ganz zu schweigen von dem warmen Spezialschal für Tante Hilde. Sie hatte sich zudem für eine dickere Strumpfhose sowie geschlossene Halbschuhe entschieden, um weiteres Geld für ihren Neuanfang in den Schuhsohlen sowie in der Strumpfhose zu verstauen. Dieser Ort war ihr am sichersten erschienen, denn es war ihr letztes Geld.

Knapp acht vollständige Gehälter waren an Alfred gegangen. Er hatte gesagt, dass das kaum ausreichen würde, um den falschen Pass zu bezahlen, aber er hatte versprochen, für den Rest aufzukommen. Eine genaue Summe hatte er ihr nie genannt, aber die knapp 5.500 Mark hatte sie sich furchtbar mühsam abgespart – ganz zu schweigen von dem Geld für Tante Hilde sowie den kleinen, aber dennoch nennenswerten Ersparnissen für sich selbst.

Es war Gabrieles Glück, dass in Rostock derzeit ohnehin nicht viel modischer Schnickschnack erhältlich war, sonst wäre sie womöglich doch schwach geworden. Aber das Ansparen dieser großen Summe vor ihren Eltern geheim zu halten, war alles andere als leicht gewesen. Sie musste schließlich auch zu Hause Abgaben leisten und so hatte sie seit Arbeitsbeginn in Bezug auf ihr Gehalt gelogen.

Glücklicherweise wusste jeder, wie sehr die Holzfachhandlung ums Überleben kämpfte und so hatte Gabriele des Öfteren vermeintliche Gehaltsausfälle damit rechtfertigen können. Sie war seit knapp anderthalb Jahren als Facharbeiterin für Schreibkraft in der Theodor Heintze Holzfachhandlung beschäftigt.

Ihr Vater war zunächst begeistert gewesen, weil er gehofft hatte, über Gabriele vergünstigt an Materialien für sein eigenes Haus zu kommen. Die Enttäuschung war groß gewesen, als sich dieser Traum schnell in Luft auflöste. Der kleine Familienbetrieb verfügte selbst über eine nur geringe Auswahl an Möbeln sowie Holzvorräten und kämpfte seit seiner Eröffnung um seine Existenz. Gabriele hingegen war froh gewesen, mit ihrer schlechten Abschlussnote überhaupt eine Anstellung gefunden zu haben.

Doch die Arbeit dort würde sie sicherlich nicht vermissen. Die Verkaufszahlen der letzten Zeit waren schlechter denn je gewesen und ihr Chef hatte sich besonders Gabriele gegenüber nicht gerade von seiner freundlichsten Seite gezeigt. Hämisch grinsend malte sie sich sein Gesicht aus, wenn er am Montag feststellen würde, dass seine Angestellte verschwunden war. Statt in dem muffigen, kleinen Raum langweilige Briefe zu schreiben und sinnlose Diktate zu stenografieren, würde sie bereits im Westen sein und vielleicht sogar schon Alfred wiedersehen.

Er hatte nicht gesagt, wann er sie in Marienfelde abholen würde, doch allzu lange würde es sicherlich nicht dauern. Schon heute Abend würde sie sich dort melden. Dann gab es offenbar ein Gespräch und sobald sie sehen würden, dass Gabriele ungefährlich war, konnte sie ihr neues Leben mit Alfred beginnen! Trotz des unbequemen Schuhwerks breitete sich ein Strahlen auf ihrem Gesicht aus.

»Wenigstens die junge Dame nimmt die Verspätung mit Humor!«, hörte sie plötzlich eine männliche Stimme im Abteil. Neben der Frau mit den drei Kindern saß nun ein Mann, vermutlich ihr Ehemann, denn auch seine Füße standen auf dem Gepäck. Er lächelte ihr schief zu. Gabriele schreckte auf. Sie sollte fahrplanmäßig gegen vierzehn Uhr in Ostberlin ankommen und die S-Bahn nach Westberlin ging kurz nach siebzehn Uhr. Ein kleiner zeitlicher

Spielraum war also eingeplant, doch größere Verspätungen oder gar Betriebsausfälle konnten ihr womöglich einen gewaltigen Strich durch die Rechnung machen!

»Wie viel Verspätung haben wir denn?«, fragte Gabriele nervös.

»Das hat der Schaffner nicht gesagt, aber wir hätten schon vor knapp einer Stunde in Neubrandenburg sein sollen.«

Gabriele fühlte, wie ihr schlagartig der Schweiß ausbrach. Das könnte unglaublich knapp werden! Würde Tante Hilde am Bahnhof warten und möglicherweise auch später mit ihr nach Westberlin fahren oder würde Gabriele letztendlich allein in Ostberlin dastehen? Die Adresse ihrer richtigen Tante Hilde hatte sie nicht dabei – war das vielleicht dumm gewesen? Sie hatte nur eine kleine Tasche mit dem Allernötigsten mitgenommen und für den Fall einer Kontrolle nur die Kontaktadresse der falschen Tante Hilde mitgenommen. Auf ihr Tagebuch, Erinnerungsstücke und Fotos hatte sie in letzter Minute verzichtet. Das war ihr sehr schwergefallen, aber die Vorfreude hatte letztendlich überwogen.

Doch was sollte sie tun, wenn der Traum nun geplatzt war? Sie hatte genügend Geld bei sich, um ein paar Tage über die Runden und dann wieder nach Hause zu kommen, gar keine Frage. Aber das wollte sie auf gar keinen Fall! Ihre Entscheidung für Alfred und ein Leben im Westen war schon vor langer Zeit gefallen, ein Zurück war einfach ausgeschlossen! Doch woher sollte sie wissen, wo sie hinmusste? Und welchen plausiblen Grund hatte sie im Alleingang im Falle einer Kontrolle vorzuweisen, warum sie die S-Bahn nach Potsdam nehmen musste, die durch Westberlin fuhr?

»Müssen Sie denn pünktlich in Berlin sein?«, fragte ein Herr neben ihr.

Gabriele öffnete den Mund, um ihrer Anspannung Luft zu machen und schloss ihn gerade noch in letzter Sekunde wieder. Alfred hatte ihr wieder und wieder eingebläut, nur das Allernötigste zu sagen für den Fall, dass ihr ein Spitzel folgte.

»Ich werde am Bahnhof von meiner Familie erwartet!«, antwortete sie daher knapp.

Der Mann nickte freundlich und zog dann seinen Hut zum Schlafen über sein Gesicht. Er sah nicht sonderlich verdächtig aus, doch Gabriele zwang sich zum Schweigen. Sie war so aufgeregt, dass sie viel dafür gegeben hätte, zumindest einen Teil ihrer Gedanken mit jemandem teilen zu können, aber sie wusste, dass Alfred recht hatte. Sie musste vorsichtig sein!

Ab heute Abend konnte sie sich hoffentlich endlich alles von der Seele reden, worauf sie Lust hatte – ausgiebig, ausschweifend und, zum ersten Mal seit langem, unzensiert!

Gabriele rückte ein wenig ungemütlich auf der harten Holzbank hin und her. Sie wagte nicht aufzustehen und womöglich ihren Sitzplatz zu verlieren. Der Zug platzte nahezu aus allen Nähten und wenn sie tatsächlich noch eine lange Fahrt vor sich hatte, dann sollte sie besser alles daran setzen, ihren Platz zu verteidigen. Für ihr Leben gerne hätte sie ihre dampfenden Schuhe ausgezogen, aber auch das ging nicht. Seufzend nahm sie ihr Brot aus der Tasche und setzte sich auf ihr Hab und Gut. Das war zumindest ein wenig bequemer, als die Tasche verkrampft auf ihrem Schoß zu halten.

Sie dachte an alles, was sich heute noch ereignen würde und fühlte, dass ihre Schläfen unangenehm pochten. Sie hatte die Nacht zuvor nicht geschlafen und die lange Zeit der Anspannung forderte nun ihren Tribut. Schweigend und gedanklich abwesend schlang sie das fade schmeckende Brot herunter und lehnte sich dann wieder an die Rückbank. Vielleicht würde sie vor ihrer Ankunft zumindest ein wenig Schlaf bekommen. Solange ihr niemand den Schal oder die Schuhe stahl, konnte schließlich nicht viel passieren.

»Nächste Station: Berlin-Ostbahnhof. Endstation! Bitte alle aussteigen!«, schnarrte die männliche Ansagestimme durch die Abteile. Gabriele schreckte hoch und ihre Anspannung stieg erneut rasant an.

»Entschuldigung, können Sie mir sagen, wie spät es ist?«, fragte sie eine Dame im Abteil, die eine elegante Armbanduhr zur Schau trug.

Mit einer ausladenden Armbewegung führte die Dame die Uhr zu ihrem Gesicht. »Es ist kurz nach halb fünf!«

Gabriele erstarrte. Ihr Zug hatte gut zweieinhalb Stunden Verspätung! Der Herr mit dem Hut war noch immer im Abteil. Alle anderen Fahrgäste waren im Laufe der Fahrt an verschiedenen Orten ausgestiegen. Er schlief inzwischen nicht mehr und lächelte Gabriele freundlich an.

»Das ist aber ärgerlich!«, sagte er. »Hoffentlich hat ihre Familie so lange gewartet?«

Gabriele wurde nervös. War er ein Spitzel oder war es Zufall, dass er noch immer neben ihr saß? Sie zwang sich zur Ruhe.

»Ja, hoffentlich ist noch jemand da«, antwortete sie mühsam zurücklächelnd.

»Sie haben Glück, dass wir nicht noch obendrein im Zug kontrolliert worden sind. Normalerweise wird jeder Zug nach Ostberlin wegen möglicher Republikflucht kontrolliert.«

Sie stand eine Spur zu schnell auf, rieb sich das reichlich verspannte Hinterteil und spürte den nun heftigen Druck ihrer prall gefüllten Schuhe. Das Brennen lenkte sie kurzfristig von dem Herrn und ihrer Nervosität ab. Wie würde sie sich freuen, wenn sie endlich wieder in ganz normalen Schuhen gehen konnte! Sie bemühte sich, so unauffällig wie möglich zum Ausgang zu gehen und sah, wie der Zug langsam in den Bahnhof einfuhr. In letzter Sekunde fiel ihr das Taschenzeichen ein.

Der Mann mit dem Hut stand einige Meter hinter ihr, getrennt durch einige andere Passagiere. Auch er schien nach draußen zu sehen und verhielt sich augenscheinlich normal. War er ein Spitzel oder nicht?

Gabriele atmete tief ein und hängte sich kurz entschlossen die Tasche über die Schulter – das Zeichen, dass alles in Ordnung war. Hoffentlich war Tante Hilde noch da!

Als der Zug zum Stehen kam, ging sie langsam das Gleis entlang. Sie hielt Ausschau nach einer Frau, welche die falsche Tante Hilde sein könnte, während sie gleichzeitig den Mann mit dem Hut im Auge behielt. Er folgte recht dicht hinter ihr und lächelte ihr zu, als er ihren Blick bemerkte. Gabriele spürte, dass ihre Knie zitterten

und es forderte all ihre Kraft, einen halbwegs natürlichen Gang beizubehalten. Zu ihrer großen Erleichterung überholte er sie schließlich und lief auf einen wartenden Mann mit einer Aktentasche zu,
dem er eifrig die Hand schüttelte. Am Gleisende blieb sie stehen und
sah sich um.

Eine ältere Dame mit strohigen Haaren und zerknittertem Kleid
trat schließlich hinter einer kleinen Menschenansammlung hervor.
»Liebes Kind, du bist spät!«

Grenzenlose Erleichterung machte sich in Gabriele breit und augenblicklich fiel ein großer Teil der Anspannung vorübergehend von
ihr ab. Sie machte den Mund auf, um zu antworten, als sie Tante
Hildes mahnenden Blick sah. Ihr fiel ein, dass Alfred ihr mehrmals
gesagt hatte, in der Öffentlichkeit keine Namen zu nennen. Sie be-
schränkte sich daher auf ein Lächeln und hakte sich naserümpfend
ein. Tante Hilde roch sehr nach Schweiß und sah nicht sonderlich
gepflegt aus. Gabriele war naiv davon ausgegangen, dass Tante Hilde eine elegante Dame sein würde, die ihrer echten Tante Hilde zumindest ein wenig ähnlich sah. Doch diese Frau war so weit davon
entfernt wie es nur irgend ging! Ihre tatsächliche Tante Hilde war
im Gegensatz zu dieser Dame immer sehr gepflegt und zudem im
vollständigen Besitz aller ihrer Zähne gewesen.

»Wir müssen uns beeilen, liebes Kind!«, plauderte die herunter-
gekommene Frau gekünstelt. »Mein Termin ist bereits in einer Stunde und die S-Bahn geht um zehn nach fünf. Komm! Hast du alles
dabei?«, fragte sie beiläufig.

Gabriele nickte schweigend. Die Blasen an ihren Füßen brannten
wie Feuer und sie hatte plötzlich unbeschreibliche Angst vor dem
nun unmittelbar bevorstehenden Grenzübertritt. Ihr fielen unzählige schreckliche Geschichten ein, die man sich hinter vorgehaltener
Hand von Menschen erzählte, deren versuchte Republikflucht auf-
geflogen war. Sie waren in Gefängnisse gewandert, lange unter üb-
len Bedingungen verhört oder einfach jahrelang weggesperrt worden.

Papperlapapp!, schalt sie sich schließlich in Gedanken aus. Das waren bestimmt nur Horrorgeschichten von Menschen, die zu feige gewesen waren, es zu versuchen!

»Ist dir kalt, Tante Hilde?« Gabriele erinnerte sich plötzlich an die Vereinbarung. Sie nahm den wertvollen Schal ab und hängte ihn der Frau um den Hals. Diese nickte und ging schnellen Schrittes neben Gabriele weiter. Es ging im Berliner Ostbahnhof hoch her und Gabriele verlor bei all den Menschen, Treppen und Ausgängen schnell die Übersicht. Blind lief sie der fremden Frau hinterher und versuchte erfolglos, sich zu orientieren. Tante Hilde schob sie in eine S-Bahn und nickte ihr zu, sich ein paar Sitze weiter entfernt, aber dennoch in der Nähe hinzusetzen.

Angespannt starrte Gabriele vor sich hin und versuchte, sich genauso zu verhalten wie Tante Hilde. Warum durfte sie nicht einfach neben ihr sitzen? Sie waren zumindest offiziell doch Tante und Nichte! Ihre Hände umklammerten ihren Fahrschein. Dunkel erinnerte sie sich, dass die Frau ihr diesen vor ein paar Minuten wortlos zugesteckt hatte. Hatte Tante Hilde den Fahrschein schon vorher besorgt oder war Gabriele dabei gewesen? Sie konnte sich nicht mehr erinnern – zu groß waren die plötzliche Anspannung und die Konzentration auf potenzielle Spitzel um sie herum.

»Friedrichstraße ist die nächste Station!«, raunte ihr die falsche Tante Hilde plötzlich unvermittelt zu.

Die letzte Station im Osten!

Vor den Fenstern sah Gabriele plötzlich drei Volkspolizisten und mehrere Hunde. Mit rasendem Puls schob Gabriele kurzerhand und ohne nachzudenken ihren DDR-Ausweis sowie das Ausreisevisum unter die vielen Kleiderschichten und zog so unauffällig wie möglich den BRD-Reisepass aus dem Schuh. Wie gut, dass Alfred an alles gedacht hatte! Sie war nun offiziell Westdeutsche und die Volkspolizisten würden sie ab hier nicht mehr aufhalten können.

Erleichtert nickte sie Tante Hilde zu, die sich mit aufgerissenen Augen mehrfach laut räusperte und stürmte strahlend zur Tür. Selbstbewusst hielt sie ihren neuen Reisepass in der Hand, als sie sich an den Volkspolizisten vorbeischob und auf die Schilder zulief, die sie auf die S-Bahn Richtung Marienfelde verwiesen.

Ob es letztendlich ihre naive Dumm-Dreistigkeit gewesen war, ob die Volkspolizisten gerade einer anderen Spur nachgingen oder ob sie in dem Moment gutmütig wegsahen – Gabriele würde es nie erfahren. Erst viel später wurde ihr bewusst, welch ein unbeschreibliches Glück sie an diesem Tag gehabt hatte. Noch Jahre später wachte sie oft schweißgebadet auf, als sie in Träumen alles durchlebte, was in diesem Moment hätte schiefgehen können.

Dabei hatte sie noch nicht einmal den Wachposten an den Westgleisen bemerkt, der im Alleingang mehrere DDR-Bürger kontrollierte und Gabriele sehr wohl an ihm vorbeilaufen sah. Er war jedoch zu sehr beschäftigt, um sie aufzuhalten, denn sein Kollege war gerade für ein paar Minuten in die U-Bahn gerufen worden. Gabriele hätte es nicht besser planen können, doch sie bemerkte seinen Blick noch nicht einmal. Sie war voll und ganz auf die Beschilderung fixiert und durch den gefälschten Reisepass in dem wahnwitzigen Glauben, dass sie sich goldrichtig verhielt und ihr nichts mehr passieren konnte.

An diesem 5. Oktober schien auf einmal alles in Ordnung zu sein. Sie merkte noch nicht einmal, dass sie sich keinen neuen Fahrschein gekauft hatte und der alte in dieser neuen S-Bahn nicht galt. In Berlin-Marienfelde stieg sie aus und hätte vor Glück weinen können. Sie war frei! Und es war überhaupt nicht schwierig gewesen!

Warum hatte Alfred ihr so viel Angst eingejagt? Von der enormen Anspannung einmal abgesehen, schien es kein Problem zu sein, auch den Rest ihrer Familie nachzuholen. Gut, ihre Eltern konnten gerne in Rostock bleiben, wenn sie wollten, aber ihre Schwestern könnten zu ihr in den Westen kommen und sie würden es hier gut zusammen haben!

Euphorisch fragte sie sich zum Notaufnahmelager Marienfelde durch. Ihr wurde allerdings recht schnell klar, dass sie nicht hätte fragen, sondern einfach den anderen knapp zehn Aussteigenden hätte folgen müssen, denn sie hatten alle dasselbe Ziel.

Vor dem Notaufnahmelager traf sie schlagartig die Ernüchterung:

Es war wie eine hoffnungslos überfüllte Kleinstadt und summte wie im Bienenstock! Unzählige Menschen standen vor verschiedenen Hauseingängen Schlange, andere wiederum saßen oder lagen an die Hauswände gelehnt und die vereinzelten Bänke waren von Insassen belagert, welche die Neuankömmlinge teilnahmslos beobachteten.

Marienfelde schien eine Ansammlung mehrerer heller, dreistöckiger Häuser zu sein, die alle schlicht und etwas wettergezeichnet waren. Die große bahnhofartige Uhr vor dem Haupteingang zeigte viertel nach sechs an. Gabriele hätte jede Wette abgeschlossen, dass es bereits sehr viel später war. Sie war geistig noch immer unglaublich aufgekratzt und überdreht, doch ihr Körper gab inzwischen recht deutliche Signale, was er von der Kombination Schlafmangel und Aufregung hielt.

Trotzdem war Gabriele nun euphorisch wie nie zuvor. Zwischenzeitlich hatte sie ein wenig daran gezweifelt, ob sie es so weit schaffen würde, aber nun war sie hier und konnte ihr neues Leben beginnen. Sie war im Westen! Und vielleicht würde Alfred sie ja schon dieses Wochenende abholen? Sie brannte darauf, ihm alles zu erzählen.

Die Uhr zeigte schließlich halb neun, als Gabriele an der Reihe war. Sie war einer der letzten Ankömmlinge gewesen und offenbar würde heute nicht mehr viel geschehen. Gabriele war davon ausgegangen, dass sie sofort verhört werden würde und damit in Marienfelde fertig wäre. Mehr als eine Nacht hatte sie hier eigentlich nicht eingeplant.

»Alle Achtung, bewahren Sie sich Ihren Optimismus! Den werden Sie hier noch brauchen!« Eine Mitarbeiterin aus Marienfelde, die ihr eine kleine Essensration, einen Schlafanzug, Zahnpasta und Seife zuteilte, lachte bei Gabrieles Frage laut auf.

Kleinlaut und verlegen bedankte sich Gabriele und ging mit ihren wenigen Habseligkeiten nach draußen zu den Bänken, um ihr Abendbrot zu essen.

Die erste Mahlzeit in Freiheit!, schoss es ihr durch den Kopf. Dies war einer der Momente, die sie sich zu Hause ausgemalt hatte.

Doch als sie nun vollkommen allein hier saß und auf dem kärglichen Brot herum kaute, sah die Welt plötzlich nicht ganz so glorreich aus, wie sie es sich vorgestellt hatte.

Schnell schlang sie das Essen herunter und schüttelte die aufkommende Traurigkeit ab. Sie hatte lange auf diesen Tag gewartet und sie würde sich jetzt nicht unterkriegen lassen, nur weil Manches vielleicht etwas anders aussah als zuvor gedacht. Sie hatte es geschafft! Sie war im Westen, Alfred würde sie bald abholen und dann würde sie alles Weitere planen, Schritt für Schritt.

Doch für heute war es genug gewesen. Ihr Kopf meldete sich nun recht unliebsam und ihre Schläfen pochten. Sie zog den Zettel mit der Nummer aus der Tasche, den man ihr gegeben hatte. Die Angestellte hatte gesagt, dass sie morgen einen Laufzettel bekommen würde – was auch immer das sein sollte. Doch für heute hatte sie Gabriele lediglich eine Nummer zugeteilt und sie ermahnt, niemandem ihren Namen zu sagen. Sie sollte stattdessen immer die ihr zugewiesene Nummer benutzen, da hin und wieder Agenten aus dem Osten in Marienfelde eingeschleust wurden.

Ermattet steckte Gabriele die zugeteilten Utensilien in ihre kleine Tasche und machte sich auf den Weg zu dem Schlafsaal, den man ihr genannt hatte. Es war ein kleiner Raum mit sechs Betten. Obwohl es noch recht früh war, schienen bereits alle anderen Zimmergenossen zu schlafen. Sie fühlte sich schmutzig und verschwitzt, aber auch ihr erschien der Gedanke an Schlaf plötzlich überwältigend verlockend. Gabriele legte daher ihre Tasche auf das einzig freie Hochbett, fiel auf die durchgelegene Matratze und zog die dünne, kratzige Decke über sich. Morgen würde die Welt sicherlich ganz anders aussehen. Vielleicht würde sie sogar ein wenig von Westberlin sehen. Und sie war nun endlich in derselben Stadt wie Alfred. Womöglich schlief er gerade ganz in ihrer Nähe.

Ein Lächeln deutete sich auf ihrem Gesicht an und Nummer 811 fiel in einen tiefen, erlebnisreichen Schlaf.

~ KAPITEL 28 ~

Von Innen nach Außen

NOTAUFNAHMELAGER MARIENFELDE. WESTBERLIN, AMERIKANISCHER SEKTOR, BRD. 6. OKTOBER 1956.

»Hey, 811, wach auf! Du musst zur amtsärztlichen Untersuchung!«

Verschlafen rieb sich Gabriele die Augen und sah sich um. Die anderen Betten waren bereits leer und die dünnen, braunen Decken waren mehr oder weniger ordentlich über die schmalen Pritschen gelegt worden. Sie hatte nicht viel Schlaf bekommen. Irgendjemand im Zimmer hatte pausenlos geschnarcht und auch das konstante Brummeln, Räuspern, Stöhnen und Quietschen von Matratzen war nicht sonderlich schlafförderlich gewesen.

Gabriele sah den Mann an, der sie soeben geweckt hatte. Er mochte vielleicht zwischen zwanzig und dreißig Jahre alt sein, doch er wirkte deutlich älter und seine Haare standen verstrubbelt nach allen Seiten ab.

»Ich bin nicht krank!«, murmelte sie schlaftrunken und ließ sich zurück auf die unbequeme Matratze fallen.

»Die amtsärztliche Untersuchung ist Pflicht! Die wollen nicht, dass du irgendwelche Zonen-Seuchen ins Lager schleppst und hier eine Epidemie auslöst!«

Empört setzte Gabriele sich auf. »Wir haben keine Seuchen in der DDR! Es mag bei uns nicht sehr modern sein, aber wir sind garantiert nicht ungepflegt und verlaust!«

Der Mann grinste lediglich bei ihrem Ausbruch. »So war das nicht gemeint. Es macht einfach Sinn, bei großen Menschenansammlungen wie hier in Marienfelde, gefährliche Krankheiten auszuschließen, um Epidemien zu verhindern. Du willst doch schließlich dein neues Leben nicht gleich im Krankenhaus starten, oder?«

Das musste Gabriele widerwillig einsehen. Sie setzte sich auf und merkte beschämt, dass sie alles andere als frisch roch. »Kann ich mich vorher waschen?«

»Dann beeil dich aber! Am Ende des Gangs links die Treppe runter und dann die erste Tür rechts. Aber flott, fünf Minuten!«

Gabriele rappelte sich auf und ging mit ihrem spärlichen Gepäck in die angewiesene Richtung. Sie hätte gerne auch ihre Haare gewaschen, aber dafür blieb einfach keine Zeit. Hurtig wusch sie sich mit den Händen über dem Waschbecken so gut es ging. Sie verstaute die vielen Kleiderschichten in ihrer kleinen Tasche, die nun eindeutig überquoll, und zog ein dünnes Sommerkleid an. Sonderlich warm war es zwar nicht, aber das Kleid roch eindeutig am angenehmsten von allen Kleidungsstücken. Ihr Blick fiel auf das rege Treiben draußen vor dem Fenster, wo wieder endlos lange Schlangen vor verschiedenen Gebäuden zu sehen waren. Vermutlich fanden die Aufnahmegespräche in mehreren Gebäuden statt, um die vielen Menschen schneller abzufertigen.

Gabriele ging zur angegebenen Tür und erschrak, als sie diese öffnete: Auch dieser Raum war maßlos überfüllt und von Privat- oder gar Intimsphäre war keine Spur! Die zu untersuchenden Ankömmlinge standen oder saßen spärlich bekleidet in dem großen Raum und warteten. Als Gabriele hineinkam, ging gerade ein Mann mittleren Alters in seiner Unterwäsche mit einer klar erkennbaren Stuhlprobe an Gabriele vorbei. Von tiefer Scham erfüllt, stolperte sie einen Schritt rückwärts Richtung Tür.

»Hoppla! Rein oder raus?«

Sie war mit einem anderen jungen Mann zusammengestoßen, der einen kleinen Behälter mit seinem Urin vor sich her balancierte.

»Ich weiß nicht, ob ich hier richtig bin!«, stammelte Gabriele verlegen und drehte sich nun mit hochrotem Kopf zur Tür um. *Sie würde sich weigern, das ging einfach zu weit!*

»Wenn du hierbleiben willst, dann musst du dich in jeder Hinsicht von innen nach außen kehren, da gibt es kein Entkommen!«, grinste der junge Mann neckend und schwenkte den kleinen Behälter triumphierend vor den Augen einer nun ebenfalls lächelnden Ärztin hin und her.

Gabriele stand unschlüssig im Türrahmen und sah sich um. Die meisten Menschen im Raum sahen müde und resigniert aus. Keiner schien sich für den anderen zu interessieren oder überhaupt aufzublicken. Sie würde hier sicherlich nicht halb bekleidet herumlaufen, aber wenn niemand hinsah, würde sie die Untersuchungen vielleicht überstehen, ohne vor Scham im Erdboden zu versinken, machte sie sich Mut.

Zögernd machte sie einen Schritt auf die lächelnde, junge Ärztin mit dem grellroten Lippenstift zu, während sie den Mann mit der Urinprobe geflissentlich ignorierte.

»Entschuldigen Sie bitte, ich heiße Gabr…«

»Stopp, das geht mich nichts an! Nie den Namen sagen, Herzchen! Hast du nicht die Durchsagen gehört?« Die Ärztin klang forsch mit ihrem harten, ausländischen Akzent, den Gabriele nicht zuordnen konnte. Doch sie zwinkerte ihr zu und nickte Richtung Wand, vor der bereits viele Lagerinsassen standen oder saßen. Offenbar war das die Warteschlange für die amtsärztliche Untersuchung. Gabriele ließ sich dort nieder, wo sie das Ende der Schlange vermutete und begann zu tun, was jeder andere hier tat: warten!

Nach zwei Stunden Wartezeit knurrte ihr Magen jedoch unangenehm laut und sie hätte ihr letztes Hab und Gut für ein Stück Brot gegeben. Doch sie wollte nach all der Warterei nicht einfach ihren Platz verlassen und sich womöglich neu anstellen müssen.

Wie seltsam es war, sich einsam und euphorisch zugleich zu fühlen! Wie gerne hätte sie ihre Flucht mit anderen Menschen geteilt und sich ausgetauscht. Diese merkwürdige Isolation, der sich die meisten Menschen unterzogen, schien Gabriele mehr als unnatürlich. Sie waren endlich frei und durften sagen, was sie wollten! Ging es nur ihr so, dass sie unbedingt das Erlebte erzählen und neue Bekanntschaften mit Menschen schließen wollte, die dasselbe oder zumindest Ähnliches durchgemacht hatten?

Neben Gabriele saß eine junge Frau, die etwa in ihrem Alter sein musste. Sie hielt ihre Knie umklammert und starrte teilnahmslos vor sich hin.

Gabriele gab sich einen Ruck und versuchte es erneut. »Hallo! Wartest du schon lange?«

Die junge Frau nickte lediglich und starrte weiter geradeaus.

»Ich bin hundemüde und würde alles für etwas zu essen geben, du auch?«

Wieder nickte die junge Frau, aber diesmal drehte sie den Kopf halb zu Gabriele herum und lächelte.

»Hallo! Ich heiße Gabi. Und du?«

»Irmgard!«

»Halt die Klappe!« Eine ältere Dame neben Irmgard stieß ihr hart den Ellenbogen in die Rippen, sodass Irmgard schmerzerfüllt aufstöhnte. »Bist du verrückt?«

»Entschuldigung!« Mit leerem Gesichtsausdruck starrte Irmgard wieder vor sich hin.

»Was ist denn los? Hab' ich etwas Falsches gesagt?«, flüsterte Gabriele leise.

Irmgard antwortete nicht mehr, aber die Dame neben ihr zog mahnend eine Augenbraue hoch und nickte Richtung Lautsprecher, aus dem in dem Moment eine Durchsage knackte. Gabriele bemerkte, dass sie schon mehrere Durchsagen gehört haben musste, doch sie war so sehr mit anderen Dingen beschäftigt gewesen, dass sie nicht zugehört hatte.

»Achtung, Achtung! Wir möchten Sie bitten, sich in den Warteräumen von Marienfelde ruhig zu verhalten und die Kontaktaufnahme zu anderen Insassen nach Möglichkeit zu vermeiden! Nennen Sie keinesfalls Ihren Namen, persönliche Daten oder Details zu Ihrem

Fall. Aufgrund unserer Erfahrung mit eingeschleusten Mitarbeitern der ostdeutschen Staatssicherheit werden wir Sie ausschließlich bei Ihrer Nummer nennen und möchten Sie hiermit auffordern, diese auch untereinander zu benutzen. Nennen Sie auch Familienmitglieder nie beim Namen! Achten Sie des Weiteren auf Kinder und Gepäck und verlassen Sie keinesfalls eigenmächtig das Gebäude!«

Die ältere Dame nickte Gabriele vielsagend zu und legte betont den Finger an den Mund. Gabriele blickte verlegen zu Boden und begann, sich auf ihre Füße zu konzentrieren. Sie bemühte sich, an Positives zu denken. Es gab so viel, worauf sie sich freuen konnte: Alfred, ein besseres Gehalt, keine Spitzel, Geld für Vergnügungen, keine zankenden Eltern … Erfolglos versuchte sie, den Gedanken an Hannelore und Christine zu verdrängen. Seufzend tat sie es schließlich Irmgard gleich: Sie umklammerte ihre Knie, legte ihren Kopf darauf ab und schloss die Augen. Das stete Geklapper und Rumoren im Raum ließ sie erneut schläfrig werden.

»Nummer 811, komm, du bist dran, Herzchen!« Die junge Ärztin mit dem merkwürdigen Akzent winkte Gabriele heran und verteilte ohne Vorwarnung eine großzügige Ladung Puder auf Gabrieles Kopf.

»Was ist das denn?« Niesend schüttelte Gabriele den Kopf hin und her.

»Drauflassen! Das ist gegen Läuse!«

»Ich habe doch keine Läuse!«, rief Gabriele gekränkt aus. »Was glauben Sie denn, wo ich herkomme? Ich lass mich doch von Ihnen hier nicht diskriminieren!«

Einige Wartende sahen nun in ihre Richtung und Gabriele merkte zu ihrem Ärger, dass ihr vor Scham die Tränen in die Augen schossen. Die Ärztin klopfte ihr kräftig, wenn auch nicht unfreundlich auf den Rücken. Ihr dicker, brauner Zopf wippte energisch, als sie teilnahmsvoll den Kopf schüttelte und Gabriele aus dunklen Knopfaugen aufmunternd zublinzelte. »Herzchen, glaub mir, Diskriminierung sieht anders aus – davon kann ich dir ein Lied singen! Mund auf!«

Widerwillig gehorchte Gabriele und ließ den Rest der Prozedur von Urin- und Stuhlprobe über genaue Hautinspektionen bis hin zum Lungenröntgen mit zusammengebissenen Zähnen über sich ergehen. Nach einer dreiviertel Stunde waren sie endlich fertig und Gabriele zog sich mit zittrigen Fingern an. Sie fühlte sich erniedrigt.

»Nun schau doch nicht so gedemütigt aus der Wäsche, Herzchen!«, sagte die Ärztin mitleidig. »War doch alles nicht so schlimm, oder? Wir müssen das machen! Glaub mir, wärst du Ungarndeutsche wie ich, würdest du über das bisschen Untersuchen heute nur lachen!« Sie klopfte ihr erneut gutmütig auf den Rücken. »Wo ist dein Laufzettel, Herzchen?«

Gabriele fand die hübsche Ärztin mit den knallrot angemalten Lippen und den dunkel mit Kajal umrandeten Augen nun ein kleines bisschen sympathischer. »Ich habe noch keinen!«

»Du musst aber einen haben! Bist du gestern Abend erst spät angekommen?« Gabriele nickte. »Dann musst du das jetzt sofort nachholen! Geh zur Anmeldung und hol dir den Zettel, damit ich ihn dir abstempeln kann!«

»Danke!«

Freundlich lächelnd nickte ihr die Ärztin zu und ging zum nächsten Wartenden über. »915 bitte!«

Eine Stunde später sah Gabriele ungläubig auf den Laufzettel in ihren Händen. Sie hatte angenommen, dass sie in Marienfelde nur übernachten und nach dem Gespräch sofort eingebürgert werden würde – weit gefehlt! Allein in Marienfelde waren zwölf Stationen zu durchlaufen und bei jeder Station hieß es: warten, warten, warten!

Eine Mitarbeiterin aus Marienfelde hatte ihr soeben mitgeteilt, dass es außerdem nicht nur ein Gespräch gab, sondern mindestens drei! Zuerst musste Gabriele zu den Amerikanern, da Marienfelde in ihrem Sektor lag, dann zu den Briten und am Schluss zu den Franzosen. Jeder der alliierten Streitmächte konnte sie bei Interesse oder Misstrauen sogar mehr als einmal vorladen und ihr war mitgeteilt worden, dass sie mit einem Aufenthalt von etwa zwei Wochen zu rechnen hatte.

Gabriele war schockiert. Diese Situation hatte sie vollkommen unvorbereitet getroffen. Sie war davon ausgegangen, dass sie spätestens am Montag gehen konnte und vielleicht sogar vorher schon Alfred sehen würde! Aber auch hier hatte man nur gelacht. Sie waren alle nur mit Nummern registriert und niemand würde einfach so in Marienfelde hereinspazieren und jemanden besuchen können! Aus Sicherheitsgründen wurden alle Namen strikt unter Verschluss gehalten. Gabriele war bitter enttäuscht.

Es war inzwischen vierzehn Uhr und sie ging zurück zum Gebäude für die amtsärztlichen Untersuchungen, um ihren Stempel abzuholen. Vor dem Raum war noch immer eine endlos lange Schlange, doch der Untersuchungsraum war nun geschlossen. Gabriele ging an den Wartenden vorbei zur Tür und klopfte scheu an. Ein Herr mittleren Alters lehnte an der Wand neben der Tür und sah bei Gabrieles Klopfen kurz auf. Kommentarlos tippte er leicht mit den Fingerknöcheln seines Handrückens auf einen Zettel an der Tür, den Gabriele übersehen hatte: *Mittagszeit*, war darauf zu lesen.

Gabriele stöhnte und dachte mit Grauen an die Möglichkeit, dass sie sich allein für den Stempel womöglich erneut stundenlang würde anstellen müssen.

Plötzlich erschien jedoch die Ärztin wieder neben ihr. Offenbar war ihre Mittagspause gerade vorbei und sie schien Gabriele erfreulicherweise sofort wiederzuerkennen. »Du brauchst nur noch einen Stempel, Herzchen, oder?«

Gabriele nickte erleichtert, als die Ärztin sie in den Raum winkte. Allerdings schloss die Ärztin die Tür sofort wieder hinter sich zu.

»Ich habe offiziell noch Pause!«, erklärte sie augenzwinkernd. Einen reichlich matschigen Apfel mit den Zähnen festhaltend, schob sie unzählige Berge an Unterlagen auf dem Schreibtisch hin und her und suchte nach dem richtigen Stempel. »Na bitte!«, rief sie schließlich zufrieden aus und stempelte Gabrieles Laufzettel ab. »Viel Glück mit dem Rest!«

»Danke, das werde ich offenbar brauchen!«, erwiderte Gabriele kleinlaut.

Die Ärztin musterte sie aufmerksam. »Ja, das wirst du in der Tat, Herzchen! Aber das wird schon. Die Zeit hier kommt einem endlos vor, aber es geht letztendlich alles vorbei!«

Gabriele sah sie dankbar an. In all der Gefühlskälte und Einsamkeit an diesem Ort waren ihre aufmunternden Worte wie Balsam.

»Arbeiten Sie schon lange hier?«, fragte Gabriele.

»Ungefähr ein Jahr. Aber in Westberlin bin ich schon seit meiner Flucht, also seit etwa zehn Jahren.«

Gabriele staunte. »Sie sind auch geflohen?«

»Ja, ich bin Ungarndeutsche und wir werden in Ungarn sehr diskriminiert. Allerdings bin ich geflohen, noch bevor sie mich ausweisen konnten, es war also nicht so dramatisch wie bei den meisten hier. Ich bin hierhergekommen, um Medizin studieren zu können.«

»Wie ist der Westen?«, fragte Gabriele atemlos. Sie brannte so sehr darauf, endlich Marienfelde zu verlassen und den Westen mit all seinen Privilegien und seinem Reichtum zu sehen!

Die Ärztin lachte bitter auf. »Er ist nicht so golden, wie ich ihn mir erträumt hatte! Aber man hat hier durchaus ein anständiges Leben, wenn man hart arbeitet. Ich hatte hier ein gutes Leben.«

»Gehen Sie denn weg?«, fragte Gabriele erstaunt.

»Ja, ich bin ab nächster Woche weg. Ich gehe aus familiären Gründen wieder eine Weile zurück nach Ungarn.«

Gabriele sah sie fassungslos an. Wie konnte man freiwillig aus der Freiheit wieder zurück in eine Diktatur gehen?

Die Ärztin lachte erneut. »Den Gesichtsausdruck habe ich schon öfter gesehen. Aber wenn nicht ein paar gebildete Menschen mit Hirn wieder zurückgehen, wird sich dort nie etwas ändern!«

»Schade«, sagte Gabriele bedauernd. »Sie sind der erste Mensch, der seit meiner Flucht normal mit mir gesprochen hat. Die meisten hier sind nicht besonders nett. Schade, dass Sie weggehen!«

~ KAPITEL 29 ~

Verdächtige Nummer

NOTAUFNAHMELAGER MARIENFELDE, WESTBERLIN.
AMERIKANISCHER SEKTOR, BRD. 8. OKTOBER 1956.

Am übernächsten Morgen war endlich Gabriele an der Reihe, die Stahltür zu den Amerikanern zu öffnen. *Sichtung* wurden diese Gespräche mit den Alliierten genannt. Gabriele war unglaublich nervös, als ihr in dem freudlos eingerichteten Raum plötzlich ein Gremium aus fünf Männern gegenüber saß, das sie mit Papier und Stiften bewaffnet streng musterte.

»Guten Morgen, Nummer 811!«, begann schließlich der in der Mitte sitzender CIA-Agent das Gespräch. Er hatte einen kaum hörbaren, amerikanischen Akzent, doch sein Deutsch schien hervorragend zu sein. »Wissen Sie, warum wir uns mit Ihnen unterhalten wollen?«

»Sie wollen wissen, ob ich ein Sowjet-Spitzel bin, aber ich bin keiner! Und ich bin auch nicht von der Stasi, ehrlich!«, platzte Gabriele heraus, bevor sie denken konnte. Der Mann neben dem Fragesteller schob sich schnell die Hand vor die zuckenden Mundwinkel.

»Das ist gut zu wissen!« Auch die Stimme des Fragestellers klang unterschwellig erheitert. »Ich freue mich, dass Sie bereit sind, uns da ganz offenherzig Auskunft zu geben!«

Veralberte er sie? Verlegen biss Gabriele sich auf die Unterlippe.

»Fangen wir einfach einmal mit Ihren Daten an. Wie heißen Sie?«

»Nummer 811!«

Erneut huschte ein unterdrücktes Schmunzeln über die Gesichter der Amerikaner. »Sie dürfen uns hier hinter verschlossenen Türen jetzt gerne Ihren richtigen Namen nennen. Wir werden Sie nach Ihren persönlichen Daten, Details aus Ihrer Heimat und Ihrer Flucht befragen. Also, zuerst Ihren vollständigen Namen bitte!«

»Gabriele Vera Kraft.«

»Bisheriger Wohnort?«

»Jan-Maat-Weg 3, 2 Potsdam.«

»Beruf?«

»Facharbeiterin für Schreibtechnik.«

Zwei Agenten sahen plötzlich interessiert auf und der Hauptbefragende machte sich erfreut Notizen. Zu Gabrieles Erstaunen ging es im weiteren Frage-Antwort-Spiel überhaupt nicht um sie und ihre Flucht, sondern um ihre Tätigkeiten in der Theodor Heintze Holzfachhandlung. Die Amerikaner wollten einfach alles wissen: wirtschaftliche Lage, Einnahmen und Ausgaben, woher sie die Materialien bekommen hatten, wer diese lieferte, Details über ihren Chef und dessen Zwischenhändler, Schriftverkehr …

Eine Frage nach der anderen prasselte auf sie nieder und sie beantwortete alles so gut sie konnte, nach bestem Wissen und Gewissen. Doch es schien, dass die Amerikaner mit jeder Antwort nur noch mehr Fragen hatten und selbst wenn Gabriele die Frage nicht beantworten konnte, ließen sie nicht locker und fragten wieder und wieder, als würde Gabriele beim vierten Mal plötzlich mehr wissen als beim ersten.

Zunächst bemühte sie sich noch, ihre Antworten jeweils anders zu formulieren, um besser verständlich zu sein, doch als immer wieder dieselben Fragen auf sie abgefeuert wurden, gab sie irgendwann verwirrt auf und wiederholte lediglich dieselben Aussagen in exakt demselben Wortlaut.

Nach einer gefühlten Ewigkeit ließen die Amerikaner schließlich von ihr ab. Der Hauptbefragende füllte einen kleinen Zettel aus und hielt ihn Gabriele hin, ohne ihr dabei ein Stück näher zu kommen. Unsicher stand sie auf und nahm das Stück Papier am Schreibtisch entgegen, während sie dem Amerikaner im Gegenzug ihren Laufzettel zum Abstempeln gab.

Doch der amerikanische Agent winkte ab und gab ihr den Laufzettel zurück. »Morgen früh, acht Uhr!«, sagte er lediglich.

»Aber ich brauche den Stempel!«

Mit einer Geste, die keine Widerworte duldete, winkte er Gabriele zur Tür und bedeutete ihr, zu gehen. Ihr war nach Heulen zumute. Warum hatte er ihr keinen Stempel geben wollen? War sie verdächtig? Würden sie sie ablehnen?

Es war Mittagszeit, doch zum ersten Mal seit Tagen hatte sie keinen Hunger. Sie ging nach draußen und ließ sich mit zittrigen Knien an einem abgelegenen Teil der Mauer nieder. Selbst hier draußen gab es keine Privatsphäre, doch diese Stelle war immerhin am weitesten von irgendwelchen Hauseingängen und deren Warteschlangen entfernt. Es war wie ein Albtraum! Gabriele hatte gedacht, dass sie das Schlimmste überstanden haben würde, sobald sie im Westen war. Doch es schien alles immer komplizierter statt einfacher zu werden. Und es war einfach niemand da, dem man etwas erzählen oder den man gar etwas hätte fragen können. Zum ersten Mal fühlte sich Gabriele wirklich mutterseelenallein auf dieser Welt.

Aus den Augenwinkeln sah sie zwei Beine an sich vorbeigehen. Sie blieben nach ein paar Schritten unschlüssig stehen und kamen schließlich wieder zurück.

Es war Irmgard, die sich neben Gabriele niederließ und sie schief lächelnd ansah. »Hallo!«, sagte sie schließlich schüchtern.

Gabriele war jedoch nicht nach weiteren Zurückweisungen zumute. »Sei bloß vorsichtig, ich könnte ein gemeingefährlicher Stasi-Spitzel sein!«, entgegnete sie bitter. Ablehnend starrte sie vor sich hin.

»Meine Tante ist sehr misstrauisch«, entschuldigte sich Irmgard.

»Ist sie wirklich deine Tante?«

»Was meinst du damit?«, fragte Irmgard verwirrt.

»Vergiss es, nicht so wichtig!«

Irmgard musterte sie vorsichtig von der Seite. »Du siehst blass aus. Hattest du schon deine Gespräche?«

»Das erste mit den Amerikanern. Offenbar das erste von vielen. Morgen soll ich wiederkommen.«

»Wirklich?« Irmgard sah nun ehrlich erstaunt aus. »Bei mir hat es nur zehn Minuten oder so gedauert und dann haben sie mir den Laufzettel abgestempelt!«

»Schön für dich!«

Irmgard knuffte sie in die Seite, sodass Gabriele aufsah. Sie sah ehrlich interessiert aus und Gabrieles Eisschicht des heutigen Tages begann langsam zu schmelzen. »Was hast du denen denn erzählt?«, wollte Irmgard wissen.

»Sie wollten eigentlich gar nichts über mich wissen, nur über den Betrieb, in dem ich arbeite. Sie haben mich immer wieder dieselben Sachen gefragt – selbst die Dinge, die ich schon beim ersten Mal nicht gewusst hatte!«

»Hattest du denn so einen interessanten Beruf?«

»Nee! Ich bin Facharbeiterin für Schreibtechnik in einem kleinen Möbelgeschäft. Es war schon langweilig genug, dort zu arbeiten – darüber zu reden, war nicht spannender! Keine Ahnung, warum die so viele Fragen gestellt haben. Ich dachte, die würden mehr über mich und die Flucht wissen wollen.«

»Das kommt bestimmt noch!«

»Vielleicht hätte ich gar nicht erst hierherkommen sollen!« Missmutig rupfte Gabriele das Gras vor sich aus und warf es zur Seite.

»Wärst du denn lieber in der DDR geblieben?«

»Nein, aber ich hätte mir einfach in der Bundesrepublik eine Anstellung suchen sollen!«

»Du kannst doch nicht einfach mit deinem DDR-Ausweis auftauchen und hier leben wie eine Westdeutsche!« Irmgard musste nun herzhaft lachen.

»Nicht mit meinem DDR-Ausweis. Mit meinem BRD-Reisepass!«

»Das verstehe ich nicht«, antwortete Irmgard verwirrt. »Du bist doch aus der DDR, wie kannst du da einen Reisepass der Bundesrepublik haben? Mal ganz abgesehen davon, dass du dich hier schließlich polizeilich melden musst!«

Lächelnd zog Gabriele stolz ihren Reisepass von Alfred aus der Tasche und überreichte ihn Irmgard mit feierlichem Gesicht. Sie vertraute Irmgard.

Diese sah den Pass mit weit aufgerissenen Augen an und blätterte mit spitzen Fingern darin herum. »Wo hast du den her?«, fragte sie schließlich, ohne dabei aufzusehen.

»Von meinem Freund. Meinem *Verlobten*«, korrigierte Gabriele sich strahlend.

»Und woher hat der ihn?«

»Weiß ich nicht, das durfte ich ihn nicht fragen. Aber er war sehr teuer! Alfred, das ist mein Verlobter, hat noch ordentlich was draufzahlen müssen, sagte er.«

»Und wie viel hat er insgesamt gezahlt, wenn ich fragen darf?«

»Das weiß ich nicht, aber ich habe ihm 5.500 Mark dafür gezahlt. Mehr hatte ich nicht, weil ich noch Tante Hilde sehr viel Geld geben musste. Also, eigentlich ist sie nicht wirklich meine Tante, ich habe zwar eine Großtante Hilde in Berlin, deshalb haben wir sie so genannt. Sie hat mir zur Flucht verholfen und mich in die richtige S-Bahn gesetzt.« Gabriele bremste sich nur mühsam. Der lang aufgestaute Rededrang platzte plötzlich ungefiltert aus ihr heraus.

Irmgard starrte sie mit offenem Mund an. Offensichtlich war sie von Gabrieles Schilderungen vollkommen gefesselt. »Und wo ist dein Verlobter jetzt?«

»Er will in Westberlin Medizin studieren«, antwortete Gabriele stolz. Erneut brach alles aus ihr heraus. »Ich weiß nicht, wo er wohnt, aber er sagte, er habe bereits eine schöne Unterkunft in Westberlin und würde mich dann hier in Marienfelde abholen, sobald ich hier fertig bin.« Gabriele kicherte ein wenig. »Na gut, eigentlich ist er noch nicht offiziell mein Verlobter. Er hat noch nicht bei meinem

Vater gefragt oder so. Aber wir wollen heiraten und er hat das alles für mich organisiert.«

»Du meinst das Ding hier?« Irmgard deutete fassungslos und mit spitzem Zeigefinger auf Gabrieles neuen Reisepass.

»Ja. Und die falsche Tante Hilde.«

Irmgard sah sie nachdenklich an und zögerte ein wenig, bevor sie weitersprach. »Gabriele, richtig? Sag mal, kann es sein… Ich meine … Versteh mich nicht falsch, ja? Also, bist du wirklich so naiv oder bist du ein bisschen … naja … *zurückgeblieben*?«

»Warum?« Gabriele war zu erstaunt, um gekränkt zu sein.

Irmgard fasste mit zusammengezogenen Augenbrauen an ihren Fingern zusammen. »Also, du hast einen Verlobten, der angeblich hier studiert, aber du hast keine Adresse oder Telefonnummer. Er hat dir einen falschen Ausweis besorgt, den du ihm teuer bezahlt hast und der so schlecht gemacht ist, dass mein zehnjähriger Bruder das besser hinbekommen hätte. Und er hat dich obendrauf für eine Fluchthelferin zahlen lassen, die du nicht gebraucht hättest.«

»Was verstehst *du* denn von Reisepässen?«

»Ich bin vielleicht keine Expertin, aber da, sieh her …« Mit ihrem kleinen Fingernagel hob sie das Passbild an, das sich sofort vom Papier löste und auf ihrer Hand landete.

»Bist du verrückt? Mein Pass!«

»Pst!« Erschrocken legte Irmgard ihr die Hand auf den Mund. »Das Ding ist nicht echt, verstehst du nicht!«, flüsterte sie eindringlich. »Du hast recht: Ich bin keine Expertin. Aber ich habe Familie in Westdeutschland und so sehen die Dinger garantiert nicht aus! Schau dir doch mal den schlecht geklebten Einband an! Und erst das Foto, das übrigens noch nicht einmal ein gültiges Passbild ist! Bist das überhaupt du darauf? Was um Himmels Willen ist das für ein Foto – ein ausgeschnittenes Urlaubsbild?«

Gabriele nickte wie gelähmt. »Aber diese Tante Hilde hat mich zu den richtigen S-Bahnen gebracht!«, warf sie schließlich störrisch ein.

»Das hätte jeder Passant umsonst machen können! Die VoPo

kontrolliert oft, ja. Aber wenn man wie du nur mit einer kleinen Tasche unterwegs ist, dann kann man meist problemlos von Ost- nach Westberlin reisen. Und du hast ja sogar tatsächlich eine Verwandte in Ostberlin, das heißt, eine Reise innerhalb Berlins wäre sowieso relativ unauffällig gewesen.«

»Ich habe denen aber meinen Pass gezeigt und alles ist gut gegangen!«, warf Gabriele bockig ein.

»Du bist mit diesem Ding kontrolliert worden?«, fragte Irmgard entsetzt. »Und sie haben dich weiterfahren lassen?«

»Nun ja, ich bin nicht direkt kontrolliert worden«, gab Gabriele kleinlaut zu. »Aber ich habe ihn in der Hand gehabt, als ich in der Friedrichstraße zur S-Bahn nach Westberlin gegangen bin.«

»Dann hast du deutlich mehr Glück als Verstand gehabt!«, konterte Irmgard scharf. »Ich denke, dein ach so feiner Fast-Verlobter ist ein Betrüger!«

Gabriele biss sich auf die Zunge und verweigerte innerlich jeden Gedanken in diese Richtung. Sie wollte Irmgards Logik nicht wahrhaben. Alfred würde kommen – *er musste*! Sonst wäre sie hier vollkommen allein und das wäre einfach zu furchtbar. »Wenn er ein Betrüger wäre, hätte er doch nicht so viel Risiko auf sich genommen«, entgegnete sie schließlich heiser.

Irmgard sah sie aufmerksam an. »Welches Risiko hat er denn auf sich genommen? Du hast keine Adresse oder Telefonnummer von ihm. Wer weiß, ob überhaupt sein Name stimmt. Und selbst wenn du ihn finden würdest, könntest du nicht beweisen, dass du ihm so viel Geld gegeben hast, es stünde also Aussage gegen Aussage. Und niemand außer euch beiden wusste etwas davon, oder?«

Gabriele blieb stumm. Auch Irmgard schwieg einen Moment, bevor sie mitleidig fortfuhr. »Meine Oma in Westberlin hat mir oft erzählt, dass es Betrüger gibt, die drüben die Angst der Ostdeutschen ausnutzen und ihnen Geld für eine angeblich sicherere Flucht in den Westen abzuluchsen. Oft ist es sogar mehr als einer, damit es professioneller aussieht. Einer arbeitet zum Beispiel in Städten, die weiter weg von Berlin sind, damit die Opfer verunsichert sind, weil sie Berlin entweder gar nicht oder zumindest nicht allzu gut kennen. Und der Komplize arbeitet meist direkt von Ostberlin aus, wo er dann seinen finanziellen Anteil vom Opfer bekommt.«

Gabriele war plötzlich trotz der recht milden Temperaturen eiskalt. *Das durfte einfach nicht wahr sein!* »Er hat versprochen, meine Familie nachzuholen«, stieß sie schwach hervor.

Irmgard zögerte mit ihrer Antwort. Gabriele sah sehr verstört aus und Irmgard hatte das Gefühl, schon zu viel gesagt zu haben. »Dann hoffen wir einfach mal, dass er das nicht tun wird oder dass sie ihn vorher durchschauen!«, sagte sie schlicht.

Sie saßen eine Weile schweigend nebeneinander und sahen auf das rege Treiben um sich herum.

»Darf ich dir noch einen Rat geben?«, fragte Irmgard vorsichtig.

Gabriele nickte stumm mit zusammengebissenen Zähnen.

»Wenn du den Alliierten noch nichts von Alfred und dem Pass erzählt hast, dann erwähn es am besten gar nicht erst. Sonst verhören die dich, bis du schwarz wirst und du hast nichts als Probleme! Nenn ihnen einen anderen Grund für deine Flucht.«

»Ich wollte hierherkommen, viel Geld verdienen und Alfred heiraten. Das will ich noch immer!«

»Wie gesagt, wenn du meinen Rat hören willst, dann behalt das lieber für dich. Ehrlich, ist nur gut gemeint! Du hattest doch bestimmt noch andere Gründe, oder?«

Gabriele dachte schweigend nach. Eine bisher für sie untypische Ernsthaftigkeit legte sich über sie. Was hatte sie sonst vom Westen erwartet? Definitiv keine endlosen Warteschlangen. Keinen Hunger. Keine Angst vor Bespitzelungen und merkwürdigen Fragen. Kein Misstrauen und Mundverbot. Und keinen falschen Alfred!

Das ganze Ausmaß ihrer Naivität und Dummheit drohte plötzlich, über sie herein zu brechen.

~ KAPITEL 30 ~

Willkommen in der BRD

NOTAUFNAHMELAGER MARIENFELDE, WESTBERLIN.
AMERIKANISCHER SEKTOR, BRD. 9. OKTOBER 1956.

»Guten Morgen, Frau Kraft! Dann wollen wir mal, nicht wahr?«
Erneut saß Gabriele den fünf amerikanischen Agenten vom Vortag
gegenüber. »Sie haben uns gestern über den Betrieb erzählt, in dem
Sie gearbeitet haben. Was waren denn Ihre Beweggründe für die
Flucht?«

Gabriele zögerte. Da war sie, die Frage, auf die sie gestern umsonst gewartet hatte! Sie hatte nach dem Gespräch mit Irmgard bis
spät in die Nacht hinein darüber nachgedacht. Mehr und mehr hatte
sich die bittere Erkenntnis in ihr ausgebreitet, dass Irmgard vermutlich recht haben hatte. Doch was war ein guter Grund für die Flucht,
der keine weiteren Kreuzverhöre nach sich ziehen würde? Sie dachte an ihre Eltern und Schwestern.

*,Kann Gabi nicht für Mama beten, wenn sie mit der S-Bahn
durch Westberlin fährt? Da darf sie das doch, ohne bestraft zu werden!'*, hörte sie plötzlich Hannelores Stimme.

»Beten!«, entfuhr es ihr laut.

»Sie meinen, Sie wurden wegen Ihrer Religion verfolgt?«

»Äh, ja?« Gabrieles Antwort war eher eine unsichere Frage als
eine Aussage. War das ein guter Grund? Sie war im Gegensatz zu

ihrer Mutter überhaupt nicht religiös und hatte sich noch nie sonderlich viele Gedanken darüber gemacht. Waren Amerikaner christlich? Würden sie das als Grund gelten lassen? Gabriele wusste nicht viel über westliche Länder – nur, dass sie alle Klassenfeinde der DDR waren!

Der Hauptbefrager schien mit der Antwort jedoch sehr zufrieden zu sein und sah sie interessiert an. »Welcher Religion gehören Sie an?«

»Ich bin katholisch!«, log Gabriele schwitzend. Hoffentlich fragten die Agenten sie nichts aus der Bibel! Gabriele konnte sich nicht erinnern, wann sie diese das letzte Mal aufgeschlagen hatte oder ob sie überhaupt noch ein Exemplar im Haus gehabt hatten.

Die Amerikaner machten sich eifrig Notizen und Gabriele wusste nicht, ob sie sich freuen oder ärgern sollte, dass Irmgard offenbar recht gehabt hatte. Sie hatte sich offiziell nun also als unterdrückte Katholikin einfach einen Fahrschein nach Westberlin gekauft. Nichts weiter. Dank ihrer Lüge ging es heute vergleichsweise sehr schnell und Gabriele stand auf einmal in einem der Flure von Marienfelde und sah ungläubig auf ihren abgestempelten Laufzettel. Die Amerikaner waren nun also auch geschafft.

Etwas selbstbewusster, aber deutlich ernster nahm sie die weiteren Stationen in den nächsten Tagen in Angriff. Irmgard sah sie nicht mehr wieder. Gabriele hielt oft nach ihr Ausschau, doch offensichtlich durchliefen sie die notwendigen Stationen zu anderen Zeiten. Oder vielleicht war Irmgard auch schon mit allem fertig und konnte sich nun da draußen offizielle Bürgerin der BRD nennen.

Gabriele hatte schon lange Zeit davon geträumt, im Westen ausgiebig einkaufen zu gehen und hatte es nicht erwarten können, durch die großen Kaufhäuser und deren mit Sicherheit reichhaltige Angebote zu stöbern. Doch momentan war ihr alles vollkommen gleichgültig. Mit jedem einsam verstrichenen Tag wurde ihr klarer, dass Alfred sie benutzt hatte. Und nicht nur das: Er hatte sie skrupellos in Gefahr gebracht! Sie mochte sich gar nicht erst vorstellen, in welche Schwierigkeiten sie ihre Familie mit ihrer Flucht gebracht hatte. Eine bisher nie gekannte Bitterkeit fraß sich immer tiefer in sie hinein und Gabriele hatte jegliche Ambition verloren, mit jemandem im Lager ins Gespräch zu kommen. Wusste der Teufel, wo noch überall Betrüger und Spitzel lauerten! Je mehr sie sich ihrer riesigen Dummheit bewusst wurde, umso vorsichtiger wurde sie plötzlich. Es hatte sich eine Härte in ihren Ton gelegt, die sie von nun an begleiten sollte.

Die nächsten Tage verliefen ohne größere Ereignisse, von der stetig ansteigenden Stempelzahl auf ihrem Laufzettel einmal abgesehen. Routiniert log sie sich nun durch die britischen und französischen Verhöre. Sie musste zwar auch bei ihnen erneut längere Kreuzfeuer zu ihrem Betrieb ertragen. Doch auch diese gingen vorbei, als sie lediglich wieder und wieder dieselben Antworten gab.

Die Briten und Franzosen schienen religiöse Unterdrückung und Verfolgung ebenfalls als einen wichtigen Grund anzusehen und Gabriele musste nach dem letzten Stempel innerlich auflachen. Wer hätte jemals gedacht, dass ihr der Religionsquatsch ihrer Mutter einmal die Haut retten würde?

Die Tage vergingen und zwölf Tage nach ihrer Ankunft in Marienfelde fand sich Gabriele endlich bei der polizeilichen Meldestelle wieder, um ihren westdeutschen Pass zu beantragen. Der Sachbearbeiter nahm ihren DDR-Ausweis entgegen und machte sich an die Arbeit.

»Darf ich Sie um einen Gefallen bitten?«

Erstaunt blickte der Sachbearbeiter auf. »Kommt drauf an. Worum geht es denn?«

»Können Sie bitte einfach nur *Vera* und nicht *Gabriele Vera* schreiben?«

Der Sachbearbeiter zögerte. »Das fällt eigentlich in die Rubrik Namensänderungen. Das kann ich in der Regel nicht so ohne Weiteres machen!«

»Es ist ja keine Namensänderung, sondern einfach nur das Weglassen meines ersten Namens. Bitte, ich möchte einen Neuanfang machen! Gabriele war dumm und ich will sie nie wieder irgendwo sehen!«

Der Beamte schwieg skeptisch.

»Ich würde besser schlafen können, wenn mich nicht jeder finden kann. Ich bin wegen meiner Religion verfolgt worden und habe furchtbare Albträume, dass sie mich finden!« Gekonnt presste sie ein paar Tränen hervor. Der Sachbearbeiter winkte seufzend ab.

»Schon gut, ich habe den ersten Namen übersehen! Sie können Ihren Ausweis übermorgen abholen, Frau Kraft!«

Am späten Nachmittag desselben Tages hatte sie eine erneute Befragung vor sich. Sie hatte inzwischen so viele Verhöre auf deutscher Seite hinter sich, dass sie keine Angst mehr vor den Befragungen hatte. Sie hatte mittlerweile ein gutes Gespür entwickelt, was ihr Gegenüber hören wollte oder sollte und damit fuhr sie anscheinend recht gut. Hätte sie allerdings gewusst, dass der dreiköpfige Aufnahmeausschuss des heutigen Tages darüber entschied, ob sie den Status eines anerkannten Flüchtlings und alle damit verbundenen sozialen Leistungen erhalten sollte oder nicht, wäre sie vermutlich dennoch etwas aufgeregt gewesen.

Glücklicherweise war sie sich dessen jedoch nicht bewusst und so gab sie die richtigen Antworten, ohne sich nervös zu verheddern. Sie erzählte routiniert die *Irmgard-Version*, wie sie diese innerlich nannte, von ihrer religiösen Unterdrückung und Flucht und betonte ihren Wunsch, in dem von ihr gelernten Beruf endlich Karriere machen zu können.

Die drei Prüfer nickten wohlwollend und gaben ihr schließlich den finalen Stempel. Einer der Prüfer erklärte ihr die letzten Formalitäten. »So, Frau Kraft, wir freuen uns Ihnen mitteilen zu können, dass Sie von uns die volle Unterstützung erwarten dürfen! Das heißt im Klartext: Da Sie nun von uns anerkannter Flüchtling sind, fliegen wir Sie auf unsere Kosten in die Bundesrepublik. Sie haben dort vorerst eine Unterkunft im Lager Nassau, bis Sie eine Anstellung und eigene Bleibe gefunden haben. Sie werden übermorgen Abend in die Transportstelle gebracht. Ihr Flug geht in drei Tagen. Sie können sich bis dahin relativ frei bewegen, allerdings würden wir Ihnen raten, in der Nähe des Lagers zu bleiben. Sollten Sie dennoch den öffentlichen Nahverkehr benutzen wollen, dann beschränken Sie sich bitte ausschließlich auf die U-Bahnen der Bundesrepublik. Die S-Bahnen unterstehen der DDR und sind für Sie daher ab sofort tabu! Folgen Sie auf gar keinen Fall Einladungen auf einen Kaffee oder Ähnliches, egal wie nett oder harmlos man Ihnen entgegentritt! Trauen Sie absolut nichts und niemandem! Keine Fahrten in den Osten und keine Kontaktaufnahme mit Familienmitgliedern drüben, auch nicht über Zwischenkontakte! Haben Sie alles verstanden?«

Er lächelte freundlich, als die neue Vera ernst nickte. »Gut. Dann heißen wir Sie hiermit herzlich willkommen in der BRD, Frau Kraft!«

~ KAPITEL 31 ~

Der Goldene Westen

NASSAU, HESSEN, BRD. 31. DEZEMBER 1956. SILVESTER.
KÄTHE AHRENDS WOHNUNG.

Vera zog die vielen Kleiderschichten enger um ihren durchfrorenen Körper. Sie hatte noch kein Geld für einen warmen Mantel oder wenigstens einen Schal gehabt, aber dennoch war sie guter Dinge, als sie bei Käthe, ihrer neuen Bekannten, an diesem Silvesterabend klingelte.

Sie hatten sich im Chor kennengelernt, dem sich Vera kurzerhand angeschlossen hatte. Vera fand Religion noch immer Unsinn, aber nachdem ihr der Katholizismus unverhofft und ungeplant ins neue Leben verholfen hatte, war dies ein Kompromiss gewesen, um dem Schicksal ein wenig Dankbarkeit zu zeigen. Sie hätte es nie zugegeben, aber auf merkwürdige Art und Weise fühlte sie sich ihrer Mutter etwas näher, wenn sie dort war. So sehr sie auch stets aneinandergeraten waren, doch als sich Vera allein im nasskalten hessischen Nassau wiederfand, hätte sie viel gegeben, ihre zänkische, strenge Mutter zu sehen und sich noch einmal als Kind zu fühlen.

Das Lager Nassau war momentan nicht so überfüllt wie Marienfelde es gewesen war, aber heimelig war es verständlicherweise auch nicht. Man wollte den Insassen schließlich einen guten Ansporn geben, sich schnellstmöglich um einen Job und eine Unterkunft zu kümmern.

Um ganz sicher zu sein, dass sie sich nicht getäuscht hatte, hatte Vera gleich nach ihrer Ankunft in Nassau Nachforschungen zu Alfred angestellt, doch es schien nirgendwo einen Alfred Drombusch zu geben. Schlimmer noch als ihre Enttäuschung war jedoch die Erkenntnis gewesen, dass sie ihre Familie durch ihre Republikflucht vermutlich in große Schwierigkeiten gebracht hatte. Sie hatte keine Möglichkeit herauszufinden, wie es ihnen seit ihrer Flucht ergangen war und durfte nicht mit ihnen in Kontakt treten. Besonders nachts kreisten ihre Gedanken unaufhörlich um ihre Schwestern und raubten ihr den Schlaf. Gabrieles Selbstbewusstsein hatte seitdem einen beachtlichen Dämpfer erhalten und die einst stets plappernde, fröhliche Gabriele war einer sarkastischen, kurz angebundenen und schweigsamen Vera gewichen.

Nur der Chor schien allen unliebsamen Kirchenliedern zum Trotz ein wenig Ruhe und Stabilität in Veras innerlichen Aufruhr zu bringen und die oberflächlichen, aber herzlichen Kontakte dort taten ihr gut. Käthe schien ebenfalls mit der Kirche auf Kriegsfuß zu stehen. Zumindest hatte sie Vera mit so manch bissiger Bemerkung während der geschmetterten Hallelujas zum Lachen gebracht, und so waren sie ins Gespräch gekommen.

Als Käthe erfahren hatte, dass Vera aus der DDR geflohen und nun ganz allein im Westen war, hatte sie diese kurzerhand zu sich eingeladen. Auch Käthe war alleinstehend und sie hatte sich offenbar sehr gefreut, als Vera zugesagt hatte. Vera hatte entsetzt feststellen müssen, dass der vermeintliche Reichtum in ihren Schuhen im Westen nicht viel wert war. Doch zur Feier des heutigen Abends hatte sie sich etwas Billigsekt geleistet und drückte nun bibbernd vor Kälte den Klingelknopf zu Käthes Wohnung.

Nur wenige Sekunden später flog die Eingangstür im Erdgeschoss auf und die quirlige Käthe winkte Vera lachend mit der Hand herein. »Komm, schnell! Himmel, Arsch und Zwirn – ist das kalt!«

Dankbar folgte Vera ihr ins warme Innere der Wohnung und rieb sich die Hände. Sie war bislang noch nie bei Käthe gewesen und sah sich neugierig um. Es war überhaupt das erste Mal, dass sie im Westen bei jemandem zu Besuch war, stellte sie innerlich fest. Käthes Wohnung war nichts Besonderes, doch Vera kam sich wie im Paradies vor. Es war warm, Kerzen brannten, ein Baum stand schön dekoriert in einer Ecke und überall hingen Fotografien von anderen Ländern an den Wänden.

Fasziniert studierte Vera die Fotos. »Hast du das aus Illustrierten oder warst du wirklich dort?«, fragte sie beeindruckt, als sie ein paar exotisch aussehende Bilder entdeckte.

»Ich war in der Tat dort!«, erklärte Käthe stolz. »Als ich vorletztes Jahr dreißig wurde, hatte ich zwei Möglichkeiten: Ich konnte hierbleiben und mir von meinen Eltern das alte Lied anhören, dass ich dazu verdammt bin, als alte Jungfer zu sterben. Oder ich konnte mir meine Ersparnisse nehmen und zu meinem Geburtstag verreisen. Schau her!« Sie deutete auf ein Bild, das einen älteren Mann in einem bunten Gewand zeigte. »Das ist ein Schamane, den ich im Amazonas kennengelernt habe!«

Vera hatte keine Ahnung, was ein Schamane war, aber sie war begeistert und tief beeindruckt. Sie würde auch sparen und reisen! Endlich war dieser Plan in greifbare Nähe gerückt.

»Ich habe gute Neuigkeiten!«, verkündete Vera in diesem Zusammenhang.

»Schieß los!«

»Ich habe eine Anstellung gefunden!«

»Wie wunderbar!« Euphorisch umarmte Käthe sie. »Das ist ja fantastisch, herzlichen Glückwunsch! Als was denn und vor allem wo?«

»Als Facharbeiterin für Schreibkraft beim Autohaus Glöckner in Frankfurt!«

»Als was, bitte?«

»Als Sekretärin!«, lachte Vera. »Und weil die Ausbildung in der DDR so viel länger dauert als hier, haben sie mich sofort genommen – trotz meiner schlechten Abschlussnote. Gut, ich habe glücklicherweise eh kein Zeugnis mehr, also habe ich bei der Note einfach gelogen und bei der Probe stenografiert, als ob es um Leben und Tod ginge. Und siehe da, ich kann schon Ende Januar anfangen!«

»Klasse, das ist ja toll! Wie mich das freut!« Plötzlich wurde Käthe jedoch ernst. »Oh nein, das heißt aber auch, dass du dann wegziehst. Ach Mensch, wie schade!«

»Wir bleiben doch in Kontakt!«, antwortete Vera beschwichtigend. Ihr Bauchgefühl sagte ihr zwar, dass das nicht stimmte – sie hatten sich schließlich gerade erst kennengelernt und so gut kannten sie sich nun auch wiederum nicht. Doch daran wollte sie heute nicht denken. Sie hatte eine Anstellung gefunden und konnte sich nun endlich ein neues Leben aufbauen. Und sie würde endlich ein eigenes Zuhause haben und sich nicht mehr Zimmer und Bad mit fremden Menschen teilen müssen! Vera konnte es kaum erwarten. Ihr neuer Chef hatte ihr zugesichert, dass er ihr höchstpersönlich bei der Suche helfen würde, damit sie so schnell wie möglich umziehen konnte. Es würde nun also alles recht zügig gehen.

Käthe versuchte ebenfalls die gedrückte Stimmung abzuschütteln. Sie packte Vera plötzlich an den Schultern und lachte. »Mensch, ich habe dir ja noch gar nicht erzählt, was mir heute passiert ist! Stell dir vor: Ich komme am späten Nachmittag vom Einkaufen nach Hause, es ist also schon so richtig schön dunkel, ja? Und da steht plötzlich so ein merkwürdiger Mann vor meiner Tür. Ich habe erst Schiss gekriegt, ob das vielleicht irgend so ein Spinner oder Perverser ist, als er seinen Mantel geöffnet hat. Aber er zog plötzlich achtzig Mark aus seiner Tasche und sagte, er möchte für ein Seminar bezahlen. Als ich ihm sagte, er müsse mich mit jemandem verwechseln, schüttelte er nur den Kopf und sagte immer wieder: ,*Helena, 22. Dezember 1984*‘ und irgendwas davon, dass ich ein Seminar geben werde, in dem sie etwas ändern wird. Irgendwie hat er komisch geatmet, so als ob ihm das Sprechen schwerfallen würde oder so! Und er hatte so stechende, kohlschwarze Augen, beinahe wie ein dunkles, leuchtendes Blau – echt gruselig! Er hat gesagt, dass er wieder kommt, damit ich es nicht vergesse. Ich habe ganz schön Schiss gehabt, kann ich dir sagen, als er mir wieder und wieder die Scheine zugesteckt und den Namen wiederholt hat!«

»Mit wem hat er dich denn verwechselt?«, fragte Vera.

»Du, keine Ahnung! Aber das Beste kommt noch! Ich stehe also da und halte die Scheine an der ausgestreckten Hand, während ich mit rechts die Haustür aufschließe und versuche, ganz betont laut zu sprechen, damit mich die Nachbarn hören, falls er irgendeinen Unsinn macht. Und als ich mich umdrehe – schwupps, ist der Typ weg!«

»Ist er vielleicht schnell um die Ecke gerannt oder so?«

»Nein! Ich weiß nicht, ob du das eben im Dunkeln sehen konntest, aber es gibt vor der Haustür unten nichts, wo man sich mal eben so binnen weniger Sekunden verstecken könnte. Er war innerhalb von drei Sekunden einfach weg, wie vom Erdboden verschluckt!«

Vera blickte sie einen Moment lang ungläubig an und lachte schließlich. »Veralberst du mich?«

»Nein, ich schwöre es dir bei allem was mir heilig ist!« Gespielt dramatisch küsste sie das Bild mit dem Schamanen, während sie den ausgestreckten Mittelfinger Richtung Tannenbaum ausstreckte.

Vera musste lachen. Unabhängig davon, ob diese Geschichte nun stimmte oder nicht, Käthe war einfach eine grandiose Unterhalterin! Vera war froh, an diesem Silvester nun doch nicht allein zu sein. Ihre Gedanken schweiften kurz nach Rostock ab. Besonders Hannelore war zu dieser Zeit immer besonders aufgeregt gewesen und hatte unzählige Spiele erfunden, in denen alle herausfinden sollten, ob ihnen das neue Jahr Glück bringen würde. Ein Spiel der letzten, nahrungstechnisch so kärglichen Jahre war beispielsweise gewesen, einen kleinen Apfel in einem Stück Gebäck zu verstecken. Der Finder würde im neuen Jahr zu viel Geld kommen. Tapfer schluckte Vera die aufsteigende Traurigkeit herunter.

Wie es ihnen wohl gerade ging?

Käthe war Veras Mienenspiel nicht entgangen. »Ist nicht leicht für dich, oder?«

Vera schüttelte den Kopf, aber winkte abrupt ab. »Ist alles in Ordnung! Es ist so, wie es ist!«

Käthe schaltete den Fernseher an. Voller Bewunderung begutachtete Vera den kleinen Kasten. Das würde eine ihrer ersten Anschaffungen von ihrem ersten Gehalt sein!

Die ARD sendete einen Beitrag zum Aufstand in Ungarn. Vera horchte auf. Sie hatte seit Marienfelde keine Nachrichten mehr gehört und diese Meldung war vollkommen an ihr vorüber gegangen. Sie musste an die ungarische Ärztin aus Marienfelde denken, die wieder zurück nach Ungarn hatte gehen wollen, um etwas zu bewegen, wie sie gesagt hatte.

»Wann war der Aufstand?«, fragte sie Käthe.

»Am 23. Oktober«, antwortete Käthe, auf den Bildschirm starrend. »Ziemlich übles Blutgemetzel. Schon heftig, was da in diesen Ostländern abgeht!« Sie schaltete den Fernseher ein wenig lauter und blickte plötzlich erschrocken auf. »Ach herrje, entschuldige! Das war jetzt blöd von mir, oder?«

»Ist schon gut!«, winkte Vera ab. »Du hast ja recht.«

Die kurzen Bilder der Revolution gingen ihr nicht aus dem Kopf. Die Ärztin war so nett gewesen und Vera wusste noch nicht einmal, wie sie hieß.

Der Beitrag zeigte nun eine Schulklasse, die fast geschlossen nach Berlin geflüchtet war. Sie hatten in Anlehnung an den blutigen Aufstand in Ungarn eine Schweigeminute eingelegt und waren von der SED-Führung unter Druck gesetzt worden, den Initiator der Aktion zu nennen. Als sie sich weigerten, war sogar der Minister für Volksbildung angereist und ihnen war ein Ultimatum gestellt worden: Sie sollten den Rädelsführer preisgeben oder man würde sie nicht zum Abitur zulassen. Daraufhin waren sechzehn der zwanzig Schüler nach Westberlin geflohen. Vera starrte wie hypnotisiert auf den Bildschirm.

»Sag mal, wie bist du eigentlich aus der DDR rausgekommen?«, fragte Käthe vorsichtig.

Vera zögerte. »Mit der S-Bahn von Ostberlin«, antwortete sie schließlich knapp.

Käthe zog die Augenbrauen hoch. »Was – einfach so?«

»Mhm«, murmelte Vera zurückhaltend nickend. Ein neuer bitterer Geschmack lag in ihrem Mund. »Einfach so …«

Käthe sah sie einige Sekunden schweigend an. »Du sprichst da nicht so gerne drüber, oder?«

»Ehrlich gesagt nicht so, nein. Entschuldige.«

»Du musst dich nicht entschuldigen«, winkte Käthe energisch ab. »Ich hätte nicht fragen sollen! Das war bestimmt schwer für dich und es muss hart sein, hier so ganz allein im Westen zu sein. Ich verstehe nicht, wie das Regime so extrem sein kann, dass man noch nicht mal seine Verwandten im Osten besuchen darf. Wahnsinn! Was für eine Diktatur, und das im zwanzigsten Jahrhundert! Aber deine Familie kann dich doch umgekehrt besuchen, oder?«

Vera schüttelte stumm den Kopf. Sie hatte in den letzten Wochen hin und her überlegt, wie sie ihre Familie in den Westen holen konnte, aber sie war zu keiner Lösung gekommen. Wenn sie nur wüsste, was mit ihnen passiert war und wie ihr Silvester gerade aussah …

Käthe sah sie einen Moment hilflos an und stürmte dann in die Küche. »Warte, bin gleich wieder da!« Nur wenige Sekunden später stand sie gewohnt strahlend mit zwei Weingläsern in der Hand vor Vera. »So, her mit deiner Flasche, die brauchen wir jetzt!«

»Sind das nicht Weingläser?«

»Ja, ich trinke sonst keinen Sekt, aber heute lassen wir mal Fünfe gerade sein!«

Vera lachte und gemeinsam entkorkten sie die reichlich störrische Sektflasche. Käthe nahm den ersten Schluck und spie ihn sogleich wieder aus. »Oh mein Gott, entschuldige!«

Vera hatte inzwischen ebenfalls einen Schluck im Mund und verstand nun, warum der Sekt so unglaublich billig gewesen war. »Bäh!« Angewidert spuckte Vera den Schluck sofort wieder aus.

Käthe brach in Lachen aus und auch Vera konnte nicht anders. »Entschuldige, Vera, aber das ist mit Abstand das widerlichste Gesöff, das ich je getrunken habe! Wo zur Hölle hast du dieses Teufelsgebräu nur gefunden?«

Die beiden bogen sich vor Lachen und wischten mit den Händen an ihren Zungen herum.

»Pfui Deibel, das bringt nichts! Warte!« Erneut rannte Käthe in die Küche. Sie schwenkte euphorisch zwei Pfirsiche in den Händen, als sie zurückkam.

»Obst?«, fragte Vera etwas erstaunt. »Sollen wir lieber Obst essen, statt zu trinken?«

»Quatsch!«, grinste Käthe. »Wir werden deinen Kotz-Fusel jetzt mal so richtig stilvoll aufwerten! Da, schau her!« Kichernd ließ sie die reifen Pfirsiche vorsichtig in die Weingläser gleiten, stach mehrfach mit einer Gabel auf diese ein, bis sie eine ansehnliche Menge Saft abgaben und schwenkte sie ein wenig darin umher.

»So, jetzt versuchen wir es noch einmal! Vielleicht hilft es ja!« Gespielt feierlich gab sie Vera ihr Glas zurück und hob das ihre zum Toast. Ihre Miene wurde plötzlich ernst. »Was auch immer die Zukunft bringt – nie wieder Krieg! Weder Kalten Krieg noch sonstigen Scheiß!«

Vera sah sie gerührt an und hob feierlich ihr Glas.

»Nie wieder Krieg!«

~ KAPITEL 32 ~

Die Spuren der Fremden

FRANKFURT AM MAIN, HESSEN, BRD. 25. DEZEMBER 1984. VERAS WOHNUNG.

Wie betäubt wanderte Helenas Blick von der schlafenden Vera zurück zu dem Brief in ihrem Schoß, der zuvor auf Veras Nachtschrank gelegen hatte.

Gabi stand in schnörkellosen, kühlen Buchstaben auf dem Umschlag. Vera hatte ihn ihr nicht offiziell übergeben, doch Helena hatte es als indirekte Aufforderung gesehen, ihn zu lesen, nachdem Vera ihre Erzählungen beendet hatte und eingeschlafen war.

Weit mehr noch als Veras Geschichte, hatte dieser Brief sie verstört. Er war mit keinem Datum versehen worden, doch dem Papierzustand nach zu urteilen, war er vermutlich bereits einige Jahre alt. Es war ein Brief von Alfred – demselben Alfred, vor dem sie sich seit Jahren fürchtete! Derselbe Alfred, der ihre Familie ausgenutzt hatte und dann mit Käthe in Kontakt getreten war!

Erneut faltete Helena die Papiere in ihrem Schoß auseinander und las den Brief zum wiederholten Mal.

Liebe Gabi,
ich weiß, dass du dich inzwischen Vera nennst, aber Gabi ist mir vertrauter. Ich habe es aufgegeben, mit dir persönlich zu sprechen.

Ich kann dir deine Wut auf mich nicht verdenken.

Doch ich muss dir etwas sagen, das enorm wichtig ist – für mich und für dich, vor allem aber für Helena! Ich weiß, dass du denkst, ich hätte deine gesamte Familie ins Unglück gestürzt, aber das stimmt nicht ganz. Gut, zum Teil hast du sicherlich recht. Ja, ich habe dich damals ausgenutzt, doch es gibt einen Grund dafür! Er ist sicherlich keine Entschuldigung, aber hoffentlich immerhin eine Erklärung, die dich weiterlesen lässt.

Ich bin nicht das, was man allgemein ‚normal‘ nennt, Gabi. Schon mein ganzes Leben leide ich unter merkwürdigen Anfällen, die meine Eltern zunächst als Träume, dann als Spinnereien und schließlich als Störung eingeordnet haben. Mein Vater hat eine leitende Position bei der Stasi und hat daher mein Tun immer unter den Teppich zu kehren gewusst. Er schämt sich sehr für mich und verleugnet mich, wo es nur geht.

Wegen meiner Störung finde ich keinen normalen Beruf. Ich weiß nicht, wie ich es beschreiben soll, ohne dass du den Brief jetzt wegwirfst, also sage ich es einfach ganz direkt: Ich reise durch die Zeit, Gabi! Ich kann es nicht kontrollieren und niemandem sagen! Ich falle oft grundlos in eine Art Ohnmacht und reise dann durch die Zeit, manchmal in die Vergangenheit und manchmal in die Zukunft. Das passiert ohne jede Vorwarnung und so sehr ich es versuche, so habe ich noch nie etwas zum Besseren wenden können. Irgendwie geht immer alles schief und ich bin danach noch einsamer als vorher. Dadurch habe ich noch nie Freunde gehabt und war immer allein, bitter allein!

Mein Vater hat versucht, mir mit diversen Elektroschock-Therapien zu helfen, von denen eine brutaler als die andere war. Seitdem sind weder meine Nerven noch meine Gefühlswelt wie früher. Ich weiß, es ist keine Entschuldigung für meine Betrügereien oder gar für den Verrat an dir! Doch ich hoffe, du kannst zumindest akzeptieren, dass ich berufsunfähig bin und irgendwie überleben muss, ohne mich wieder meinem Vater auszuliefern.

Unruhig wischte Helena ihre schweißnassen Hände an der Hose ab. Wie paradox es war, dass der Mensch, vor dem sie sich die meiste Zeit ihres Lebens so sehr gefürchtet hatte, in seinem Inneren genauso einsam war wie sie selbst. Es war beinahe so, als würde sie in ihrem eigenen Tagebuch lesen.

Helenas Blick wanderte erneut zu ihrer schnarchenden Mutter hinüber. Es war deutlich zu viel süßer Pfirsichsekt für die nur selten trinkende Vera gewesen! Erneut fiel ihr Blick auf die akribisch sorgsam geschriebenen Zeilen in ihrem Schoß.

Ich dachte, ich wäre vollkommen alleine auf dieser Welt, doch dann bin ich deiner Schwester Hanne begegnet! Damals in Rostock habe ich sie für ein dummes Kind gehalten. Mit Verlaub gesagt, hielt ich euch alle für naiv. Du warst ein leichtes Einkommen für mich, nicht mehr. Bitte verzeih.

Du weißt sicherlich von Joachim, dass Hanne wenige Monate nach deiner Flucht schwanger wurde und ohne Christine flüchtete. Sie wollte zu dir, aber das Kind hat sie in der Russenstadt bei Wünsdorf im Osten zur Welt gebracht.

Ich habe Hanne zufällig wiedergetroffen, weil sie eine Freundin meiner Schwester Martha wurde. Ich möchte weiterhin ehrlich sein: Hanne hat mich bei unserem Wiedersehen zunächst genauso gehasst wie du! Und auch sie hatte guten Grund, denn ihre Tochter ist mein Kind.

Ich hatte wie gesagt nicht viel von Hanne gehalten, bevor sie flüchtete. Dieses um Liebe bettelnde, dumme Kind hat mich in ihrer Hilflosigkeit so aggressiv gemacht, dass ich ihr etwas Fürchterliches angetan habe! Ich weiß, dass du mich verabscheust, aber ich glaube, dass ich jetzt eine Gelegenheit habe, etwas wieder gut zu machen.

Ich habe deine Schwester ganz neu kennengelernt, als wir uns durch Martha wiedergetroffen haben. Aller Schwerhörigkeit zum Trotz oder vielleicht auch gerade wegen ihrer Behinderung war sie der erste Mensch, der mir wirklich zugehört hat! Sie hat nicht eine

Sekunde an mir gezweifelt und ich kann dir nicht sagen, wie viel mir das bedeutet hat! Und das, obwohl ich ihr Leben kaputt gemacht habe!

Du wirst es vermutlich schwer finden, mir das zu glauben, aber das war vermutlich das erste Mal in meinem Leben, dass ich mich geschämt habe.

Ich habe schnell herausgefunden, warum sie mir sofort geglaubt hat: Ihre Tochter hat meine Störung geerbt! Wie auch ich verschwindet Helena gelegentlich oder verhält sich merkwürdig. Du wirst das inzwischen sicherlich wissen. Ich weiß nicht, wie Helena mit dem Ganzen umgeht. Ich wünsche ihr, dass sie es besser macht als ich. Darum habe ich damals Joachim gebeten, sie zu dir zu bringen, als Hanne starb. Dass ihr gleich heiraten würdet, hatte ich natürlich nicht ahnen können. Doch genau das ist jetzt der Grund, warum ich dir schreibe. Nicht so sehr, um Abbitte zu leisten. Du hast deinen Standpunkt mir gegenüber deutlich gemacht und ich verstehe, dass du mir nie verzeihen wirst.

Aber ich hatte viele Zeitsprünge in die Zukunft und habe Helena mehrmals getroffen. Ich habe nie genügend Zeit – anscheinend wühlen mich diese Begegnungen so sehr auf, dass ich nicht lange dort bleiben kann. Sie scheint ein sehr bitterer und ernster Mensch zu sein, um ganz ehrlich zu sein. Ich hoffe sehr, dass du sie nicht genauso ‚therapieren‘ wirst, wie mein Vater es bei mir getan hat, Gabi. Wenn dir irgendetwas an deiner Nichte liegt, dann lass sie nie eine Therapie machen! Lass sie am besten ganz in Ruhe, bis sie selbst herausfindet, wie sie mit ihrem Leben klarkommt.

Ich wünschte, mein Vater hätte mir diese Chance gegeben, vielleicht wäre ich dann ein besserer Mensch geworden.

Obwohl Helena den Brief bereits zum mindestens zehnten Mal las, musste sie an dieser Stelle eine erneute Pause einlegen und sich fangen.

Sie hatte immer gedacht, dass ihre Mutter sie nicht mochte und ihr nicht glaubte. Nun stellte sich in nur einer Nacht heraus, dass sie mit diesem Gefühl nicht nur vollkommen falsch gelegen hatte – ihre Mutter war noch nicht einmal ihre leibliche Mutter, sondern ihre Tante!

Hanne war der erste Mensch, dem ich wirklich helfen wollte. Ich hatte ihr allerdings nicht die ganze Wahrheit über mein Tun gesagt. Sie war der erste und einzige Mensch, der mir meine Zeitsprünge glaubte und mich nicht für verrückt oder gestört hielt. Das wollte ich nicht zerstören!

Sie fand bei mir für eine Weile Unterkunft und ich versprach ihr, dass ich sie in den Westen zu dir bringen würde. Diesmal meinte ich es ernst, Gabi! Ich habe meine gefälschten Ausweise im Bad versteckt und hatte gleichzeitig etwas Geld gespart, das ich ihr heimlich zustecken wollte.

Doch anscheinend ist Helena in der Lage, in ihren Zeitreisen manche Geschehnisse zu ändern. Ich hatte damals zwar bereits die Vermutung, dass etwas nicht stimmte, aber ich wusste zu dem Zeitpunkt noch nicht genug über Helena und wozu sie imstande sein würde, wenn sie älter ist.

In meiner Realität flieht Hanne und stirbt bei dem Versuch. Am Tag der Mauerschließung rannten wir in ein Haus, dessen Tür auf der Ostseite Berlins lag und dessen Fenster jedoch in den Westen zeigten. Immer wieder gehe ich in meinen Zeitsprüngen zurück zu dem Moment, in dem wir oben im dritten Stock stehen und springen wollen. Doch was ich auch ändere, Hanne überlebt es nie! Wenn ich sie aufhalte, wird sie panisch und schubst erst Helena und dann sich selbst in den Tod. Wenn ich versuche, ihr Helena wegzunehmen und umzukehren, laufen wir direkt in die Arme der Staatssicherheit und sie kommt wegen Hochverrat direkt in die Todeszelle nach Leipzig.

Ich bin sogar so weit gegangen, dass ich versucht habe, das Leben einer Passantin zu ändern, die im Westen vor dem Haus stand, um die beiden auffangen. Sie war eine mutige Ärztin, die während der Ungarischen Revolution so schwer im Gesicht entstellt worden war, dass Hanne zögerte und erneut von der Staatssicherheit ge-

schnappt wurde. Doch selbst als ich es während einer anderen Zeit-reise schaffte, die Ärztin vor den Entstellungen zu bewahren, ging es nicht gut: Hannelore sprang daraufhin ohne zu zögern gemeinsam mit Helena, doch nur Helena überlebte den Sprung!

Ich weiß nicht mehr, was ich noch alles machen soll, Gabi! Viel-leicht wird deine Freundin Käthe aus Nassau Helena später einmal helfen können. Sie hat dir bestimmt erzählt, dass ich sie mehrfach aufgesucht habe. Käthe ist offen und doch irgendwie bodenständig. So jemand ist mir seit Hanne nicht mehr begegnet.

Ich glaube, ich habe alles versucht, Hanne und Helena zu helfen, aber ich bin zu der Erkenntnis gekommen, dass es offenbar nur eine Zukunft für Helena geben kann. Und diese Zukunft hat sie nur, wenn sie der Geschichte ihren natürlichen Lauf lässt.

Wenn sie aber Hanne beispielsweise die gefälschten Pässe und das Geld finden lässt, dann läuft Hanne panisch weg, weil sie denkt, dass ich sie wieder nur benutzen will, obwohl ich es diesmal wirk-lich ernst gemeint habe. Bei ihrer Flucht vor mir läuft sie erneut der Staatssicherheit in die Hände und verschwindet – ebenso wie He-lena. Sobald das passiert, kann ich die beiden in meinen Zeitreisen nicht mehr finden, daher gehe ich davon aus, dass keine von ihnen beiden diese Version der Geschichte überlebt.

Ich weiß, wie sich das alles anhört, Gabi, doch bitte glaub mir! Helena darf nichts verändern! Wenn dir etwas an ihr liegt, lass sie nie eine Therapie machen und verhindere unbedingt, dass sie Han-ne hilft – es gibt keine Hilfe! Ich springe seit Jahren wie ein Wahn-sinniger durch die Zeit und habe eines gelernt: Hanne muss sterben, so hart es für alle ist, auch für mich. Nur so hat wenigstens Helena eine Chance. Und nur auf diese Weise kann ich vielleicht etwas wie-der gut machen. Tu es nicht für mich, sondern für Hanne und deine Nichte. Sag Helena am besten nie die Wahrheit.

Alfred

Es war merkwürdig, zum ersten Mal hatte Helena alle Antworten, auf die sie ihr Leben lang gewartet hatte. Und doch wünschte sie plötzlich, sie hätte es nie erfahren. Dieser Alfred war also ihr Vater! Ein schlechter Mensch und doch vermutlich der einzige, der sie vollkommen verstehen würde, obwohl er Vera ironischerweise genau den falschen Rat gegeben hatte.

Kopflos schnappte Helena sich ihre abgegriffene Ledertasche mit ihren Schlafsachen, schloss leise die Wohnungstür hinter sich und sprang eilig die Treppen hinunter. Sie musste jetzt allein sein!

‚*Sag ihr am besten nie die Wahrheit*' – was für ein verlogenes Pack sie doch alle waren! Natürlich würde sie versuchen, ihre wahre Mutter zu finden! Was hielt sie noch hier?

Wie viel wusste Tante Christine von dieser Geschichte? War sie deshalb immer so merkwürdig, wenn sie bei ihr im Osten zu Besuch waren? Sie hatte immerhin ja auch noch Kontakt zu Helenas Oma Erna, wenngleich dies ein Tabu-Thema unter den Schwestern war. Hatte ihre leibliche Mutter genauso wie ihre Zwillingsschwester, Tante Christine, ausgesehen?

Aufatmend erreichte Helena das Erdgeschoss, öffnete die Tür und stürmte nach draußen. Es war noch immer frostig, doch der Himmel war klar und tiefblau. Sie sah auf ihre Armbanduhr: Es war gerade mal zehn Uhr morgens. Die Straßenbahnen würden am ersten Weihnachtstag vermutlich nur selten fahren. Sie würde einfach zu Fuß gehen, auch wenn es von hier aus bestimmt knapp zwei Stunden werden würden.

Den Blick auf den Gehweg gerichtet, ließ sie sich die vergangenen Tage noch einmal durch den Kopf gehen. Innerhalb von vier Tagen hatte sich ihr Leben nahezu vollständig gewandelt: Ihr Therapeut glaubte ihr nicht nur, sondern hatte ihr darüber hinaus seine Freundschaft angeboten. Beata hatte sich trotz aller Tratscherei als ehrliche Freundin erwiesen. Vera war plötzlich nicht mehr ihre biestige Mutter, sondern ihre gutmeinende Tante. Der einzige Lichtblick in all dem Chaos war Felix gewesen, doch diesen hatte sie ja nun offensichtlich verschwinden lassen!

Übermüdet trat sie mit dem Fuß ein paar Stöcke auf dem Gehweg zur Seite. Nach einigen Metern blieb sie jedoch wie angewurzelt stehen und sah sich um. Auf dem Weg vor ihr lagen alle paar Meter jeweils drei Stöcke, die zu einem Pfeil arrangiert worden waren.

Helena lächelte unwillkürlich und erinnerte sich, dass sie das in ihrer Kindheit oft auf Kindergeburtstagen bei Schnitzeljagden gemacht hatten. Vielleicht war auch dies für eine Geburtstagsfeier? Sie sah sich um, doch es war niemand in der Nähe. Das Nordend wirkte wie ausgestorben an diesem ersten Weihnachtsmorgen.

Nachdenklich blickte sie auf die Stöcke, die sie zur Seite getreten hatte. Schließlich ging sie ein paar Meter zurück, sammelte die Stöcke ein, kniete sich hin und versuchte, die Pfeile wieder in ihre ursprüngliche Position zu bringen.

»Kann ich am Ende der Spurensuche etwas Interessantes finden?«, ertönte plötzlich eine bekannte Stimme vor ihr. Helena blickte auf und schirmte ihre Augen ungläubig gegen die Sonne ab.

Felix! Nicht der zottelige, sondern der kurzhaarige Felix, den sie als Assistenzarzt von Dr. Horvat kennengelernt hatte.

»Entschuldige, habe ich dich erschreckt?« Lächelnd streckte er ihr eine Hand entgegen und zog sie hoch. Er wartete einen Augenblick auf eine Antwort. »Hallo? Redest du nicht mit Fremden oder sprichst du kein Deutsch?«

Er sah zwar etwas anders aus, aber auch dieser Felix war Helena so vertraut, dass sie nur schwer ihre Sprache wiederfand. »Hallo Felix!«

Er sah sie überrascht an und musterte ihre Jacke und Mütze. Offenbar versuchte er angestrengt, sie sich ohne die winterliche Vermummung vorzustellen. »Woher kennen wir uns noch mal?«, fragte er schließlich verlegen lächelnd.

»Wir kennen uns momentan eigentlich nicht, entschuldige!« Helena biss sich auf die Lippe. »Und vermutlich sollte ich dich noch nicht mal duzen, oder?«

Felix lachte auf. »Okay, das ist definitiv ein origineller Anmachspruch!«

Helena wurde rot. »Es ist nicht so, wie es klingt! Das war nicht als Anmachspruch gemeint! Ich weiß nur ein paar Dinge von dir.«

Da war es wieder: das ungewollte Herausplatzen von Dingen, die sie vielleicht besser nicht sagen sollte! Warum passierte ihr das ständig bei ihm?

Felix zog erstaunt, aber interessiert die Augenbrauen hoch. »Gut, du weißt definitiv schon mal meinen Vornamen. Was noch?«, stachelte er sie grinsend an.

Und wieder konnte Helena ihre Zunge nicht bremsen. »Der Frisur nach bist du Assistenzarzt für Dr. Horvat ...«

»Der Frisur nach?«, unterbrach Felix verwirrt.

»Du wohnst mit deinem Vater hier im Nordend.« Helena schlug sich mit der flachen Hand vor die Stirn. »Natürlich, du bist ja sozusagen ein Nachbar von meiner Mutter! Deine Eltern haben zu schnell geheiratet und du hast deine Mutter, Gerda, glaube ich, und deine Schwester schon seit frühester Kindheit nicht mehr gesehen. Aber sie schenkt dir immer zu Geburtstagen und Weihnachten ein geschmackloses Geschenk wie diesen Weihnachtsstern. Ach scheiße, den hast du jetzt vielleicht gar nicht! Du arbeitest nicht im Filmmuseum, oder?« Felix schüttelte stumm den Kopf und sah sich verstohlen um. »Großartig, und du denkst jetzt vermutlich, ich bin eine durchgeknallte Irre! Tut mir leid!«

»Naja«, gab Felix zögerlich zu, während sich dennoch ein Lächeln auf sein Gesicht stahl, »ich denke offen gestanden darüber nach! Der Frisur nach bin ich ja nun Assistenzarzt, da sehe ich solche Fälle ab und an. Was mich auf die Frage bringt: Was haben denn Assistenzärzte für Frisuren? Kann ich die vielleicht ändern und zum Oberarzt befördert werden?« Er grinste nun gewohnt schelmisch und Helena lächelte dankbar zurück.

»Kann ich noch mal von vorne anfangen?«

Felix vollführte eine kleine spaßhafte Verbeugung sowie eine einladende Handbewegung. »Bitte!«

»Das klingt vielleicht genauso bescheuert, aber ich weiß nicht genau, wie ich am besten bei null anfange. Du bist Assistenzarzt. Ich war mal deine Patientin, da haben wir uns kurz kennengelernt.«

»Ach ja? Wann war das denn?«

»Ist jetzt unwichtig!«, winkte Helena ab. »Dazu komme ich später. Du wirst dich vermutlich ohnehin nicht daran erinnern können, befürchte ich. Du heißt mit Nachnamen Weiß und bist in den Fünfzigerjahren nach Frankfurt gekommen, als du noch klein warst. Dein Vater musste seinen Job wechseln und ist seitdem nicht so glücklich. Ich habe leider nicht gefragt, was das für ein Job war – irgendwas im Ausland. Dein Großvater ist Bauer und hat ihm immer gesagt, er solle etwas Anständiges lernen und sie haben sich oft deswegen gestritten. Du magst keinen deutschen Pop wie BAP und diesen ganzen Kram, aber du magst Lionel Richie und ein paar britische Bands. Du ekelst dich vor ‚Handkäs mit Musik‘, aber du hast dich einmal missverständlich ausgedrückt, sodass eine Ex-Freundin von dir damals dachte, du würdest es sehr gerne mögen und danach musstest du das jedes Wochenende bei ihren Eltern essen. Wo wir von Ex-Freundinnen sprechen: Du hast deiner ersten Freundin ein Medaillon geschickt und aus Spaß gesagt, darin sei Platz für eure späteren Kinder, sodass sie vor Schreck direkt unterm Weihnachtsbaum mit dir Schluss gemacht hat!«

Helena brach ab, als sie Felix Gesicht sah. Er starrte sie reglos an und seine Gesichtsfarbe wechselte alle paar Sekunden. »Ist alles in Ordnung?«, fragte Helena unsicher.

Felix lachte plötzlich laut. Es schüttelte ihn regelrecht – fast ein wenig wie Helena während der Sitzung mit Dr. Keller. Mühsam rang er schließlich nach Luft. »Okay, Fremde, lass mich kurz zusammenfassen: Wir haben uns mal im Krankenhaus kennengelernt, aber ich erinnere mich nicht mehr daran. Du hingegen weißt nicht nur meinen kompletten Namen, sondern kennst offenbar auch meine halbe Familiengeschichte, meine Speisevorlieben und Abneigungen, meinen Musikgeschmack sowie privateste Geschichten aus meinem Ex-Freundinnen-Nähkästchen! Und du fragst mich, ob alles in Ordnung ist? Tja, ich weiß nicht, irgendwie nicht! Ich bin ziemlich verwirrt, um ehrlich zu sein. Was soll ich davon halten?«

»Ich weiß es nicht. Ich glaube, ich würde an deiner Stelle Schiss kriegen.« Helena lächelte traurig.

»Das beruhigt mich, da haben wir ja offensichtlich etwas gemeinsam!« Felix musterte sie eindringlich, während sie unschlüssig vor ihm stand und ihre kalten Finger in den Manteltaschen knetete. »Ich hätte eine wichtige Frage!«

Helena atmete auf. »Klar! Welche?«

»Wie heißt du?«

»Helena!«, lachte sie erleichtert. »Helena Gutowski. Ich wohne in der Nähe der Offenbacher Stadtgrenze und meine Mutter ist sozusagen deine Nachbarin.«

»Siehst du, das beruhigt mich ebenfalls ein wenig«, stellte Felix zufrieden fest.

»Was?«

»Dass du damit nicht ganz richtig liegst! Ich wohne nämlich nicht hier.«

Helena sah ihn verwirrt an. »Merkwürdig, als ich dich vorgestern angerufen habe, hat sich unter der Nummer eine Frau mit dem Namen Weiß gemeldet.«

»Was war denn das für eine Nummer?«

Wie aus der Pistole geschossen ratterte Helena die Telefonnummer herunter. Es schien Jahre her zu sein, dass sie diese auf dem kleinen Zettel wochenlang mit sich herumgetragen hatte. »Ich habe den Zettel mit deiner Nummer lange in meiner Manteltasche gehabt und mich nicht getraut, dich anzurufen«, fügte sie mit rotem Kopf hinzu.

Felix sah nun noch verwirrter aus. »Ich wohne aber schon seit meiner Studienzeit nicht mehr zu Hause! Du sagst, ich habe dir vor einer Weile also die Nummer meiner Eltern gegeben?«

»Das ist die Nummer deiner Eltern?«

»Ja, allerdings könnte ich sie nicht so schnell auswendig aufsagen wie du eben!«, erwiderte er unsicher grinsend.

Erneut standen sie sich hilflos gegenüber. Helena spürte langsam die Kälte durch die Schuhsohlen dringen.

»Ich verstehe das nicht«, gab Felix schließlich zu.

»Das kann ich auch nicht erwarten.« Helenas Stimmung sank

plötzlich. Käthe hatte gesagt, sie solle vorsichtig mit dem Wort *nie* sein. Sollte ihre Freundschaft mit Felix vielleicht einfach nicht sein? Ihr wurde regelrecht übel bei dem Gedanken, dass sie ihn gerade eben vermutlich zum zweiten Mal verloren hatte. Warum konnte sie in seiner Gegenwart nicht einfach den Mund halten und sich normal verhalten? Frustriert schob sie mit ihren kalten Fußspitzen die Stöckchen am Boden hin und her.

Felix ging auf einmal spielerisch mit seinen Füßen dazwischen und schob die Stöcke wieder zurück auf ihren ursprünglichen Platz. »Falls die Pfeile nicht für uns waren, wäre es doch schade, wenn hier später noch mehr verwirrte Menschen herumlaufen!«, grinste er.

Wie machte er das nur, dass er selbst solche Situationen noch mit Humor nehmen konnte? Helena war schon seit einer Weile eher nach Heulen zumute.

»Du, mir wird langsam echt kalt!«, stellte er schließlich fest.

»Mir auch!«, gab Helena zerknirscht zu.

Nun war es aus! Alle Cafés waren am ersten Weihnachtstag geschlossen und jeder würde jetzt wahrscheinlich seines Weges gehen. Für einen kurzen Moment kam ihr die Idee, ob sie vielleicht später bei seinen Eltern anrufen könnte, die Nummer schien ja richtig zu sein. Aber dafür hatte sie sich vermutlich gerade zu weit aus dem Fenster gelehnt.

Felix schien mit sich zu ringen. »Das klingt jetzt vermutlich etwas merkwürdig, aber ich würde gerne verstehen, woher du so viel weißt. Es stimmt zwar nicht alles, was du gesagt hast, aber bei den meisten Punkten hast du den Nagel nahezu erschreckend auf den Kopf getroffen!« Felix kaute nachdenklich an seiner Unterlippe, während er sie prüfend musterte. »Magst du vielleicht mit zu meinen Eltern kommen? Also, ganz unverbindlich?«

»Ob ich ‚ganz unverbindlich‘ deine Eltern kennenlernen möchte?«, wiederholte Helena grinsend.

»Ich weiß, klingt dämlich, oder? Aber ich muss da jetzt hin, weil meine Mutter mich erschlägt, wenn sie die Tonnen an Weihnachtsessen umsonst gemacht hat! Meine Schwestern picken immer wie zwei Hühnchen in den Salaten herum, die ganze Verantwortung für mütterliche Zufriedenheit liegt also auf den Schultern meines Vaters und mir!«

»Meinst du, es ist eine gute Idee, wenn du einfach jemanden zu eurer Weihnachtsfeier mitbringst? Sie kennen mich doch gar nicht.«

»Solange du brav isst, werden sie dich lieben, keine Sorge! Und ich befürchte, wenn ich jetzt ohne dich gehe, sehe ich dich nie wieder und muss neugierig sterben!« Gut gelaunt packte er Helena am Arm und drehte sie gekonnt um 180 Grad in die Richtung, aus der sie gekommen war. »Da geht's lang! Aber warte, das weißt du natürlich längst!«

Helena sah ihn ungläubig aus den Augenwinkeln an, während sie eingehakt nebeneinander hergingen. Dass er sie nicht für geisteskrank hielt, ging über ihren Verstand. Sie hätte an seiner Stelle kein Wort geglaubt. Doch auch dieser Felix schien einfach unbegreiflich offen zu sein.

»Also, woher weißt du so viel?«, fragte er.

»Das ist wahnsinnig schwer, mal eben so zu erklären. Zumindest nicht, ohne dass du deine Einladung zurückziehst und mich für verrückt hältst, befürchte ich. Mein Kopf scheint ein riesiges Experiment zu sein, das einfach jeder Logik widerspricht.«

»Siehst du, ich wusste, warum ich dich mitnehme! Du wirst dir viel mit meinem Vater zu erzählen haben.«

»Mit deinem Vater? Warum?«

»Er hatte tatsächlich einen Job im Ausland, wie du gesagt hast. In England, um genauer zu sein. Er hat an einem Experiment gearbeitet, über das alle gelacht haben, denen er davon erzählt hat. *Völlig unmöglich,* hieß es. Und dann hat es leider eine riesige Katastrophe gegeben, weil das ach so unwahrscheinliche Projekt besser funktioniert hat, als sie sich je hätten erträumen lassen.«

»Was ist denn passiert?«

»Oh Gott, nee!«, stöhnte Felix lachend. »Das wird dir mein Vater ohnehin lang und breit persönlich erzählen. Ich kann es nicht mehr hören, sorry! Aber keine Sorge, erwähn einfach nur das Stichwort *Wetter* in einem beliebigen Kontext und du hast mindestens zwei Stunden persönliches Entertainment!«

Helena sah ihn ernst an. »Dann ist letztendlich alles gut für euch ausgegangen, ja?« Ihr wurde plötzlich bewusst, dass sie gleich ein paar Antworten wortwörtlich vor Augen geführt bekommen würde.

»Na ja, nicht wirklich!« Helenas Herz schlug schneller bei diesen Worten. »Seine ehemaligen Arbeitgeber dort haben plötzlich so getan, als hätte es ihn und das Projekt nie gegeben. Das heißt, mein Vater ist für seine Forschungsarbeit, all seine Ausgaben und Investitionen nie bezahlt worden. Ziemlicher Scheiß und er hat danach meinen Großvater um Geld bitten müssen, das mein Vater nur unter der Bedingung bekommen hat, dass er sich einen *anständigen Job* sucht, wie mein Opa sagte. Das war ziemlich bitter, denke ich, und es ist uns garantiert nichts geschenkt worden. Aber gut, wenn man bedenkt, dass wir bei der Flutwelle damals alle hätten draufgehen können, dann ist wohl alles gut ausgegangen«, endete er.

Sie waren vor dem Haus seiner Eltern angelangt. Eine kleine, grün gestrichene Reihenhaushälfte mit einem winzig kleinen Garten, der aus einer sehr akkurat gemähten Rasenfläche bestand.

»Bereit?«, fragte er. Helena nickte nervös. »Kann ich dich um einen Gefallen bitten, bevor wir da jetzt reingehen?«, fragte er, bevor er auf den Klingelknopf drückte. Helena nickte erneut. »Können wir sagen, dass wir uns schon eine Weile kennen? Also, vielleicht wenigstens ein, zwei Monate oder so?«

»Gute Idee!«, sagte Helena. »Tun wir so, als würden wir uns besser kennen! Wir könnten doch sagen, wir hätten uns vor anderthalb Monaten zufällig in der Straßenbahn kennengelernt und hätten seitdem bei Spaziergängen am Main herausgefunden, wie viel wir gemeinsam haben.«

»Na, das klingt ja fabelhaft: Ich habe dich also in einer Straßenbahn aufgegabelt, ja?« Er lachte laut auf. »Ich weiß nicht, ob sie mir das glauben, das klingt nicht so ganz nach mir. Aber versuchen wir es, etwas Besseres fällt mir auf die Schnelle auch nicht ein.«

Helena musste grinsen, doch bevor sie darauf antworten oder er auf den Klingelknopf drücken konnte, wurde plötzlich die Tür aufgerissen. Eine blonde, etwas rundliche Frau Mitte fünfzig stand vor ihnen und sah die beiden mit blitzenden Augen an. Helena sah sofort, von wem Felix seine Augen geerbt hatte.

»Na endlich, Verstärkung! Die Mädels mäkeln die ganze Zeit am Essen rum und dabei ist es noch nicht mal im Ofen, geschweige denn auf dem Tisch! Musstest du heute länger arbeiten? Ach herrje, Entschuldigung!« Sie blickte auf ihre bemehlten Hände und Arme und streckte Helena schließlich spaßhaft ihren rechten, halbwegs sauberen Ellenbogen entgegen. »Ich bin Ruth!«

Helena spürte, wie sich eine lange nicht mehr gefühlte Ruhe in ihr ausbreitete. Sie umfasste Ruths Ellenbogen mit beiden Händen. »Helena. Ich freue mich, Sie endlich kennenzulernen, Ruth!«

~ KAPITEL 33 ~

Ein besonderer Fall

FÜNF JAHRE SPÄTER. BRD. 9. NOVEMBER 1989.
GRENZÜBERGANG WARTHA/ HERLESHAUSEN.

»Scheiße, Mensch!«

»Werner!« Bedeutungsvoll nickte Johanna Richtung Rückbank, auf der Julia und Thomas in ihren Sitzen quengelten. Sie hatten bereits eine lange Fahrt hinter sich und die knapp zweijährige Julia hatte seit neuestem die Angewohnheit, einzelne Wortbrocken stundenlang zu wiederholen – vorzugsweise diejenigen, die man nicht in der Dauerschleife hören wollte.

»Tut mir leid!« Mit gerunzelter Stirn trommelte Werner unruhig auf dem Lenkrad seines Opel Kadetts herum, während er den Stau vor sich betrachtete. Sie hatten öfter anhalten müssen, als er eingeplant hatte und nun staute es sich sogar schon auf westdeutscher Seite vor dem Grenzübergang Wartha/ Herleshausen. Es war der einzige Grenzübergang zwischen Hessen und Thüringen und die Transitstrecke auf ostdeutscher Seite nach Berlin war länger, als Werners straffem Zeitplan zugutekam.

»Glaubst du, das dauert noch lange?«, fragte Johanna.

Werner zuckte genervt mit den Schultern. »Keine Ahnung, wahrscheinlich! Die nehmen sich ja gerne Zeit, um jede einzelne Scheißkarre komplett auseinanderzunehmen. Wir könnten ja einen Wessi-Bonbon unterm Sitz versteckt haben.«

Johanna schmunzelte und legte versöhnlich ihre Hand auf seinen Arm. »Wir werden schon pünktlich da sein, keine Sorge. Wir müssen nur bald an einer Transitraststätte ranfahren, um …«

Werner sah sie entgeistert an. »Nein, nein, nein! Nein! Was auch immer du da machen willst, mach es hier in Westdeutschland, solange wir ohnehin im Stau stehen!«

»Jetzt sei nicht albern, Werner! So schlimm ist es drüben nun auch nicht!«

Werner holte tief Luft und versuchte, nicht allzu ungeduldig zu klingen. »Jojo, ich fahre diese Strecke bereits zum fünften Mal dieses Jahr! Glaub mir, wir wollen da drüben nicht unnötig anhalten! Es dauert ewig bis man endlich eine Transitraststätte findet und dann musst du jeden Schritt rechtfertigen! Erst vor Ort, wenn einen die ganzen Stasi-Futzel kontrollieren und dann später am Grenzübergang. Sobald du länger auf Toilette oder in diesem *Mitropa* warst, musst du alles mit Quittungen belegen.«

»Quatsch, du übertreibst! Ich war ja nun wirklich schon oft genug bei meinem Bruder drüben und …«

»Wenn du mit deinen Eltern rüberfährst, dann fahrt ihr über Helmstedt oder nehmt gleich die Bahn, das ist beides viel näher an Berlin dran und längst nicht so stressig!«

»Warum fahren wir dann nicht über Helmstedt?«

»Weil sie im Radio ellenlange Staus um Göttingen herum vorhergesagt haben und ich dachte, wir wären hier schneller!«

»Wir müssen mit den Zweien aber hin und wieder anhalten, das ist dir klar, oder? Du kannst nicht die ganze Strecke in einem Rutsch …«

»Ich weiß, ich weiß!«, winkte Werner gereizt ab.

Johanna schwieg und sah aus dem Fenster. *Natürlich hatte er daran nicht gedacht!* Sobald er auf eine Sache konzentriert war, schien er alles andere komplett auszublenden.

Werner verfluchte sich selbst dafür, dass er nicht mit allen einen

Tag früher losgefahren und die nördlichere Grenze genommen hatte. Er hatte noch bis zur letzten Minute an seiner Rede gefeilt und würde dies vermutlich noch weiter in seinem Kopf tun, während er schon zum Podium ging.

Reden waren nicht seine Stärke. Er fühlte sich stets unterlegen, wenn ihn plötzlich unzählige Kollegen anstarrten, die vermutlich ebenso viel wussten wie er, wenn nicht sogar mehr. Er musste wie alle Psychologen, Psychiater und Therapeuten regelmäßig zu Symposien und Weiterbildungen, aber warum hatte er sich nur auf diese Rede eingelassen? *Zwangsstörungen* war ein vielschichtiges Thema, in das sich sicherlich auch die vielen geladenen Mediziner rege einklinken würden. Werner spürte, wie ihm schon beim Gedanken daran der Schweiß ausbrach. Nach und nach löste sich der Stau vor ihnen auf, doch Werner war zu vertieft, um es zu registrieren.

»Werner!« Johanna schüttelte seinen Arm. »Pass doch auf!« Ein Kontrollbeamter winkte ihn ungeduldig heran. Hektisch startete Werner den Wagen und fuhr langsam zum Kontrollhäuschen. Zu seiner Erleichterung mussten sie nicht aussteigen, sondern lediglich wie gewohnt ihre Reisepässe vorzeigen. Der Kontrollbeamte musterte die Genets genauestens mit gerunzelter Stirn und höchster Konzentration. Wieder und wieder verglich er die Lichtbilder mit ihren Gesichtern bis Thomas anfing, Fratzen zu schneiden.

»Hey, lass das!« Schnell gab Johanna ihm einen energischen Klaps auf die Knie. Unbeeindruckt fuhr der Kontrollbeamte fort und stellte ihnen schließlich ohne jede Eile das übliche Transitvisum aus. Aufatmend setzten sie ihren Weg auf der E40 fort und kamen wider Erwarten gut durch. Nur zweimal mussten sie halten, doch die Kinder spürten offenbar die angespannte Atmosphäre und beeilten sich nahezu vorschriftsgemäß.

Werner atmete erleichtert auf, als sie endlich im Grand Hotel Esplanade ankamen. Das Hotel war ursprünglich am Potsdamer Platz gewesen und hatte über die Goldenen Zwanziger hinaus als das berühmteste Hotel Berlins gegolten. Nach seiner Zerstörung im Zweiten Weltkrieg war es nun endlich wieder aufgebaut und im Mai letzten Jahres eröffnet worden – allerdings am Westberliner Lützowufer und deutlich weniger ansehnlich. Was der Architekt als *ehrlich und modern* versucht hatte zu rechtfertigen, war letztendlich ein massiver, grauer Klotz geworden.

»Puh, ich dachte, wenigstens Westberlin wäre im Laufe der Zeit hübscher geworden!« Die Hände voller Taschen und Tüten sah Johanna stirnrunzelnd auf das eintönig graue Gesteinsmonstrum vor sich.

»Drinnen ist es sehr nett, du wirst sehen.« Ausgelaugt schnallte Werner den zappelnden Thomas aus dem Sitz und fing gerade noch Julia ab, die bereits auf die Straße gesprungen war. »Jojo, kannst du mit den Kindern ein bisschen herumlaufen? Ich brauche etwas Zeit zum Vorbereiten, es ist schon siebzehn Uhr und der Empfang ist in zwei Stunden!«

»Willst du nicht mit uns mitkommen und irgendwo etwas essen?«

»Nein, es wird auf dem Empfang etwas geben und ich muss mich einfach noch mal an die Rede setzen.«

»Die ist doch erst morgen, dachte ich?«

»Nein, ich habe doch vorhin schon gesagt, dass es heute ist! Direkt nach der Eröffnungsrede nach dem Essen.«

»Deshalb bist du so unausstehlich!« Johanna sah ihn überrascht an. »Entschuldige, jetzt verstehe ich deinen Stress auf der Fahrt. Ich dachte die ganze Zeit, das wäre erst morgen. Dann bist du ja schon in ein paar Stunden wieder unter uns Menschen, wunderbar!« Lächelnd hielt sie ihm mit dem Rücken die Tür auf, während er Julia und Thomas hindurch schleifte. Er streckte ihr hinter dem Rücken der Kinder kurz die Zunge heraus und sie checkten ein.

Das Hotel war tatsächlich sehr modern und schön eingerichtet. Alles war weiß und beige und entsprach so gar nicht der scheußlichen Fassade, wie Johanna erleichtert feststellte. Sie war zunächst enttäuscht gewesen, dass sie vermutlich keine Zeit haben würden, um ihren Bruder Helmut und dessen Frau Martha in Ostberlin zu besuchen. Aber vielleicht würde es bei so viel Luxus dennoch ganz nett werden.

»Donnerwetter, wie schade, dass wir nicht allein hier sind! Aber mit den Kindern muss wohl etwas Rustikales her!«, seufzte sie bedauernd, als sie am Hotelrestaurant vorbeigingen.

Werner murmelte geistesabwesend vor sich hin. Er war mit seinen Gedanken schon wieder woanders.

»Ich will jetzt was essen, Mama!« Frustriert trat Thomas gegen jede einzelne Stufe, als sie nach oben gingen. Julia kicherte und begann ihrerseits, gegen die Stufen zu treten. Offensichtlich war sie in irgendetwas Schwarzes getreten und hinterließ deutlich erkennbare Schuhabdrücke auf der mit Teppich ausgelegten Treppe.

Beschämt nahm Johanna sie schnell auf den Arm, während sie vergeblich versuchte, Julias Schuhe von ihrer eigenen Kleidung fernzuhalten und dabei noch ihre Taschen zu jonglieren. Thomas fing quengelnd an, ihr in die Hacken zu treten und freute sich diebisch, als es ihr bei jedem Schritt fast die Schuhe auszog.

»Werner!« Genervt knallte Johanna die Taschen auf den Boden. »Kannst du vielleicht mal mithelfen!«

Verdutzt drehte Werner sich um, der lediglich mit ihren Dokumenten und dem Zimmerschlüssel in der Hand vorangegangen war. »Entschuldige, ich war …«

»In Gedanken, ja, ja, ich weiß!« Sie öffnete eine der Reisetaschen, fischte saubere Schuhe heraus und manövrierte die Kinder sogleich zur Tür. »Wir gehen etwas essen. Bis später beim Empfang!«

»Jojo, es tut mir leid!«

»Schon gut, sieh einfach zu, dass du diese verdammte Rede fertigkriegst!«

»Dammt, dammt, dammt …«, wiederholte Julia singend.

»Na bravo, Abmarsch! Alle beide!« Energisch schob Johanna sie zur Tür heraus.

Werner atmete erleichtert auf, als sich die Tür hinter ihnen schloss und die Stimmen sich entfernten. Er hatte wenig geschlafen und die Fahrt hatte ihn ziemlich gestresst. Er brauchte unbedingt etwas Ruhe, um nachher konzentriert genug zu sein. Er nahm seine Papiere aus einer der Taschen und ging erneut seine Rede durch. Im Grunde kannte er sie in und auswendig. Doch wenn er nervös wurde, fiel es ihm unglaublich schwer, losgelöst vom vorbereiteten Text zu denken.

Er dimmte das Licht, öffnete die Minibar und nahm eine Flasche Berliner Pilsner heraus. Wahrscheinlich kostete ihn jeder Schluck zwei Mark, aber wenn es seine Nerven beruhigte, sollte es ihm das heute ausnahmsweise recht sein! Ächzend ließ er sich in einen der bequemen Sessel fallen und schloss die Augen. Sein Kopf brummte unangenehm und die Dunkelheit im Zimmer tat gut.

Das laute Knallen der Tür schreckte ihn jedoch jäh aus seinem Schlummer auf.

»Papa, Papa, wir können Onkel Helmut und Tante Martha besuchen!«

Werners Kopf dröhnte noch immer, wenn auch nicht mehr ganz so heftig wie zuvor. Seine Kinder und Johanna standen im nun plötzlich hell erleuchteten Zimmer und plapperten aufgeregt durcheinander. Erschrocken sah Reinhard auf die Uhr: Es war neunzehn Uhr!

»Scheiße!«, entfuhr es ihm laut. Julia öffnete den Mund, doch Werner hielt ihr schnell seine freie Hand davor. »Stopp, denk noch nicht mal daran! Jojo, warum seid ihr erst jetzt hier? Wir müssen uns alle noch umziehen und runtergehen. Zack, zack!«

»Werner, vergiss es! Die Grenze ist offen!«

»Was für eine Grenze?«

Johanna lachte und schlug ihm spielerisch mit der flachen Hand auf den Hinterkopf. »*Was für eine Grenze* – hallo, jemand zu Hause da oben?«

»Gehen wir jetzt Onkel Helmut und Tante Martha besuchen?« Aufgeregt hüpften die Kinder auf und ab.

Werner sah sie verwirrt an. »Warum wollt ihr nach Ostberlin? Nichts da, ihr geht jetzt mit Papa aufs Symposium! Da unten gibt es leckeres Essen und Papa hält gleich eine wichtige Rede!«

»Vergiss deine Rede, Werner! Die Grenze ist offen, hörst du nicht?«

»Was meinst du?«

»Sag mal, was ist denn mit dir los?« Johanna hielt kurz in ihrem euphorischen Hüpfen inne und starrte auf das Bier, das er noch immer in der Hand hielt. »Wie viele hattest du davon?«

»Noch nicht mal dieses eine«, seufzte Werner bedauernd. »Aber was ist denn mit euch los?«

»Mann, Werner, die Mauer ist gerade gefallen!«

»Die Berliner Mauer?«

»Nein, die chinesische!«, antwortete Johanna sarkastisch. »Natürlich die Berliner Mauer! Alle Grenzen sind offen! Es ist vorbei! Wir sind wieder ein Land!«

»Seit wann denn das?«, fragte Werner verdattert. Er hatte doch nur kurz gedöst, träumte er etwa noch?

»Ist gerade eben passiert! Die haben in der Pizzeria nebenan den Fernseher laut angemacht und wir standen alle drum herum. Schabowski hat eben in der Pressekonferenz vorgelesen, dass die Grenzübergänge ab sofort offen sind!«

Werner stellte das Bier auf einen der Nachttische und sah die euphorische kleine Truppe vor sich an. »Wir können das ja nachher zusammen im Fernsehen anschauen. Aber jetzt zieht euch erstmal um, wir müssen runter zum Symp…«

»Sag mal, spinnst du?«, unterbrach ihn Johanna ungläubig. »Ich erzähle dir, die Mauer ist offen und du denkst noch immer an deine Rede? Los, komm, wir fahren zum Brandenburger Tor, das ist doch nicht weit von hier!«

»Jojo, das ist alles sehr spannend, aber ich kann hier nicht einfach so weg! Ich muss auf dieses Symposium und meine Rede halten!«

»Das ist nicht dein Ernst, oder?« Johanna sah ihn entgeistert an. Ihr Gesicht verdüsterte sich, als sie begriff, dass Werner es offenbar tatsächlich ernst meinte. Kommentarlos schnappte sie sich das Telefon und wählte die Nummer vom Empfang.

»Jojo, was machst du?«

Sie legte lediglich einen Finger an ihren Mund, was Julia und Thomas sofort kichernd imitierten, während sie auf dem großen Bett herumhopsten. »Guten Abend, Johanna Genet am Apparat! Ich würde gerne wissen, ob der DGPPN-Kongress heute tagt. Ja, das ist dieses Psychologen-Symposium im großen Tagungsraum. Kein Problem, ich warte ... Ah ja, für heute Abend abgesagt, sagen Sie? Danke!« Triumphierend drehte sie sich zu Werner um. »Ha! Wusste ich es doch – es gibt Psycho-Fritzen, die noch Verstand haben! Los, ab ins Auto!«

»Auto, Auto!«, wiederholte Julia und die zwei hopsten aus der Tür.

Johanna nahm den Wagenschlüssel vom Tisch und folgte ihnen. »Los, Werner, komm!«, rief sie ihm über die Schulter zu.

Ungläubig folgte Werner ihnen. Erst langsam begriff er, was seine Frau ihm in den letzten Minuten erzählt hatte. Konnte das wirklich sein oder war es vielleicht doch eine Falschmeldung? Wie hatte es so plötzlich nach achtundzwanzig Jahren dazu kommen können?

»Werner!«, hallte es ungeduldig aus dem Treppenhaus. »Komm!«

Noch immer verwirrt folge Werner ihnen. Der Wagen war inzwischen vollständig ausgekühlt und die Sitze waren klamm vor Kälte. Schnell drehte Werner die Heizung auf und stellte den Deutschlandfunk an.

»9. November, 18:58 Uhr. Politbüro-Mitglied Günther Schabowski gibt auf einer Pressekonferenz die Öffnung der Grenze zur Bundesrepublik und zu Westberlin bekannt.« Die unsichere Stimme von Günther Schabowski knackte durch den Radiolautsprecher: *»Deshalb haben wir uns entschlossen eine Regelung zu treffen, die es jedem Bürger der DDR möglich macht ... äh ... über Grenzübergangspunkte der DDR ... äh ... auszureisen.«*

Hüsteln füllte den Raum im Hintergrund. Ein erstaunter Journalist einer italienischen Nachrichtenagentur stellte in nicht ganz korrektem Deutsch die entscheidende Frage: *»Also Privatreisen nach dem Ausland können ohne Vorliegen von Voraussetzungen, Reiseanlässe und Verwandtschaftsanlässe beantragt werden? Die Genehmi-*

gungen werden kurzfristig erteilt?«

Erneut rang sich Günther Schabowski eine gequälte Antwort ab. *»Das tritt ... äh ... Nach meiner Kenntnis ist das ... sofort. Unverzüglich.«*

»Unglaublich!«, murmelte Werner.

Es waren nur knapp drei Kilometer vom Hotel zum Brandenburger Tor und der Menschenauflauf sowie das Verkehrsgedränge waren bereits enorm. Werner und Johanna hatten nicht als einzige von den Neuigkeiten gehört. Es dauerte fast eine Stunde, bis sie endlich das Brandenburger Tor in der Ferne vor sich hatten.

»Es sieht so aus, als ob aber noch alle davorstehen!«

»Es ist doch gerade erst verkündet worden, Jojo«, beschwichtigte Werner seine enttäuscht dreinblickende Frau. »Wer weiß, wann die Grenzposten den Öffnungsbefehl bekommen.«

»Sie sind doch jetzt keine Grenzposten mehr! Wenn die Mauer offen ist, brauchen wir die doch nicht mehr!«

»Das braucht alles seine Zeit, Jojo! Lass uns einfach im Wagen warten. So wie es aussieht, müssen sie sehr bald reagieren, sonst drücken ihnen die Menschenmassen auch ohne Öffnungsbefehl die Mauer ein!«

»Komm, wollen wir nicht den Wagen hierlassen und auch zu Fuß hingehen?« Johanna war aufgeregt wie ein kleines Kind. Ihre Eltern waren nach dem Aufstand in der DDR 1953 in den Westen geflohen, doch ihr damals achtzehnjähriger Bruder Helmut aus der ersten Ehe ihres Vaters war im Osten geblieben. Nach dem Bau der Berliner Mauer hatten sie sich viele Jahre nicht sehen können, da die Grenzen auch für Westdeutsche komplett gesperrt gewesen waren.

Nun würden Helmut und Martha endlich auch nach Frankfurt zu Werner und Johanna reisen dürfen und ihre Nichte Peggy würde Thomas und Julia öfter sehen können. Die beiden waren vernarrt in ihre ältere, unendlich geduldige Cousine aus Ostdeutschland.

»Ich weiß nicht.« Zögernd sah Werner auf die Menschenmassen. »Hältst du das für klug, Jojo? Die Mauer hat genügend Tote gefordert und schau dir diese Menschenmassen an! Was, wenn es den

Grenzposten zu bunt wird und sie in die Menge schießen? Bisher haben sie vermutlich noch immer legale Schießerlaubnis!«

Johanna sah enttäuscht aus dem Fenster, aber ein Blick in den Rückspiegel ließ ein Lächeln über ihr Gesicht huschen. »Ich denke, du hast recht. Schau dir das an: Bei jeder Kleinigkeit sind die beiden Krawallschachteln hellwach und nun, wo Geschichte geschrieben wird, schlafen die zwei tief und fest!«

Auch Werner drehte sich nun um und musste ebenfalls lächeln, als er zwei zusammengeknautschte Gesichter in den Sitzen sah. Auf der Straße ging es zwar noch im Schritttempo weiter, aber er konnte schon jetzt sehen, dass bald es kein Vorwärtskommen mehr geben würde. »Haben wir noch unsere Picknicktaschen im Auto?«

Johanna griff hinter ihren Sitz. »Nur noch Kekse und Saft.«

»Besser als nichts, ich sterbe vor Hunger!«

Als sie endgültig im Stau zum Stillstand kamen, machten sie es sich im Auto bequem und aßen in Ruhe die trockenen Kinderkekse, während sie das bunte Treiben um sich herum beobachteten. Vorbeiziehende Westler klopften lachend an die Autoscheiben und hielten die Daumen hoch. Es war eine ausgelassene Atmosphäre. Die Kinder schliefen trotz ohrenbetäubendem Gejohle wie zwei Steine und trotz der Kälte im Wagen verflog die Zeit wie im Nu. Ab einundzwanzig Uhr ging es plötzlich Schlag auf Schlag: Laut Deutschlandfunk reisten die ersten DDR-Bürger um 21:15 Uhr über Helmstedt/ Marienborn aus, fünf Minuten später wurde der Grenzübergang Bornholmer Straße in Berlin geöffnet.

»Jetzt geht es hier auch gleich los!« Johanna wedelte aufgeregt mit den Händen. Sie mussten sich allerdings noch eine ganze Weile gedulden. Doch es machte ihnen nichts aus. Einige Kneipen in der Nähe hatten spontan Freibier ausgegeben und Johanna und Werner hatten von netten Passanten bereits so einige Bierbecher ins Wageninnere gereicht bekommen.

Es war ein atemberaubender Menschenauflauf. Autos fuhren laut hupend auf dem Kurfürstendamm und den Straßen in der Nähe des Reichstages Korso. Wildfremde Menschen lagen sich weinend in den Armen und lachten. Thomas war mit dem Gesicht an der Scheibe fest eingeschlafen und Julia versuchte offenbar angestrengt wach zu bleiben, doch auch sie nickte immer wieder ein.

Fahnen der Bundesrepublik wurden geschwenkt und Johanna winkte aufgeregt zurück. Der dunkle Nachthimmel flimmerte im schwarz-rot-goldenen Flaggentanz.

»Kannst du das glauben?«, flüsterte sie Werner leise zu. Gerührt kauten sie auf den verbliebenen Keksen herum, während Passanten dicht an ihren Wagen gepresst sangen und schunkelten, sodass sie in ihrem Wagen passiv mitwackelten.

»Sieh mal!«, entwich es Johanna etwas lauter als geplant, sodass sie sofort die Hände vor den Mund schlug.

Superstar David Hasselhoff wurde von einem Kran in die Lüfte gehoben und gab offensichtlich ein Interview über den Köpfen der tosenden Menschenmenge. Sie konnten nicht hören, was er sagte, aber als seine Jacke plötzlich anfing zu blinken und sein aktueller Nummer eins Hit *Looking for Freedom* laut über den Reichstag schmetterte, nahmen sich Werner und Johanna an den Händen und sangen leise mit. Überall schossen Raketen und Böller in den Himmel.

»Da!«, rief auch Julia plötzlich aufgeregt und versuchte, ihren Bruder auf dem Sitz neben sich zu erreichen. Ihre Arme wollten jedoch nicht weit genug reichen und er war fest eingeschlafen.

»Lass ihn schlafen!«, flüsterte Johanna.

»Schrie dumm!«, sagte Julia plötzlich laut. Schnell presste sie ihre kleinen Fäuste vor den Mund, aber sie konnte ein Glucksen nicht mehr zurückhalten.

Erstaunt drehten sich Johanna und Werner zu ihr herum.

»Was hast du gesagt?«, fragte Johanna.

»Dumm!«, platzte Julia kichernd heraus.

»Na, wenigstens ist es diesmal nicht meine Schuld«, seufzte Werner.

»Schrie dumm!«, brüllte Julia nun lauthals. »Dumm! Dumm! Dumm!« Das kleine Mädchen bog sich vor Lachen in seinem keksverkrümelten Sitz und Johanna lachte laut auf, als sie plötzlich verstand, was ihre Tochter meinte.

»Schätzchen, der Mann singt nicht *dumm*, sondern *freedom*! Das ist Englisch und heißt Freiheit.«

»Dumm! Dumm! Dumm!«, wiederholte Julia.

»Freedom!«, lachte Johanna. »Kannst du *freedom* sagen? Der Mann singt: *Ich habe nach Freiheit gesucht, ich habe so lange gesucht. Ich habe nach Freiheit gesucht, aber die Suche geht weiter.* Naja, aber wenigstens wir haben sie jetzt schon so gut wie in der Tasche!« Gerührt lächelnd drückte sie Werners Hand.

»Dumm! Dumm! Dumm!«, rief Julia nun mit aller Kraft von ihrem Rücksitz, während sie immer wieder mit aller Kraft in Werners Rücksitz trat.

»Schätzchen, was ist denn los?« Verwundert sah Johanna ihre aufgelöste Tochter an.

Werner wandte den Blick von dem erstaunlich großen David Hasselhoff und dem vergleichsweise winzigen Reporter neben ihm auf dem Kran ab und rückte den Rückspiegel zurecht, sodass er Julia genauer sehen konnte.

Ihre Augen waren weit aufgerissen und ihr Blick war seltsam durchdringend. »Dumm! Dumm! Dumm!«, schrie sie erneut.

Werner spürte plötzlich, wie es ihm eiskalt den Rücken herunterlief. ‚*Da war ein Riese mit einer blinkenden Jacke und er hat immer wieder das Wort ‚dumm‘ gesungen. Sagt Ihnen das etwas?*‘

»Raus!« Panisch riss er an den Gurten von Thomas und Julia. »Alle raus! Los! Schnell!«

Johanna sah ihn entgeistert an. »Werner, um Himmels Willen, was ist denn …«

»Diskutier nicht! Raus!«, herrschte er sie an, während er fluchend versuchte, die Menschenmassen vor seiner Tür zur Seite zu schieben. »Scheiße, weg da! Haut ab!«

»Werner!« Johanna hatte es inzwischen geschafft, Thomas im Sitz hinter ihr abzuschnallen und zu sich auf den Beifahrersitz zu ziehen. Alle Türen wurden jedoch von Menschenmengen blockiert.

Langsam wurde auch sie panisch. »Ich komme nicht raus!«

Werner zerrte erneut erfolglos an Julias Gurt, während sie weiterhin brüllte – dieses eine Wort, wieder und wieder.

»Werner, verdammt, du tust ihr weh! Schnall sie erst richtig ab!« Sie griff nach hinten und schnallte Julia mit geübtem Griff ab. »So, jetzt!«

Werner zerrte seine Tochter zwischen den Sitzen hindurch nach vorne. Ihr Körper verhakte sich mehrmals und ihr Kopf knallte an das Autodach, woraufhin ihr Brüllen in lautes Weinen umschlug. Seine Tür wurde noch immer von draußen regelrecht eingedrückt, doch auf Johannas Seite hatten ein paar Umherstehende bemerkt, dass die Familie aus dem Auto herauswollte. Ein paar Leute, die direkt neben Johannas Tür standen, pressten die Menschenmenge von der Tür weg, sodass die Genets über die Beifahrertür herauskrabbeln konnten.

Werner folgte als letzter und setzte sich Julia auf die Schultern. »Halt Thomas hoch und weg vom Wagen, Jojo! Schnell!«

»Was?«, rief sie über die Köpfe und das Gejohle zwischen ihnen zurück.

»Thomas hoch! Weg!« Wild gestikulierend schob er sich mit aller Kraft durch Menschenmenge, bis er schließlich bei Johanna und Thomas war und pflügte ihnen ohne Rücksicht auf Verluste einen Weg vom Wagen weg. Johanna hielt sich mit einer Hand an seiner Jacke fest, während ihre andere Hand sich fest um Thomas' Schultern klammerte und folgte ihm kopfschüttelnd mit zitternden Knien.

»Pass doch auf, du Trampel!«, tönte es empört von mehreren Seiten, als Werner auf diverse Füße trat und unachtsame Ellenbogenbewegungen machte.

Endlich blieb Werner stehen und drehte sich um. Er sah an Johanna vorbei, die Thomas auf dem Arm hielt und schwer atmete. Werner starrte Richtung Wagen, der in der Menschenmenge nun kaum noch zu sehen war.

»Werner, was ist denn los?«

»Warte!«

Alle vier starrten minutenlang mit angehaltenem Atem zum Wagen. Nichts passierte. Weitere Minuten verstrichen und Johanna spürte langsam Ärger in sich hochsteigen. Es war kalt und sie alle wurden nun hier mitten in der Nacht zwischen johlenden, teilweise bereits reichlich alkoholisierten Menschen eingequetscht. Julia heulte noch immer und Thomas schien mit jeder Minute deutlich an Gewicht zuzulegen.

»Du machst mich wahnsinnig! Was sollte das?«

»Einen Moment!«

Johanna blickte erneut zum Wagen. Es war nichts zu sehen. Wütend schüttelte sie Werner an der Schulter und zwang ihn, sie anzusehen. »So, jetzt reicht's! Was ist mit dir los?«

Werner hatte ununterbrochen wie betäubt auf den Wagen gestarrt, doch langsam beruhigte sich sein Puls und sein Atem normalisierte sich. Er schämte sich auf einmal unter den bohrenden Blicken von Johanna, seinen Kindern und den umher stehenden Demonstranten. Es hatte sich so real angefühlt – als hätte er plötzlich wieder Helena vor sich gehabt, die ihm von dem tödlichen Autounfall erzählte. War es vermutlich doch nur ein großer Zufall gewesen und er hatte alle umsonst in Panik versetzt?

Johannas Wut wich allmählich ehrlicher Sorge. »Werner, bitte, jetzt sag doch etwas! Was ist denn los?«

Noch immer unsicher nahm er Julia von seinen Schultern, hielt sie vor sich und sah sie prüfend an. »Kannst du das noch mal wiederholen?«, fragte er schließlich. Hatte er wirklich Helena in ihren Augen erkannt oder hatte er sich das nur eingebildet?

Julia sah wie immer aus. Sie musterte ihn nun ebenfalls mit großen Augen und ihr verweintes Gesicht fing an zu strahlen. »Wiederholen! Wiederholen!«, rief sie vergnügt und klatschte. – Er war ein Idiot!

»Es tut mir leid!«, sagte er zerknirscht.

Johanna seufzte resigniert. »Hast du wenigstens den Wagen hinter dir abgeschlossen oder sitzen da jetzt schon Besoffene drin und kotzen alles voll?«

Sie konnten nicht erkennen, ob jemand im Wagen war oder nicht. Werner hielt Julia fest an sich gedrückt und kontrollierte mit der linken Hand seine Jackentaschen. Sie waren leer, der Schlüssel musste also noch im Zündschloss sein. Kleinlaut schüttelte er verneinend den Kopf.

»Na bravo!«, stöhnte Johanna. »Dann mal schnell zurück zum Auto!« Energisch verlagerte sie Thomas auf den anderen Arm und fing an, die ersten Leute beiseite zu schieben.

Ein Schrei fuhr plötzlich durch die Menschenmenge und die Menschen stoben wie von Geisterhand auseinander. Wie im Traum beobachteten Werner und Johanna einen dunklen Mercedes, der von der Straße des 17. Juni herangeschossen kam und offenbar unkontrolliert in die Menschenmenge raste.

Schlagartig war die Sicht auf ihren kleinen Opel Kadett frei und der Mercedes raste darauf zu. Kurz vor ihrem Wagen bremste er scharf ab, aber er traf dennoch mit beachtlicher Wucht auf den hinteren Teil des Opels und schob dessen Kofferraum laut knirschend Richtung Rückbank.

Nach dem ersten panischen Aufschrei blieben die Menschen in der Nähe wie erstarrt stehen und blickten schweigend auf den jungen Fahrer, der mühsam aus seinem Mercedes kletterte. Es war nicht eindeutig erkennbar, ob er stark alkoholisiert war oder unter Schock stand – vermutlich beides. Er war kreidebleich und ihm lief etwas Blut an der Schläfe herunter, als er zum Opel ging und ins Wageninnere schaute.

Es war merkwürdig mitten unter hunderten von schweigenden Menschen zu stehen, während in der Ferne gejohlt, gelacht und gesungen wurde. Eine ältere Frau in ihrer Nähe brach das Schweigen. Sie hatte die Hände vor den Mund geschlagen und war leise, durch das Schweigen jedoch deutlich zu hören.

»Gott sei Dank, da war offenbar niemand drin!«

Johanna hatte die Finger ihrer linken Hand in Werners Schulter gekrallt, während sie Thomas mit dem anderen Arm an sich presste. Werner stand wie erstarrt neben ihr und hielt Julias Knie fest umklammert.

»Die Rückbank!«, stieß Johanna kaum hörbar aus. Sie war aschfahl im Gesicht. Die Rückbank ihres Opels war komplett eingedrückt und die Vordersitze waren Richtung Frontscheibe geschoben worden.

»Die Kinder!« Johanna fing an, unkontrolliert zu zittern.

Werner löste sich aus seiner Erstarrung und fing sich sofort bei ihrem Anblick. »Alles ist gut, Jojo!« Energisch rieb er ihr den Rücken. »Hörst du? Alles gut, wir sind alle hier! Es ist alles in Ordnung!« Johanna nickte heftig, während sie mit weit aufgerissenen Augen auf die zwei zerstörten Autos blickte.

»Komm!« Werner legte ihr seine Hand auf den Rücken und drückte sie an sich, während er sich Richtung Wagen schob. »Entschuldigung, lassen Sie uns bitte durch. Das ist unser Wagen! Entschuldigung!«

Die Menge wich sofort zur Seite und einige Demonstranten tätschelten ihnen mitfühlend den Rücken oder die Schulter.

»Mann, da habt ihr aber Schwein gehabt!«, rief ihnen jemand zu.

Der Mercedesfahrer lehnte mit zitternden Knien an ihrem Opel und rieb sich den Kopf.

»Brauchen Sie einen Arzt?«, fragte Werner ihn.

Der Fahrer schüttelte verneinend den Kopf. »Nein, ich hatte einen Airbag. Ist nicht so schlimm!«

»Sie scheinen ganz schön was abbekommen zu haben. Lassen Sie sich vielleicht besser im Krankenhaus untersuchen, ob Sie eine Gehirnerschütterung oder so haben, ja?«

»Schon in Ordnung. Ich muss auf die Leute warten, denen der Wagen hier gehört!«

»Das sind wir!«

»Oh Mann! Es tut mir so leid!« Der junge Mercedesfahrer brach in Tränen aus und hob gestikulierend die Arme. »Ich weiß nicht, wie das passieren konnte! Es tut mir echt so leid!«

»Schon gut«, beschwichtigte Werner. »Lassen Sie uns doch kurz das Wichtigste an Papierkram austauschen und dann ...«

»Was heißt hier *schon gut*?«, fuhr Johanna dazwischen. Sie war inzwischen nicht mehr aschfahl, sondern knallrot im Gesicht und schäumte offenbar vor Wut. »Da ist überhaupt nichts gut! Der Kerl hätte uns alle umgebracht, wenn wir im Auto gewesen wären! Nichts ist gut, nichts!«, brüllte sie nun ebenfalls heulend.

Ratlos sah Werner von einem zum anderen. Er hob Julia von seinen Schultern und stellte sie neben Thomas. »Pass kurz auf deine Schwester auf und bleib schön hier neben uns stehen, ja?« Thomas nickte mit ernstem Gesicht und Werner zog Johanna fest zu sich heran. »Jojo, komm, wir stehen alle unter Schock.«

»Werner, wenn du nicht …« Sie konnte nicht mehr sprechen und Werner legte seine Arme um sie. Der Mercedesfahrer gab ihm ein Zeichen, dass er in seinem Wagen warten würde. Als Werner nickte, ging er humpelnd und sich den Kopf reibend zurück zu seinem Mercedes. Er setzte sich seitlich auf den Fahrersitz und legte den Kopf auf den Airbag.

»Ich ruf' mal lieber einen Krankenwagen, der junge Mann sieht nicht allzu gut aus!«, bot sich ein älterer Herr neben ihnen an und machte sich auf den Weg.

Werner strich Johanna über den Rücken, die heulend die Kinder an ihre Beine drückte. »Jojo, jetzt hör mal zu. Du stehst unter Schock, aber alles ist gut gegangen! Niemandem ist etwas passiert! Und jetzt können wir uns endlich ein neues Auto kaufen und ich muss mir nicht mehr dein Gemecker über den alten Opel Kadett anhören!«

Johanna musste schniefend auflachen. »Aber wie kommen wir denn jetzt zurück? Wir sind doch mit diesem Wagen registriert, das gibt doch bestimmt ein riesen Problem an der Grenze und wir haben jetzt keine Kindersitze mehr und …«

»Hey, weißt du schon das Neueste?«

»Was?« Die Nase hochziehend sah sie ihn aus roten Augen an.

»Die Grenzen sind offen!« Werner grinste. »Alles ist nur noch halb so wild. Das Hotel ist hier in der Nähe und die Kinder sind jetzt eh hellwach. Da wird ihnen der kleine Marsch gut tun. Und morgen organisieren wir uns einen Mietwagen. Alles machbar und niemandem ist etwas passiert«, wiederholte er.

»Gott sei Dank!« Johanna wischte sich die Augen mit dem Ärmel trocken. Was für eine verrückte Nacht das war!

»Wer weiß, vielleicht kommen uns sogar gleich Helmut, Martha und dein gestörter Schwager entgegen!«

Johanna lächelte schief. »Das ist in der Menschenmenge etwas unwahrscheinlich, aber wer weiß! Heute würde ich mich sogar über Alfred freuen!«

»Hey, wir sind nach der Aktion eben relativ leicht zu finden. Halt also schon mal die Augen offen!«, scherzte Werner trocken.

Johanna musste trotz des Schreckens lachen. Sie ließ die Schultern der Kinder für einen Moment los und legte ihre Arme um ihn. Ihr Gesicht wurde ernst. »Woher hast du das gewusst?«

Werner überlegte einen kurzen Moment. Das Thema *Helena* war schon lange nicht mehr auf dem Tisch gewesen und jetzt war vermutlich nicht der richtige Moment. »Ich hatte plötzlich ein komisches Gefühl. Muss Intuition oder so was gewesen sein«, antwortete er schließlich zögernd.

»Gott sei Dank hast du darauf gehört«, flüsterte sie schaudernd. »Danke!« Sie umarmte ihn fest.

»Jojo?«

»Ja?«

»Ich muss so schnell wie möglich nach Frankfurt zurück und etwas erledigen. Vielleicht können Helmut und Martha bald zu uns kommen, statt dass wir jetzt sofort zu ihnen fahren?«

»Das ist eine gute Idee!«

Die ersten DDR-Bürger hatten es offenbar nun auch hier in den Westen geschafft. Die Menge schrie vor Freude und erneut tanzte das Flaggenmeer um sie herum in großen Wellen auf und ab. West- wie nun auch Ostdeutsche setzten bewegt zum Gesang an und Werner und Johanna summten eingehakt mit. Ob er morgen noch eine Rede halten musste oder nicht war Werner vollkommen gleichgültig.

Er würde Helena finden – egal wie!

DANKSAGUNG

Die Trilogie »Die Unvergessenen« ist das Ergebnis vieler Jahre Arbeit und intensiver Recherche. Ich möchte vielen wunderbaren Menschen von Herzen danken, deren Hilfe und Unterstützung diese Serie überhaupt erst möglich gemacht haben:

Julia Bee für intensives Lektorat und Korrektorat. Autorin Jennie Appel für stilistische und grammatische Verschönerungen. Historikerin Heidemarie Benecke für ihre detaillierte geschichtliche Kontrolle (Geschehnisse, Kleidung, Einrichtungen, Sprechweise, Baustile). Historiker und DDR-Spezialist Stefan Arold für seine Informationen zur Deutschen Reichsbahn der DDR sowie deren Streckennetzen und -verbindungen.

Kinder- und Jugendlichenpsychotherapeutin Amke Binder, Psychologin M.Sc., für Beratung und Informationen zu Therapieansätzen, Abläufen und Patientenberichten. Lisa Michler und Bernd-Uwe Prochnow von Volkswagen Frankfurt für ihre freundliche Auskunft.

Autorin Marissa Farrar für sensationelle Marketing-Beratung zu jeder Tages- und Nachtzeit sowie unschätzbare Tipps, Hilfe und Kontakte. Autorin Jenny Kane für Anschluss, Fortbildungs- und Lernmöglichkeiten als Autorin in meiner südenglischen Heimat. Autorin Lucy V. Hay für wertvolle Kritik und Verbesserungsvorschläge.

Cover-Designerin Maria Taneva von Frina Art für die wunderbare Buchgestaltung. Agnieszka Serwiak für die Kontrolle meiner polnischen Übersetzungen. Steffi Hudson für unermüdliche Social Media Unterstützung.

Dem Team von Littwitz Press für seinen fantastischen Einsatz.

Autor Ralph Kaschka sei für sein Buch *»Auf dem falschen Gleis: Infrastrukturpolitik und -entwicklung der DDR«* gedankt. Danke den Autoren Gerhard Sälter und Tina Schaller für den Begleitband zur Ausstellung im Nordbahnhof *»Grenz- und Geisterbahnhöfe im geteilten Berlin«*. Herzlichen Dank auch an den Eulenspiegel Verlag für *»Das Dicke DDR Buch«* und an Autor Tim Prosser für sein Buch *»The Lynmouth Flood Disaster«*.

Dem Exmoor Heritage Centre Lynmouth danke ich für die Bereitstellung von Unterlagen, Büchern, Zeitungen sowie für die Kontaktherstellung mit Zeitzeugen. Den Augenzeugen der Flutwelle von Lynmouth sowie deren Nachfahren, die bereit waren, ihre Erinnerungen trotz deren Intensität mit mir zu teilen, sei von Herzen gedankt.

Ich danke ebenfalls der Bundeszentrale für Politische Bildung, dem Zentrum für Zeithistorische Forschung Potsdam, dem Bundesarchiv sowie der Gedenkstätte Marienfelde. Den Aufnahmen und Mitschnitten des Senders Deutschlandradio. Viele Artikel des Zweites Deutschen Fernsehens (ZDF), des Norddeutschen Rundfunks (NDR), des Mitteldeutschen Rundfunks (MDR), der Magazine *»Der Spiegel«* und *»Online Focus«* sowie der Zeitungen *»Berliner Morgenpost«* und *»Der Tagesspiegel Berlin«* waren mir von großem Nutzen, ich danke den Autoren und Journalisten dieser Medien.

Lieben Dank den Machern von Dokumentationen wie *»Escape from Berlin«*. Den Kreatoren und Betreibern der Websites Google, Google Maps, Wikipedia, Youtube, Turus, Chronik der Mauer, Kalender 365, Brinckmansdorf, Notaufnahmelager Berlin, Orte der Repression, Drehscheibe Foren, DR Bahn und Gutefrage. - Wie wunderbar, dass Wissen heute einfach per Mausklick abrufbar ist.

Danke auch an meine Muse Julia Kastl von *Sunkissed Solutions München*, die mich ab der ersten Zeile angefeuert und moralisch unterstützt hat. Meinen treuen Freunden und Lesern für ihre Motivation und ihr Mitfiebern: Dirk Brinkmann, Andrea Jochum, Eva Sengel, Marius Mohr, Katja Lölke, Lutz Mehlhorn und besonders

Samuel Phillips, der an das Buch glaubte, noch bevor das erste Wort stand.

MATROSCHKAS

Band 2

Nach dem Fall der Berliner Mauer sucht Werner seine ehemalige Patientin Helena auf. Doch diese hat während einer Zeitreise ihre Vergangenheit geändert und erinnert sich nicht an ihn. Helena wohnt nun mit ihrer leiblichen Mutter Hannelore in Ostberlin und führt ein vollkommen anderes Leben.

Plötzlich taucht jedoch ein mysteriöser Zeitreisender auf, der behauptet, dass Hannelore sterben muss, um das Schicksal wieder in richtige Bahnen zu lenken. Ein temporeicher Wettlauf gegen die Zeit beginnt, der immer wieder dieselbe Frage aufwirft: Wem können sie vertrauen?

Die spannende Fortsetzung ist als E-Book und Taschenbuch auf Amazon sowie im Buchhandel erhältlich.